NENÚFARES
QUE BRILLAN
EN AGUAS TRISTES

BÁRBARA GIL

NENÚFARES QUE BRILLAN EN AGUAS TRISTES

PLAZA JANÉS

Papel certificado por el Forest Stewardship Council®

MIXTO
Papel procedente de
fuentes responsables
FSC® C117695

Penguin
Random House
Grupo Editorial

Primera edición: febrero de 2021

Printed in Spain – Impreso en España

ISBN: 978-84-01-02593-8
Depósito legal: B-20.581-2020

Compuesto en Pleca Digital, S.L.U.

Impreso en Rodesa
Villatuerta (Navarra)

L025938

*A veces pienso que somos los hijos mimados de la Historia.
Y que, porque somos ricos, creemos que nunca seremos pobres.*

*Esta novela está dedicada a la gente de Bangladés y a la madre Tierra.
Nunca una madre con tantos hijos fue tan
desconsideradamente olvidada.*

¡Cuánto tiempo nos han engañado a los dos!
Transmutados, escapamos ahora, deprisa, como escapa la Naturaleza.
Somos la Naturaleza. Hemos estado ausentes mucho tiempo, pero
  hemos vuelto:
nos convertimos en plantas, troncos, follaje, raíces, corteza;
nos acomodamos en la tierra: somos rocas,
somos robles, crecemos, uno al lado del otro, en los claros del bosque,
pastamos, somos dos en el seno de las manadas salvajes, tan
  espontáneas como cualesquiera;
somos dos peces nadando juntos en el mar;
somos lo que las flores del algarrobo: derramamos fragancias en los
  caminos por la mañana y por la tarde;
somos también la grosera tizne de las bestias, de las plantas, de los
  minerales;
somos dos halcones rapaces: volamos, escrutando la tierra;
somos dos soles resplandecientes, y los que encontramos el equilibrio,
  órbicos y estelares, somos como dos cometas;
merodeamos, cuadrúpedos, por la espesura, enseñando los colmillos,
  y saltamos sobre la presa;
somos dos nubes por el cielo, al amanecer y al atardecer;
somos mares que confluyen, somos dos de esas olas alegres que se
  entrelazan y se empapan mutuamente;
somos lo que la atmósfera: transparentes, receptivos, permeables,
  impermeables;
somos nieve, lluvia, frío, oscuridad, somos todo lo que el globo
  produce, y todas sus influencias;
hemos descrito círculos y más círculos, hasta llegar a casa los dos,
  de nuevo;
lo hemos invalidado todo, excepto la libertad y nuestra alegría.

WALT WHITMAN,
«¡Cuánto tiempo nos han engañado a los dos!»

PRIMERA PARTE

Creo que una hoja de hierba no es menor que el camino
recorrido por las estrellas,
y que la hormiga es asimismo perfecta, como un grano de
arena o el huevo del reyezuelo,
y que la rana arbórea es una obra maestra para los
encumbrados,
y que la zarzamora podría engalanar los salones del cielo,
y que la articulación más insignificante de mi mano
ridiculiza a todas las máquinas,
y que la vaca que rumia, cabizbaja, supera a cualquier
estatua,
y que un ratón es un milagro tan grande como para hacer
dudar a sextillones de descreídos.

WALT WHITMAN, «Canto de mí mismo»

¡Yo no sabía entonces que el loto estaba tan cerca de mí,
que era mío, que su dulzura perfecta había florecido en el
fondo de mi propio corazón!

RABINDRANATH TAGORE, *Gitanjali*

1

El paraíso de Sainaba

23 de abril de 2004

I

El 23 de abril solía ser un día alegre: el día de la familia. Pero ese año, Irina, la hija menor de los Ferreira, no se sentía precisamente feliz.

Los odio. A todos. Y a Santiago, al que más.

La chica clavó con rabia los dedos de los pies dentro de la arena, ofuscada, intentando afianzar el equilibrio. La parte dura, húmeda y fría se incrustó en sus uñas, pero le daba igual, solo quería perderse en la oscuridad de la playa privada de su familia; alejarse de las luces artificiales de las sombrillas de diseño, del fuego de la hoguera alrededor de la cual se recortaban las siluetas oscuras del grupo de chicos y chicas a los que habían invitado para celebrar su cumpleaños y el de sus dos hermanos aquel 23 de abril. Ese día, Sagor cumplía trece años, los mismos que ella tendría en tan solo unas horas, puesto que Irina había nacido solo un día después: el 24 de abril. Una ecuación que era posible porque Sagor era solo su medio hermano, fruto de una aventura de su padre con una mujer bengalí. Irina intuía que su madre, Elena, nunca le había perdonado aquella infidelidad porque aquel tema era un tabú del que apenas se hablaba en su casa, pero Ernesto Ferreira era un hombre muy conocido en España y la chica había leído en alguna revista cosas como que su padre había dejado embarazadas a dos mujeres a la vez. En cuanto a Lucas, el hermano mayor, cumpliría dieciocho el 30 de ese mismo mes.

Odio a mamá, ¿por qué ha tenido que empeñarse en que celebremos el cumpleaños todos juntos sí o sí? Hasta papá se lo ha dicho: «Estás enferma, no paras de toser, suspendamos la fiesta». Y a nosotros nos daba igual, pero siempre hay que hacer lo que ella quiere. La odio.

Las sienes le palpitaban y la brisa juguetona del Atlántico taponaba sus oídos, golpeaba su cara, enredaba sus bucles rubios y luego corría a mezclarse con el humo negro y ascendente de la barbacoa; con el aroma a carne quemada y a escamas; con el crepitar dulzón de las hojas de los eucaliptos que avivaban la combustión de la hoguera.

Los odio. Cómo los odio.

A medida que Irina se acercaba a la orilla, el ruido de las olas sustituía al de los hielos cayendo dentro de los vasos de plástico que enseguida se llenaban de ron y Coca-Cola, de whisky, de ginebra o de lo que fuera con tal de emborracharse y ser más atrevidos. Eso había pensado ella que le pasaría cuando se tomó un par de whiskies a escondidas con Sagor: que podría declararle sus sentimientos a Santiago, el mejor amigo de Lucas, y que él la besaría como tantas veces había imaginado. Pero, en lugar de eso, Santiago había soltado una carcajada:

—No me van las muñecas de porcelana, pareces de otro siglo con esos bucles. Además, eres una cría, solo tienes trece años, ¿estás loca?

Odio estos bucles y este vestido, y a mamá por hacerme llevarlo. ¡Y a Santiago!

Irina aceleró el paso al cruzarse con un grupo de chicos que también se habían alejado de la hoguera buscando un lugar junto a la orilla. Reconoció la voz calmada y ronca de su primo Breixo, que ya tenía diecinueve años y, aunque estaba estudiando Administración y Dirección de Empresas en Madrid, volvía muchos fines de semana a Vigo para estar con la familia. Su cabeza también destacaba por encima de las demás, en parte porque medía un metro ochenta y, en parte, porque no hacía como otros chicos de su edad, que andaban agazapados como si les diera vergüenza ser demasiado altos. Breixo siempre llevaba el torso erguido. Sus hombros rectos tensaban la tela de la camisa de franela a cuadros azules y blancos que llevaba aquella noche. Emanaba confianza y seguridad en sí mismo y, por eso, gracias a que él se había comprometido a responsabilizarse de que los más jóvenes no bebieran, los habían dejado celebrar la fiesta en la playa mientras los padres charlaban y escuchaban música en los salones con vistas al mar del pazo.

Sus palabras sonaban precisas, serenas, aunque con una pizca de desdén:

—El atentado ha cambiado claramente el resultado de las elecciones. El 11-M, Madrid era un hormiguero en el que un gigante acababa de meter el dedo: la gente no podía pensar con claridad, los veías a todos por la calle con la mirada desconectada, sin saber a dónde ir, como si les faltara información a sus cerebros. Y así sigue media España, hay que ser muy tonto para elegir a Mr. Bean.

Todos asintieron.

Lo hacían siempre que Breixo hablaba, independientemente de lo que dijera, porque, como él mismo decía haciendo honor al significado latino de su nombre, «no se puede ser Breixo y mentiroso». Según él, nunca hablaba por hablar, ni reía por reír, ni hacía nada por hacer.

Irina sabía que hablaban del nuevo presidente del Gobierno, que lo llamaban así por sus cejas, pero en ese momento le daba igual la política. Le aburrían los temas de conversación de su primo, que la reprendiese si chillaba o contaba demasiados chistes o si practicaba saltos que acababa de aprender. Santiago sí que era divertido: le ponía música de grupos de los que ella nunca había oído hablar, le contaba los problemas con las drogas y otros chismes de los cantantes, o lo que hacían los chicos mayores en los macrobotellones que se organizaban en el parque. Y se llevaba las mayores broncas de los padres y de los profesores. Breixo, en cambio, sabía dar exactamente la imagen que quería dar: tenía una sonrisa en arco encantadora, de dientes grandes, alineados a la perfección, y el pelo oscuro milimétricamente peinado hacia arriba, con más volumen en el centro y el toque justo de gomina para que pareciese ligeramente despeinado; la raya, casi invisible, a un lado. Pero a Irina todo lo que decía le parecía muy mascado y meditado, tan perfecto como su mentón definido y anguloso, en armonía con su rostro rectangular de mandíbula cuadrada que al resto de las chicas les parecía varonil e irresistible. Incluso había escuchado decir a su padre que Breixo había nacido para ser admirado. «Si no espabiláis, un día le acabará dejando el negocio a él», añadía Elena.

—Ha sido un error retirar las tropas de Irak —sentenció Breixo.

Y Santiago, que había aparecido de pronto, se metió en la conversación para increparle:

—Pues a mí me parece genial que la gente se manifieste por la paz, que no quieran ser parte de una guerra ilegal en la que están muriendo tantos civiles inocentes.

Breixo le dedicó una sonrisa de esas que sin hablar te dice claramente: «Eres un pobre imbécil».

E Irina se alegró.

Odio a Santiago.

Cogió una concha y la tiró todo lo lejos que pudo. Y empezó a correr hacia el lugar donde ella tenía una guarida secreta, dibujando en su carrera huellas oscuras que el agua del mar deshacía rápidamente. La playa privada de los Ferreira era un poco más grande que un campo de fútbol y se alejó bastante hasta que se encontró frente a la pared rocosa del acantilado que la delimitaba. Aunque llamarlo acantilado era una exageración, apenas tenía la altura de un edificio de tres plantas. A sus pies, amontonadas, estaban las gamelas de pesca de su padre y la piragua de Lucas. Esos bultos oscuros a Irina se le antojó que eran cinco osos bocabajo hibernando hasta el verano. Esquivó a aquellas bestias dormidas, dando saltos, para no despertarlas.

Antes de llegar a la tercera, se detuvo.

Un grupo de chicas estaban orinando un poco más lejos, entre las rocas, en la que acababa de dejar de ser su guarida secreta. No querrían subir la treintena de escalones para hacerlo en uno de los ocho baños del señorial pazo de los Ferreira.

Apretó los puños.

¡Tendré que ordenar a uno de mis osos que se levante y las devore!

Pero, en lugar de eso, Irina se arremangó el vestido rosa de seda salvaje, corrió hacia el mar y avanzó hasta que el agua le llegó a la cintura. Dolía más que meter las piernas en un balde de hielos, pero ella aguantó, estoica, mientras contemplaba el camino plateado del reflejo de la luna llena sobre la superficie oscura del mar y mientras el alcohol que había ingerido salía y calentaba sus muslos dentro de aquella agua helada. Caminó un poco más hacia dentro y le pareció que la mancha de luz la seguía de forma inquietante, como si quisiera decirle algo.

Se detuvo.

¿Qué sentido tiene la vida?, le preguntó a la luna. *¿Quién soy, qué hago aquí?*

Durante unos segundos, el *luar*, como llamaban los gallegos a ese resplandor de la luna, quedó prendido en sus pupilas.

Parezco tonta hablándole al cielo. La luna está sobrevalorada.

Le tentó la idea de mojarse entera, pero la descartó cuando una ola la golpeó y casi le hizo perder el equilibrio. El agua caló la parte de debajo del vestido haciendo que el tutú perdiera volumen.

—¡Te vas a estropear ese vestido tan bonito, Irina! ¿Te encuentras bien?

Irina se giró.

Las usurpadoras de su guarida secreta estaban mirándola. También odiaba a esas chicas. No les gustaba hacer deporte como a ella, solo beber, y hablaban de chicos todo el tiempo. Al principio de la fiesta, las había estado espiando desde detrás de una de las sombrillas y le parecieron bastante tontas: aunque eran mayores que ella, habían organizado un concurso de belleza que había ganado Sabela, la líder del grupo, por unanimidad. Era morena y alta, con muchas pecas y unos enormes ojos azules. Irina también los tenía azules, pero más oscuros, «como las aguas impenetrables del Atlántico», decía su padre. Los de Sabela eran claros y suaves, casi transparentes, con algunas motas oscuras. Su madre decía que se parecía a una princesa de Disney. Pero Irina también había espiado a su primo Breixo y a sus amigos, y lo que decían era que Sabela era la que tenía las tetas más grandes, y otras guarradas sobre su vestido de lana azul apretado. A ella, en cambio, la llamaban «tabla de surf», y decían que a las gimnastas nunca les crecían las tetas, que las profesionales tenían unos cuerpos horribles. Le preocupaba que no le crecieran.

—¡Estoy cagando! —gritó para que la dejaran en paz.

Cuando las chicas se alejaron, Irina pellizcó el culote para separarlo y quitarse algo de la arena pegada. Salió del agua en dirección a sus «osos», rápidamente trepó por la espalda de uno de ellos que olía a madera húmeda y a algas, y se dejó caer por el otro costado hasta quedarse sentada con la espalda apoyada en su lomo.

El vestido se humedeció también por la parte del culote al hacerlo.

Ahora estaba mojado y lleno de arena.

Su madre la reñiría, estaba empeñada en convertirla en lo que no era. Antes de la fiesta, entre toses, le había dicho: «Al menos, así vestida, tú también pareces una princesa, aunque tengas alma de mendiga».

Irina se sacudió la arena de las manos y rodeó las piernas con sus brazos. *No quiero ser ninguna princesa de Disney como Sabela. Quiero ser gimnasta artística.* Así se quedó un rato, con la barbilla apoyada sobre las rodillas frías y la mirada perdida en el fuego de las hogueras y en las carreras de los chicos que ahora se retaban para bañarse en el mar. Entre ellos estaba Santiago. ¿Por qué había tenido que declararse? La piel de su rostro se arrugó en un mohín infantil, contraída por la rabia y el llanto. Con las manos frías y llenas todavía de granos de arena mojada, se frotó unas lágrimas calientes que le caían por las mejillas. Golpeó la barca con el puño.

—¡Y tampoco quiero ser ninguna llorona! —gritó.

Algo se movió a su izquierda.

Y no era uno de sus osos.

Se quedó en tensión unos segundos, escuchando.

—¿Por qué lloras? —dijo al fin una voz áspera y desconocida en inglés.

Irina se incorporó para salir corriendo, pero se detuvo. *Y tampoco soy una cobarde*, pensó. Flanqueó la gamela y descubrió el cuerpo tendido de un desconocido, apoyado igual que estaba ella hacía solo un momento, pero mirando en dirección al acantilado. Le pareció mayor, tal vez unos treinta o treinta y cinco.

—¿Eres el camello de mi hermano Lucas?

El desconocido levantó la mirada.

—¿Qué? —preguntó, de nuevo en inglés.

—¿No hablas español? —dijo ella a su vez, en el mismo idioma.

—No. ¿Para qué?

Hablaba como si estuviera muy cansado. Su acento le recordó a cuando jugaba con su medio hermano Sagor y él hacía de jefe indio de una tribu imaginaria y daba órdenes escuetas, enfurruñado. Tal vez había llegado nadando hasta la playa, eso explicaría su ropa mojada. Llevaba unos vaqueros arremangados y, desabotonada, una camisa blanca. Pero no, eso era imposible con aquel frío. La luz de la luna apenas lo iluminaba, aunque sí lo suficiente para ver que era guapo, de rasgos indios que también le recordaron a Sagor.

—¿Quién te ha invitado?

—Soy un viejo amigo de tu padre.

Irina miró hacia el pazo. Acababa de encenderse la luz del despacho de Ernesto.

—Me va a matar si se entera de que he bebido. —Sacudió su vestido como si así eliminase la embriaguez de su mente.

—¿Cuántos años tienes?

—Cumplo trece en unas horas.

—¡Trece! Esto sí que es interesante. Como tu hermano el bastardo.

—No le llames bastardo. ¿Cómo sabes su edad?

—Me lo ha dicho un pajarito.

Irina se giró y se quedó con la pierna levantada igual que un gato que no sabe si irse o quedarse para satisfacer su curiosidad. El desconocido la agarró suavemente por el pie.

—Tienes razón: si tu padre te ve, te va a echar una buena bronca. No deberías beber. ¿Por qué llorabas?

Irina sacudió el pie y se libró de la mano del extraño, pero no se movió del sitio.

—¿De dónde eres?

—¿Siempre respondes con preguntas?

Irina levantó la barbilla y le miró de soslayo.

—Soy gallega, y estás en Mangata, mi playa. Yo hago las preguntas.

—¡Mangata! —se mofó él.

—¿Por qué te hace gracia? Te he preguntado que de dónde eres.

—De Bangladés. ¿Sabes dónde está?

Irina miró los pies del desconocido; no tenían uñas.

—¿Cómo te llamas? —le preguntó.

—Tarik.

—Qué nombre más raro.

—Guapa y divertida. Vamos, siéntate. No soy peligroso.

Ella le ignoró y miró por encima de su hombro, hacia la hoguera.

—Está bien, vuelve a tu fiesta con tus amigos. Parece que se lo están pasando mejor que tú.

Irina estaba decidida a irse, pero entonces vio que dos chicos se acercaban en dirección a ellos.

—¡Maldición!

Se sentó rápidamente al lado de Tarik, apoyando la espalda contra la barca, y le hizo un gesto de silencio llevándose el dedo a los labios. Luego se quedó mirando al frente como si una araña gigante los fuese a devorar. Él la miró entre divertido y desconcertado, pero se encogió también y aguantó la risa. Los chicos pasaron por su lado sin verlos y caminaron hasta el rincón secreto de Irina.

—No está bien mirar a un hombre mientras hace sus necesidades —susurró Tarik, pero, al ver la cara de sorpresa y dolor de Irina, él mismo miró.

El chico más alto había cogido al otro de la cintura y tiraba de su cabeza hacia la suya para besarlo. Irina y Tarik miraban boquiabiertos los cuerpos abrazados, enmarcados en el corazón de la luna llena. A él se le escapó un «*Oh, my Alah!*», pero los chicos no le oyeron. Salieron corriendo, cogidos de la mano, en dirección a un lugar más oscuro y apartado de la playa, hasta perderse de vista.

—¿Amigos tuyos?

Irina negó con la cabeza.

—Hummm, ya. Pues, para no ser amigos tuyos, parece que te importa mucho lo que estaban haciendo.

Irina volvió a negar con la cabeza, al notar que se ruborizaba.

—No, claro que no. Bueno...

Se quedó un momento callada porque el desconocido le estaba salpicando arena a los pies con sus propios pies sin uñas.

—El alto se llama Santiago. Hoy le he confesado que me gusta. —Tragó saliva con dolor: la garganta estaba en tensión, no quería cerrarse debido a que Irina intentaba reprimir las lágrimas—. Me ha dicho que no le van las muñecas de porcelana —soltó al fin—. Es por los bucles que me ha hecho mi madre en la cabeza, y por mi vestido. Odio el rosa, odio a mi madre, odio a Santiago, los odio a todos.

El desconocido se rio con ganas y le hizo un gesto con la mano para que se acercara más. Irina tenía ahora los ojos llenos de lágrimas e hipaba sorbiéndose los mocos.

—Vamos, vamos, chica. Está claro que ese muchacho no era para ti. —Le acarició el cabello—. No creo que estos bucles tengan nada que ver. ¿Nunca te han besado?

—¡Odio a los hombres! —gritó ella, apartando su mano.

—Eso no es un hombre. No tienes que preocuparte si no le gustas, tú necesitas un hombre de verdad. Eso no es un hombre.

—¡Claro que es un hombre!

—Bueno, no tengo nada contra los gais, pero... cuanto más lejos...

—Santiago es el mejor chico que he conocido en mi vida, es muy ingenioso y... ¡Le odio, le odio con toda mi alma! Me vengaré.

—Hay que odiar mucho a alguien para llevar a cabo una venganza.

—¡Pues yo le odio!

—Eres muy pequeña, no sabes lo que es odiar. Yo sí odio a un hombre.

Tarik se metió la mano en el bolsillo y sacó algo que llevaba dentro. Era un colgante con forma de esfera plana y unas bolas perladas de color fucsia en su interior.

—¡Qué bonito! —exclamó Irina. Y luego le miró con curiosidad—. ¿A quién odias?

—No importa. Hoy llevaré a cabo mi venganza. Toma, te lo regalo.

—¿En serio?

—Vamos, gírate. Te lo pondré.

Irina dejó que el hombre acariciara su cuello y le apartara la larga y suave cabellera rubia con cuidado. Cuando logró encajar el cierre, ella sujetó el colgante y lo observó ensimismada. Tenía varios amuletos escondidos en el cajón de su habitación, incluso una baraja de cartas del tarot que le había regalado Santiago. Todo lo que tuviera que ver con la magia le fascinaba. De pronto, ya no estaba tan triste.

—¿Qué tiene dentro? ¿Semillas?

—No. Aminas aromáticas.

—¿Qué es eso?

—Un producto tóxico. Pero están dentro del cristal y no pueden hacerte daño. Este colgante no es un colgante cualquiera, es un amuleto: puede cumplir el deseo que le pidas.

Por un momento pensó que Tarik improvisaba sobre la marcha, así que le miró directamente a los ojos, escudriñándolo.

—Quiero olvidar a Santiago y encontrar al amor de mi vida.

—¿Estás segura? Cuando formulas tu deseo, ya no hay vuelta atrás: el amuleto conjura al universo entero para que se cumpla.

Irina había cerrado los párpados y se concentraba en desear con todas sus fuerzas que le crecieran las tetas, pero luego pensó que no, que tampoco quería eso...

—Quiero que mamá me deje en paz, que no vuelva a obligarme nunca más a vestirme como una muñeca de otro siglo.

—Muy bien, pero eso te costará un sacrificio.

—¿Un sacrificio?

—La magia no es gratis: si quieres que haga efecto, tienes que dar algo a cambio.

—No tengo dinero aquí.

—No se trata de dinero. —Tarik chasqueó la lengua con fastidio.

—Entonces ¿qué quieres?

—Primero, que sonrías y que no pierdas el amuleto; segundo, que cuando tu deseo se haya cumplido, encuentres a su dueña y se lo devuelvas. —Lo dijo muy serio, como si de verdad aquello no fuera un juego.

—¿Lo has robado?

—Eres igual que Ernesto. Si se puede pensar mal, para qué pensar bien.

—¿Quién es su dueña? —insistió Irina.

—Eres tan blanca... Es increíble.

—No me parece muy increíble ser blanca.

—Pues no te imaginas hasta qué punto lo es.

Irina se encogió de hombros e hizo una mueca de fastidio mientras Tarik la miraba pensativo, analizándola como si fuera una ecuación absurda.

—La dueña se llama Amina.

—¿Amina? ¿Como las aminas de este amuleto? ¿Y dónde está?

—Cuando llegue el momento, lo sabrás.

—Está bien. —Se rio tontamente, aceptando el juego.

Se levantó, y en un movimiento torpe, se volvió a agachar y rozó con sus labios fríos la mejilla del hombre. Él la miró desconcertado. Durante unos segundos, sujetó el brazo de Irina y miró el colgante que oscilaba en su pecho, con insistencia. Y alargó la otra mano para acariciarlo, pero ella lo aprisionó rápidamente y soltó una risa cursi.

—Gracias —dijo de forma enérgica, como si así sellara que el amuleto ya era suyo.

Tarik soltó su brazo.

Ella acarició el colgante e iba a preguntar algo más cuando el hombre cambió totalmente el gesto por otro más rudo, e Irina dio un paso atrás, tambaleándose.

—Vamos, vete. A tu padre le va a encantar el amuleto, va a juego con tu vestido. Corre.

Y eso hizo Irina: echó a correr en dirección a la hoguera, sin mirar atrás, con la mano aferrada al amuleto, fantaseando con que las aminas aromáticas le daban una energía superpoderosa. Corría sin apenas pisar la arena fría, igual de ligera que el vuelo de su vestido de seda rosa. Sintiendo sus bragas frías; los muslos calientes. El viento vigorizante contra su rostro. Incluso se le ocurrió un conjuro y lo gritó con todas sus fuerzas al universo:

—*¡Aminas, aminas, meigas e fadas, mar e lume, a vós fago esta chamada: traedme el amor y yo encontraré a vuestra reina, la bella y peligrosa Amina!*

Dio varias volteretas verticales aprendidas en sus clases de gimnasia artística y siguió corriendo. ¿Sería de verdad mágico aquel amuleto? Lo cierto es que ella sentía que su cuerpo se conectaba con toda la fuerza del universo. Ya no le importaba que Santiago la hubiese rechazado. *Soy bella y peligrosa, como a raíña Amina.* Y como si quisiera romper su propio récord de velocidad, esprintó hasta la hoguera donde restallaban los hielos en los vasos de plástico junto a las risas y los gritos de sus hermanos y amigos. Un buen salto siempre comenzaba con una carrera acelerada.

—*¡Aminas, aminas, meigas e fadas...!*

Sin detener su carrera, saltó sobre una banqueta para darse impulso y se lanzó por encima de la hoguera. Solo cuando estaba en el punto más alto, abrió las piernas formando un ángulo perfecto de 180 grados.

El torso echado hacia atrás.

La sombra de su cuerpo detenida sobre aquellas llamas ávidas, fulgurantes.

Una exclamación de susto y admiración sustituyó al murmullo de las voces de sus hermanos e invitados.

Segundos después, Irina aterrizaba con la pierna de delante, flexionando la rodilla suavemente y dejando la pierna de atrás elevada y sostenida, con tanta elegancia que aquella pirueta parecía lo más fácil del mundo.

Apretó el amuleto de aminas aromáticas contra su pecho, como si llevara colgada una medalla olímpica. ¿Cómo podía siquiera imaginar que ese objeto mágico acababa de convocar un destino para ella? Sonrió a su público con una inocencia que nunca más volvería a tener.

II

Irina había aterrizado tan limpiamente que, cuando escuchó el grito indignado de una de las chicas del grupo de las mayores, levantó las cejas con sorpresa: había salpicado arena dentro de su vaso. Los ojos azules de Irina adquirieron un brillo travieso al ver que la chica estaba a punto de enfrentarse a ella, y ya se preparaba para defenderse, con los brazos en alto y el puño amenazante, cuando Sabela las detuvo.

—No merece la pena —le dijo a su amiga. Y dirigiéndose a Irina, añadió—: ¿No deberías estar en la cama?

Irina pasó por su lado con la barbilla levantada en un gesto de orgullo, acariciando el colgante que le había regalado Tarik, pero Sabela la miró con los ojos entornados y la misma indiferencia aburrida con la que un gato miraría a un perro que se está mordiendo la cola.

No tenía ninguna intención de irse a dormir. Se había propuesto quedarse hasta más tarde de las doce y ni siquiera eran las diez. Ni loca pensaba meterse en la cama, no mientras la música de los altavoces siguiera sonando a todo volumen. Decidió buscar a Sagor entre la multitud de chicos y chicas que gritaban y bailaban en pequeños grupos. A la vez que caminaba hacia ellos, un golpe de viento serpenteó por la tela de las sombrillas de diseño haciéndolas tremolar como la vela de un barco; también los manteles de papel de las mesas se agitaron y varios vasos de plástico rodaron por la arena.

Sintió un escalofrío.

Después de un rato buscando a Sagor sin éxito, se dirigió hacia las mesas que estaban llenas de botellas de refrescos y alcohol, de gurruños de papel de plata grasiento y de platos con restos del churrasco y las espinas de las sardinas que se habían asado en la barbacoa. Cogió uno de los vasos que se habían caído al suelo, y, aunque tenía restos de Coca-Cola en el fondo, lo metió en una espuerta negra de plástico con sangría y lo inclinó para llenarlo. Luego bebió aguantando la respiración hasta que el vaso estuvo por la mitad.

Sabía que estaba haciendo justo lo que no se debía hacer: mezclar bebidas. Se lo había avisado su hermano Lucas: «Bebe si quieres, pero no mezcles».

Paso de Lucas, pensó.

Se terminó el vaso y lo volvió a meter en el balde.

Con el vaso de nuevo lleno en la mano, caminó hasta las hamacas que estaban en la línea que marcaba el final de la playa. Un poco más allá había otras hamacas blancas y azules apiladas junto a una caseta de playa roja en la que su padre guardaba las canoas y los utensilios de pesca. Justo allí empezaba el relieve escarpado que conducía a los jardines del pazo, y el terreno se elevaba formando un promontorio que rodeaba toda la bahía. En los extremos se levantaba un poco más y formaba sendos acantilados. En el de la izquierda, se divisaba un bonito cenador erigido en la punta y, en el de la derecha, un bosque de eucaliptos que cerraba la bahía. Justo detrás de la caseta roja estaba la escalinata por la que se accedía al camino principal que llevaba al pazo.

Irina apartó la ropa y los bolsos amontonados en una de las hamacas. Olían al humo de las brasas. Se sentó y removió la arena con los pies, dejando al descubierto algunas azucenas marinas blancas aplastadas. Aquellas flores no crecían todas las primaveras. Cogió la cápsula de una aún inmadura y jugueteó con ella, pero de repente se le ocurrió que ese capullo ya nunca florecería, y lo volvió a tirar a la arena, como si le molestara la idea.

Se terminó la sangría que le quedaba de un solo trago, dejó el vaso, se inclinó hacia delante y apoyó los codos en sus rodillas; descansó a su vez la cabeza sobre las manos y estas se atenazaron en forma de V sobre su rostro.

Aunque empezaba a aburrirse, estaba decidida a aguantar hasta que se fueran todos los invitados.

Su mirada se quedó vagando y por fin se clavó en dos figuras recortadas por la luz de las llamas de la hoguera: Breixo y Sabela. Bizqueó con asco al ver cómo su primo cogía de la cintura a la chica y la llevaba a bailar bajo las sombrillas. Las luces LED —de las que su padre estaba muy orgulloso porque decía que eran las primeras y únicas sombrillas con ellas en toda España— acentuaban el brillo eléctrico del vestido azul; incluso desde aquella distancia podía apreciarse el bulto de sus pechos. Irina apretó el colgante contra su pecho plano, todavía sin formar, cerró los ojos y murmuró:

—*Raíña* Amina, quiero que me crezcan las tetas.

En ese mismo momento, la puerta de la caseta se abrió y Sagor asomó la cabeza.

—¡Eh, mona! ¿Qué haces ahí? ¡Tu vestido está hecho un asco!

Le hizo un gesto para que se acercara e Irina se levantó y caminó hacia la caseta.

Dentro estaba también Txolo, el mejor amigo de Sagor, y olía a marihuana. Su medio hermano llevaba los pantalones tan bajos que se le veían los calzoncillos. La camisa blanca, medio metida por dentro, resaltaba el moreno de su piel, y una gorra de los Chicago Bulls caía sobre sus ojos creando una sombra que ocultaba su rostro de rasgos indios. Cómo envidiaba que él sí pudiera vestir como le diera la gana.

—Tenía que haberme imaginado que estabais aquí —dijo, y le pegó un puñetazo a su amigo. Dio un salto previsor hacia atrás, colocando los puños en alto y a la defensiva, retándole a que le devolviera el ataque—: ¡Defiéndete, Txolo!

En lugar de reaccionar, el chico se atragantó con el humo del porro.

—¿Estás tonta o qué? —Txolo tenía las gafas empañadas y sus ojos estaban más achinados de lo habitual, como si estuviera dormido—. Tía, cuando tu madre vea lo que has hecho con ese vestido, te va a matar.

Irina se encogió de hombros con fastidio y le quitó el vaso. Txolo era delgado y tenía la cabeza enorme como una lámpara de pie.

—Estoy fumado, tíos, muy fumado —resopló el chico—. ¿Por qué no vamos a enseñarles a bailar a las chicas?

Justo en ese momento, Lucas pasó corriendo frente a la caseta. Se puso a buscar su ropa entre el montón que Irina había apartado. Tiritaba y se reía. El flequillo, negro y liso, se le pegaba a la frente pálida. No parecía él. El Lucas que Irina y Sagor conocían nunca se habría metido al agua en pleno abril. Su madre decía que estaba tan delgado porque era como un bello colibrí, todo nervios y agitación. Cuando tenían visitas, enseñaba orgullosa las fotos de familia que había sacado Lucas: «Algún día será un gran fotógrafo». De los saltos y las piruetas que hacía Irina, en cambio, su madre solo se reía: «Se

31

cree que un día será gimnasta profesional, como si eso diera dinero. Tendría que desapuntarla ya de las clases de gimnasia artística para que deje de hacerse falsas ilusiones, pero le divierten». E Irina tenía que apretar los dientes para no gritar que no solo le divertían, que ella realmente quería obtener un día una calificación de diez puntos, como Nadia Comăneci.

Lucas entró en la caseta, le quitó el porro a Txolo y le dio un par de caladas mientras miraba al chico con superioridad condescendiente.

—Oye, mono, ¿no te dije que no trajeras frikis a la fiesta?

Lucas había sido el primero en llamarles «monos»: a Sagor, porque le gustaba resaltar el hecho de que su color de piel, tan oscuro, era totalmente diferente al del resto de la familia —era su forma encubierta de llamarle bastardo—, y a Irina, porque siempre estaba trepando por los árboles del jardín para coger manzanas o haciendo saltos acrobáticos.

—Venid a la hoguera: he dejado el trípode preparado para hacer una foto de todos.

—Yo pa... so —dijo Irina, y al notarse la voz pegajosa y gangosa, lo repitió con más energía para que Lucas no se diera cuenta de que estaba borracha—: ¡Yo paso!

Tampoco Sagor se movió.

—Eh, tíos, ¿queréis oír una adivinanza? —Se le escapó un hipo—. No veo un *carallo*.

—¿De verdad estás fumado o eres así de tonto? «Tíos, tíos, tíos.» Deja de usar esa muletilla. Me saca de quicio. —Lucas le dio una colleja tirando su gorra al suelo—. ¿Cómo te pones esa gorra tan hortera de los Chicago Bulls con una camisa de Ralph Lauren?

Lucas consideraba aburrido a Sagor porque le encantaban las matemáticas y las ciencias, y siempre estaba planteándoles juegos de lógica a sus amigos. Él prefería los libros de ficción. Tenía hasta siete versiones diferentes de su libro favorito, *Moby Dick o la ballena blanca*. Su color de piel era excesivamente pálido, los labios finos, su nariz curva con giba nasal era altiva y arrogante como su personalidad, y los ojos, negros como el azabache; en cambio, los ojos marrones y almendrados de Sagor condensaban su carácter más dulce y calmado, demasiado parado, según Lucas. También a diferencia de él, Sagor tenía las cejas separadas y gruesas, los labios carnosos, los dientes perfectamente alineados y la nariz recta, un poco chata.

—Venid a sacaros la foto o les digo a papá y a mamá que estabais fumando porros.

—¡Tú también has fumado!

—Vale, pero hacemos una montaña humana... —empezó a decir Irina.

Antes de que pudiera terminar, alguien se abalanzó contra ella, la cogió en volandas, y por un momento solo vio el cielo negro y las estrellas. El vértigo y el alcohol en su estómago le provocaron una arcada y tuvo que hacer un esfuerzo para no vomitar.

—¡Tienes suerte de que yo esté a cargo de vosotros y no me vaya a chivar de que estás borracha, pequeñaja! —Su primo Breixo la agarraba entre sus brazos y no la dejaba escapar.

Lucas se puso serio:

—En cuanto nos saquemos la foto, os subís a casa.

—¡Suéltame!

Irina intentaba que Breixo la soltara, pero él se la llevó arrastrando por la arena.

—Qué colgante tan bonito —le dijo cuando llegaron a donde estaba el resto de los chicos.

—Me lo ha regalado el camello de Lucas.

—¿Ah, sí? ¿Y qué es eso que tiene dentro?

A Irina le pareció que las aminas aromáticas brillaban como el reflejo del fuego en los ojos de un dragón. Levantó la cabeza para mirar directamente a los ojos a Breixo.

—Fuego de dragón.

—¿No eres un poco mayorcita para creer en esas cosas?

—Al menos mi amuleto es más original que esa higa, todo el mundo la tiene.

Irina se refería al colgante que llevaba el chico con forma de pequeño puño de azabache con el pulgar metido entre el índice y el corazón. Breixo lo acarició.

—En Madrid no, y me da un halo de gallego misterioso. No sabes cómo les pone a las tías.

—Pues son tontas.

—Qué sabrás tú, no eres más que una cría.

—Te he visto ligando con la cursi de Sabela, ¿se ha dado cuenta ella de que tienes un moco debajo del ojo derecho? —contestó ella con rabia, refiriéndose a la diminuta peca que tenía el chico bajo el ojo, pero Breixo soltó una carcajada.

—¡Venga, poneos! —Lucas corrió hasta la cámara, apretó el automático y volvió al grupo.

Sus amigos estaban tan borrachos que tenían que apoyarse los unos en los otros, bromeaban y se empujaban. Santiago llegaba corriendo desde la orilla.

—¡Falto yo!

Se lanzó como si fuera un jugador de fútbol, derrapando por la arena, hasta ponerse en el suelo en el centro de la foto. Se peinó sus indomables rizos hacia atrás. A Irina le encantaba cómo llevaba el pelo rapado a los lados y el tupé de rizos pelirrojos en el centro. Sintió una punzada en el estómago y tiró del brazo de su primo Breixo, deteniéndolo.

—Paso de salir en la foto.

Él se encogió de hombros.

—Tú misma —dijo, y la dejó para irse hasta donde estaba Sabela, agarrándola de la cintura como si ya fueran novios.

Sagor empezó a caminar bocabajo, con las manos, un segundo antes de que la cámara hiciese clic, y Lucas aprovechó para engancharle por las piernas, como si fuera un tiburón al que acababa de pescar, obligándole a hacer la carretilla atrás y adelante.

—¡Suéltame, imbécil!

—¡Monito, camina, monito!

En una maniobra en la que a Lucas no le dio tiempo a reaccionar, Sagor se giró, contrajo el abdomen y se impulsó con las manos hacia arriba agarrándose al cuello de su hermano, que tuvo que soltarle. Antes de que el mayor pudiera darse cuenta, le había metido un rodillazo en el estómago. Lucas cayó muy cerca de la hoguera. Las amigas de Sabela se echaron a un lado, chillando. En unos segundos, los dos hermanos estaban rodando por el suelo, pegándose en medio de un coro de gritos.

—¡Se van a quemar!

—¡Dale fuerte, mono! —lo azuzó Txolo.

Lucas era más delgado que Sagor, pero también más alto, así que no tardó en doblegarle y cogerle por el cuello acercándolo peligrosamente a las llamas. Irina corrió hasta ellos y gritó con todas sus fuerzas:

—¡Suéltalo!

En lugar de eso, Lucas golpeó a Sagor con el puño, haciéndole sangrar por la nariz.

—¿Qué pasa, bastardo? ¿Necesitas que venga una chica a defenderte?

—¡He dicho que lo sueltes! —gritó Irina—. ¡Te he visto besarte con Santiago!

Lucas paró de golpe. Y miró a su hermana de una forma que ella nunca olvidaría, como si de pronto hubiera empezado a odiarla.

Irina dio un paso atrás, arrepentida.

Y sintió un calor abrasador, seguido de un pinchazo agudo.

—¡El vestido! —gritó alguien.

Y después, un silencio terrible.

En el mismo momento en que Irina entendió que se estaba quemando, un chorro frío llegó desde su derecha. Txolo le había lanzado el líquido de su copa. Su vestido ahora estaba quemado, mojado y lleno de arena. Y olía a alcohol. Sabela se acercó hasta ella y agarró uno de los bucles de su pelo.

—Creo que ese vestido se va a ir directo a la basura. ¿Es un Please Mum?

Irina le apartó la mano bruscamente. Please Mum era una marca para niños mucho más pequeños que ella.

—¿De verdad os habéis besado? —preguntó uno de los amigos de Lucas.

Las llamas de la hoguera se reflejaban en los ojos negros de Lucas, dándole un aire salvaje y violento. Pero, de forma inesperada, soltó una carcajada.

—Menuda tontería. La monita se le ha declarado antes a Santiago y está rabiosa porque él la ha rechazado, no sabe qué inventarse, pobre, quería unos *biquiños*.

—Ni loco me liaría con un marimacho con bucles. —Santiago golpeó a Irina en el hombro—. Venga, marimachito, ¿por qué no haces unos *pinchacarneiros*? Queremos ver tus cabriolas.

Ella sintió unas ganas horribles de llorar, pero, en lugar de eso, apretó los puños. Sagor se puso delante de ella.

—Pídele perdón a mi hermana ahora mismo si no quieres que te meta tal somanta de hostias que no puedas ni contarlas.

Y ya iba a golpearle con el puño cuando Breixo lo agarró del brazo con tanta fuerza que se dobló de dolor.

—Basta ya. Estáis todos borrachos. Vais a volver a casa ahora mismo.

Sagor soltó un grito de rabia, recogió su gorra de los Chicago Bulls del suelo, la ahuecó, se la colocó hacia atrás y se alejó por la playa en dirección a las gamelas.

Breixo se dirigió entonces a Santiago:

—Esta vez te libras porque ha sido mi prima la que ha empezado, pero ni se te ocurra meterte con ella otra vez porque entonces seré yo el que te dé una paliza.

Santiago levantó la ceja cómicamente. Les dio la espalda y

se alejó con Lucas y sus amigos hacia las mesas de las bebidas. Al lado, Sabela se mordía los labios de forma traviesa, como si estuviera disfrutando muchísimo con aquella escena. Breixo se quedó pensando unos segundos, mirando alternativamente a Irina y a Sabela, y finalmente a Irina.

—Vamos, tú ya te has divertido bastante.

La enganchó por las piernas antes de que ella pudiera reaccionar, la cargó en su hombro como si fuera un saco de patatas, y aunque ella le golpeó en la espalda con todas sus fuerzas y le ordenó que la soltara, Breixo se la llevó de allí dando enormes zancadas. No tardaron en dejar atrás la hoguera, la playa y al grupo, que siguió divirtiéndose como si nada hubiera pasado.

2

Un silencio distinto a todos los demás

I

Breixo terminó de subir las escaleras del pazo con Irina todavía a hombros, y al llegar al enorme edificio con forma de U,
esquivó intencionadamente la escalinata de la terraza y la balaustrada con bustos de piedra de iconografía indoamericana
para que ningún adulto los viera desde alguno de los salones.
Flanqueó el ala oeste del pazo y atravesó la puerta acristalada
que llevaba a la cocina.

Cuando dejó a Irina en el suelo, ella tuvo que apoyarse
contra la pared de la cocina porque se sentía muy mareada.

—Te od... —empezó a decir.

Breixo le tapó la boca, pero ella apartó su mano con un
gesto brusco, se incorporó y caminó hasta el grifo. Dejó correr
el agua fresca y empezó a imitar los lametazos de un perro
para beber. Tenía la lengua áspera como la piel de un albarico-
que por culpa del alcohol. Su primo le roció agua por la nuca
y le pidió que dejara de hacer el tonto. Pero, en lugar de eso,
Irina metió la cabeza entera debajo del agua. Cuando por fin la
sacó, Breixo le alargó un trapo para que se escurriera el pelo.

—Estás horrible. Es la primera vez que te echas rímel, ¿no?

Irina hizo una mueca. Todavía estaba mareada, así que se
apoyó en la encimera de mármol de Carrara.

—¿Por qué has contado lo de Lucas y Santiago? No te pega ser cruel —la increpó Breixo.

—Tú siempre dices cosas crueles.

—Yo no digo cosas crueles; yo digo la realidad. Pero no voy desvelando secretos de nadie.

—¿Desde cuándo te importa Lucas? —Irina se sentía muy cansada para una charla como esa—. Siempre dices que fumar tantos porros le va a quitar la ambición. Además, no he dicho ninguna mentira.

Breixo la miró detenidamente y negó con la cabeza.

—¿De verdad te gusta Santiago? No te pega nada. Aun así, lo que has dicho no está bien: lo has hecho por venganza. Tenía una mejor opinión de ti. No te correspondía a ti contar algo que Lucas todavía no ha reconocido. No me extrañaría si dejara de hablarte durante una buena temporada.

A Irina pareció afectarle porque, de pronto, se puso muy triste. Agachó la cabeza mientras recordaba la manera en que Lucas la había mirado.

—No es fácil ser distinto —insistió Breixo—. Tú deberías saberlo mejor que nadie. Nunca te veo jugar con las niñas de tu edad.

El semblante de Irina cada vez se apagaba más.

—¿Tú crees que soy un marimacho? —preguntó al fin, apesadumbrada.

Breixo pareció sorprendido e iba a contestarle algo, pero un grito que venía del salón lo detuvo.

—Ay, Dios. ¡Mi padre! —Irina miró a los lados, súbitamente alerta, buscando una vía de escape. Corrió hacia Breixo—. Tengo que esconderme —le suplicó—; si mi padre me ve así, Dios, huelo a alcohol... ¡Dame un chicle!

—¡No tengo! —Breixo se asustó también.

La puerta que conectaba la cocina con el salón se abrió bruscamente y apareció Ernesto Ferreira.

—Hay que suspender esta fiesta —bufó.

Un rizo le caía sobre la frente, tenía la camisa desabrochada, salpicada de sudor, y un aspecto tan terrible que Irina y Breixo se pegaron a la pared y se quedaron inmóviles como dos insectos indefensos en una insidiosa tela de araña.

Ernesto se frotó ambas sienes con una sola mano en un esfuerzo por calmarse.

Después miró a su hija: su vestido, el pelo mojado, los chorretones de rímel.

—Irina, hija, ¿se puede saber qué te ha pasado? ¿Estás borracha?

Su rostro enfurecido se había transformado en una mueca de desconcierto, y algo no encajaba en su cara pálida, sudorosa: sus pómulos se marcaban tanto que casi se podía intuir su calavera. Era un hombre vigoroso y ágil, pero en ese momento parecía más delgado. Irina decía que su padre era el hombre más guapo del mundo, aunque su madre siempre se metiese con su nariz en forma de pera, y estaba orgullosa de ser la única que había heredado sus ojos azules, pero ahora se veían grises, casi negros, como un cielo plomizo. Ernesto, que siempre olía a caballo y al perfume de la tierra empapada, aquella noche olía a alcohol y a tristeza.

Apoyó su brazo en la encimera.

—No os molestéis en disimular: está claro que estáis borrachos. Irina, *miña ruliña*. —La chica enrojeció al ver que su padre la trataba como a una niña pequeña delante de Breixo—. Sube a ver a tu madre. Avisaré a tus hermanos, todos tenéis que subir.

—En realidad, yo justo me iba a dormir... —Irina se arrastró, todavía pegada a la pared, intentando no balancearse demasiado.

Breixo también se arrastró, pero en dirección a la puerta del jardín.

—Sí, tío Ernesto, yo ya me iba también. Mañana tengo entrenamiento de tenis a las ocho de la mañana y...

Ernesto le hizo un gesto con la mano al chico para que se detuviera y levantó la vista para decirle algo a Irina, pero entonces su rostro se tensó de nuevo.

—¿De dónde has sacado eso? —dijo señalando el amuleto en el cuello de Irina.

La vena en la frente de su padre se marcó como si tuviera una culebra debajo de la piel e Irina se pegó todavía más a la pared.

—¿El qué, papá?

—No te hagas la tonta.

Irina sujetó el colgante que le había regalado Tarik entre el pulgar y el índice.

—Va a juego con mi vestido...

—¡Que de dónde coño lo has sacado!

Aquella vena gorda en la frente de su padre parecía que iba a estallar.

—Tarik, tu amigo... Él dijo que te gustaría.

—¿Tarik? —Su padre repitió ese nombre con profundo desasosiego, como si pronunciara un nombre prohibido—. Pero ¿qué estás diciendo, Irina? ¿Dónde? ¿Cuándo has visto a ese hombre?

—Donde las gamelas.

—¿Hace cuánto?

—Media hora, una hora, no sé... Él... dijo que... yo... Papá, papá, ¿qué pasa?

—¡Es imposible! —Ernesto golpeó la mesa tan fuerte que, a pesar de ser de mármol, el abrigo, sus llaves y las bandejas de plata que había encima temblaron ligeramente—. Quítatelo, ahora mismo. Sube con tu madre y... no le digas nada, solo... quédate con ella y... maldita sea, que tu madre no vea ese colgante, Irina, por lo que más quieras.

—Yo... papá... no te enfades...

—¡Ahora!

Ernesto sacó el móvil del bolsillo de su pantalón y se puso

42

a teclear. Su cabello prematuramente cano, fino, siempre per-
fumado, estaba alborotado y sudoroso. Lo último que Irina
vio antes de salir por la puerta y gatear por la escalera imperial
que conectaba con las habitaciones superiores del pazo fue
cómo cogía por el brazo a Breixo y le pedía que se quedase.

II

Tuvo que subir pegada al borde de la escalera porque se ladea-
ba de un lado a otro. Gateaba para que no la vieran los invitados que charlaban en el salón, apoyando las palmas de las
manos y las rodillas: la izquierda sobre la piedra de granito
silvestre del escalón, la derecha sobre la alfombra roja que
cubría la escalera en la parte central. Sentía el contraste de
ambas superficies. Frío, calor; frío, calor. Su padre no le había
dicho nada del vestido quemado, pero había soltado un taco;
ella pensaba que él era un hombre elegante, que nunca decía
tacos. Ahora le hizo gracia, tal vez porque ya se sentía fuera
de peligro.

Arriba se escuchó la tos de su madre.

Y le pareció que había demasiados escalones.

Y a la risa le sustituyeron unas enormes ganas de llorar, de
dormirse allí mismo con su vestido quemado y mojado; de reír,
de llorar de nuevo. No se tenía en pie.

—Ya voy, mamá —susurró.

Pero su madre no podía oírla. Irina levantó la mano hacia
el siguiente escalón, exhausta. Su madre volvió a toser.

—Ya voy, mamá —repitió.

Se detuvo un momento y cogió aire. Tendría que haberse
quedado allí, quieta, agarrada a uno de los dragones tallados
de la balaustrada. Pero el destino se cernía sobre ella como
una araña que ha preparado bien su red.

E Irina siguió subiendo.

Con el alcohol hormigueando en su cabeza, confundiéndola.

Frío, calor; frío, calor.

Cuando por fin alcanzó la cima de la escalera, miró hacia abajo, hacia el salón y a los invitados que empezaban a marcharse, hacia las cortinas drapeadas de Toile de Jouy que tanto le gustaban a su madre y que Lucas usaba para disfrazarse de príncipe azul; y luego hacia la alfombra persa del vestíbulo que se llenaba de púas imaginarias cuando ella se convertía en faquir y le decía a Sagor que la pisara.

Tal vez intuyó que ese mundo infantil se difuminaba de verdad.

No.

Solo tenía trece años, y estaba borracha. Eso era. Nada más que eso. ¿Cómo podía ella intuir...? Probablemente no estaba pensando en nada cuando por fin se giró, cuando le dio la espalda a ese mundo imaginario, pueril, sin saber que, en su lugar, la realidad iba a penetrarle como una cuchillada para mostrarle el mundo real: el de verdad.

Hacia ese mundo nuevo avanzó.

Por el pasillo, lentamente, como si no quisiera.

Estaba mareada y solo quería echarse a dormir para que las paredes dejasen de moverse, pero se obligó a hacerlo. «Vamos, Irina, avanza... Así, Irina, no ves un comino... Tu cerebro es una esponja empapada en ron, una esponja empapada en ron», canturreó. Y aunque recorría ese pasillo lo menos veinte veces cada día, tuvo que guiarse por las toses de su madre para encontrar su habitación.

Cuando llegó, abrió un poco la puerta y atisbó antes de atreverse a entrar.

No había nada raro.

Todo estaba igual que siempre, aunque, tras conseguir que su cuerpo se equilibrara, observó más pausadamente y, entonces sí, presintió —porque no vio nada— que una enorme sombra desigual, fría, numinosa, se había adueñado de la habitación de sus padres.

Dio un paso atrás, con intención de volver a cerrar la puerta.

Pero Elena había dejado de toser; debió de escuchar el crujido de los pies de Irina sobre el suelo de madera.

—¿Ernesto? Ernesto, ¿eres tú?

La chica se quedó un rato envuelta en el ruido intenso que le embotaba los oídos, hasta que su madre volvió a toser, y se decidió a abrir la puerta del todo.

Sobrepasada, dando pasos en falso, entró en el dormitorio; el suelo no dejaba de moverse, tropezó y cayó al pie del somier.

Su madre estaba tumbada en la cama, con la cara pálida, tan pálida que Irina dudó si acercarse más. Y la observaba de una manera...

—¿Irina, has bebido? —Se notaba que le costaba muchísimo hablar—. Por supuesto que has bebido, ¿qué... —el esfuerzo de coger aire sonó como un silbido—, qué le has hecho a tu vestido? Qué falta de clase, lo llevas en los genes. Estás condenada.

Eso fue lo único que dijo.

Y luego dirigió la mirada al colgante de Irina. Demasiado tarde, la chica lo tapó con sus manos y negó con la cabeza, pero Elena la miraba con enorme decepción. ¿Por qué la miraba así? Deseó ser Lucas. Entonces, Elena habría sonreído.

Pero no lo era.

Tuvo un presentimiento, leve, la sensación de que una serpiente de río le hubiera rozado el corazón. Y quiso regresar a la playa, bailar alrededor de la hoguera. Tal vez volver a las gamelas, junto al desconocido, y quedarse a dormir allí.

Pero avanzó hasta el cabecero.

Eso hizo.

Como si alguien le hubiera dicho que era lo que tenía que hacer.

Incorporó a su madre, cogió su cuerpo frágil entre sus brazos de niña, aunque de manera tan torpe que Elena, que ya no tenía fuerzas, se le escurrió y se golpeó contra el cabecero.

—Mamá, ¿estás bien?

Elena no respondió, su rostro se hinchó en un estertor y, como de muy adentro, se le escapó un sonido gutural, y en lugar de tos escupió una sangre negra sobre los brazos de Irina, que salpicó su cara. Eso fue lo último que vio Elena: la cara horrorizada de su hija, salpicada de sangre, como si la muerte fuera a llevársela a ella también.

Y de esa forma tan acre e impensada, tan irreal y repentina, Irina supo que existe un silencio distinto a todos los demás: el silencio que queda cuando el corazón de alguien a quien amas deja de latir.

3

El infierno en la tierra

Madrugada del 24 de abril de 2004

I

Al Mamun llevaba un buen rato paseándose por cubierta, haciendo cálculos, mirando a cada segundo el Casio de su muñeca que, al menos hasta ese día, nunca le había fallado.

Pero el muchacho al que esperaba no llegaba.

Y era él quien tenía que sacar el cadáver de Tarik a las seis y diez de la mañana del puerto de Marín.

¿Cómo no iba a estar tenso?

Temía que ese chico no llevara el muerto a tiempo. Intentaba calmarse pensando que todavía eran las dos de la madrugada, que el resto de la tripulación no empezaría a llegar hasta las cuatro, que no había nadie en el puerto a esas horas. Para el resto del mundo, aquel 24 de abril de 2004 pronto sería solo un sábado más del que olvidarían el día, el mes y el año. Un sábado insustancial, uno de esos que se hacinan y sedimentan desdibujándose en el arroyo turbio de la memoria.

Pero no podía dejar de mirar el reloj.

De él dependía que el cadáver de Tarik recorriese 5.496 millas.

Según sus cálculos, eso eran unos veintiún o veintidós días a bordo del *Bihotz Oneko*, el buque pesquero en el que acababa de enrolarse para la campaña del atún en las islas Seychelles. Más adelante pensaría cómo ingeniárselas para cambiarle el rumbo y llegar hasta Karachi, en Pakistán. Allí le recogería un contacto del que solo tenía un número de teléfono y juntos trasladarían el cuerpo a un *dhow*. En esa pequeña embarcación pasarían desapercibidos para recorrer las últimas 2.700 millas, unos doce o, tal vez, trece días.

Todo para devolverlo al lugar donde Al Mamun se había criado, el mismo lugar del que Tarik nunca debería haber salido: el infierno en la tierra.

Pero para que eso sucediese, el muchacho al que esperaba tenía que llevarlo a tiempo. Si había seguido bien los planes, habría esperado lo justo para que Al Mamun comprobase que no había nadie en el barco y reuniera todo lo necesario para que el cadáver viajase en condiciones dentro de una cámara frigorífica. Confiaba en que hubiese salido a las doce y veinte de la noche de la playa privada del pazo La Sainaba de la familia Ferreira, tal y como habían quedado. Esa playa a orillas de la ría de Vigo no era más que un pequeño saliente de arena y grava con forma de pinzas de cangrejo abiertas al mar. ¿Qué tendría?, ¿cien metros de largo y tal vez cincuenta de ancho? Sus sombrillas, con luces LED y calefacción integrada, eran de esas que solo compraban los esnobs. Se avistaban a metros desde el mar.

Maldita familia Ferreira.

Al Mamun arrojó un salivazo. No simpatizaba con esa gente, pero Ernesto Ferreira iba a cambiarle la vida. Qué suerte había sido acompañar a Tarik hasta el pazo de ese hombre; estar, como suele decirse, en el momento justo y en el lugar indicado. No sentía ninguna pena por Tarik: querer cambiar las reglas del juego en la primera partida era arrogancia de perdedor. Algo que él ya había leído en su rostro el día que lo vio tristeando con su idealismo de pobre en la cubierta del buque portacontenedores donde ambos trabajaban por aquel entonces. Y eso que enseguida supo que Tarik no era un trabajador de mansedumbre moribunda como los demás: su mirada no estaba agostada, como las viñas que ya no pueden dar más fruto, por la rutina de estar meses y meses encerrados en el mismo carguero; había algo más en sus ojos verdes, tristes, misteriosos... No tenían la expresión de las personas que están hartas de sí mismas. Al Mamun había nacido con el don de ganarse la confianza de la gente y, en menos de una semana, Tarik le había revelado que, para él, ese buque solo era un medio de llegar a España. Cuando desembarcaran en Algeciras, cogería un tren a Vigo y allí buscaría el pazo de Ernesto Ferreira. Tenía fotos de ese hombre y conocía secretos de la familia con los que pretendía chantajearle. Quería cumplir algún tipo de venganza. Él se ofreció a acompañarle por curiosidad, por ver de cerca a un hombre tan poderoso, y porque no quería pasarse el resto de su vida trabajando en aquella cárcel flotante. «Yo hablo español y tú no —le había dicho, para convencerle—. Podemos hacer juntos el viaje. Hace tiempo que quiero ir a Vigo, tengo allí un amigo que me ha ofrecido varias veces trabajar en la campaña del atún en su barco. Creo que voy a aceptar su oferta.» Y de esa manera había acabado acompañándole a aquella estúpida fiesta de cumpleaños. Había esperado pacientemente en la barca gracias a la cual habían accedido a la playa privada, pero Tarik no volvía y Al Mamun decidió ver qué pasaba.

Miró otra vez el reloj.

Y bendijo el momento en que se había encontrado a Ernesto y a un muchacho apresurándose por enterrar el cadáver de Tarik debajo de una barca volcada, susurrando entre ellos: «Tenemos que sacar a toda esa gente de la fiesta, y luego ya veremos cómo deshacernos de él. Coloca esa piedra pequeña encima de la grande e inclínala un poco; así, cuando volvamos, sabremos dónde está». El teléfono de Ernesto había sonado y, tras unos segundos de escucha, el hombre había perdido todo su vigor, se había agarrado la cabeza como si temiera que se le fuera a escapar. El muchacho miró la barca volcada, luego a Ernesto y luego las luces encendidas del pazo a lo lejos. «Tío, ¿estás bien? ¿Qué te han dicho?» Tardó en contestar, como si no se creyera que tuviera que decir aquello: «Mi mujer acaba de morir».

Al Mamun había escuchado que ese hombre era capaz de organizar a la gente como si fueran ejércitos de hormigas, que olía los buenos negocios a kilómetros de distancia, que tomaba decisiones en frío sin que le temblara el pulso, y él tenía la suerte de encontrárselo en el que, con toda certeza, era el único momento de su vida en el que no podía pensar con claridad.

No sabía qué había pasado en esa fiesta de niños pijos, por qué Tarik ahora estaba muerto, pero entendía la vida como un arte en el que absolutamente todo son oportunidades para crear tu propio destino.

Y, en ese momento, decidió entrar a formar parte de la historia de los Ferreira.

—Puedo librarme de ese cadáver. Si quieren.

Si Ernesto y el muchacho pensaban que las cosas no podían ir peor, al ver a aquel desconocido, observándolos tranquilamente junto a las gamelas, debieron de darse cuenta de lo equivocados que estaban.

Ernesto lo alumbró con la linterna del móvil, observó detenidamente su rostro moreno, el pelo grueso y negro, rapado por un lado, su barba bien cuidada, los ojos rasgados y oscuros, la frente achatada de bengalí, la cicatriz en forma de ancla bajo su ojo izquierdo. Lo analizaba por esa costumbre que tienen los hombres de negocios de clasificar a las personas en útiles o inútiles. Pero el brillo de la luna que humedecía la mirada de Ernesto era errante, y a Al Mamun aquellos ojos grises, casi negros, le hicieron pensar en la mirada desorientada de un tiburón herido y sin hambre.

Una vez más, miró el reloj.

Imaginó el esfuerzo que habría tenido que hacer el pobre chaval para apilar él solo el cadáver, junto a las redes de pesca en la cubierta de la pequeña lancha *Te quiero, Elena*, mientras su tío volvía al pazo a echar a los invitados y hacer las llamadas pertinentes, a llorar a su mujer y consolar a sus hijos. Supuso que el muchacho ya habría dejado atrás las bateas, la ría de Vigo —bastante tranquila para ser abril—, y enseguida, a su izquierda, la sombra triple de las islas Cíes; por delante, la forma de tiburón martillo de la costa de la vela, y al poco —¿qué era una hora y media en la mar? —, Cabo Udra y la ría de Pontevedra.

Hasta las dos y cinco minutos no arribó al puerto de Marín.

Al Mamun agitó los brazos desde la cubierta del *Bihotz Oneko* porque llevaba puesto el impermeable negro y ni enfocándole con la linterna se le veía. Tenía la piel muy oscura y allí la gente le preguntaba que si era un puto moro. Los españoles a todo le llamaban «moro». Cómo le molestaba eso. En Bangladés siempre había pasado desapercibido. No había nada reseñable en su aspecto salvo esa cicatriz en forma de ancla bajo su ojo izquierdo.

Agitó de nuevo los brazos en aspa hasta que el muchacho lo vio.

Hay días en el calendario que se recuerdan mejor que meses, incluso que años enteros. Y, probablemente, ese muchacho no iba a olvidar cómo ese día el rizo del faro de Tambo iluminaba intermitentemente el casco mecanizado del barco y proyectaba su forma, más grande y redondeada en la proa, sobre la superficie calma y negra, tan negra, de la mar. ¿Cómo olvidar la silueta del *Bihotz Oneko* quebrándose en ella junto al reflejo plateado de los mástiles y los tangones inclinados?

Casi no se distinguían los colores brillantes del casco azul, de la quilla roja.

Aprovechando la calma de la mar, el muchacho abarloó sin problemas la lancha al atunero, y entre los dos subieron el cadáver. Durante un rato, Al Mamun observó los rasgos indios de Tarik. No llegaba a los treinta y cinco años, pero tenía el rostro lleno de cicatrices. Y no tenía uñas en los pies. Probablemente había andado descalzo casi toda la vida. *Igual que un salvaje,* pensó. Aunque en ese momento lo único que le importaba era reducir la formación de cristales en sus órganos y tejidos: lo iba a enfriar por debajo de los 20 grados bajo cero, como la salmuera. Con esa intención se agachó para inyectarle en la vena la solución crioprotectora que no había sido nada fácil de conseguir. Y entonces detectó un surco sanguinolento en la nuca. Podría haber preguntado, pero no era asunto suyo cómo había muerto.

La bolsa verde de polietileno hacía rato que la tenía preparada sobre la cubierta. Lo que no había calculado bien era la altura de Tarik; tuvo que afanarse en cerrar la cremallera con forma de U y en que le entrara bien la cabeza —pensó que 1,90 centímetros de alto por 30 de ancho era suficiente, pero estaba claro que no—. Por fin lo enjaretaron, como dijo el muchacho. Todo un acierto que la bolsa fuera impermeable, así no se filtraban los líquidos. Y no se le pegaría el hielo al cuerpo. Iban a ser muchas horas allí metido, en la cámara frigorífica a la que a continuación iban a trasladarlo. No interesaba que se le quemara la piel, aunque peor hubiera sido que se formasen cristales y le perforasen las membranas celulares.

—El hielo es menos denso que el agua líquida, ocupa más espacio, y no interesa que tenga más marcas —le explicó al chico mientras sostenía la escotilla de la bodega de pescado para que pudieran bajar despacio los peldaños.

—Sabes mucho de esto, ¿no?

Al Mamun chasqueó los dientes. Ese chaval se creía que ser

blanco y llevar una camisa pija le confería quién sabía qué superioridad moral, como si olvidara que era él quien los había encontrado con un cadáver.

Había olido su racismo nada más verlo. A raíz del atentado, la gente, en general, le miraba peor.

El chico debió de darse cuenta de lo poco acertada que había sido aquella pregunta porque intentó mejorarla con una broma y una risita forzada:

—Bueno, concentrémonos. Solo falta que se nos caiga el muerto y que su fantasma se cabree y te dé el viaje.

Se hacía el gracioso para disimular los nervios, pero, de manera instintiva, se llevó a los labios el colgante de su pecho, un pequeño puño de azabache con el pulgar metido entre el índice y el corazón, y lo besó.

—Los fantasmas solo perturban a los débiles de mente —respondió Al Mamun mientras abría el cierre hermético de la cámara frigorífica y entraba—. Hasta que no empiece la campaña y haya que guardar el pescado, nadie entrará en las cámaras frigoríficas.

De todas formas, y por precaución, había elegido la más pequeña de todas, que era la que menos se usaba.

Apenas cabían los tres dentro.

Soltaron el cadáver encima de una tabla que Al Mamun había puesto hacía un rato en el suelo y, junto a él, un pequeño neceser blanco en el que habían metido el arma de Tarik.

—No te puedes quejar: tienes tu propio mausoleo, es un poco frío, pero así te conservarás mejor las cuatro semanitas que nos quedan de viaje —le dijo al cadáver.

Pero mientras volvía a cubierta con el muchacho y se quedaba allí, viendo cómo este se alejaba de nuevo en su barca, pensó: *Lo más lógico sería dejarlo caer en el fondo del mar, colgarle una piedra al cuello y que se hunda en las profundidades.* Eso les había propuesto: llevárselo mar adentro y deshacerse de él. Pero Ernesto había hecho una extraña llamada y, tras colgar, le había ofrecido una enorme cantidad de dinero si lo llevaba de vuelta a su tierra y se lo entregaba a su madre para que enterrase a Tarik dignamente.

Semejante petición dejó a Al Mamun perplejo, pero enseguida extrajo dos rápidas conclusiones: la primera, que Ernesto tenía un punto débil, esa mujer. Y la segunda, que se habría ganado su confianza para siempre si lo hacía.

El dinero era una recompensa inmediata, pero Alá está con los que tienen paciencia, y era otra cosa lo que él quería. Algo a lo que Ernesto dijo que sí.

26 de abril de 2004

II

Ochenta metros de eslora, 7.000 caballos de potencia, el *Bihotz Oneko* podía acarrear miles de toneladas métricas de pescado. Horas en la cubierta, con la vista perdida en el horizonte de franjas azules, suaves azules. No habían pasado ni dos días desde que zarparan a las seis y diez de la mañana, rumbo sur, del puerto de Marín. El patrón al cargo, Xoán Costas, y el resto de la tripulación eran ajenos a la mercancía indeseable que viajaba con ellos. Xoán no había cambiado nada desde que Al Mamun lo conocía, solo pensaba en cuántos barcos habría y en si la pesca del atún sería buena cuando el *Bihotz Oneko* llegase a su destino: las islas Seychelles.

El pobre no imaginaba que él planeaba cambiar el rumbo a su barco.

Pero hasta que ese momento llegase, Al Mamun tenía cosas mejores en las que pensar que en aquel cadáver. Estaba claro que, si por él fuera, bien podría estar flotando como una medusa a cámara lenta en las profundidades del océano. No hacía falta que bajase tantas veces a la bodega para asegurarse de que nadie descubriera que allí no solo había congeladores vacíos esperando pescado. Ni tenía mucho sentido que le hablase al cadáver, que le dijera: «No te me pudras, no te me vayas a pudrir, Tarik».

Tarik, su vida, su familia, su cadáver... no eran de su incumbencia, eso lo tenía claro: no iba a lamentarse. La vida era así, morían personas todos los días. No había más que ver los telediarios. La gente se alimentaba con noticias desagradables en el desayuno, en la comida y en la cena. Y eso no mataba. Era solo una maquiavélica costumbre que la sociedad se había autoimpuesto como una más de sus rutinarias desidias: masticar y deglutir los telediarios.

Eso no mataba, no.

A no ser que te tocara a ti.

Un día te morías y acababas saliendo en las noticias mientras otros te deglutían como una vaca que mastica hierba.

Aunque los pobres diablos como él y como Tarik nunca salían en los telediarios. Su vida era más insignificante que la de una piedra, ¿y qué era una piedra si el hombre no le daba sentido?

Tarik se había muerto.

¿Y?

Y nada.

La vida seguía.

Su existencia había sido más insignificante que el vacío dentro de una bola del mundo colgada en un árbol de Navidad de cualquier centro comercial.

Y porque era insignificante —no había que masturbarse más la mente—, los hombres como Ernesto hacían con ella lo que les daba la gana.

Así de simple.

Sin embargo, de pronto se le ocurrió que, mientras terminaba de congelársele hasta el tuétano en la bodega del *Bihotz Oneko*, Tarik estaba adquiriendo la consistencia de un fantasma. Y, como fantasma, podía entrar en la mente de otro hombre y no dejarle vivir. Serlo todo para un hombre como Ernesto que, al contrario que aquel frío y pobre diablo sin vida, sí era alguien.

Eso no le sucedería a él: los fantasmas se le aclaraban en la superficie, se disipaban con las franjas azules, suavemente azules del horizonte.

Hacía un día que habían dejado atrás Lisboa, y solo un par de horas que habían doblado a la altura del faro de San Vicente. Al *Bihotz Oneko* no debía de quedarle mucho por barajar de los 1.793 kilómetros de costa portuguesa. Ya habían arrumbado al dispositivo de separación de tráfico del estrecho de Gibraltar, e intentaba dejar la mente en blanco mientras contemplaba la estela afilada que dejaba el atunero a su paso.

—La distancia no es distancia en la mar —le susurró a aquella mancha difusa que nunca se terminaba.

Y dejó allí los fantasmas, en la cubierta de popa —junto a las redes de pesca, las tres pangas que colgaban de los mástiles, los flotadores rojos y blancos—, los dejó oscurecer para que la mar se los tragase igual que había hecho con el sol.

Como cada noche, antes de la cena, pretendía bajar a la cocina a charlar un rato con el cocinero y el resto de la tripulación, pero escuchó risas en el puente de mando donde normalmente solo estaban el patrón y el jefe de máquinas. Así que subió los peldaños de la escala y, desde allí, observó la fila de barcos mercantes tras los que ya estaban alineados para entrar al Mediterráneo, en el carril de 2,5 millas de anchura, bien a la vista de los radares de control del tráfico de las torres de vigilancia del Estrecho. Y también observó la otra fila de barcos que venían de frente en el carril de salida, sus sonidos y luces que se reflejaban en la mar oscura y picada.

El patrón estaba un poco apartado del grupo. Enganchaba los nudillos de una mano con los de la otra y no paraba de mirar el pasillo de apenas cien kilómetros de largo que los engullía como un embudo; ese desfiladero de tráfico legal, pero sobre todo ilegal. No sabía qué le pasaba a Xoán, por qué miraba los promontorios de Ceuta y Gibraltar como si las dos columnas de Hércules fueran a quebrarse y a dejar de sostener el cielo.

Detrás de él estaba Luisito, «el Caldereta», contando chistes y descargando un poco el ambiente.

—Este no os lo he contado. —Luisito se puso serio—: Un hombre está haciendo el examen para el ingreso en Tropa y Marinería: «A ver, ¿cuántas anclas tiene un barco?». «Mmm... pues tiene once, señor.» «¿Once? ¿Está usted seguro de eso?» «¡Por supuesto, señor! Por eso siempre dicen: eleven anclas.»

—Si ayudases más en la cocina y contases menos chistes, Luisito... Ese chiste es más viejo que yo. Y muy malo —le dijo Xoán, quien al contrario que los demás no se había reído.

Pero le dejó que siguiera contando chistes, y Luisito se vino arriba. Su rostro, de aire aniñado, esbozó una sonrisa y la mopa de rizos castaños que tenía se agitó mientras contaba otro en el que san Pedro estaba ante la Puerta de la Caridad —justo donde estaban ellos ahora— y el santo interrogaba al patrón de un atunero por su origen en el preciso momento en que un submarino, con propulsión nuclear y armas atómicas a bordo, pasaba por debajo de ellos.

Pero antes de que acabara, Xoán dijo:

—No tiene gracia.

Y se largó.

Y todos se quedaron callados.

Cuando Al Mamun estuvo a solas con Luisito, que no se había atrevido a terminar el último chiste, le preguntó:

—Pero ¿qué le pasa al patrón?

—Está nervioso. —Y Luisito, como siempre, se fue de la lengua—: Ya sabes, por si le pillan en uno de los *Friendly hailing* aleatorios que activó la OTAN para detectar contrabando ligado al terrorismo tras el 11-S.

—¿Pillarle? Pero si no es más que un interrogatorio amistoso. Si estuviera en la lista de los barcos malos, pero...

«... pero qué tontería, ¿no? —iba a continuar—, si en la línea del Estrecho (por la que pasan lo menos cien mil buques al año y solo se comprueban el cinco por ciento de las mercancías de los contenedores), los vigilantes no pierden el tiempo interrogando a un barco amigo, a un atunero que va a las Seychelles.»

Pero Luisito no le dejó acabar:

—Venga, Mamun, ¿eres el último en enterarte de que vamos en un barco tramposo? El año pasado al patrón le anularon la licencia de pesca del buque. Este año ha hecho un poquito de maquillaje documental.

Y, de repente, era Al Mamun el que miraba por la ventana hacia las torres de vigilancia, enganchándose los nudillos de una mano con los de la otra. El *hailing*, claro, por eso estaba tan tenso el patrón desde que se habían puesto en la cola de aquella maldita autopista marítima que separaba el tráfico entrante y saliente del Estrecho.

—¿Bajas a cenar o qué? Hoy el cocinero ha dejado que sea yo el que prepare un arroz a la marinera que te vas a chupar los dedos. ¡Para que luego Xoán diga que no ayudo!

Pero en el estómago de Al Mamun estaban las marinas de guerra que se pasean por el Estrecho, y los sensores de la Royal Navy de Rosia Bay, y los sistemas de vigilancia estadounidense en Rota como parte del Escudo Antimisiles, y el grueso de la flota española concentrada en esa base gaditana, y los aviones de Patrulla Marítima españoles y americanos en la base sevillana de Morón, y el Programa Santiago de Guerra Electrónica del Ejército español —activo entre las dos costas—, y el del Centro de Operaciones de Artillería de Costa en su búnker de El Bujeo, y los misiles antiaéreos Patriot en San Roque, y...

Para ya, joder, se ordenó. *Solo es un cadáver. Deja de sali-*

var, Mamun, que no te van a fundir el culo con un misil, que
Luisito te está mirando preocupado. Y no es tonto.

—Claro que sí, pero termina de contarme el chiste —le dijo, apoyando una mano en su hombro y riéndose mientras salía con él a cubierta, sin saber de dónde había sacado esa risa que se perdió en el aire frío, oscuro y salobre del Mediterráneo, porque el cerebro le burbujeaba y las manos le sudaban como si no hubiera un mañana.

Iban a detener el barco.

Bastaba con ser un poco observador para descubrir que el número IMO que iba a darles el patrón no se correspondía con el del *Bihotz Oneko*. Lo que podría haber sido un interrogatorio amistoso iba a convertirse en una visita y un registro. Pero antes de que abrieran la cámara frigorífica y descubriesen el mausoleo de Tarik, él ya habría saltado del barco.

Adiós a sus maravillosos planes con Ernesto.

Pero no le quedaba otra.

Así que apenas probó la cena. No mojó —como le indicó Luisito que hiciera— el pan en la salsa espesa del arroz, cargada del olor caliente y húmedo del congrio y el laurel, aunque el Caldereta lo hubiera cocido en su propio vaho como, les estaba explicando a todos, su novia le había enseñado a hacer. Esa noche, Al Mamun dejó que ese olor ascendiera y crujiese en los estómagos de los otros. A él le provocaba una náusea contradictoria. Mientras ellos apuraban el vino de Madeira y el agua, él ya iba por el tercer vaso de whisky y su pupila se encogía como un buitre dentro de sus ojos escocidos.

—¿Los musulmanes bebéis whisky? —preguntó «el Pesca».

Al Mamun le observó fijamente, hasta que el Pesca dio otro sorbo al vino, fingió que no había dicho nada y, por si acaso, no levantó más la vista del plato. Pero Al Mamun tenía la suya más allá de su cogote, fija en el patrón. Aunque no quería ver sus ojos azules deslavados, ni su barba de greñas negras, ni su mano contraída y tensa, huesuda, en torno al vaso de vino, y sobre todo no quería ver su nariz, cómo aleteaba casi al ritmo de sus latidos.

No le mires, Mamun, se ordenaba. *Mantén la cabeza fría.*

Cuando terminaron de cenar, se fue al camarote y todos pensaron que se iba a realizar el *salat* de la noche. Sudaba mientras metía lo fundamental en una pequeña mochila impermeable para cuando bajase del barco y se alejase en uno de los botes salvavidas. Y rezaba, sí, pero no por rutina, sino por no morir congelado como un mísero inmigrante en aquellas aguas del Estrecho. Luego, como no quería que se dieran cuenta demasiado pronto de que se había largado, le tocó hacer el paripé al lado del patrón en el momento en que la voz femenina de Tarifa Traffic los interrogaba por radio en inglés, escuchando la conversación sin escucharla.

«Embarcación en posición 35° 54' N 005° 48' W, aquí Tarifa Traffic llamando por el canal 16.»

Xoán respondía sin que le temblara la voz:

«Aquí el *Bihotz Oneko*. Adelante.»

Y así se tiraron un rato, mientras Al Mamun no dejaba de morderse los carrillos por dentro.

«¿Qué tipo de embarcación son ustedes?» «Tipo de embarcación: Buque de pesca.» «¿Llevan ustedes mercancía peligrosa a bordo?» «No, no llevamos mercancía peligrosa a bordo.» «¿Cuál fue su último puerto de escala?» «Nuestro último puerto de escala fue Marín.» «¿Cuál es su siguiente puerto de escala?» «Nuestro siguiente puerto de escala es La Valeta.» «¿Tripulación a bordo?» «Dieciséis personas a bordo.» «¿Tienen algún pasajero a bordo?»

Ante esa última pregunta, Al Mamun sintió un pequeño latigazo en el pecho. ¿Podía un cadáver considerarse un pasajero?

«No, no llevamos pasajeros a bordo», respondió Xoán con total normalidad.

Al Mamun decidió que era el momento de largarse cuando

la voz, bastante molesta, preguntó por qué no llevaban conectado el AIS para que los pudieran identificar. Pero antes de que el patrón se inventara una mandanga, un ruido de sirenas lo detuvo. Tenía que marcharse, era el momento. Pero durante diez minutos más se quedó en silencio, contemplando junto al patrón un repentino desplazamiento de barcos.

Se acababa de reactivar la Operación Active Endeavour para prevenir movimientos terroristas o detectar armas de destrucción masiva: ¡los estaban dejando pasar sin hacerles más preguntas!

El patrón se apoyó en su hombro, balanceándole con fraternidad.

—O han pillado a un barco que va en dirección contraria, o tienen que escoltar a algún buque más importante que el nuestro. Esto es por lo de las tropas de Irak y la Operación Jenofonte, fijo. Desde el 11-M estamos conspiranoicos. El «compromiso de defensa colectiva» acaba de salvarnos el culo. —Su risa fue de auténtico alivio cuando le volvió a zarandear—. ¡Tráete un poco de ese pseudobrandy francés que escondes en el camarote, Mamun!

Bendita sincronicidad. Se bebería un par de copas con Xoán y se encerraría en el cuchitril que tenía de camarote a deshacer la mochila.

Esa noche, por fin, iba a dormir a pierna suelta.

Y poco a poco, a medida que avanzaban por las aguas cálidas del Mediterráneo, Al Mamun creyó sentir que el Estrecho se cerraba sobre sus deseos como las piernas oscuras y suaves de una amante complaciente.

4

Manzanas en el infierno

30 de abril de 2004

I

Una vez atravesado el estrecho de Gibraltar, el *Bihotz Oneko* recorrió sin más eventualidades la línea recta que iba desde la costa marroquí hasta Argelia y Túnez. Tres días tardó en llegar al dispositivo de separación del tráfico en Sicilia, otro punto caliente. Se había levantado viento y, como todas las tardes, Al Mamun conversaba en la cubierta con el patrón, que llevaba atada una chalina al cuello y la gorra bien encajada para que no se le escapase.

—En cinco horas habremos llegado a La Valeta, Mamun. Están como locos con eso de que mañana Malta entrará a formar parte de la Unión Europea. Por una «política marítima integrada», dicen. Malta es clave para sus intereses y punto. La puerta para hacer entrar dinero sucio imposible de rastrear desde cualquier parte del mundo. Hemos empezado el siglo bien: tanta inmigración, el turismo descontrolado, y este nuevo terrorismo con atentados como el de marzo... Hay un cierre de fronteras a nivel global, pero en Europa vamos al revés, los países se mueren por entrar en la UE. Hasta que se salga el primero, y ya verás. Y en cuanto suceda cualquier otra cosa que nadie se espere, van a querer cerrar sus fronteras no solo los países ricos, sino también los pobres. A todos nos gusta saber quién entra y quién sale de nuestro barco.

Eso último asustó a Al Mamun por un momento, pero no, era imposible que Xoán se imaginara que transportaba un cadáver en el *Bihotz Oneko*.

—Bueno, al menos los océanos siempre han sido un territorio sin ley. Aunque desde el 11-S, esto ya nunca volverá a ser lo mismo, Xoán. Hazte a la idea.

—Pues una cosa te digo, Mamun, yo no veo los telediarios, ni tengo una carrera, pero soy una persona de conocimiento. ¿Y sabes por qué? —Señaló con la cabeza hacia la mar—. Hablo con ella. Un día querrán poner fronteras también en aguas internacionales, pero no lo van a conseguir: hay más mar que tierra en el mundo. Las personas de tierra... esos no saben nada.

—Oye, Xoán. ¿Y qué es eso de que te anularon la licencia de pesca? ¿No te arriesgas demasiado llevando un barco tramposo?

El patrón asintió sin mirarle, con la mirada un poco más gris, tal vez por el efecto de las nubes que se reflejaban en su pupila.

—Necesito el dinero. A mi hija le han diagnosticado leucemia.

—Vaya, lo siento. No me habías dicho nada.

Xoán señaló un buque portacontenedores a lo lejos.

—Diez años pasamos en uno de esos cacharros. ¿Cómo podíamos sobrevivir con la miseria que nos pagaban, sin internet y sin hablar con la familia durante meses? Esos llevan banderas de conveniencia, infectan los océanos con sus aguas de lastre y con la contaminación acústica que deja a las pobres ballenas varadas en las playas. Y nadie dice nada. Ni impuestos, ni regulaciones técnicas, ni responsabilidad social. Y es imposible rastrear a los dueños que, encima, se ahorran hasta el sesenta y cinco por ciento de los costes.

Al Mamun se quedó mirando el buque que señalaba Xoán; los *containers* azules, rojos y naranjas apilados en cubierta como piezas de Tetris. Mediría unos trescientos cincuenta o cuatrocientos metros de largo. Ernesto había pensado enviar el cadáver de vuelta en uno de esos contenedores en los que a él le llevaban la ropa desde el puerto de Chittagong hasta el puerto de Vigo, donde la recogían para que pasara los controles de calidad en la central, pero Al Mamun se había apresurado en decirle que los contenedores cambiaban demasiadas veces de barco: de un *feeder* en Vigo a un *mother ship* en Algeciras, a otro en Salalah, a otro *feeder* en Colombo... «Lo más probable es que nadie abra ese contenedor, pero si lo hacen, y se enteran de que el contenedor es suyo...» Era mentira: habría sido lo mejor. Pero entonces no le hubiera necesitado a él para nada. Había usado su habilidad para conseguir que Ernesto creyera que Mamun era exactamente lo que necesitaba, generándole la ilusión de un falso poder sobre él. Pero había una gran diferencia entre saber dominar y creer dominar. Conocerla era la clave para pasar de ser esclavo a explotador.

Así le había dado la vuelta él a su mundo.

Era todo un arte adaptarse a lo que las otras personas querían creer que eras. Su habilidad para cambiar según las circunstancias, de pensar rápido, era lo que había aprendido a cambio de nacer pobre.

Nacer pobre, para él, no había sido más que un aprendizaje.

Se enorgullecía de ser un hombre sin sueños: matar el deseo le había sacado del infierno. Los sueños eran canciones de pobres. El mundo estaba lleno de ilusos que vivían atrapados por sus deseos y sus expectativas, que no miraban la realidad de frente, que no la aceptaban.

Él los dejaba cantar.

Eso había hecho Tarik.

No era que Al Mamun no tuviera proyectos; simplemente, no fantaseaba con mandangas. ¿Cuánta gente no se pasaba la vida luchando por algo y, cuando por fin lo conseguía, se daba cuenta de que no era eso lo que quería? En cambio, se conseguían cosas extraordinarias si uno sabía colocar bien sus deseos. Más aún si se sabía detectar qué era lo que de verdad anhelaban los demás; su verdadera hambre por debajo de las palabras.

Su don, como él llamaba a esa capacidad suya para el camuflaje, requería de toda una serie de técnicas, trucos y juegos para dominar el espíritu de los otros que él había aprendido a base de observar, de espiar. En su cerebro había grabado instrucciones de actos, gestos y palabras pensadas para encantar a la persona que quería subyugar, las había incorporado como parte de su ADN. Y, como todo buen mago, sabía que el éxito de un truco de magia consiste en hacer mirar al espectador en la dirección contraria a la que se está realizando el truco. *Misdirection*, el arte de desviar la atención. Eso que hacían tan bien los políticos.

—Me debes todo el español que sabes, maldito. —Xoán le hizo volver a la realidad—. Aunque tengo que reconocerte que aprendes rápido: conoces casi más expresiones que yo, podrías trabajar como traductor en las Naciones Unidas, aunque tu acento bangla es terrible, lo sabes, ¿no?

—No había mucho más que hacer en esos buques. Y un idioma no sirve de nada si no se aprende el lenguaje de la calle. Tú, en cambio, no aprendiste ni una palabra de bengalí.

—¿Cómo que no? *Amar pasa tomer bibek theke onek porishkar.*

Al Mamun soltó una carcajada con ganas. Xoán acababa de decirle, con un acento terrible, que tenía el culo más limpio que su conciencia. Era poco frecuente ver reír a Al Mamun, y el patrón sonrió con satisfacción. Él no lo sabía, pero el bangladesí también ensayaba risas frente al espejo, solo para complacer a los demás. Pero en su fuero interno, ese donde se escondía el verdadero Mamun, odiaba a la gente que reía por reír.

—Eso es lo único que conseguí enseñarte —dijo Al Mamun—. Pues que sepas que tienes razón.

Xoán lo tomó como una broma, pero era cierto. A Al Mamun le importaba poco la integración de Malta en la Unión Europea o que los países cerraran un día sus fronteras, y que los portacontenedores tiraran sus vertidos al mar —más rutas comerciales se abrirían cuando se descongelasen los polos—; de hecho, hasta le importaba una mierda que la hija de Xoán tuviera leucemia. Lo único que sí le importaba en aquellos momentos, y ya lo había retrasado demasiado, era cambiar el rumbo al *Bihotz Oneko* una vez que dejaran atrás Malta y atravesasen el canal de Suez.

Xoán le pidió al Pesca el catalejo: quería otear él mismo el horizonte.

—Esta noche habrá tormenta —dijo después de un rato.

Al Mamun asintió. Se cerró la chaqueta y, mirando también hacia el horizonte, esbozó una medio sonrisa y dijo una de las primeras frases que le había enseñado Xoán:

—Pues bailaremos al son del mar.

Horas más tarde, en la cocina, durante la cena, los pantocazos del casco sobre las olas hacían que resbalasen los cubiertos y los platos en las mesas de un lado a otro, así que todos andaban con pies de mar.

—Cuando pega, pega de *collóns*, ¡alegra esa cara, chaval! —le gritó el patrón a Luisito mientras agarraba al vuelo un cuenco vacío que caía de una estantería.

Pobre Caldereta, tenía la cara amarilla y esa noche no contaba chistes. Las sacudidas eran tan intensas que se aferraba a los bordes de la mesa como si fueran las tetas de esa novia suya de la que tanto hablaba.

Ya entrada la noche, les prohibieron por megafonía el acceso a cubierta y todos se metieron en su camarote, a sabiendas de que les costaría dormir. Salvo Al Mamun, que observaba la espalda del patrón, cómo este, erguido frente al timón, con la vista fija en la oscuridad de la tormenta, tomaba las olas por la amura de babor para menguar el impacto del casco sobre ellas. Tras contemplar brevemente el espectáculo de las olas sobrepasando la proa y alcanzando los cristales del puente, Al Mamun se agarró bien a la pasarela y bajó a la sala de máquinas. Estaban atravesando una mar de fondo muy gruesa, y otro fuerte pantocazo hizo escorar al *Bihotz Oneko* hasta 45 grados.

Resbaló por el pasillo mojado.

Menos mal que la puerta de la sala de máquinas le frenó.

Era el único que nunca se ponía los cascos al entrar, había nacido arrullado por los quejidos de los barcos. Al sonido agudo y continuo, camuflado por la vibración de los motores, se unió el de los latidos de la cámara frigorífica donde yacía Tarik, su leve ronroneo. Había bajado a sujetar el cadáver a la tabla con unas cuerdas para que no se meneara dentro de la cámara de un lado a otro, como esos juegos para niños de meter la bola que le sacaban de quicio.

Y entonces tuvo una idea brillante.

II

Después de fondear varios días para incorporarse al convoy asignado de la larga cola de barcos de Puerto Saíd y tras atravesar el canal de Suez —una ruta que les consumió tres semanas—, el *Bihotz Oneko* tuvo que detenerse de nuevo, esta vez en el Gran Lago Amargo, en espera de recibir la salida a Suez.

El patrón discutía en el puente de mando con uno de los mecánicos y, por cómo gesticulaba, Al Mamun intuyó que el plan que se le había ocurrido noches atrás había funcionado. Escuchó cómo Xoán hacía preguntas y al mecánico responderle, primero en egipcio y luego en inglés. Luisito, que estaba junto a Al Mamun, le decía que esa noche iba a dormir en la cubierta del barco:

—La camiseta térmica me tiene asfixiado, con este calor y sin poder abrir las escotillas herméticas, en esos zulos de camarotes me da calor hasta el ordenador. Si te apuntas, te enseño un poco de astronomía.

Al Mamun asintió con la cabeza, más atento a la conversación de al lado.

—¿Cómo se ha podido hacer un porito en el compresor? —maldecía Xoán.

—Pues no lo sé, debió de ser el día de la tormenta.

—¿Y dónde vamos a encontrar esa pieza ahora?

Al Mamun agarró del hombro a Luisito y le sacudió con alegría. Mientras el Caldereta interpretaba que le encantaba su plan de dormir a la intemperie, aprovechó para acercarse y meterse, como quien no quiere la cosa, en la conversación:

—El freón está prohibido, por el efecto invernadero.

—Eso ya lo sé, Mamun —respondió Xoán levantando la mano, como si quisiera pegar a alguien por el enfado que sentía.

—No pueden continuar el viaje sin el gas refrigerante —insistió el mecánico.

Al Mamun se alegró de que, en un atunero, el tiempo de campaña no corriera igual, porque si no el patrón hubiera montado en cólera cuando él le dio la solución:

—Lo único que se me ocurre es cambiar el rumbo e ir a Karachi. Tanto el compresor como el equipo frigorífico son franceses y Pakistán es el único sitio donde es posible que puedan arreglarlos.

—Los paquistaníes son unos piratas, seguro que ellos sí tienen la pieza que necesitamos —asintió el patrón.

Había mordido el anzuelo.

Las noches siguientes las pasó mirando las estrellas en compañía del Caldereta. Se relajó tanto que hasta olvidó el color blanquecino, de ostra cruda y congelada, del rostro de Tarik. Desde el mar Rojo accedieron a Yibuti y, desde allí, al estrecho de Adén, entre el Cuerno de África y la península Arábiga. Eran aguas perfectas para el contrabando, la inmigración ilegal y las drogas por la dificultad para controlar el espacio marítimo. Por eso había más barcos de guerra y más aviones. Los dejaron atrás hasta que se encontraron solos en el mar Arábigo, ya en el inmenso Índico: el sueño de cualquier atunero. Los caladeros del Mediterráneo y del Atlántico Norte estaban agotados, así que esos 73.556.000 kilómetros cuadrados eran el lugar perfecto para la pesca del atún. A su alrededor, mar y más mar. Abierto, inagotable. Que no pertenecía a nadie. Debajo de esas aguas sin fronteras bullía un auténtico tesoro, y allí donde hay tesoros, hay piratas que los vigilan. En el paraíso se habían quedado sin manzanas, pero en ese infierno líquido había auténticos demonios custodiando las suyas. Los bancos de atún no solo servían de polo a las aves y a los pescadores como ellos, sino también a los filibusteros somalíes. Por eso se movían en zigzag. Solo cuando por fin se alejaron, los días continuaron tranquilos hasta que por fin, la noche del 13 de mayo, llegaron al puerto paquistaní.

La mañana del 14 de mayo, después de una buena ducha fría, Al Mamun bajó a la cocina. Veinte días habían pasado desde que salieran de Vigo, 5.496 millas. Sentía cierta tensión, pero estaba de magnífico humor. Sonrió a Luisito cuando le pasó el café y le dijo:

—Sin azúcar, bien amargo, como a ti te gusta.

Era un buen chaval. Le guiñó un ojo al ver que el café olía un poquito a whisky.

—Cómo os gusta beber a los españoles.

Luisito se rio, con la boca llena de galletas.

Sí, era un buen chaval.

A veces, cuando se ponía a hablar de su novia con tanto entusiasmo, le parecía estar mirándose en el espejo de lo que podría haber sido su vida si no hubiera nacido en el infierno.

—¿Estás seguro de que no te vienes luego?

—Sí, me duele la cabeza.

Era la excusa que puso para quedarse en cubierta mientras sus compañeros de tripulación salían en busca de un poco de diversión. Los vio alejarse a lo largo del kilómetro de acera que tenía el Native Jetty Bridge, en dirección a la zona comercial de Port Grand. No era el único que los observaba: los cuervos y las águilas planeaban sobre ellos, atraídos por las capas de basura formadas por cáscaras de gambas y plásticos de todo tipo. El ajetreo ordenado de la ciudad, con sus parques ajardinados, plazas y calzadas modernas, los engullía; caminaban entre los mosquitos, el polvo y las columnas de humo que se elevaban de los puestos de comida ambulante. Y aunque él ya no los viera, sabía que sus cabezas no pasaban desapercibidas entre las de los paquistaníes, árabes, indios y bangladesíes cubiertas por los *dupatta* y los *niqab*, entre los *salowar* y los *kameez* coloridos y bordados, entre las sencillas túnicas blancas y los burkas negros. Se divertirían unas horas en los restaurantes y las tiendas, en las lujosas oficinas de los responsables del narcotráfico. ¿Y él? Él sentía que, en verdad, un poco sí le dolía la cabeza. Tal vez se debiera a aquellos vientos de fuego cargados de electricidad, al olor a azufre que aquella mañana lo cocía todo elevando un vaho compacto y pegajoso sobre el puerto de Karachi. Eso, y los ruidos de las obras de esas malditas ciudades portuarias siempre en construcción.

Pero no. Él ya estaba acostumbrado a eso.

Así que era otra cosa: la tensión de poder abandonar el barco por fin.

Cuando consiguió entenderse con su contacto en Karachi que llevaba esperándole varios días en algún punto a lo largo de la costa de Makrán, le dijo que tenía que ser esa misma noche, que el *Bihotz Oneko* solo estaría un día en puerto, lo que tardaría el patrón en conseguir la dichosa pieza.

A las tres de la madrugada, cuando todos dormían porque al día siguiente salían a las seis de vuelta a las Seychelles, Al Mamun bajó hasta las escalerillas del embarcadero y esperó con los pies descalzos y hundidos en el último escalón visible, escuchando el chapoteo de las boyas y el sorber de la marea que engullía y desengullía los pilotes del Native Jetty.

Ahí llegaba, puntual, el *dhow*. Ayudó a su contacto a amarrarlo.

El hombre le estrechó la mano. No era necesario que hiciera ese gesto, como si fueran negocios. Le pagó la mitad de lo convenido, el resto se lo daría al final. Esa mañana también había tenido que pagar a un par de hombres para que no le vigilaran en el muelle.

Juntos volvieron al *Bihotz Oneko*, bajaron hasta la bodega. Iban descalzos. Rápidos y silenciosos, desembarcaron el cadáver de Tarik. Lo introdujeron en otra cámara frigorífica, mucho más pequeña y con forma de ataúd, que estaba preparada en el *dhow*. Al Mamun respiró fuerte, dos veces seguidas, al tiempo que echaba la cabeza hacia atrás con gran alivio. Todavía tenía que deshacer el camino por la escalinata y el muelle, volver al *Bihotz Oneko*, al camarote, a recoger sus pertenencias. Se había quedado con el neceser blanco que escondía el arma de Tarik junto al cadáver de la cámara frigorífica, no había querido dejar el arma en el *dhow* porque apenas conocía a aquel hombre, así que la llevaba encima, por si acaso, aunque esperaba no tener que usarla. Sentía como si se hubiese quitado un traje de aguas maloliente y que no transpira bien después de un día entero bajo la tormenta sin poder dejar de trabajar.

Pero entonces se detuvo.

Clavó la vista en el puente apenas iluminado.

Luisito le estaba mirando, bajo un farol que perfilaba su silueta recortada, en una zona del puente desde la que perfectamente podía haberlos visto cargar el cadáver en el *dhow*. ¿Qué hacía despierto? Caminó hasta él, con el pecho quemándole, casi sin poder respirar. La ciudad de la luz, a su espalda, parpadeaba bajo el pestañeo lánguido de las estrellas. Cuando estuvieron frente a frente, Luisito esbozó una sonrisa que Al Mamun no supo qué significaba, maldita sea, que tal vez no significaba nada, joder, que ya nunca significaría nada, porque Al Mamun disparó el arma. Y la sangre salpicó su camiseta blanca como un jarabe de mora antes de que Luisito diera dos pasos en falso hacia atrás y cayera al agua. ¿Jarabe de mora, Mamun? Sí, como el jarabe de mora con el que se untan las tostadas en el desayuno, mientras anuncian en las noticias que un marinero español ha sido hallado muerto en el puerto de Pakistán. «Cómetelo todo —les dicen los padres a sus hijos—, ¿no ves que en el mundo hay niños que se mueren de hambre?»

Qué sociedad tan hipócrita.

Pero, en fin, así era la vida.

Todos los días moría gente.

¿Podría Luisito adquirir la consistencia de un fantasma?

Los fantasmas, si de verdad existen, reflexionó, *pertenecen a la niebla, igual que los tesoros hundidos a los muertos.*

Y no sintió nada mientras se alejaba en el *dhow* que avanzaba lento, muy lento, en esa neblina blanca, fantasmagórica. Si acaso, un vacío, una indiferencia persistente como un pitido en el tímpano que no le dejaba disfrutar de la vida.

Miró su Casio mecánico.

Diez días más, calculó, para llegar al infierno.

III

El *dhow* dejó atrás Pakistán y navegó durante días sin alejarse demasiado de la costa india. Justo antes de llegar al infierno en la tierra, se detuvo en algún lugar de las marismas de Bengala, y allí los dos hombres trasladaron el cuerpo de Tarik a un sampán. En esa nueva embarcación volvieron al mar Arábigo y tardaron solo un par de días en llegar a su destino final.

Por fin, a las puertas del infierno en que Al Mamun había nacido, los recibió la penumbra quebrada del amanecer.

Aspiró aquel olor familiar, el del mayor asesino industrial del mundo, el amianto, que se mezclaba con el del dióxido de azufre tornando la niebla de un color amarillento; un olor infernal que nunca había logrado quitarse de la piel.

Poco a poco, como cruces en un cementerio, fueron insinuándose las torretas de los cientos de buques que esperaban para su desguace alineados en la costa de Chittagong. Y a medida que el sampán se adentraba en el fantasmagórico escenario de su infancia, fueron apareciendo también los cuerpos de los buques ya destripados como ballenas de acero sobre la orilla; esa orilla radiactiva donde un grupo de niños, descalzos, gritando y corriendo, les hacían señales para que acercaran el sampán hasta ellos.

En las entrañas de esa penumbra de belleza ocre y terrorífica flotaban partículas imperceptibles de óxido de hierro hidratado. Partículas diminutas que chispeaban y ascendían entre los primeros rayos de sol igual que las burbujas de aire del gajo de una mandarina al romperse.

Le recordaban tanto a él aquellos niños que correteaban descalzos la mañana del 24 de mayo de 2004... (otra fecha que nadie recordaría). No les había despertado ni el silbido de los sopletes ni el chirriar de las grúas. Estaban despiertos desde mucho antes de que los operarios del cementerio de barcos de Chittagong empezaran su jornada. Habían madrugado para esperar en la orilla al sampán que traía ese «paquete» tan importante que alguien, con quien él había hablado previamente, les había encargado recoger; y al ver la pequeña embarcación adentrarse en el lodazal de arena y herrumbre, se agolparon alrededor de él tan excitados como el día que apareció una ballena azul de cinco toneladas —muerta y con un olor a vísceras podridas que desorientaba—, en la playa de Kattali. Pero esta vez el cadáver que contemplarían no era el de un cetáceo monstruoso y maloliente, sino el de un ser humano que había viajado treinta días y dos horas (lo que tarda en desguazarse uno de esos barcos, Al Mamun lo sabía muy bien) en una cámara frigorífica a través de los mares.

Y eso, para ellos, era mucho más excitante.

Al Mamun había preferido entrar por el cementerio de barcos para evitar los controles del Custom Authority en el puerto de Chittagong.

Hacía tiempo que no entraba a Bangladés por el infierno, y se le hizo raro.

Se bajaron y pagó al mayor de los chavales a los pies del *Kingfisher*, un enorme barco abierto en canal que mostraba sus desnudeces sucias: compartimentos seccionados, escaleras verticales, chorretones de lágrimas negras de combustible por las paredes que ya no eran blancas; tubos abiertos; puertas como ojos rectangulares, negros, ciegos.

Le dio más dinero del estipulado, sabía que lo usarían para tapar algún boquete de la casa, incluso para comprar un colchón.

Enseguida los chavales desaparecieron con el cuerpo de Tarik por uno de esos caminos que él conocía de memoria.

El otro hombre volvió al sampán.

Y en el amanecer oxidado y sepia, la vela de la embarcación regresó a ese mar lleno de mierda —*demasiada mierda*, pensó Al Mamun—, fundiéndose primero con los perfiles difusos de los buques desmontados y troceados; bogando entre algunos cascos vacíos como cáscaras de nuez, y ya luego, en la distancia, se perdió entre los enormes buques que aún estaban por desguazar, engullido por aquella niebla tóxica y espectral.

El cementerio de barcos estaba dividido en más de ochenta astilleros a lo largo de sus once kilómetros, en sectores vallados para que no entrase nadie ajeno al trabajo del desguace y para evitar también que los operarios robasen piezas de los barcos. Su primer trabajo, apenas cumplidos los ocho años, había sido allí, por eso se conocía todos los caminos que llegaban hasta el mar, los que había entre parcela y parcela. Por ellos se podía acceder o salir del recinto de forma no oficial. Si bien esos caminos también estaban vigilados, a esas horas de la mañana los niños no habían tenido ningún problema en colarse por uno de ellos saltando entre las barquitas de faenar apostadas a la entrada, y luego entre los trozos de esa chatarra que generaba millones de dólares. Solo había tenido que hablar con un par de viejos amigos para que hicieran la vista gorda.

Los siguió por el camino.

Hundían sus pies en la orilla trufada de chatarra, del plomo y el cadmio de la pintura de los barcos; sin miedo a clavarse hierros de tuberías cortadas o astillas de acero, ni de enredarse en algún cable eléctrico. Cuatro de ellos cargaban el cadáver de Tarik todavía envuelto en la bolsa de plástico frío (qué carga tan ligera comparada con las planchas de acero de los barcos, pesadísimas y calientes). No tardaron ni cinco minutos en alcanzar la zona de cabañas colindantes a los desguaces donde se hacinaban los trabajadores y sus familias.

En una de esas cabañas, construidas entre los riachuelos sucios de los manglares talados para dejar sitio a los astilleros de la costa, había nacido y crecido él.

Pasaron varios riachuelos sobre puentes hechos con las placas de los cascos de los barcos (allí todo se reciclaba, todo se aprovechaba), y finalmente atravesaron el último hasta una cabaña donde los esperaba la mujer.

El punto débil de Ernesto, la madre de Tarik.

No solo los niños se quedaron mudos al verla, también él.

Llevaba un vestido tradicional rojo y joyas de oro falso, nada lujoso, en realidad, pero, desde luego, no parecía una mujer común. Tenía la melena oscura, larga y limpia, y los ojos pintados de negro.

Una flor de pétalos carmesí en medio de un estercolero de polvo y tristeza, pensó Al Mamun.

Junto a ella, un chiquillo agarrado a las faldas de su vestido lo miraba fijamente.

—Qué serio —le dijo, agachándose para acariciarle la mejilla—. Tienes una mirada fiera, como la del tigre de Bengala.

El niño se echó hacia atrás.

—¿Cómo se hizo esa cicatriz?

—Hummm. ¿Esto? —Se tocó la marca bajo el ojo—. Cortando la cubierta de un barco con un soplete, de repente se desprendió una sección del barco y, ¡zas!, me arañó una astilla de acero tan afilada como la garra de un tigre. Me la cosieron con el hilo de un saco de patatas esterilizado y les pedí que le dieran forma de ancla.

Le guiñó un ojo al chiquillo, que parecía impresionado.

Por la mejilla de la mujer bajó una lágrima mientras Al Mamun deslizaba la cremallera de la bolsa verde de polietileno dejando el rostro de Tarik al descubierto.

A pesar de su transparencia, nadie sabe nunca qué sentimientos contiene cada lágrima. ¿Quién sería esa mujer? Al Mamun sintió una curiosidad que no había sentido nunca. ¿Qué relación tenía con Ernesto? Le costó convencerla de que lo mejor era que Tarik apareciese al cabo de unas horas en una calle de Chittagong, como si allí lo hubieran matado, con síntomas de tortura. Luego podría llevárselo y enterrarlo. Accedió solo porque, si no, él amenazó con que no la dejaría enterrarlo.

Al día siguiente, en el *Prothom Alo*, el periódico más conocido de Bangladés, dijeron que había sido solo un ajuste de cuentas, que Tarik era un bloguero muy activo, y que probablemente alguna mafia de Chittagong había decidido cargárselo.

¿Quién iba a sospechar que, en realidad, había muerto en la playa privada de Ernesto Ferreira, a unos cuantos miles de kilómetros al oeste, en un lugar llamado Vigo, y que su cadáver había viajado en barco hasta Bangladés?

Sonaba a majadería.

Pero la gente vive de espaldas a la realidad. Sin saber las majaderías que pasan, así que dejan que pasen y que pasen, en una especie de inercia consentida.

Y la inercia es un demonio con muy mala leche, eso lo sabía bien Al Mamun; con muy mala leche.

Tarik, Luisito (pobre, nunca sabría por qué se había ido de aquel mundo de forma tan inesperada) no eran más que eslabones en la cadena que ayudaban a que otras piezas más grandes encajasen.

Las historias que de verdad importaban eran las de los hombres como Ernesto.

Y Al Mamun ya estaba irremediablemente atado a la historia de esa familia.

La maldita familia Ferreira.

SEGUNDA PARTE

Nueve años después

El mundo es suficientemente grande para satisfacer las necesidades de todos, pero siempre será demasiado pequeño para la avaricia de algunos.

MAHATMA GANDHI

5

Un pulso lento y concentrado

15 de marzo de 2013

Cuando Irina llegó de la calle y entró en el salón cargada de bolsas de tiendas de ropa, encontró a Breixo de pie, en la terraza, al otro lado de la cristalera abierta a la bahía que ocupaba todo el largo del salón principal del pazo de los Ferreira. Su silencio le rodeaba con un aura misteriosa, infranqueable, como si algo le preocupara, así que no se atrevió a acercarse para saludarlo, pero se quedó mirándolo. Su primo acababa de volver de Estados Unidos, donde, después de hacer un máster en finanzas, había trabajado como contable para la firma de abogados Hogan Lovells, una de las mejores, sin duda, y a pesar de ello, por lo visto, había decidido volver a España. Irina sospechaba que quería convertirse en uno de los incondicionales de Ernesto y entrar a formar parte del consejo administrativo de Nora Garment, la empresa familiar. Tenía veintiocho años, seis más que ella, e Irina empezaba a entender la atracción que las mujeres sentían por él. No había cambiado de peinado desde los dieciocho años —arreglado hacia atrás, estudiadamente desordenado en el centro—, y su sonrisa perfecta marcaba sus comisuras, muy definidas, en su mandíbula cuadrada y vigorosa. Vestía de arriba abajo con la línea Gentlemen, la más clásica de Nora Garment, con una fidelidad a la empresa de su padre cercana a la pleitesía. Algo que ponía un poco nerviosa a Irina, pero toda la comarca reverenciaba de una manera u otra a Ernesto. Lo sabía bien porque no había fin de semana que los Ferreira no recibieran algún regalo.

En aquel momento, Breixo se estaba fumando un cigarro Romeo Deluxe y contemplaba el borde del precipicio protegido por una valla de madera de roble que recorría todo el promontorio privado del pazo. La mirada del joven se detuvo en el bonito cenador erigido en la punta. El sol calentaba el horizonte azul grisáceo de la ría de Vigo y su color dorado se reflejaba en el vaso ancho y grueso que sujetaba en la palma de su mano; ese mismo color miel, cálido y nostálgico, tenían sus ojos —que tanta confianza generaban—, como si la morriña no se desprendiera nunca de ellos. Agitó el ron amaderado con hielo picado y se lo llevó a los labios para compensar el sabor muy poco dulce del habano. Irina sabía que esos gustos de hombre mayor conformaban parte de la imagen que quería proyectar, como si aparentar diez años más de los que tenía lo convirtiera en ese alguien importante que ya empezaba a ser. El rostro de Breixo era armonioso, pero durante muchos años le había dado por el boxeo y podía apreciarse en su nariz, recta pero robusta y un poco más ancha en el arco de halcón, una curva muy sutil que perfilaba la punta. Ese detalle, que embrutecía delicadamente su exceso de elegancia, era, probablemente, lo que más le gustaba de él.

La silueta de Irina se reflejó en los espejos que había entre los estantes llenos de botellas mientras caminaba hacia él y admiró en el espejo el vestido blanco y entallado que se había diseñado ella misma.

—¿No te han cortado demasiado las puntas en la peluquería, monita? —Su hermano mayor, Lucas, al que no había visto hasta ese momento porque estaba repanchingado en el sofá viendo un partido de fútbol, le sonreía con un puntito de malicia.

Lucas, que ya tenía veintiséis años, vivía en el pazo desde los diecinueve y actuaba como si fuera suyo. Irina le hizo una mueca cariñosa, sacándole la lengua, y Lucas se hundió más en el sofá que ya había adquirido su forma, hasta que solo se vio su pelo negro y lacio. Se había mudado allí al año de morir su madre, con la excusa de estudiar Periodismo en la Universidad de Vigo, pero Irina sabía que lo había hecho para alejarse de Ernesto. Si padre e hijo no discutían era solo porque Ernesto nunca levantaba la voz, pero cuando iban al pazo los fines de semana, Lucas apenas se dejaba ver.

No le extrañó verlo allí porque aquel viernes era especial: en cuestión de unas horas, los demás salones de la casa se llenarían con más familia e invitados.

Ernesto celebraba su sesenta cumpleaños.

Casi todos los fines de semana, el empresario dejaba el piso en La Coruña y se desplazaba a su pazo en la ría de Vigo. Allí solía aprovechar para reunirse con su hermano Agostiño, el padre de Breixo. Sus rutinas no variaban mucho: durante el día salían a navegar o a montar a caballo y, por la noche, cuando no iban a cenar con los amigos, iban a ver partidos de fútbol. Pero era la primera vez, en nueve años, desde la muerte de Elena, que el patriarca decidía hacer una fiesta.

En aquel momento sonó el timbre y Ernesto, que llegaba desde la cocina e iba vestido con un polo negro y pantalones verdes de faena porque había estado arreglando el jardín, se acercó para abrir la doble puerta bajo el arco de grandes dovelas, hecha en madera de roble y bisagras de hierro negro. Al ver a Irina en el salón, alzó una y dos veces las cejas en un movimiento rápido y seguido, a modo de saludo, y miró de reojo las por lo menos diez bolsas que cargaba su hija. Ella respondió con una sonrisa traviesa, y en parte desafiante, a la mirada de su padre. A Ernesto la frente le sudaba y le caía un rizo blanco y rebelde sobre ella. Se quitó uno de los guantes que tenía manchados de tierra para agarrar el tirador de la puerta.

Los dos hermanos se giraron para ver también quién llegaba.

—¿Qué tal, familia?

Era Agostiño. Como siempre, su tío tenía los mofletes rojos y un brillo pícaro en la mirada. Se describía a sí mismo como «un gordo alegre e inocente», aunque de lo segundo Irina pensaba que tenía bien poco. Entró acompañado de una mujer pelirroja a la que ella no había visto nunca. Pero le fascinó su *look* neoburgués, con un vestido largo de estampado boho de los setenta y botas color camel altas.

—Dame tu maleta, Margarita, puedo dejarla en una de las habitaciones de invitados —se ofreció Agostiño.

—Oh, no te preocupes, Agus, seguro que a este amable señor no le importa llevarla.

Y según lo dijo, al tiempo que le alargaba la maleta, sacó un billete del bolsillo y lo arrugó con delicadeza para que Ernesto lo pudiera coger discretamente en su mano. Ernesto rechazó la maleta, pero cogió y desarrugó el billete de diez euros que le había dado Margarita, exponiéndolo a contraluz, como si quisiera asegurarse de que no era falso, aunque Irina sabía que lo que estaba haciendo era mostrárselo a todos.

—Así, sin sobre ni nada —dijo con cierta sorna, y se lo guardó en el bolsillo.

Margarita, que claramente había confundido al magnate con el jardinero por su aspecto modesto e inofensivo, lo miró atónita. Irina se aguantó la risa, pero Lucas, mucho menos preocupado por las formas que ella, soltó una estridente carcajada.

—Margarita, te presento a mi hermano Ernesto. —Las facciones de Agostiño conformaron una mueca de incredulidad y sus ojos bailaron fingiendo cómicamente un terrible bochorno, pero la sonrisa de la pelirroja se había desinflado, con todo su glamur, por el susto.

—No se azore, mujer. Disculpe si no le estrecho la mano, pero, como verá, vengo de trabajar en el jardín. —Ernesto abrió el brazo en un gesto para animarlos a entrar al salón—. Vamos, sentaos, tomaremos algo. Mi hermano me ha dicho que le preocupa cierto tema que quiere comentar conmigo. —Como siempre, su padre iba directo al grano. Guiñándole un ojo a Margarita con complicidad, añadió—: Todavía quedan un par de horas hasta que lleguen el resto de los invitados. Deje la maleta ahí, no hay prisa, luego la subiremos. Le descontaré la propina de mi minuta como *conseller*.

Margarita respondió con una sonrisa que a Irina le pareció elaboradamente tímida, como si quisiera hacerse la *miñaxoia*, aunque estaba segura que de ingenua no tenía nada. Y no paró de disculparse mientras Ernesto dejaba los guantes en una bandeja de plata que había en una mesita del vestíbulo y, a continuación, se acomodaba plácidamente en su sillón beis de cuero mullido, con los codos en los reposabrazos y las manos cruzadas sobre el estómago. Los dedos pulgares de su padre empezaron a jugar un pulso lento y concentrado, en un gesto muy característico de él. En ese momento llegaba la chica de servicio que le sirvió una limonada a Ernesto y, al ver que había invitados, les preguntó si querían algo cuando todos estuvieron sentados en los sofás.

Mientras ordenaban las bebidas, y para romper el hielo, Irina le dijo a la mujer:

—¿No será usted Margarita Osven? Me vuelven loca sus diseños. —Y le mostró una de las bolsas que todavía no había soltado en la que podía verse el nombre de su *boutique*.

—Y tú debes de ser Irina —exclamó ella, tras asentir, tuteándola y con un tono excesivamente alto—. Qué ojos azules tan bonitos, seguro que tienes locos a todos los chicos.

—Margarita es mi amiga desde hace años. Si hubiera sabido que te gustaban sus diseños, te la habría presentado mucho antes. —Agostiño puso especial énfasis en la palabra «amiga», y por el brillo pícaro en sus ojos, Irina entendió perfectamente el significado real del término. Su tío llevaba años divorciado y siempre le veían con una novia nueva. Luego exclamó—: ¡Cualquiera diría que eres hija de Ernesto! Hinchándote a comprar como si no hubiera un mañana, Dios mío. Eso sí, debe de ser la primera vez que te veo con una bolsa de Nora. ¿Vas a empezar, por fin, a lucir nuestros diseños?

Irina no quiso mirar a su padre, pero le bastó oír cómo chasqueaba la lengua para saber que el comentario de Agostiño no le había hecho gracia.

—Hoy estaban las tiendas hasta la bandera. Estoy agotada —dijo, eludiendo contestar la última pregunta—. He visto a dos mujeres peleándose por una blusa hasta que la han roto. Los empleados han tenido que llamar a la policía. ¿Va a abrir más tiendas en España, Margarita? En Galicia su marca está teniendo mucho éxito.

La pelirroja expulsó un suspiro que podía significar muchas cosas y, antes de contestar, le dio un trago tan largo a la copa que acababan de servirle de Aperol Spritz que prácticamente la vació.

—Mi responsable de compras acaba de regresar de Bangladés y dice que no piensa volver —dijo, al fin, negando con la cabeza—. Ella tenía todos los contactos con los proveedores y me va a pasar el fichero, pero lleva conmigo desde que empecé el negocio y no sé cómo me apañaré yo sola. ¿De qué me sirven los contactos? La necesito a ella. Pero está embarazada, y dice que las cosas en Daca están cambiando. Ha habido más de quince mil detenciones en una semana y algunos extranjeros han recibido amenazas.

—¿Amenazas? ¿De los bengalíes? —intervino Ernesto. Tenía el codo apoyado en el reposabrazos y una pierna cruzada encima de la otra—. He estado por lo menos diez veces en ese país y no conozco a gente más amable. Mi propio hijo es bengalí y es absolutamente encantador. Luego lo conocerá, si tiene suerte, porque es más difícil verlo que al hombre invisible.

Irina sabía que su padre tenía razón: Sagor era tan tímido y reservado que, siempre que podía, intentaba pasar desapercibido. Pero lo de llamarlo «encantador» le pareció que entraba más dentro de su colección de «frases de blanqueo de imagen de la familia», así llamaba Irina al esfuerzo de su padre por convencer al mundo de que eran la familia perfecta desde que Elena muriese. Sagor era discreto y agradable, pero no encantador, le faltaba el atractivo que tenía Breixo, por ejemplo, a la hora de hablar. «Prefiero escuchar. Sé que a nadie le interesan mis conversaciones sobre si realmente los quarks son las partículas más pequeñas del universo», argumentaba el propio Sagor. De hecho, su hermano podía estar en el salón en aquellos momentos y ninguno se habría dado cuenta. Como por instinto, Irina echó una mirada en derredor, pero no, Sagor no estaba allí.

—Sí, Ernesto, por supuesto, los bengalíes son muy amables, no quería decir eso, por supuesto que no, pero...

—Pero ¿qué? ¿Qué le van a hacer a una responsable de compras, mujer? No están locos, necesitan a los inversores. ¿No será eso lo que tan preocupada la tiene? —Ernesto sacudió la mano como si aquello fuera cosa de otro planeta—. Le conseguimos otra rápidamente.

—Si mi padre lo dice, no le extrañe tenerla esta misma tarde.

Margarita Osven jugueteó con los ribetes de su vestido y soltó la frase que Irina supuso llevaba tiempo queriendo decir:

—No puedo seguir llevando yo sola el negocio. Agus dice que soy una exagerada, pero Asia no para de crecer.

—Lo único que yo le digo es que una cosa es que Asia crezca y otra que vaya a comernos. ¿De qué iban a vivir esos países si no les diésemos trabajo?

—No me malinterpretes, Agostiño. Lo que me preocupa es la situación. —Margarita rebuscó en su bolso y sacó un cigarrillo electrónico. Hizo una pausa mientras ponía la boquilla recta. Presionó el botón, dio una larga calada y exhaló un humo de olor dulzón a mora—. Ni Estados Unidos sabe cómo manejarla.

—Bueno, yo estoy con Margarita —observó Irina—. Nadie sabe por dónde va a salir Asia cuando se libere de nuestro yugo.

—¡Ala! —Agus se rio, echándose hacia atrás en el sofá.

Margarita fue a dar un trago a su copa, pero se dio cuenta de que estaba vacía y buscó a la sirvienta con la mirada como si le irritara que no se la hubieran vuelto a llenar ya. De ese gesto, Irina dedujo que aquella mujer tenía dos caras: la que usaba para el servicio, arrogante y altiva, y la que usaba para los hombres como Ernesto, agradable, pero cercana a la sumisión gracias al toque de falsa ingenuidad con que la adornaba.

—Sí, ala —apuntaló.

Y dando otra calada a su cigarrillo, miró de refilón a Ernesto. Pero los ojos grises e impasibles del magnate habían dejado de mostrar interés en ellos; estaba, de hecho, más pendiente del partido de fútbol que veía Lucas. Exhaló un suspiro que podría haber sido un amago de risa, o no. Lo único que se movían eran sus pulgares.

Agostiño levantó la ceja con escepticismo.

—Joder, Irina, «de nuestro yugo». Si hablas así, acabarás como esa gente que llama a tu padre explotador, pero luego se beneficia de sus fundaciones. —Señaló con la mirada sus bolsas, como dando a entender que quien pagaba aquello era su padre. Pero Agostiño no tenía ni idea.

—Es verdad, se me olvida que papi es el Robin Hood de los ricos —replicó ella, pero lo dijo con una sonrisa tan inocente y bien elaborada como las de Margarita.

—Es asquerosamente rico, pero parece que dirige una ONG —ratificó Lucas, sin dejar tampoco de mirar el fútbol y sin tratar de enmascarar la pulla de ninguna manera, al contrario que su hermana.

Ernesto dejó entonces de jugar con sus pulgares. La boca en una línea firme bajo su nariz con forma de pera y el brillo repentino en la mirada fueron suficientes para que Irina entendiese que el comentario no le había hecho ninguna gracia.

—Tú, sin embargo, no tienes ningún problema en exprimir esta ONG mientras vives del cuento. Lo que tendrías que hacer es aprender el negocio ahora que eres joven. Con la fotografía está claro que no vas a llegar a ningún lado.

Lucas se levantó, miró a su padre con odio, apagó el televisor y se marchó.

Siempre que podía, Ernesto le echaba en cara su falta de interés por la empresa. Decía que una generación de «polluelos consentidos» podía cargarse el negocio familiar y que iba a hacer caso a Agostiño y definir mejor los protocolos familiares de Nora Garment. Este último barría para su terreno porque sabía que Breixo sí cumplía con esas expectativas de Ernesto que no satisfacían sus hijos, aunque en el fondo tenía celos de la buena relación que tenían tío y sobrino. Irina podía entender a Lucas, pero se contenía mucho más que él en público. Sin embargo, no podía perdonarle a Ernesto que hubiera truncado su carrera como gimnasta artística, que la hubiese obligado a estudiar Diseño de moda contra su voluntad. Lucas no se callaba y atacaba a su padre cuando podía, pero ella tenía una forma mucho más original de vengarse, de neutralizar su rabia; una que su padre ni siquiera podía imaginar. Era una experta en venganzas silenciosas.

—Lo siento —se excusó Margarita con excesivo azoramiento al notar la tensión que se había creado en el ambiente—, no sé qué hago sacando estos temas cuando estamos de celebración.

Breixo, que ahora estaba apoyado en el quicio de la puerta de la terraza, también tenía el semblante rígido, e Irina se dio cuenta de que debía de llevar un buen rato escuchando. Desde que había vuelto, le había dicho un par de veces que los comentarios de Lucas estaban fuera de tono, a lo que ella había repuesto que, simplemente, no le bailaba el agua a su padre como hacían todos los demás, incluido el propio Breixo.

—Lo que la gente no entiende es que nosotros no tenemos la culpa de que en algunos países no se aplique la legislación laboral —dijo Breixo, desdeñoso—. ¿Vamos a ir a darle nosotros lecciones de moral a un jefe de gobierno de China o de Bangladés? La gente ya se ha olvidado de lo que pasó en la plaza de Tiananmén, cuando aquel pequinés que venía de hacer la compra decidió plantarse ante la columna de tanques. Ignoran que esos países no saben lo que es la democracia y confunden la solidaridad con la injerencia. Esa moral ambivalente es despreciable: critican a mi tío, pero ahí están, dispuestos a pelearse por una blusa en rebajas. Un poco de *sentidiño, carallo*. Que son más capitalistas que nosotros, pero en su metralla de insultos hasta «fascistas» nos llaman. No hace tanto se decía de Bangladés que era un *basket case*, un caso perdido, o lo que es lo mismo, que iba a tener que estar viviendo de las ayudas internacionales para siempre. Y míralos ahora, como dice Margarita, no paran de crecer. ¿Gracias a quién? A los empresarios que apostaron por ellos, como Ernesto, no a los *mamalones* que no hacen nada y solo saben criticar a quienes sí trabajan por levantar el país. No sé cómo los aguantas, tío.

Irina se mordió la lengua, pero no pudo evitar negar con la cabeza al ver el gesto fugaz que siempre hacía su padre cuando estaba satisfecho: su sonrisa despreocupada y complaciente se marcaba ligeramente en la comisura derecha. Pero, en lugar de mostrarlo abiertamente, se inclinó sobre la mesa para servirse una copa de ron, y solo dijo:

—No pierdo el tiempo analizando lo imbéciles que son los demás.

Agostiño soltó una carcajada. Sus mofletes estaban aún más rojos.

—Por eso eres un genio, tú haces las cosas con *xeito*. Y admiro tu templanza, hermano, pero yo me pongo de una mala hostia... El ochenta por ciento, ¡el ochenta por ciento nada menos!, de las exportaciones de Bangladés proceden del negocio textil. Nadie, ¡nadie!, hace veinte años habría dado medio duro por Bangladés. Y aún por encima: si no fuera por nosotros, seguirían intentando sobrevivir de la agricultura. Pero un día llega un ciclón y se lo lleva todo. Eso sí que los tenía esclavizados: depender del demonio de la naturaleza. *Carallo*.

—Cálmate, Agostiño, hombre, no te pongas *rabudo*. —Ernesto se inclinó hacia delante para coger unas galletitas saladas.

—Me parece muy bien que no podáis obligar a los dueños de las fábricas a que no sean corruptos, pero vigilarlos al menos sí podéis, ¿no? —Irina intentó controlar el volumen de su voz, pero no podía evitar que sonara quebrada. Le enfermaba la prepotencia con la que hablaban aquellos hombres y no siempre podía disimular.

Agostiño levantó los brazos como si su equipo acabara de fallar un penalti.

—¿Vigilar? Joder, macho. Tal vez deberías llevarte a tu hija a Bangladés, Ernesto. Que vaya allí y les meta un sermón a los dueños de las fábricas. Me encantaría verla, con su idealismo de niña bien. Hasta que vea con sus propios ojos que los sermones sobre derechos humanos se los pasan por el forro de los *collóns*, querida, hablando en plata. Ya lo dijo Nixon: «Nuestros sermones han pasado de ser cansinos a inoperantes, y ya empiezan a ser ridículos».

Su tío continuó diciendo que la gente necesitaba buscar culpables, querían creer que unos pocos conspiraban contra todos y manejaban los hilos porque así se sentían mejor con sus conciencias. Señalaban a un culpable, simplificaban el mal en él y se lavaban las manos, como Poncio Pilato.

Irina suspiró con aburrimiento. Y decidió que era el mejor momento para abandonar aquella conversación.

Se dirigió hacia la puerta de la cocina que estaba junto a la barra de bar, pero antes se detuvo al lado de su padre, se inclinó para darle un beso y, al hacerlo, el montón de bolsas que llevaba resbaló por su brazo golpeando el de él. Ernesto la agarró del brazo. Podría haberle echado la bronca por alguno de sus comentarios, y en el fondo a ella le hubiera encantado, pero, en su lugar, le susurró al oído:

—Tráete unas aceitunitas.

Y eso la sacó aún más de quicio.

Antes de abandonar el salón, encogió los dedos de los pies dentro de la bota derecha hasta que el imán de neodimio que llevaba allí escondido se le clavó en la planta del pie. Y ese dolor le causó un enorme placer.

6

El magnetismo de algunos objetos

I

Antes de subir a su habitación, Irina pasó por la cocina para pedirle a la chica de servicio que llevara unas aceitunas al salón. Se llamaba Gala, aunque no era su verdadero nombre; se lo había puesto porque el suyo, según decía, era muy difícil de pronunciar. Era de Rumanía y llevaba años con la familia. Bajita y corpulenta, tenía la energía de una avispa. Cuando vio que Irina cogía una manzana verde del cesto y se disponía a marcharse, se limpió las manos mojadas en el trapo de cuadros blancos y azules, y rápidamente la agarró del brazo.

—Espero que hayas comido algo más que eso, niña. —Y luego le guiñó un ojo—. Esas manzanas que traen de Sudáfrica están mejor que las *agostinas* que tiene tu padre en el jardín, pero no se lo digas.

—Tranquila, esta noche me voy a hinchar a comer. He visto todo lo que tienes en el frigo: chocos, mejillones, chinchos, pulpito, navajas, vinito de las Rías Baixas, nécoras, camarones... Y verás todo lo que traen los invitados para agasajar a mi padre.

—Eso espero. Una chica que hace tanto deporte como tú debería alimentarse mejor. Te va a dar una anemia y vas a ver tú qué gracia.

93

—Qué exagerada eres. —Irina usó el viejo truco de abrazarla y darle un beso en la mejilla para que se calmara, aunque Gala la miró con desconfianza—. Oye, Gala, quiero meter alguna foto en el álbum que vamos a regalarle a papá de cuando él y mamá se fueron a Bangladés de viaje de novios. ¿Tú sabes dónde están esos álbumes?

—Arriba, en el vestidor de tu padre, pero lo mismo están llenos de polvo porque a mí, esos, no me deja tocarlos.

Irina agarró la manzana con los dientes que acababa de blanquearse y relucieron igual que perlas en la vitrina de una joyería. A continuación, hizo malabares para empujar la puerta con la pierna, cargada como iba con las bolsas, y salió de la cocina para subir, de dos en dos, los escalones de la escalera imperial.

Cuando por fin estuvo en su cuarto, dejó resbalar las bolsas desde su brazo derecho hasta una silla de mimbre blanca, y las del izquierdo en otra antigua y negra. Se acercó hasta la ventana con balaustre. Sus hermanos preferían las habitaciones con vistas al mar, pero ella decía que no les cambiaba la suya ni por una entrevista con su diseñador preferido, el estrambótico Rick Owens. Además, su habitación era la más grande de todas. Estaba dividida en dos estancias por un arco de piedra, como una casa dentro de una casa. Ella misma había pintado las paredes de negro y el suelo de madera de blanco, y después lo había lijado en algunas zonas para desgastarlo. En las paredes de piedra había colgado marcos vacíos, jugando con sus diferentes tamaños, formas y grosores, como si fueran esculturas. Su padre se había llevado las manos a la cabeza el día que se la encontró arrodillada en el suelo con el bote de pintura.

—Es que no lo entiendes, papi: los desconchones y los marcos huecos son para sugerir abandono, deterioro, pero desde un punto de vista romántico. Es un estilo *Dirty Chic*. O *Rough Luxe*, que suena mejor. ¿No te encanta?

—Poco *chic* y muy *dirty* —se había quejado él.

Pero Irina no le hizo caso, siguió con las remodelaciones e incluyó varias piezas de autor, incluso alguna que había encontrado en el mercadillo. Un día sorprendió a su padre curioseando en su habitación y, cuando iba a salir de nuevo, Irina le estaba mirando con una sonrisa traviesa, apoyada en la jamba de la puerta.

—¿Y bien?

Ernesto se acarició el cuello debajo de la barbilla, como si algo le molestara, y tardó unos segundos en contestar:

—Sabes que prefiero un estilo más clásico.

—¿Clásico como las cortinas de Toile de Jouy del salón pasadísimas de moda?

—Le gustaban a tu madre. Son elegantes y en nuestras tiendas son de las que más se venden.

—Yo diría que son bucólicas. La gente las compra porque creen que confieren glamur, pero están anticuadas. En cambio, mi manera de preservar la historia del pazo es mucho más original.

Se calló al ver que el rostro de Ernesto se entristecía ligeramente con el recuerdo de Elena; sin embargo, le hizo una concesión a su hija:

—El reloj no está mal.

Se refería al Nomon de madera de nogal y metal pulido que ocupaba toda la pared lateral al lado de la cama. Era un reloj minimalista, etéreo, sin ornamentación; se componía solo de dos agujas y de un péndulo alargado y puntiagudo cuya función era meramente decorativa puesto que no oscilaba.

—Bueno, algo es algo. —Sonrió en actitud colaborativa ella también.

—Te pareces demasiado a tu madre.

Irina le había mirado confundida. *¡Ojalá me pareciese a ella!*, pensó, pero Irina amaba las imperfecciones, la mezcla de estilos, lo *kitsch*; el lujo y la decadencia al mismo tiempo.

Nada que ver con los gustos de Elena, que siempre había sido muy clásica, como su padre. Durante muchos años había intentado emularla, ser la joven elegante y dispuesta que su madre había esperado que fuera, pero le costaba disfrazar su carácter rebelde, más impetuoso. Intentaba olvidar las últimas palabras de su madre, «qué falta de clase, lo llevas en los genes», pero siempre acababan volviendo. Irina sabía que era una forma de compararla con «los otros Ferreira», como llamaba a la familia paterna, unos vagos y unos aprovechados de los que solo se salvaba Ernesto. A Irina no le gustaba que hablara así de sus abuelos, a los que ella no había llegado a conocer. Agostiño a veces sí era un poco aprovechado, pero no le parecía ningún *mamalón*. Ernesto también decía que no había nada en el mundo que le reventase más que un vago, y que su madre hubiera visto en ella esos defectos a Irina le provocaba malestar e incluso tenía pesadillas recurrentes en las que su madre la maldecía, denigrándola, con sus últimas palabras: «Estás condenada».

Para intentar alejar aquellos recuerdos, Irina separó la doble cortina en blanco y negro, y abrió la ventana dejando entrar el aire. El sol pegaba de lleno sobre los parterres de flores alrededor de la fuente de piedra que Ernesto había arreglado con celo aquella tarde; las camelias y la alfombra de margaritas a sus pies estaban alineadas simétricamente junto a las azaleas, las palmeras y los rododendros. Al escuchar el ruido de la azada, miró hacia la parte derecha del jardín: Philipe, el verdadero jardinero, estaba inclinado sobre el huerto plantando patatas. Detrás de él se extendía, como un ejército perfectamente dispuesto, la hilera de manzanos por los que ella trepaba de pequeña. El olor de los robles, castaños, nogales y eucaliptos que formaban un bosque más allá del huerto, en el lado opuesto a los manzanos, entró en la habitación. A la izquierda quedaban los hórreos donde ya no se guardaba el maíz. Durante un rato se quedó apoyada en el alféizar, con la vista perdida en la inmensa pradera verde que se extendía por toda el ala izquierda del pazo hasta el muro coronado de musgo y bolas de granito silvestre que lo delimitaba.

Sainaba era un paraíso.

Su paraíso.

Pensaba pedirle permiso a su padre para vivir siempre allí, en Vigo, igual que hacía Lucas. Pero todavía tenía que terminar su doble titulación en Diseño y Coordinación de moda en la escuela Goymar de La Coruña, y el último año de Empresariales. Estaba haciendo las dos carreras a la vez para contentar a su padre, pero, a escondidas, entrenaba para perfeccionar la técnica y acortar segundos a sus saltos artísticos.

Eso le recordó algo.

Volvió a la cama y se quitó la bota derecha.

Le dio la vuelta y el imán de neodimio cayó sobre el exquisito *plaid* de color ámbar hecho con seda de mar de Sant'Antioco que texturizaba y abrigaba la colcha de encaje blanco, una pieza única en el mundo.

Jugueteó con el imán durante unos segundos, como un mago con una moneda falsa.

Y luego lo ocultó, imantándolo detrás del Nomon.

Solo entonces vació las bolsas sobre la colcha: un mono negro de Bimba y Lola, unos pendientes de ópalo y cuarzo de Tous, un vestido fucsia de Sandro, un trikini y varias blusas de Nora, y unas sandalias de pedrería de Osven de nueva temporada que costaban trescientos cuarenta euros, pero que a ella, gracias a su preciado imán, le habían salido gratis. Como casi todo lo demás. Guardó las bolsas debajo de la cama para reutilizarlas en su siguiente «incursión» a las tiendas.

Esa era su venganza silenciosa frente al autoritarismo de Ernesto: el dinero que su padre le daba para que se gastase en ropa y en todo lo que la ayudara con su carrera de Diseño, ella se lo ahorraba robando y lo empleaba, en realidad, para pagar el equipo y a su entrenador de gimnasia artística.

Nadie tenía por qué enterarse.

Y, además, la moda también le gustaba, aunque hubiera empezado a estudiarla por imposición. Y le ayudaba a reconciliarse con su madre. Sabía que aquellas sandalias —por su estilo étnico, los detalles de los flecos y el pequeño tacón— marcarían lo que iba a llevarse ese verano. Es lo que había pensado cuando las vio, que eran un *must* en la elección de cualquier mujer: elegantes y sensuales al mismo tiempo. Le resultaba fascinante que unas sandalias pudieran convertirse en un icono de estilo en el que se inspirarían todas las demás colecciones; otras marcas intentarían imitarlas y, sobre todo, despertarían el deseo en las mujeres.

La satisfacción de llevarlas frente a la insatisfacción de no poder llevarlas.

Había poder en aquellas sandalias.

Cuando las usara, marcaría tendencia; llevaría algo que no todas podían ni sabían llevar. Sin embargo, aunque le encantaban aquellas prendas, los sueños de Irina estaban puestos en un tipo de moda muy distinto. Quería trasladar todo ese lujo a una moda más responsable, concienciar de la necesidad de reducir la huella hídrica, sobre todo. Ernesto le decía que eso no daba dinero y criticaba el exceso de idealismo de Irina, le preocupaba que aquello la incapacitara para poder llevar un día el negocio.

Irina sacó de un cajón los materiales reciclados para el vestido en el que estaba trabajando para el desfile de fin de grado: lazos hechos con multifilamento de las redes fantasma que llegaban a la playa privada de la familia, de tonalidades flúor, en esmeralda y en azul cobalto; lentejuelas de plásticos traslúcidos confeccionadas con botellas de agua cerúleas y envases de aceite de oliva con el resplandor de las turmalinas verdes; más lentejuelas fabricadas con latas de refrescos para obtener brillos iridiscentes, y varios retales de tul tejido con tela de saco de patatas deshilachado muy finamente. Llevó los lazos a la mesa de madera de nogal que estaba llena de patrones, restos de goma de borrar y hojas de revistas arrancadas, la mayoría con vestidos de Elie Saab, otro de sus diseñadores preferidos. Y fue acercando los lazos, uno a uno, al maniquí que había junto a su mesa.

Chasqueó los dientes. Ningún color le convencía.

Llevaba semanas insertando lentejuelas en el tul de tono *nude*, cosiendo flores de tela con los lazos, embelleciéndolo, aquí y allá, con pequeños vidrios erosionados por el mar. El resultado: un hermoso pavo real que iba desde el pecho hasta el largo del vestido, cubriendo las zonas íntimas en un juego de transparencias sugerentes que dejaba al descubierto la curva de las caderas y redefinía el *naked dress*. La espalda abierta en pico y ribeteada era lo que más le había costado pensar, líneas de lentejuelas e hilos de nailon llegaban hasta el suelo imitando la cola replegada del ave. Las mangas tenían una abertura por delante y su vuelo ancho, abombado por arandelas de plástico en los hombros, se extendía resplandeciente hasta la altura de las rodillas. Pero por más que cosiera, ideara cortes, fruncidos, pliegues, Irina nunca lo veía terminado. De pronto se daba cuenta de que había que curvarlo más en la cadera, o no le convencía el drapeado de los pliegues en la cola.

A pesar de lo inusuales que eran aquellos materiales, el acabado era casi perfecto. Irina volvió a mirar el maniquí: solo le quedaba coser el lazo en el pecho izquierdo, justo donde acababa el pico del ave.

—¡Pero no pega! —se desesperó en voz alta.

Y, encima, ni siquiera había empezado a arreglarse para la fiesta. ¡Y había olvidado que todavía tenía que terminar el álbum de fotos!

Media hora después, tras ducharse y ponerse algo cómodo, Irina se dirigió, con una toalla enrollada alrededor de su pelo mojado, a la habitación principal que estaba al fondo del pasillo. Accionó el control domótico al entrar ya que solo unos pocos haces de luz se filtraban a través de la persiana semibajada. Su padre la mantenía siempre así: «Y vosotros deberíais hacer lo mismo, si no el sol se come la madera y la tela de los sofás». Cuando la persiana se levantó, el retrato de su madre, que estaba entre un Renoir y una imitación de *Los girasoles* de Van Gogh que había pintado Lucas, miró directamente hacia donde ella estaba. Irina solía esquivar el rostro perfecto de Elena, sus pupilas negras, tan pequeñas sobre el iris verde, que le conferían una mirada dura e intimidante. El pelo oscuro y lacio, perfecto, recogido en un moño, tampoco ayudaba a suavizar los pómulos marcados de su madre. Había sido una mujer de una belleza severa, esa con la que supo esconder tan bien la fragilidad de su cuerpo, su salud enfermiza, hasta que el cáncer de pulmón se la llevó.

Entró en el armario vestidor y trepó apoyando el pie derecho en uno de los cajones; luego fue bajando uno a uno los dos álbumes que había. Gala se equivocaba, no tenían polvo. Tampoco esperaba que lo tuvieran: Ernesto odiaba el polvo y seguramente los limpiaba él mismo cada cierto tiempo.

Se tumbó sobre la colcha de seda tornasolada de la cama de matrimonio de sus padres, bocabajo, y hojeó los álbumes de su viaje a Bangladés. Pasó rápidamente fotos de edificios y calles atestadas de gente y polvo donde apenas se veían mujeres, solo hombres de rostros curtidos y oscuros; fotos de carreteras atascadas por el tráfico; de coches con más polvo, autobuses de cristales rotos o sin cristales, de *rickshaws* y otros vehículos verdes que Irina no había visto antes. Fotos donde el color sepia del polvo lo dominaba todo. Y luego fotos de talleres de confección con mujeres vestidas con coloridos saris, apiñadas y sentadas en suelos de barro seco. Y cuantas más páginas pasaba, más contrariada se sentía: ¿qué tipo de luna de miel se celebraba en un lugar tan pobre? Nunca hubiera imaginado a su madre en un lugar así. ¿Dónde estaban los paisajes verdes, las cascadas exuberantes, los ríos caudalosos, los famosos tigres de Bengala, los paisajes de ensueño a los que escapar?

Desprendió una foto de sus padres dándose un beso en la habitación de un lujoso hotel, otra de su madre en un *rickshaw* y otra de su padre en una cascada que le pareció ridícula por lo pequeña que era, pero en la que él estaba muy guapo.

Se quitó la toalla que todavía tenía enrollada alrededor del pelo. Por no secárselo inmediatamente se le había rizado, así que suelto ya no le quedaría bien. Decidió que ya tenía bastantes fotos, las juntó y, justo cuando iba a cerrar la página del último álbum, se detuvo.

Acababa de ver una foto en la que su padre agarraba por la cintura a una mujer bengalí con un niño en brazos.

Examinó el reverso: «Abril de 1991».

Había sido tomada muchos años después al viaje de novios de sus padres.

Salió a la terraza para verla mejor, pero durante un rato largo lo que contempló fue el mar, el sol que se desteñía en naranjas suaves y rosados por encima de la línea del horizonte. El paisaje que se sabía de memoria. Hasta que se enfrentó de nuevo a la foto. A los ojos de la desconocida. Y se dio cuenta de que el corazón le latía como si intentara alcanzar el ritmo de sus pensamientos. *Qué tontería*, se dijo, y volvió dentro, apiló los álbumes, los devolvió a su sitio. *Es una tontería.* Alisó las arrugas que se habían formado en la colcha. Entonces su mirada se encontró de nuevo con la del retrato de Elena. Y fue como si ella, desde el más allá, le dijera: «¿Ahora entiendes?».

Agarró todas las fotografías.

Y salió apresurada hacia su habitación.

En cuanto llegó, se arrodilló delante de su mesita de noche y retuvo el aire. Al soltarlo sintió un pequeño latigazo, preciso y abrasador, como si le arrancaran la costra de una pequeña herida en el corazón. Empezó a sacar cosas del cajón, a dejarlas sobre la cama aceleradamente.

—¿Dónde está?

Siguió rebuscando en los cajones.

—¡Aquí! —exclamó al fin.

En sus manos tenía el amuleto redondo con las perlas fucsias en el interior que hacía años le había regalado aquel extraño en la playa. No recordaba su nombre. Allí habría seguido, condenado al olvido, si no fuera porque... Lo puso al lado de la foto; las perlas brillaron por el reflejo de la luz del techo. Ese brillo irresistible, que radiaba una belleza misteriosa, la llevó a reflexionar, por un momento, en el magnetismo que tenían algunos objetos. El imán de neodimio, por su combinación de óxidos de hierro, tenía la propiedad de atraer otros cuerpos y desacoplar, por ejemplo, las alarmas de la ropa de las tiendas de su padre. Las sandalias cristalizaban un estilo único que mezclaba los ideales icónicos de una sociedad, una fórmula irresistible que podía atraer el deseo de las personas, crear tendencia, someterlas para que todas vistieran igual. Y aquel amuleto de perlas irisadas, depositario de misteriosos secretos, generaba una energía poderosa e invisible tan fuerte como para modificar el destino. O atraerlo.

El hechizo de atracción de la materia y el de la moda eran fáciles de entender, pensó, pero el encantamiento del destino tenía algo numinoso, sagrado, soportaba un misterio tan difícil de resolver como en qué lugar del cuerpo se encuentra el alma. Aquel objeto no era un simple colgante: era igual, o tal vez era el mismo que llevaba la mujer bengalí a la que Ernesto sujetaba por la cintura. De ser así, significaba que podía cambiar la vida de una de las personas a las que ella más quería.

En su día no había podido deshacerse del amuleto por una razón: la cara de su madre al verlo en el cuello de Irina, su mueca de desprecio, de decepción. ¿Por qué Elena había reaccionado así? Necesitaba saberlo. Odiaba pensar que ese era el último recuerdo que se había llevado Elena a la tumba, por su culpa.

Ojalá ese amuleto sirviera para deshacer el tiempo y evitar la muerte de su madre, o al menos para borrar la decepción en el rostro de ella.

Pero solo era un colgante.

Contempló los ojos rasgados, marrones, pintados de negro, de la mujer; el vestido tradicional, tipo indio; las joyas de oro; la melena oscura y larga que le caía a un lado. El colgante en su cuello.

Aunque no eran ni el colgante ni la mujer lo que le había producido el latigazo en el pecho. Ni siquiera el recuerdo amargo de la muerte de su madre.

No.

Era el bebé que la mujer tenía en sus brazos.

7

Algo desprendido de su anclaje

I

Irina se estaba poniendo unos zapatos de tacón cuando oyó gritos de Lucas. Se dio el último toque en las mejillas con unos polvos faciales que adoraba porque eran de la marca que usaba su madre y cogió las bolsas con los regalos para su padre. Cargando como pudo con ellas, salió en dirección a la habitación de su hermano para ver qué le pasaba. Mientras caminaba por el pasillo, pensó que era un alivio que la música de la fiesta estuviera muy alta: al menos así los invitados, que desde hacía rato habían ido llegando, no escucharían aquellos gritos.

Cuando estuvo a la altura de la habitación de Lucas, soltó los regalos y pegó la oreja a la puerta.

—¿Te crees que para mí es fácil? —gritaba su hermano.

—Por supuesto que para ti es fácil —le contestó una voz más baja, pero con una entonación mucho más hiriente que Irina reconoció enseguida—. Vamos, llora. Los Ferreira sois así, estáis acostumbrados a que vuestro padre os lo pague todo.

Irina reprimió las ganas de girar la manilla y entrar a decirle cuatro cosas a Santiago. Hacía con su hermano lo que le daba la gana. Lucas y sus complejos. Las últimas Navidades había dejado de hablar con Ernesto porque le había regalado a Sagor un ordenador y a él una cámara de fotos que era mucho más barata. «Papá me odia porque no asume que soy gay», se había desahogado con ella. Irina no creía que fuese por eso, aunque, en una ocasión, Ernesto le había espetado a Lucas: «El carácter melodramático es lo único que tienes de artista», y a Irina le había parecido cruel. Fuese por el motivo que fuese, padre e hijo tenían una relación terrible que solo disimulaban en público y, a veces, como aquella tarde, ni delante de la gente guardaban las formas.

La joven tuvo que dar una zancada hacia atrás porque, justo en aquel momento, Santiago salió al pasillo. El chico se estaba abrochando el cinturón.

—Podías ser un poco más discreto, ¿no? ¿Y si sube mi padre?

—¿Tan discreto como tú husmeando detrás de la puerta?

Santiago levantó una ceja y le sonrió de una manera que a ella le pareció odiosa. No dijo nada mientras él se alejaba por el pasillo en dirección a las escaleras. Iba a seguir sus pasos, pero escuchó cómo su hermano gimoteaba y empujó de un puntapié la puerta.

—Lucas, ¿estás listo? Tenemos que bajar a darle los regalos a papá.

Cerró la puerta y se acercó a la cama. Su hermano estaba desnudo, envuelto por las sábanas blancas y arrugadas. Irina se quedó mirando el preservativo que había en el suelo.

—¿Quieres reciclar el plástico para tu vestido o qué? Deja de mirarlo.

Irina le rio la ocurrencia y se acercó hasta la ventana para abrirla. El aire frío, cargado con el olor denso y salobre del mar, entró por la ventana y se mezcló con el olor a sexo.

—Qué guarros sois.

—Santiago tiene razón, soy un *loser*. Tenía que haberle dicho algo antes a papá cuando me ha puesto en ridículo delante de todos. No valora mi trabajo. Solo le importa su maldita empresa.

—No le hagas caso, Lucas. Eres un excelente fotógrafo. Te dieron la beca para hacer el máster ese de Madrid, no necesitas su aprobación —dijo, intentando animarlo—. Vamos, dúchate. Ya son más de las nueve y papá se estará preguntando dónde están sus hijos.

—No me dieron ninguna beca. —Lucas se apretó contra la almohada, como si la quisiera reventar.

—¿Qué dices? —Irina se sentó junto a él en el borde de la cama y le retiró el pelo de la frente.

—Papá pagó para que me la dieran, soy un *loser*, Irina, *I'm a creep*. Nunca llegaré a nada, Santiago tiene razón. —Lucas no tenía ni idea de inglés, pero se aprendía palabras sueltas de sus canciones preferidas para usarlas en las conversaciones.

—No les hagas caso. Además, los artistas sois así, un día estáis en el fondo y al día siguiente en el cielo. ¿No era esa la canción que te cantaba mamá? *From the ashes to the sky...* —tarareó.

—No te esfuerces. Sé que no soy un buen fotógrafo.

—¡Pero si te han pedido fotos para la revista *Deco*, Lucas! Ella estaría orgullosa. Yo lo estoy. —La mirada se le fue al par de papelinas y el DNI de su hermano encima de la mesa—. Aunque de eso no. La coca te quita las ambiciones, Lucas, por eso piensas ahora que eres un perdedor. Por eso y porque Santiago es tóxico. Ojalá te deje.

—¡No lo digas ni en broma! ¡Él me quiere! No como...

Lucas apretó los párpados con rabia y sus ojos se empequeñecieron. Luego escondió la cabeza de nuevo dentro de la almohada.

—Para que me quieran así, prefiero que no me quieran.

Lucas volvió a sacar la cabeza.

—Por eso estás sola.

Irina apretó los puños, clavándose las uñas, para contenerse.

—Santiago me entiende, sabe que mis aspiraciones van más allá de publicar en una porquería de revista de decoración. ¡Qué casualidad que la revista sea también de uno de los mejores amigos de papá! Vamos, Irina, todos lo pensáis.

—¿Y cuáles son tus aspiraciones, Lucas? —dijo ella al tiempo que miraba el reloj de su muñeca con impaciencia.

Él ignoró ese gesto y cogió un libro de la estantería que había encima de su cama. Las hojas del libro estaban amarilleadas por el paso del tiempo y era muy finito. Se trataba de una encuadernación antigua, de hilo, y, al abrirlo su hermano, se cayeron un par de hojas al suelo.

—Estoy harto de la monotonía, quiero algo que me provoque, por eso me gusta Santiago, porque me hace salir de mí mismo. ¡Quiero algo insospechado, algo mágico que me desafíe! ¿Conoces a Chesterton? —Miró a su hermana, que se encogió de hombros—. Por supuesto que no.

Buscó con vehemencia entre las páginas deshilachadas de aquella reliquia hasta que encontró una que también estaba suelta. Irina volvió a mirar el reloj.

—«Comandante —entonó Lucas, dando a sus palabras un aire teatral y cómico—, ¿no le ha ocurrido a usted nunca, cuando caminaba por una calle desierta en una tarde de ocio, experimentar un anhelo invencible de que sobreviniera algo, pero algo en consonancia con las sublimes palabras de Walt Whitman: "Algo pernicioso y temible, algo incompatible con una vida mezquina y piadosa, algo desconocido, algo absorbente, algo desprendido de su anclaje que bogara en libertad"? ¿No ha sentido usted nunca eso?»

Al terminar, se desplomó sobre la cama, con el libro abierto como un par de alas sobre su pecho y la mirada perdida en algún lugar de la pared. Irina creía que su hermano era realmente inteligente, y muy buen fotógrafo; el único problema era que estaba lleno de complejos. Y eso le impedía muchas veces lograr sus metas. Lucas dejó caer el brazo, y la hoja que había leído cayó al suelo. Irina la recogió.

«Algo desconocido, algo absorbente, algo desprendido de su anclaje que bogara en libertad», releyó para sí misma. Conocía a Walt Whitman por su libro *Yo soy el poema de la tierra*, por su amor a la naturaleza y por el mítico «¡Oh, capitán! ¡Mi capitán!» de la película *El club de los poetas muertos*, pero no sabía a qué obra pertenecería aquel fragmento. Instintivamente, sacó el colgante que había guardado dentro del bolsillo de su vestido y lo acarició.

—Supongo que todos hemos sentido, alguna vez, el deseo de experimentar «ese algo» —dijo.

Y al tiempo que fantaseaba con aquello se le ocurrió que, de alguna manera, las palabras de Walt Whitman llegaban hasta ella como una coincidencia mágica, como si fueran el conjuro que acompañaba al amuleto, las palabras que, al invocarse, podían activar un hechizo. Y a ella siempre le habían gustado las coincidencias mágicas. En una ocasión le había dicho a Sagor que la magia solo es para aquellos que saben hilar las casualidades, y su hermano la había acusado de romántica sin solución, a lo que ella le había rebatido que su espíritu científico no le permitía entender que la misma ciencia no era sino un truco del universo. Irina intentó acordarse del nombre del desconocido que le había regalado aquel colgante, pero nueve años era mucho tiempo y el nombre se había borrado de su memoria. Se alegraba ahora de haber desobedecido la orden de su padre de tirar aquel colgante. Había permanecido oculto en su cajón durante años, como un dragón hibernando en una cueva, desactivados su fuego y sus poderes. Pero ahora las semillas fucsias en el interior del colgante volvían a brillar y ella las contemplaba con la misma fascinación con la que podría ver a ese dragón levantarse de su largo letargo. Volvió a la realidad y, tal vez avergonzada por fantasear con la idea de que ese colgante fuera mágico, menospreció las ilusiones de su hermano, pero se guardó aquella hoja junto con el colgante de nuevo en el bolsillo.

—Tú deseas otra vida. Venga, vamos.

Pero a él no pareció afectarle. Se había atado la sábana alrededor de la cintura y caminaba por la habitación declamando poemas que se sabía de memoria, agitando su pelo oscuro y liso, y ella tuvo que reírse.

—Sí, ¡otra vida! Una vida en la que yo sería famoso, Irina. Quiero ganar el Premio Pulitzer —dijo, parándose de pronto, con una determinación que a su hermana le hizo volver a mirar el reloj con desesperación. El efecto de la coca había pasado de deprimirlo a alterarlo totalmente.

—Me parece muy bien, pero ahora necesitas una ducha. Tenemos que bajar.

Irina se levantó de la cama con intención de marcharse.

—Ignórame si quieres, pero un día —los ojos se le empañaron por la emoción— una fotografía mía cambiará el mundo. Capturaré «ese algo desconocido, absorbente, desprendido de su anclaje» en consonancia con las palabras de Walt Whitman. ¡Algún día seré famoso!

Irina resopló, ya había escuchado bastante. Se levantó y cogió de nuevo los regalos. Antes de salir, le preguntó:

—Supongo que no tienes ni idea de dónde está Sagor, ¿no?

Lucas, que ya había encendido el grifo de la ducha y ensayaba discursos —algo que hacía a menudo en lugar de cantar, como el resto de los mortales—, entre aquellas frases dispuestas a convencer a su público imaginario gritó:

—¡Ni lo sé ni me importa dónde está Sagor, *of course*!

II

Irina no tuvo que buscar mucho, se chocó con Sagor nada más salir al pasillo. Su hermano, que ya estaba listo y dispuesto para bajar a la fiesta, se había cortado el pelo y, en lugar de una onda en lo alto de la cabeza, como siempre, ahora tenía solo un poco de cabello más corto a la altura de la frente y peinado hacia arriba. En cuanto la vio cargando con las bolsas de regalos, se las quitó para liberarla del peso.

—Ya pensaba que no ibas a aparecer. ¡Qué guapo!

—¿Tú crees?

Sagor se llevó la mano instintivamente a la coronilla y se la aplastó como si no terminara de creerse las palabras de su hermana. Arrugó con timidez el entrecejo y sonrió de medio lado, de una manera tierna y seductora muy característica en él. Al momento se le formó un pequeño hoyuelo en la mejilla. Aunque no era especialmente alto —medía 1,72, como ella—, era adicto al boxeo y lo compensaba con unos abdominales perfectos que destacaban en su piel cobriza, oscura, siempre brillante. Se había aficionado después de la muerte de Elena. Los primeros meses no habló apenas con nadie hasta que Breixo le enganchó al boxeo y volvió a ser el mismo de siempre, solo que más tranquilo y observador. Desde entonces había ganado varias medallas de oro en distintos campeonatos. Irina solía pedirle que la ayudara a practicar sus saltos acrobáticos. Cada uno había sufrido y superado a su manera la muerte de Elena, pero para Sagor tal vez había sido más raro que para sus hermanos. Al menos eso pensaba Irina: que, al no ser hijo biológico de Elena, tal vez no se había sentido con el mismo derecho a expresar sus sentimientos. Pero eso era algo que nunca le había preguntado. Ninguno quería sacar el tema. Hacía demasiado daño.

Irina admiraba en secreto a Sagor porque todo el mundo buscaba su compañía. Era lógico: él ayudaba siempre en todo lo que podía a los demás, mientras que a ella le encantaba estar sola y no cuidaba a nadie que no fuera de su familia. Pero es que Sagor, además de sacar tiempo para todos, obtenía siempre notas brillantes y, con solo veintidós años, había donado dinero a dos instituciones científicas. Lucas a veces le llamaba «el mono filántropo». A Irina le extrañaba que, a pesar de que tenía muchas amigas, nunca hubiera tenido novia. «Es más fácil salir de un agujero negro que de la *friendzone*», se excusaba Sagor, encogiéndose de hombros.

—Te estaba buscando, necesito hablar contigo.

—¿Ahora?

—Sí, ahora, y de paso vamos al despacho de papá a esconder sus regalos.

Mientras decía aquello, Irina le desabrochó el primer botón de la camisa oscura que Sagor había combinado con unos vaqueros también oscuros. Después pegó su cabeza rubia a la de él en un gesto cariñoso. Ahora que él se había cortado el pelo y que ella se lo había recogido en un moño, sus cuellos quedaban a la vista. El de él, ancho y largo, y el de ella, también largo pero fino.

Irina parecía más frágil a su lado.

—Vamos. —Enlazó el brazo de su hermano con el suyo.

Mientras bajaban por la escalera imperial y con la mano que le quedó libre, Irina se acarició la nariz. Era una nariz chata, un pelín respingona en la punta, y tenía el puente ligeramente torcido por una mala caída mientras realizaba uno de sus saltos olímpicos de pequeña.

Cuando estaba nerviosa hacía ese gesto.

¿Reaccionaría bien Sagor a lo que iba a decirle?

Cuando entraron en el despacho, descubrieron que ya estaba lleno con la ropa de abrigo, bolsos, sombreros y todos los regalos que habían ido trayendo los invitados. Irina escondió primero la caja que contenía un Franck Muller, un reloj que ella se había encargado de comprar. Lo metió detrás de una lámpara de metal patinado con forma de balaustre. Luego tiró del cordón de pasamanería para mover las cortinas y ocultar otra caja mucho más grande en la que había un telescopio reflector. A su padre le iba a encantar, pero sabía que quienes realmente lo usarían para ver las estrellas desde la terraza del pazo serían Sagor y sus amigos. Se volvió entonces hacia la biblioteca Napoleón III y encajó, en una de las estanterías, un álbum de fotos camuflándolo junto a otros del mismo estilo.

—Ahora solo falta que estemos los tres juntos para poder dárselos. Lucas se supone que bajará ahora, pero no le he visto muy bien. —Y de pronto, como abatida, se dejó caer en el sofá de líneas depuradas que estaba colocado en torno a la mesa de café—. Tengo que contarte algo, Sagor.

—Pues venga, dispara.

Irina sonrió haciendo un esfuerzo y señaló el asiento del sofá con la mano.

—Ven, siéntate.

Sagor obedeció, sentándose junto a ella. Irina sacó entonces la fotografía que tenía guardada en el bolsillo junto al colgante y se la mostró.

—¿Quién es esa?

—¿Quién crees que es? —Irina giró la foto para que Sagor viese la fecha que coincidía con el año de su nacimiento.

—¿Y yo cómo voy a saberlo? —Sagor se encogió de hombros.

—Pues porque es obvio: es tu madre. Y tú eres el niño que está en sus brazos.

Sagor volvió a mirar la foto, esta vez con más detenimiento, y luego la soltó, casi con repugnancia. Hizo amago de decir algo, pero solo observó a Irina con enfado, como si creyera que aquello era una broma que no le estaba gustando.

—La encontré en uno de los álbumes de papá y mamá de cuando estuvieron juntos en Bangladés.

—Si esa fuera mi madre, no estaría en un álbum de papá y Elena.

—Pues si no es tu madre, ¿quién es? Además, tengo que contarte otra cosa.

Irina sacó el colgante.

—¿Recuerdas la noche que murió mamá?

Sagor se puso a alisar arrugas inexistentes en la tela del sofá.

—Esa noche había un tío en la playa que no estaba invitado a la fiesta —siguió Irina—. Estuve un rato hablando con él y me regaló este colgante. Me dijo que cumpliría mis deseos si se lo entregaba a su dueña. Más tarde, cuando volví a casa y papá vio el colgante, se enfadó muchísimo y me pidió que lo tirara. Ahora estoy convencida de que ese hombre quería que supiésemos quién es tu madre, la dueña de este colgante.

Sagor apretó más fuerte su mano contra la tela del sofá.

—Aquella noche estabas muy borracha, Irina. Todos estábamos borrachos por la maldita fiesta. Papá no estaba enfadado sino muerto de dolor porque mamá no paraba de toser y no sabía cómo manejar la situación. ¿Por qué iba a importarle esa baratija?

—Te digo que papá se puso así por el colgante. Y para ya de frotar el asiento, me estás poniendo nerviosa. Es normal que te sorprenda, pero ese tío, el colgante que me dio, la reacción de papá..., todo tiene que ver con tu verdadera madre. Estoy segura.

Sagor dejó de restregar la tela del sofá e hizo ademán de levantarse, pero Irina le cogió del brazo, impidiéndoselo.

—Irina, este no es el mejor momento para hablar de una madre que nunca he conocido. Es el cumpleaños de papá y, para mí, mi madre siempre fue Elena.

Se zafó de su brazo y empezó a dar vueltas por el despacho. Luego se quedó con la mirada perdida en la colección de porcelana china de la biblioteca. Durante un rato, ambos estuvieron callados hasta que Sagor volvió a sentarse, con los codos apoyados en las piernas y las manos en la cara. Irina le contempló mientras él se frotaba la frente hacia arriba, estirándose las cejas en un gesto para calmarse.

—¿De verdad crees que ese tío que te dio el colgante tenía

algo que ver con mi verdadera madre? —Sagor cogió la foto de nuevo—. Si esta mujer de la foto fuera mi madre, yo debería sentir algo, y no siento nada. Yo no soy ese niño, Irina. Dame la foto. Le preguntaré a papá.

—¿Estás loco? No podemos preguntarle a papá.

—Qué tontería, ¿por qué no?

—Porque preguntarle a papá es la mejor forma de asegurarnos no saber nunca la verdad. —Irina casi deletreó la palabra «nunca»—. Está claro que él no nos la va a decir. Por algo no lo habrá hecho hasta ahora, ¿no?

A Sagor le llevó un rato pensar en todo aquello.

—¿Entonces? —se rindió.

—Entonces, déjame pensar. Ya se me ocurrirá algo.

—Vale, pero si no se te ocurre algo pronto, voy a preguntárselo yo mismo. Me quedo con la foto.

—¡Chist! —Irina le hizo un gesto para que se callara y susurró muy bajito—: ¿Oyes? Es la voz de papá. Nos va a pillar con los regalos, faltan varios por esconder.

Rápidamente, haciéndose gestos el uno al otro de silencio, se agacharon detrás del sofá sobre la alfombra turca justo cuando se abría la puerta.

—Bueno, pero han pasado ya muchos años de ese informe, ¿qué tanto nos puede comprometer que alguien quiera airearlo ahora? —entró diciendo Ernesto.

—La documentación que te falsifica mi padre para disimular las cantidades reales y los precios de las mercaderías en la Aduana sería *peccata minuta* al lado de este informe. No estamos hablando de abonar menos impuestos por las transacciones comerciales, sino de algo mucho más grave, Ernesto. Si la prensa se entera...

Irina reconoció enseguida la voz firme y el perfume de Breixo y se frotó la nariz para no estornudar. Sagor estuvo a punto de salir de su escondite al oír cómo cerraban la puerta y se sentaban, pero Irina tiró de su brazo y le tapó la boca.

—La prensa, la prensa. La prensa está anestesiada, Breixo. Es como un animal de zoológico esperando a que le den la comida en lugar de salir a cazarla.

—Pues, o viajamos a Bangladés y arreglamos lo de ese informe, o tú eres el chuletón de buey del supermercado que se van a comer en breve. Ernesto, hazme caso. Una semana, diez días si hace falta. Del veinticinco de marzo al cinco de abril. Cambiamos el pedido a otras fábricas, lo que haga falta, pero esto lo solucionamos para siempre.

—Ojalá nunca te hubiera metido en esto —lamentó Ernesto.

Durante un rato estuvieron en silencio. Al final, Breixo dijo:

—¿Cómo es posible que después de tantos años alguien hable de ese informe? ¿Por qué no te deshiciste de él?

—Hay muchas cosas que no sabes, Breixo. En aquella época tú eras muy joven, no podía explicártelas.

Tras varios minutos en los que Irina y Sagor se hacían señales con la mirada e intentaban respirar en silencio, Ernesto, que debía de estar mirando por la ventana, dijo:

—Me he pasado toda la tarde en el jardín y creo que hay que tener más cuidado con esos eucaliptos, se cargan los pinos con sus raíces. —Se calló un momento, como si reflexionara, y luego, casi con indiferencia, preguntó—: ¿Del veinticinco de marzo al cinco de abril? Voy a tener que cambiar toda la agenda, pero está bien: el lunes nos reunimos en A Coruña y lo organizamos. Venga, volvamos a la fiesta. Hoy es un día de celebración, no quiero que nada me lo fastidie.

Cuando la puerta volvió a cerrarse, Irina y Sagor soltaron aire y respiraron con fuerza, aunque tardaron un rato en atreverse a salir de su escondite.

—Parecía que estaban hablando de algo chungo. Me *cheira* mal. Breixo sonaba realmente preocupado —susurró Sagor.

—¿Y qué esperas? Ni tú ni yo nos chupamos el dedo,

Sagor. No finjamos ahora que lo hacemos. Papá es dueño de varias empresas y la prensa lleva años detrás de él. Preocuparse y solucionar problemas es su trabajo. Y eso es lo que hará, como siempre. Eso sí, ahora entiendo por qué Breixo parecía tan preocupado esta tarde, se habrá mordido las uñas hasta que por fin ha podido hablar con papá. Pero ¿sabes qué?, hay algo por lo que tú deberías estar alegre.

—No encuentro ningún motivo para estar alegre, la verdad.

Irina le quería mucho, pero no le entendía: Sagor se atrevía con las preguntas más intrigantes y desconocidas del universo, pero tenía auténtico pavor a indagar dentro de sí mismo. ¿Cómo era posible que nunca hubiera hecho preguntas sobre su verdadera madre?

—Pues porque vamos a conocer a tu madre. —Lo dijo abriendo las palmas de las manos como si aquello fuera una obviedad.

—¿Otra vez estás con eso? ¿Y cómo se supone que voy a conocerla?

—A ver, *carallo*. ¿No has oído a papá y a Breixo? Tan listo para unas cosas, monito, y tan *parvo* para otras.

—¿En qué estás pensando, Irina?

La joven miró el colgante y su brillo se reflejó en sus ojos azules. Sonrió con picardía y, recordando las palabras de Walt Whitman, dijo:

—En «algo pernicioso y temible, algo desprendido de su anclaje».

Y como Sagor la miró sin entender, ella exclamó:

—¡En una locura!

8

Una venganza silenciosa y divertida

Cuando accedieron al salón, los invitados se movían de una estancia a otra. Bailaban, charlaban o fumaban en corros en la terraza mientras una docena de camareros los abordaba con bandejas llenas de comida. Canciones de Muddy Waters sonaban una detrás de otra. Agostiño, que estaba haciendo de DJ, discutía con Margarita: «Esto es blues verdadero, nena». A lo que la pelirroja, que se movía a un ritmo que no pegaba para nada con la música, contestaba: «Pon un poco de Rihanna, por Dios». Agostiño intentaba cogerla del brazo para que bailase con él. «Oh, venga, vamos. *I'm your hoochie coochie man*», le decía, copiando la letra de la canción que sonaba.

—¿Quién es esa mujer? —preguntó Sagor.

—Margarita Osven, la diseñadora —le informó Irina—. Al principio he pensado que se daba aires de diva, pero luego me ha sorprendido lo bien que se hace la *coitada* y diría que, en realidad, es una excéntrica que se ha gastado todo su dinero. Claramente quiere algo de nuestro padre. Y él ha fingido un desinterés que raya en la descortesía, y cuando papá hace eso es porque no quiere que se le suban a la parra. Ahora sé lo que quieren ambos. ¿Y qué crees que es?

—Ilumíname, no tengo tu perspicacia para analizar a la gente.

—*Business of Fashion*. ¿Cuántas caras conocidas has reconocido ya? Yo al menos veinte. Y van todos vestidos como si fueran a los Goya. Papá tiene muchos amigos, pero, desde luego, no son tan famosos. Margarita ahora está hablando con la mujer del presidente, como si fueran íntimas, y me juego lo que quieras a que la ha invitado ella. Ha venido sin su marido, al menos yo no lo he visto, pero fíjate en los zapatos que lleva la primera dama: de la marca Osven, por supuesto. Esa mujer sabe colocar bien el cebo, no es una *lambecús* cualquiera.

—O sea, que esta fiesta no ha sido una casualidad.

—Hace tiempo que papá dice que quiere darle un nuevo impulso a Nora. Esto huele a fusión o, mejor aún, a absorción. El *know-how* de papá y el *hype* de Margarita: famosos luciendo sus prendas. ¿Y sabes qué?

Irina conformó un gesto de suficiencia contrayendo el lado izquierdo de la cara, su forma de darle preferencia al hemisferio pensante. La mitad de la boca en una sonrisa torcida, pero sin mostrar los dientes, amigable; la ceja arriba, en cambio, arrogante. Y los músculos de la nariz contraídos hacia abajo, afinándola. Un gesto que podría significar que estaba bromeando o siendo sarcástica, incluso que estaba coqueteando, pero el brillo fugaz de diversión astuta que atravesó su mirada Sagor lo conocía muy bien.

—Creo que no quiero saberlo, pero dispara.

—No son los únicos que van a hacer contactos esta noche. Vamos.

—Siempre que dices «vamos», me muero de ganas de seguirte y de no seguirte.

Su padre, que se servía vino casero de un barril, acababa de divisarlos y les hizo señales con la mano para que se acercaran. Margarita había abandonado a Agostiño y hablaba ahora con Ernesto y un grupo de personas. Se acercaron a ellos, Irina con una enorme sonrisa, Sagor con un gesto de infinita timidez.

—¡Aquí están mis hijos! —exclamó Ernesto—. ¿Dónde os habíais metido?

Tal y como Irina había adivinado, Margarita era quien había traído a la fiesta a aquellas personas tan importantes. Les presentó a un exministro que vestía con unos vaqueros y una camisa de Hermès muy sencilla. «Si puedes no llamar la atención, no la llames», le respondió a Margarita cuando esta le aconsejó, sin ningún reparo, dar un toque más alegre a su vestuario. Las palabras del exministro podrían sonar a modestia, pero Irina las asoció a la costumbre de huir de las cámaras por los escándalos de corrupción de su partido. Y, aun así, ese hombre tenía más poder en la sombra que el actual ministro de Economía. También conocieron al director de uno de los periódicos de mayor tirada nacional, que no tenía problemas en llamar la atención con su traje de Brioni color crema de tres piezas. «Tan elegante como todo lo que escribe en su periódico», le halagó Ernesto al apretarle la mano. Irina le había visto en la tele y pensó que aquel hombre no sería capaz de prescindir del traje ni en una barbacoa; ni de su sombrero de gángster anticuado que solo se quitaba en los sitios cerrados. De su brazo iba agarrada una modelo conocida, de la edad de Irina, labios carnosos pintados de rojo y curvas exageradas y potentes. Durante más de una hora, Irina y Sagor se pasearon entre toda aquella gente y acompañantes no tan importantes, saludando, recibiendo y regalando cumplidos. Que si «de dónde sacas tiempo para combinar Empresariales con los estudios de moda, Irina», o «¿qué piensas hacer cuando acabes Matemáticas, Sagor?». A lo que el joven se encogía de hombros y en muchos de los casos respondía con un «tengo una adivinanza mejor que esa, ¿quieres oírla?».

Al fin consiguieron reunirse con sus amigos de Vigo. Charlaban animadamente cuando Irina divisó una cabeza que sobresalía por encima de todas las demás. La mandíbula perfecta de Breixo dibujó una sonrisa de dientes blancos en su rostro de facciones simétricas; los saludó desde la distancia. En ese momento sonaba *Sympathy for the Devil* de los Rolling Stones, y el joven avanzó hacia ellos por el pasillo de gente como si aquellos invitados tan importantes fueran solo sombras difuminadas que resaltaban su luz.

—Esta fiesta está llena de modelos. —El mejor amigo de Sagor, Txolo, la golpeó en el brazo.

—¿Eh? —Irina dejó de mirar a Breixo y volvió a la conversación.

—Que están todas buenísimas.

—Cállate, Txolo, te va a oír alguien —dijo Sagor.

Justo en ese momento, dos mujeres que le doblaban la edad, enfundadas en vestidos ceñidos y muy escotados, pasaron por su lado en dirección a la terraza para unirse al grupo de los fumadores. Txolo las miró de arriba abajo.

—¿Sí? Pues a mí me da igual que me oigan: tetas, tetas, ¡tetitas!

Lo dijo con tal cara de felicidad que realmente parecía estar flotando en un mar gelatinoso de tetas en su imaginación. Antes de que se dieran cuenta, había salido detrás de ellas con una copa en cada mano.

—Dios mío, Txolo. —Irina puso una mueca de horror—. No cambiará nunca.

Justo entonces el brazo de un camarero se metió en medio de la conversación.

—¿Cerveza?

Ella negó con la cabeza.

—No bebo, gracias.

—Cuando tenía solo trece años se cogió tal melopea que nunca más quiso probar el alcohol.

El que le había dado aquella explicación al camarero había sido Breixo. Irina se giró y se encontró de frente con sus ojos color miel, su expresión cálida y amable, la carismática peca en la mejilla. Durante un instante turbador le costó reaccionar. Breixo se había dado cuenta de que ella estaba admirando sus brazos musculosos y marcados bajo el polo blanco de Nora. Su primo se echó para atrás el pelo castaño lleno de vetas rubias.

—Cuánto habéis tardado en bajar —les dijo.

Y luego la hizo girar sobre sí misma, aprobando el vestido gris de flecos, estilo años sesenta, que se ceñía sobre las curvas de su prima.

—Pero ha merecido la pena. Estás muy guapa —dijo agitándole el pelo con familiaridad.

—Vuelve a agitar su moño Hun y no quiero ni imaginar su venganza —le avisó Sagor.

Irina puso cara de que no le daba importancia, cuando se dio cuenta de que Breixo iba acompañado por una joven morena con una coleta de burbujas y un vestido amarillo.

—Un poco sobrio ese moño, pero mejor que los bucles decimonónicos que te ponías cuando eras pequeña —repuso la joven con cierta malicia.

—A mí me parece que le queda muy bien —dijo Breixo, como si tuviera que defender a Irina de aquel comentario, algo que a ella le sentó peor. Y a continuación preguntó—: ¿Os acordáis de Sabela?

Cómo olvidarla, pensó Irina, pero si sentía algún resquemor no lo mostró mientras asentía con la cabeza. Con el tiempo había llegado a una conclusión que determinaba todas sus decisiones: ¿para qué llevarse un disgusto si se podía ingeniar una venganza silenciosa y divertida? Cómo, cuándo y dónde era solo una cuestión de encajar piezas. Escuchó, aparentemente encantada, a Sabela mientras ella les contaba que llevaban años saliendo a distancia, y que, ahora que por fin Breixo había vuelto, se iban a vivir juntos. La joven acababa de llegar porque todavía llevaba un bolso de Gucci colgado del hombro y Breixo detuvo a una camarera para que se lo llevara al despacho.

—Y si les hubieras dicho a los de seguridad que eres mi novia, no habrías tenido que aparcar el Mini fuera —la regañó.

Entonces se pusieron a hablar de lo bonito que era el Mini Cooper que Breixo le había regalado a Sabela, azul celeste, como sus ojos, con el techo blanco. Solo había treinta y cinco en toda España. Irina pensó en lo aburrida que era Sabela, y aun así su vestido amarillo atraía todas las miradas, no como el suyo. Lo había escogido porque era una fiesta para ir elegante, pero ahora, además de gris, le pareció insípido. Y se arrepintió de su elección. La examinó disimuladamente. *Si yo me pusiera una* bubble ponytail *tan estirada como esa estaría horrible*, pensó, e inmediatamente sintió rabia por envidiar aquella coleta de burbujas y estiró la espalda en un gesto de orgullo. Irina había dejado caer dos mechones de flequillo sobre su rostro precisamente para que taparan sus orejas. Lucas le había dicho en una ocasión que parecían dos caracolas de mar gigantes y, desde entonces, la joven había pensado seriamente operárselas. Sabela estaba guapa incluso con el pelo totalmente pegado a la cara, pensó, sus labios gruesos y carnosos tenían mucho que ver. Y, por supuesto, el busto prominente. Ella, en cambio, había heredado los labios finos de su padre y usaba sujetadores con relleno para intentar realzar un poco sus pechos pequeños. Se dio cuenta de que la chica le devolvía la mirada. En sus ojos, el resplandor azulado era todavía mayor gracias a que su pupila se contraía hasta parecer un punto mínimo con la luz artificial del salón; eso hacía su mirada más aguda y perspicaz, como si pudiera leer el pensamiento.

—¿Un canapé?

Por un momento Irina sintió ganas de decirle al camarero que sí, pero no quería saltarse la dieta que le había puesto su entrenador, así que lo rechazó con un gesto.

—Come algo, Irina. La anorexia ya no está de moda.

No esperaba aquel comentario que Sabela acompañó con una sonrisa, pero tampoco le extrañó.

—Me gusta cuidarme —dijo con su sonrisa de «es imposible enfadarme».

No entendía muy bien por qué, pero entre ellas dos siempre había existido una especie de guerra abierta. De pronto se dio cuenta de que Sabela le había dado la espalda, sacándola del círculo del grupo, y de que ninguno la miraba ya. *A mí nadie me da la espalda, menos en mi propia casa*, pensó. Y por segunda vez en esa noche, el rostro de Irina conformó un gesto de suficiencia y sus ojos brillaron con ese ímpetu que tanto le costaba doblegar.

—¡Voy a por los regalos! —Lo dijo aprovechando la excusa para entrar de nuevo en el grupo agarrando cariñosamente del brazo a Sagor, y para, a la vez, volver a salir de él voluntariamente—. ¿Puedes ir tú a buscar a Lucas? Voy a aprovechar también para llamar a un amigo que es DJ, tengo miedo de que la siguiente canción que ponga Agostiño sea *Pretty Woman* y sigamos así toda la noche.

—Sí, hazlo antes de que arruine esta fiesta con su música para dinosaurios. A saber dónde está Lucas.

—Ahí baja, con Santiago —señaló Breixo.

Lucas sonreía y saludaba a los invitados hinchando el pecho y elogiando los vestidos de las mujeres y los trajes de los hombres; deslizaba las manos por sus tirantes de latiguillo azules y rojos, su gran aliado para cualquier evento. Aseguraba que los tirantes y la pajarita —azul para aquella ocasión— le daban un toque elegante y sofisticado. Vieron cómo se acercaba a dar un abrazo a Ernesto como si hubiera olvidado el incidente de aquella tarde.

—Localizado. ¿Vas tú a por los regalos, entonces?

Irina asintió, pero antes de ir al despacho, primero salió a la terraza. Buscó un lugar apartado de los corrillos de fumadores y marcó un número de teléfono.

—¿Loren? Oye, si me haces un favor, mañana te invito a navegar en el yate de mi padre. Necesito que vengas a pinchar un poco de musiquita y también... —Irina se quedó escuchando un rato—. Ya sé que no eres DJ, Loren, eso no es más que una excusa, quiero que vengas por otro motivo. ¿Sigues en contacto con tu amigo el que trabaja en el cine haciendo palomitas? Apuesto a que no sois capaces de... Espera, mejor te lo escribo por WhatsApp. *Adeus*.

Irina colgó al darse cuenta de que Margarita se había alejado del corrillo y se acercaba a ella. *Primer objetivo en marcha*, se dijo después de teclear rápidamente en su móvil, *y ahora el segundo viene solito a por mí*. Y, con una sonrisa traviesa, aunque no fumaba, cogió el cigarrillo de la cajetilla abierta que le ofrecía la mujer. Se dio cuenta de que Breixo las estaba mirando. Era el único que lo hacía, el resto de los jóvenes que estaban en aquella fiesta solo tenían ojos para el vestido amarillo y apretado de Sabela.

Después de hablar durante un buen rato con Margarita, se dirigió al despacho de su padre, pero varias veces tuvo que detenerse a saludar a conocidos. Pasó al menos una hora desde la llamada que había hecho hasta que por fin salió con los regalos, justo en el momento en que la doble puerta principal se abría.

Tambaleándose, vestido con un polo lima limón y bermudas como si quisiera adelantarse a la primavera, entró un joven con el pelo amarillo como el de un canario. Ernesto no dijo nada, pero prácticamente lo fulminó con la mirada. Lejos de amedrentarse, el joven giró todo el torso para arrimarlo a un camarero que pasaba justo con una bandeja y alcanzar una copa de champán.

—¡Loren! ¡Has llegado justo para abrir los regalos! ¿No te habrás dejado el equipo para pinchar en el coche? ¿A qué esperas para ir a buscarlo? —exclamó Irina.

Gala apareció entonces con la tarta e Irina aprovechó que

la gente miraba a Ernesto y empezaba a cantar el *Cumpleaños feliz* para meter unas llaves en el bolsillo de Loren.

—¿No podías haber venido más discreto?

Loren se encogió de hombros.

—No tardes mucho —le dijo—. Es mejor que el palomitero haga el trabajo él solo y que tú vuelvas lo más rápido posible a la fiesta. Voy a tener que prescindir de un par de clases de gimnasia para pagar la factura de tu amigo o hacer más «incursiones» a la tienda de mi padre, ¡mil pavos! —Irina se rio—. Venga, vete y vuelve rápido.

Se giró a tiempo para ver cómo Ernesto soplaba las velas y sonreía a la cámara. Entonces ella y sus hermanos le dieron los paquetes y él los abrió presuroso. Cuando se colocó el Franck Muller que le habían regalado sus hijos, se desvivió en halagos para ellos, y pidió a los invitados que le preguntaran la hora. La comprobaba en su muñeca una y otra vez, de forma ostentosa y cómica, levantando el brazo para que todos vieran la espectacular pieza de oro.

—¡Y ahora voy a proponer un brindis por mi padre! —exclamó Lucas—. Porque no es solo un gran empresario, sino el mejor padre del mundo.

Aquello sonó tan falso que hasta Breixo lo miró con sorpresa, pero todos los Ferreira sonrieron. Sabela le ofreció una copa de champán e Irina la rechazó al momento.

—Eres un encanto, Sabela. Pero el alcohol mancha los dientes y me los acabo de blanquear.

—Qué rara eres —dijo Sabela, bebiéndose la copa ella misma.

Aquella vez Irina sonrió con verdadero placer a la impertinencia de la joven.

Agostiño empezó a apartar los sillones de estilo Luis XV que flanqueaban la chimenea del mismo estilo decorada con un cortafuego en bronce, dejando solo uno de ellos en el medio para que se sentara Ernesto. Mientras tanto, Lucas ya había preparado la cámara sobre el trípode y enseñaba a una de las chicas de servicio dónde tenía que apretar el botón.

El encuadre era perfecto: al pie de la foto, la majestuosa alfombra turca, y detrás, Ernesto sentado en el sillón.

Era imposible meter a las más de cien personas que habían acudido ese día a la celebración de su cumpleaños, por eso tendría que posar con los diferentes grupos de invitados. Así, empezaron a rodearle algunos de los hombres y mujeres más ricos del país e incluso del mundo, dando la espalda a los candelabros con velas negras y al elegante espejo de marco antiguo de la chimenea. En cuestión de segundos posaban junto a él un empresario mexicano, uno de los herederos del grupo cervecero Estrella Damm, el alcalde de Vigo, un jinete que salía siempre en las portadas del *Hola* y alguna de las musas del *front row* de los desfiles parisinos que Txolo perseguía, junto a accionistas de referencia. Fácilmente, todos ellos sumaban una fortuna de más de doscientos mil millones de euros.

Los siguientes preparados para la foto eran los representantes de la dirección de Nora Garment y otros ejecutivos de alto nivel. Eran invitados que apenas salían en la prensa, rostros menos conocidos que preferían sus vidas resguardadas en el anonimato.

—¡Bueno! —exclamó Ernesto, que reía con el mismo júbilo de un niño que ve saltar un pez en el agua—. Y ahora la foto de familia.

Irina corrió a colocarse detrás de su padre y Breixo junto a ella, Sabela al otro lado. Ernesto le había pedido a la joven que se colocara en la foto, como si estuviera encantado de ser él quien promovía que ese noviazgo por fin se hiciera oficial.

—Debe de tener más cuernos que un watusi —le susurró Irina a Sagor cuando él se puso a su lado, y la miró con lástima.

Sabela se dio cuenta pero, si entendió lo que habían dicho, disimuló muy bien porque miró con indiferencia hacia otro lado, como si ese simple gesto la convirtiera en un ser superior. Justo en ese momento volvió a entrar Loren con el equipo de pinchar y le guiñó un ojo. Irina se moría por ver la cara que pondría Sabela cuando al acabar la fiesta y volviera a su precioso Mini Cooper del color de sus ojos lo encontrara lleno de palomitas de maíz por dentro. *Sí, definitivamente, la mejor manera de superar un disgusto es ingeniar una venganza silenciosa y divertida.*

—¡Pon un poco de Rihanna! —le gritó, feliz, a Loren. Había que contentar a Margarita.

—¿Vas a decirme quién es ese tipo del polo hortera? No paras de sonreír desde que ha entrado. —Breixo la agarró de la cintura con una confianza que la hizo ruborizarse.

—¿Loren? Solo es un amigo.

—¿Como Margarita? Hace un rato no te despegabas de ella. ¿De qué hablabais?

—Te lo cuento si me dices de qué hablabais tú y mi padre en el despacho antes. ¡Sonríe!

El flash se encendió y la chica de servicio presionó el botón capturando a unos Ferreira alegres. Cualquiera, al ver la foto, habría dicho que eran la familia perfecta.

Irina, con su mano dentro del bolsillo, acariciaba el colgante de aminas aromáticas y pensaba que tal vez al universo le llevaba su tiempo ordenarse, pero bastaba reactivar una pequeña pieza para que los engranajes que estaban dormidos volviesen de nuevo a moverse. Y ella, aquella noche, había decidido que estaba dispuesta a todo para averiguar cuál era ese secreto que Ernesto escondía a su sonriente familia.

9

Habrá tormenta

16 de marzo de 2013

I

El día después de la celebración del cumpleaños de Ernesto, los Ferreira salieron a navegar en su yate de dos cubiertas. Tras abandonar el pantalán en la Marina Dávila en el que estaba amarrado y dejar atrás las motoras, veleros y otras embarcaciones de recreo, el yate inició su travesía hacia las islas Cíes y se detuvo en la ensenada de Barra. Hacía calor para ser marzo, y la ría azul había amanecido plana, llena de vetas grisáceas de formas variadas, como si una bailarina hubiera patinado sobre ella, deslizándose y girando hasta el amanecer. Al fondo, una bruma fina con algunas nubes glaseadas hacía que el paisaje pareciera solo una ilusión.

Ernesto bajó las escaleras hacia la cubierta de la piscina y se acercó hasta donde estaba Irina, reclinada en una hamaca, con los cascos puestos y moviendo el pie al ritmo de la canción *Dolce Vita*, de Ryan Paris. Ella levantó la mirada hacia su padre al notar que una sombra le robaba la luz del sol.

—¿Te pasa algo, papá?

—No —contestó él, secamente.

Loren, que estaba de pie frente a su tumbona, con los brazos cruzados, acariciándose con el pulgar el piercing del pezón y haciendo alarde de un tatuaje que tenía en el hombro, dijo:

—Debe de costar una pasta llenar el depósito de este monstruo, ¿no?

Ernesto le dio unas palmaditas condescendientes en el hombro y, en lugar de contestarle, miró al horizonte.

—Hoy habrá tormenta.

Sagor, que estaba de espaldas, sentado en el bordillo de la piscina junto a Breixo, se giró hacia ellos.

—Bueno, papá, ¡malo será! Confía un poco en el microclima de Vigo. Hace un día increíble, no se van a poner a caer chuzos de punta.

Irina se apartó unos mechones que se había teñido esa misma mañana de rosa y le pidió a Loren que le echara crema en la espalda, a lo que el joven acudió como si le estuvieran ofreciendo el trabajo de su vida. Irina hacía aquello solo para fastidiar a su padre porque a veces pensaba que Ernesto quería decidir hasta con quién debía salir su hija. No tenía nada con Loren, pero no le importaba que su padre pensara que sí.

—Bonito trikini. —Ernesto dio una entonación extraña al comentario, como si estuviera siendo irónico, seguramente porque era de las primeras veces que ella se ponía algo de la firma de la familia o porque dejaba mucho al descubierto.

—¿Verdad? —se limitó a contestar.

Y con la misma fingida indiferencia, Ernesto dijo:

—Deberíais aprovechar la falta de corriente en contraste con el viento para estrenar el Flyboard que trajo Breixo de Estados Unidos. En un rato le diré al capitán que reinicie la marcha a las Cíes, no quiero que tengamos un almuerzo pasado por agua.

Y diciendo esto, los dejó para volver a subir a la cubierta superior, probablemente a charlar con Agostiño en el bar. Sagor y Loren se fueron a por la máquina, pero Breixo e Irina no se movieron. Después de un rato de silencio, Irina hizo un amago de levantarse.

—Tengo ganas de probar esa máquina.

—Estás tan delgada que, si no sales volando cuando asciendas con los chorros de agua a presión, será un milagro.

—Puedo aguantar arriba más tiempo que tú.

Breixo soltó una sonora carcajada.

—Sí, tienes pinta de que te gusta más estar arriba.

Irina miró a los lados, temiendo que alguien pudiera haber escuchado al joven, pero el comentario de su primo la excitó y notó cómo se ruborizaba. Con el tono más ácido que pudo, dijo:

—Es una pena que Sabela no haya podido venir. Ayer la escuché decir que se moría por hacer Flyboard. Yo solo me la imagino marujeando con sus amigas sobre modelitos y chismes. No le pega hacer otro deporte que no sea ir al gimnasio.

Breixo la miró muy fijamente.

—Tú no tendrás algo que ver con un asunto relacionado con unas palomitas de maíz, ¿verdad?

—¿Saladas o dulces?

Breixo dejó escapar una risa silenciosa, apenas un suspiro.

—Eso es lo que más me gusta de ti. Que pareces una niña buena pero no lo eres.

—Tú también pareces un niño bueno, el chico perfecto. Eso dice todo el mundo.

—Sé que fuiste tú.

—¿Cómo? Estuve todo el tiempo en la fiesta, tú lo sabes mejor que nadie.

Breixo no había dejado de mirarla en toda la noche e Irina quería ver cómo reaccionaba él al decirle aquello, si lo reconocía. Pero Breixo esquivó su insinuación.

—No te cortas un pelo con tu amigo el hortera. Te he visto antes intentando pellizcarle con el pie ese bañador amarillo y naranja fosforito tan cañí.

—Solo estaba bromeando.

—Tranquila, no tienes que darme explicaciones.

—No te estoy dando explicaciones.

—Podéis hacer lo que queráis, el yate de tu padre tiene escudo antipaparazzi. Su láser bloquea las lentes de cualquier cámara digital que ande por aquí cerca. Les pagarían muy bien por fotografiarte con ese trikini explosivo.

Irina tragó saliva. Llevaba varios días con la sensación de que Breixo estaba coqueteando con ella y aquello la descolocaba.

—Creo que voy a ayudar a mi padre con las lanchas.

El joven la agarró de la barbilla y la obligó a mirarle.

—Si lo dijese delante de Sabela, ella me dejaría, pero tengo que reconocer que tu *charabisca* de las palomitas fue ingeniosa, aunque cualquiera le explica a ella que fue solo eso, una broma sin mala intención... Me gusta más esa Irina, la auténtica, la rebelde, la que no trata de aparentar que es una niña buena de papá, la que hace lo que le da la gana.

El corazón empezó a latirle tan rápido que no quería que él se diera cuenta, pero estaba claro que Breixo era consciente del efecto que estaba causando.

—Tú también das una imagen de chico perfecto, pero luego haces lo que te da la gana. Creo que Sabela es la tía con más cuernos de toda Galicia.

Breixo soltó su barbilla.

—Hay una enorme diferencia entre tú y yo: los dos le damos a la gente la imagen que quieren ver, pero yo soy coherente, mientras que tú no.

—¿Me estás llamando incoherente?

—Sé que ese hortera no es tu novio, sino tu entrenador de gimnasia artística. Te vi el otro día entrando en su club y me he informado. Espero que no te escoja el vestuario para las competiciones. Ah, no, ¡espera!, que tú no compites porque no quieres que tu padre se entere...

Aquello había sido un golpe bajo.

—¿Me has estado espiando? Espero que no se lo cuentes a mi padre porque lo de las palomitas te va a parecer una tontería al lado de mi venganza.

—¡Uuuh! —Breixo fingió cómicamente que temblaba.

—Y sigo sin ver la relación que tiene eso con que yo sea una incoherente.

—Pues está claro: si de verdad te importase la gimnasia artística, habrías buscado un trabajo, te habrías emancipado para poder perseguir ese sueño. Eso sería coherente. Pero, claro, es mejor tener el dinero de papi y echarle a él la culpa de tus sueños frustrados. En eso te pareces un poco a Lucas, os gusta el papel de víctimas porque en el fondo no os queréis responsabilizar de vuestras vidas. Eso sí: sois víctimas inteligentes, sabéis escoger bien a vuestro verdugo.

—¿Qué sabrás tú? No nos conoces, llevas años viviendo en el extranjero, no tienes ni idea. Y que te lleves tan bien con mi padre no significa que le conozcas. Contigo es encantador porque...

—El día que tu madre murió no solo cambió tu vida, ¿sabes? —la interrumpió Breixo.

—¿A qué viene eso ahora?

—Nada. Olvídalo.

Irina iba a insistir, pero Breixo se lanzó a la piscina del yate y buceó durante un rato, como si no quisiera salir a la superficie. Irina miró hacia el agua con indecisión. Finalmente irguió la cabeza, en un gesto de pretendido orgullo, y se levantó.

—Te encanta que todos los tíos anden detrás de ti, ¿eh?

Lucas, que acababa de aparecer con Santiago, la miraba encantado. Se habían ido a la sala de cine del yate con la excusa de ver una película de Sean Penn y Ryan Gosling que acababa de estrenarse y que se habían descargado de una página pirata, y ella los imaginaba todavía allí, metiéndose mano.

—Por Dios, Lucas. Breixo es nuestro primo.

—¿Y? Con una dispensa hasta podéis casaros. —Lucas soltó una carcajada. Y, mirando a Santiago, añadió—: La pobre siempre se enamora del tío equivocado.

—Me voy a ayudar a papá.

—Claro que sí, vete a ayudar a papá, eres su hija perfecta. Él no lo dice, pero en el fondo alberga la esperanza de que dejes de experimentar con vestidos reciclados y empieces a hacer moda de la que sí vende para un día poder dejarte el negocio.

—Sabes que no me importa el negocio.

Lucas miró a Santiago inclinando la cabeza hacia un lado como si sintiera pena.

—En esta familia, todos fingen ser lo que no son por complacer a *daddy*, pero yo soy el único que habla con franqueza. Eso sí, te felicito por ese novio raro que te has traído, su entrada de anoche fue triunfal. Por un momento te convertiste en mi heroína.

—Yo no busco complacer a papá.

—Es verdad, a quien querrías complacer es a mamá, pero está muerta.

La crudeza de semejante comentario la dejó con la boca totalmente abierta. Lucas y Santiago se marcharon aparentemente satisfechos con el efecto que habían creado. Solo entonces se dio cuenta Irina de que su mp3 se había atascado y hacía rato que se escuchaba salir de los auriculares la canción *Dolce Vita* en bucle.

II

Un par de horas más tarde, ya en la playa, Irina dejaba que la arena se deshiciese entre las yemas de sus dedos y cayese sobre sus rodillas flexionadas. Llevaba un buen rato sola, estirando, sentada con las piernas en posición de zeta y el torso bien recto, como le había enseñado Loren, en una postura con la que había aprendido a controlar las malas energías. A su espalda quedaban las columnas de dunas y algunos cardos marítimos de color verde azulado que asomaban aquí y allá; un poco más lejos, los pinos mansos y una casa sin habitar, pero con el cartel de PROHIBIDO EL PASO que ella y Sagor se habían saltado millones de veces.

Quería relajarse, olvidar las duras palabras de Lucas, las insinuaciones de Breixo, pero no lo lograba.

Habían fondeado hacía media hora en San Martiño. Era la Isla Sur, la única de las tres islas a la que solo se podía acceder con barco privado y permiso especial del Parque Nacional, y, tras dejar al capitán vigilando el yate, habían llegado en zódiacs hasta la cala de arena. A pesar de su relieve abrupto, el peñón estaba salpicado por las pinceladas coloridas de las algas pardas y los crustáceos. Era un paraíso de belleza virgen, a cubierto del viento y bajo el arrullo de la fricción vibrante de los insectos. Y era una suerte que ese día estuviera vacía. Ya al acercarse a una velocidad tranquila y bordear la isla para entrar por el estrecho Freu da Porta, habían podido disfrutar del espectáculo de las miríadas de cangrejitos flotando que se dejaban llevar por la corriente atrás y adelante, en una emocionante y divertidísima invasión roja. Los pecios hundidos bajo aquellas aguas cristalinas durante la batalla de 1702 de Rande, al otro lado de la ría, no eran el único tesoro que custodiaban las islas del Atlántico. Todo un edén submarino de navajas, almejas, erizos, centollas, pulpos, lubinas o rodaballos habitaba el fondo galaico. Y parte de eso era lo que iban a comer.

—¡Venga, Irina! ¡Que esto ya está! —le gritó Agostiño haciéndole señales desde la orilla donde habían montado el picnic.

Irina se levantó de mala gana. Después de lo que Lucas le había dicho, lo último que le apetecía era comer con él como si no sucediera nada, pero tenía que aprender a controlar mejor sus emociones. Apretó los puños, clavándose las uñas, y caminó hasta donde estaba el grupo. Mientras todos se sentaban alrededor del mantel blanco de encaje que había dispuesto Gala, que también los había acompañado, reían muy animados. El albariño tenía bastante que ver. Ella misma escupía risas falsas como si también estuviera feliz. De vez en cuando miraba hacia las aguas cristalinas y turquesas, donde Breixo era el único que se había atrevido a bañarse.

—¡Está fría de narices! —dijo al volver corriendo.

—Vamos, siéntate. Tenemos hambre —le riñó Agostiño.

Gala empezó a servir arroz en los platos de plástico. Irina apartó el suyo y dijo que tenía el estómago revuelto, pero la mujer ya había servido una cucharada.

—Trae. Ya me lo como yo, no vayas a engordar. ¿Por qué estás tan callada? —Sagor le quitó la comida del plato, pero la última pregunta la hizo en voz baja.

Ella hizo una mueca de sorpresa, y susurró:

—¿Qué dices?

—La semana que viene Breixo y yo nos vamos a Bangladés —anunció de pronto Ernesto.

El aludido se estaba peleando con la pata más grande del bogavante y todavía le chorreaban gotas de agua del pelo.

—Eso está encima de la India, ¿no? —preguntó Loren.

—No está encima, sino a la derecha —le corrigió Irina—. Antes Pakistán estaba dividido en dos partes que flanqueaban a la India como las alas de una mariposa. Luego, la parte de Pakistán Oriental se independizó y pasó a llamarse Bangladés, que es donde mi padre tiene el grueso de sus fábricas. ¿Cuántos días vais?

—No son mis fábricas, sino las de mis proveedores. Nos vamos diez días. Por fin podré librarme de vosotros.

—Te equivocas. Nosotros —subrayó el «nosotros» señalándose a sí misma y a Sagor— también nos vamos a Bangladés.

Irina bebió agua con fingida tranquilidad y miró de refilón a su padre, que había dejado de hurgar con un tenedor muy fino y alargado para marisco dentro de la pata del crustáceo y tenía la mirada clavada en ella. Breixo también la miraba. Todos la miraban. *¿Cómo te quedas, musculitos?*, pensó encantada del efecto que habían causado sus palabras.

—Pero ¿qué *trapallada* es esa, Irina?

—No es ninguna *trapallada*, papá. Planeamos nuestro viaje sin saber que tú ibas también, pero ahora que nos lo has anunciado, es perfecto: podremos ir todos juntos.

—¿Cómo que ya lo teníais planeado? ¿No pensaréis que Bangladés es un país para ir de vacaciones?

—No vamos de vacaciones, papá, sino por trabajo.

—¿Cómo que por trabajo?

—¿Margarita no te ha contado nada? —Irina seguía hablando como si aquello fuera lo más normal—. Como dijo que necesitaba una responsable de compras, me ofrecí yo misma anoche, durante la fiesta. No habrá tenido tiempo de decíroslo porque lo decidimos ayer, claro. Me muero por trabajar en el terreno y, además, voy a ponerlo como prácticas para conseguir más puntos para la carrera. Esta semana he quedado con ella para firmar el convenio con la universidad y esas cosas.

—Vaya con los monos. Qué callado os lo teníais —exclamó Lucas, que tenía cinco patas en el plato e iba a por la sexta—. ¿Y Sagor a qué va?

—Alguien tiene que ayudarme si compro telas y tengo que cargar con ellas. Por lo que me ha contado Margarita, las mujeres allí siempre tienen que ir acompañadas. El noventa por ciento de la población es musulmana, y tratan a las mujeres como esclavas.

Sagor forzó una sonrisa, se notaba que no sabía dónde meterse.

—Bueno, la presidenta de Bangladés es una mujer —corrigió a su hermana.

—No sabéis lo que decís, ¿acaso os habéis creído que en Bangladés vais a encontrar un paraíso como el que os rodea? —La cara de Ernesto se había deformado en una mueca casi cómica. No imaginaba que lo mejor aún estaba por llegar.

—Pues yo también voy —soltó Lucas.

Ernesto estaba cada vez más rojo, como si se hubiera atragantado. Arrojó la servilleta al aire con furia, y todos la contemplaron mientras caía con una lentitud desproporcionada.

—Pero qué cachondeo es este. No sé qué os habéis creído que es Bangladés, pero desde luego no es un destino para ir toda la familia de vacaciones.

—No vamos de vacaciones —le rebatió Irina—. Además, no será para tanto.

—¡Qué va! ¡No! Va a ser igualito que el viaje que hicisteis el año pasado a Maldivas.

—Allí podré hacer un reportaje perfecto sobre la pobreza y esas cosas —añadió Lucas.

—¿Y esas cosas? Aquello no es la India, no vas a encontrar paisajes de película, ni animales exóticos, ni palacios, ni... —Ernesto agitó las manos en el aire en un gesto indefinido—. Allí no hay nada, *carallo!* Lo que sí que vais a ver es gente muriéndose en las calles. ¿Eso es lo que quieres fotografiar, Lucas?

—«La cámara funciona como una barrera que lo protege a uno del miedo y del horror, e incluso de la compasión.» ¿Te gusta, *sweet heart*? He citado a Carter —aclaró, guiñándole un ojo a Santiago.

—Tú y tus *caralladas* me ponéis enfermo. Pues ni se te ocurra decir allí que eres gay. A no ser que quieras que te metan en la cárcel o te peguen una paliza. Me *cagüendios*. Todos mis hijos se han vuelto locos. —Miró enfadado a Agostiño y a Gala.

—Que vamos a Bangladés, no a Arabia Saudí, papá.

—¿Tú quieres ir a Bangladés, que te dejas siempre toda la

comida en el plato? ¿Vas a hacer eso en un país donde la gente se muere de hambre?

Ernesto dejó caer los brazos y negó con la cabeza.

—No vayas ahora de solidario. También tengo ganas de ver si es cierto eso que dice la gente de que explotas a las trabajadoras.

—¿Cómo puedes ser tan hipócrita? —intervino Agostiño, que había dejado también de comer—. Robas en la tienda de tu propio padre y en la de Margarita, que te va a dar trabajo, y tienes los bemoles de hablar de explotación. Si ella se entera, no creo que siga queriéndote como responsable de compras. Sí, no pongas esa cara. Te grabaron con las cámaras ayer, esta mañana ha llamado la policía. Si no fuera porque tu padre es un bendito, estarías ahora mismo en la cárcel. La ácrata del pelo rosa no puede vivir sin su ordenador y sin su móvil, no sabe que «pija» y «perroflauta» no casan.

Irina se quedó muda. Ahora entendía el tono extraño de su padre cuando había admirado el trikini. ¿Por qué no le había dicho nada? Tal vez pensaba esperar a que pasase el fin de semana y estar a solas. Irina estuvo a punto de bajar la mirada, pero no lo hizo.

—Pues sí. Y no me importa que lo sepas: tal vez ya es hora de que te des cuenta de que tenemos nuestros propios sueños, y van más allá de trabajar en tus tiendas.

—¡Has robado en nuestras propias tiendas! —exclamó Lucas, y luego empezó a reír de forma histérica.

—¿En serio? —preguntó Sagor, boquiabierto—. Esto sí que es *heavy*.

—Ya veo los titulares: «La hija mangante del magnate» —bromeó Santiago en voz baja con Lucas.

—Esto no tiene ninguna gracia. —Ernesto fue contundente y se hizo un enorme silencio.

Irina levantó la barbilla con orgullo. Notó que Breixo la miraba sonriente; hubiera esperado que se enfadara también, pero parecía divertirle aquello más que a ninguno.

—No diré nada más.

—Mejor —apostilló Lucas—. Todo lo que digas la familia lo utilizará en tu contra. *Bloody bloodline.*

—Increíble —dijo Agostiño, que miraba a su hermano esperando que dijera algo.

—¿Qué significa «ácrata»? —preguntó Loren, arrugando la nariz.

Ernesto se levantó, como si no pudiera aguantar más aquella conversación.

—¿Sabéis qué? Creo que es magnífico que vayamos todos a Bangladés. Se os van a quitar rápido las tonterías de la cabeza. Agostiño tenía razón ayer: me encantará ver cómo les metes uno de tus sermones de pijaflauta a los dueños de las fábricas.

Irina también se levantó de golpe y Sagor soltó una exclamación de disgusto al ver cómo el bogavante se llenaba de arena. Y de pronto cayeron también dos enormes gotas de agua. Tan acalorados estaban que ninguno se había dado cuenta de que el cielo se había ido llenando de nubes negras. Enseguida empezaron a caer gruesas gotas que mojaron todo el picnic y empaparon la comida. Un trueno sonó en la distancia.

—Si yo digo que va a haber tormenta, es que va a haber tormenta —resopló Ernesto.

10

El reloj de Nomon

23 de marzo de 2013

La noche previa al viaje a Bangladés, Irina estaba inclinada sobre su escritorio del que no se había movido prácticamente en todo el día. Quería pasar a limpio una vez más todos los patrones del vestido.

—Qué concentrada estás.

Breixo había entrado sin hacer ruido. Sin levantarse de la silla ni saber muy bien qué decir, Irina le preguntó:

—¿Te gusta?

El joven analizó cada rincón de la habitación hasta que por fin se acercó a ella y se puso a mirar los patrones que Irina estaba haciendo con cara de que realmente no le interesaban.

—¿Sigues sin hablar con tu padre?

—Él también dice que soy una incoherente.

—Bueno, es que hay que ser coherente si se quiere llegar a algo en la vida.

—Habláis igual y sonáis igual de aburridos. ¿Has venido a verle?

Irina se dio la vuelta otra vez sobre su escritorio e insistió con el lápiz en la última línea que ya había dibujado, saliéndose ligeramente. Se mordió el labio y apretó el puño izquierdo como si así pudiera controlarse. Entonces sintió el calor de

Breixo en su espalda, se había inclinado sobre ella, rodeándola por detrás, pero sin llegar a tocarla; con las dos manos apoyadas sobre la mesa, como si quisiera observar más de cerca los patrones, por encima de su hombro. Irina sintió cómo se acaloraba y el corazón le latió más rápidamente. Intentó respirar despacio.

—No —susurró él en su oído.

Las manos de Breixo descansaban sobre los patrones; las de Irina temblaban. En un gesto rápido las escondió debajo de la mesa. Pero él tenía que haberse dado cuenta. Irina estaba tan alerta como si hubiera escuchado un ruido en mitad de la noche.

—¿No te gusta?

—No he venido a ver a tu padre, sino a tu hermano —volvió a susurrarle Breixo al oído.

Y ella ya no pudo aguantar: intentando salir del poco espacio en el que estaba atrapada, empujó la silla hacia atrás y apartó a Breixo. Se puso de pie con torpeza. Luego, con la barbilla ligeramente levantada, le miró de forma desafiante.

—¿Se puede saber a qué juegas?

Él se echó hacia atrás y soltó una carcajada. Acarició entonces la tela del vestido que estaba puesto en el maniquí.

—Llevo tres meses trabajando en él, bueno, en realidad cuatro. Demasiado. Es una imitación. Me encantan los vestidos de Elie Saab. Sé que me ha quedado un poco tieso el vuelo, pero es cómodo a pesar del material reciclado. —*Deja de hablar tan rápido, Irina, ¿se puede saber qué te pasa?*, se recriminó—. Aunque no me lo he probado, claro. No quiero estropearlo y... Y eso.

Esquivando a Breixo fue hasta la ventana y la abrió. El aire frío de los vientos del noroeste entró en la habitación y la frescura calmante de la noche le devolvió la temperatura de la soledad.

Él seguía mirándola, divertido.

—Es original —aprobó.

—Gracias.

—Pero si de verdad quieres que sea sincero, veo mucho talento desaprovechado. Eres brillante, pero pierdes el tiempo con estas cosas. No te tomas en serio.

Entonces escucharon las voces de Sagor y Txolo en el patio. Los buscó con la mirada evitando así encontrarse con la de Breixo, que se había acercado de nuevo a ella. Pero dejó que él la cogiera de la mano y que acariciara uno de los mechones rosas de su pelo.

—He venido porque me han llamado ellos. Quieren hacer una despedida a lo grande, antes de nuestro viaje a Bangladés.

De pronto Breixo soltó su mano y le dio simplemente dos cariñosos besos en la mejilla que ella no esperaba.

—Cuando eras pequeña te descolgabas por esta misma ventana para bajar al patio, ¿te acuerdas? Tu madre te llamaba «Tauni, la niña salvaje».

Rozó suavemente la barbilla de Irina, levantándola hacia el rostro de él, y se quedó un rato mirándola a los ojos.

—¿Quién iba a imaginar que te convertirías en una mujer tan delicada? —dijo finalmente.

Irina sacudió su barbilla para apartarse de su mano.

—¿Tu novia también va a la fiesta? —Un sentimiento parecido a la rabia empezaba a subirle desde el estómago. ¿Se le había olvidado a Breixo que eran primos y que tenía novia? Ya no tenía dudas de que estaba coqueteando con ella.

—No, ella no va, Irina. —Pronunció su nombre como si esperara algo de ella, y después de unos segundos añadió—: Lo pasaremos bien en Bangladés, espero no tener que rescatarte si te da por robar en alguna tienda. ¿Te has puesto todas las vacunas? Allí los mosquitos no son como los de aquí. Como pilles el dengue y no puedas trabajar doce horas diarias en tus patrones, vas a estar insoportable.

Le guiñó un ojo. Y ella quiso que se fuera. Y al mismo tiempo quiso que no se fuera. Que no se fuera así.

—Sí, lo pasaremos bien. —Sonrió, haciendo un esfuerzo.

Antes de que se diera cuenta, Breixo ya había salido de la habitación.

—Boba.

Apretó los puños y luego los acercó a su boca y resopló sobre ellos. Justo en ese momento Breixo volvió a entrar y la contempló divertido.

Irina bajó los puños, avergonzada.

—No me gusta el lazo —dijo él, señalando con un gesto de la cabeza el maniquí.

Y se marchó.

Ella se quedó allí parada, de espaldas a la ventana, durante cinco minutos, sin reaccionar, hasta que oyó a Sagor llamarla desde el patio:

—¡Irina! —Su hermano agitaba los brazos para llamar su atención.

—¡Ya te veo, no eres transparente! ¿Qué quieres?

—¡Baja! ¡Vamos de *carallada* a la zona vieja, a tomar unas cañas! ¡Viene Breixo también!

—¡Paso!

—¡Tú misma!

Irina hizo amago de cerrar la ventana, pero enseguida la volvió a abrir. Sagor ya se estaba yendo.

—¡Espera!

—¿Vienes?

—Espera un momento —insistió ella.

La joven fue hasta su escritorio, se detuvo delante del maniquí y sacó el vestido con decisión. Lo metió en una bolsa de plástico junto con los retales y con el lazo, resoplando. Hizo un nudo para cerrar la bolsa y volvió a la ventana.

—¡Ey! —le gritó a su hermano.

Y lanzó la bolsa con todas sus fuerzas.

Sagor pegó un salto y lo cogió como si fuera una pelota de baloncesto.

—¡Para que lo tires al contenedor!

Sagor abrió los brazos y la bolsa cayó al suelo.

—¿Me has tirado una bolsa de basura?

Irina se rio.

—¡Son solo telas que no me sirven!

Él miró la bolsa con recelo, pero finalmente la volvió a coger y se alejó con ella en dirección a la cochera.

Irina cerró las ventanas y se quedó mirando al maniquí desnudo.

—Solo era un vestido —le habló—. No me mires como si el corazón te hubiera dejado de latir.

Y lo cierto es que había demasiado silencio en su habitación.

Pero no era el corazón del maniquí lo que había dejado de latir, se dio cuenta sorprendida, sino las agujas del reloj Nomon de péndulo. Como si Sainaba supiera que los Ferreira tardarían en volver y hubiese detenido el tiempo.

TERCERA PARTE

Ha sido establecido científicamente que el abejorro no puede volar. Su cabeza es demasiado grande y sus alas demasiado pequeñas para sostener su cuerpo.

Según las leyes aerodinámicas, sencillamente no puede volar. Pero nadie se lo ha dicho al abejorro.

Así que vuela.

Paulina Readi Jofré

11

Todos los instantes

25 de marzo de 2013
11.00 a.m.

Faisal activó la GoPro sujeta a su cuello. El aparato empezó a grabar desde su plano subjetivo cuando se agachó para coger la botella que flotaba en el agua. Así comenzaba su prueba. Con esa botella que traía hasta él la corriente del Buriganga, el río que atravesaba la ciudad de Daca. Un río muerto, maloliente, de aguas intoxicadas en las que se arremolinaban cadáveres de animales y peces, aceites, plásticos, cáscaras, residuos, químicos industriales. Observó la botella: dentro brillaba un reloj de bolsillo. Pero habían hecho trampa. Estaba adelantado. Marcaba las once y tres minutos en el momento justo en que Faisal saltaba del barco-taxi al muelle.

Tres minutos más de los que señalaba el suyo de pulsera.

Se metió la botella dentro de la chaqueta y cerró la cremallera antes de atravesar corriendo la terminal de barcos de Sadarghat. Dejó atrás las canoas organizadas en ramilletes y los barcos de color amarillo mostaza, y se adentró en el bullicio de las calles abarrotadas del barrio portuario. Tres minutos menos, contaba con tres minutos menos para realizar la prueba que le aseguraría un lugar en la banda. Sin embargo, pirueteó encima de un banco. La presión del tiempo no iba a dominarle. Personas, maletas, animales, triciclos... Faisal los sorteaba y saltaba como si fueran aparatos de un gimnasio. Con calma, con elegancia, con movimientos que había improvisado primero y ensayado después. Zigzagueó, sin rumbo aparente, entre el color rojo sucio pero palpitante de los *rickshaws* y el verde estéril de los CNG.

Más bien revoloteaba con agilidad: ahora aparecía en un puesto de frutos secos ambulante, ahora en un camión cargado con reses que ignoraban el arco de su salto olímpico por encima de ellas; o bien usaba el techo de un autobús como trampolín para, así, con dos brincos consecutivos, largos... saltar a un policía que se protegía del sol con una sombrilla y a un limpiabotas. Un banco, una caja, un bordillo, una valla. Superaba obstáculos como si no tuviera prisa. Pero la tenía. Y por eso, cuando se detuvo frente al enigmático Ahsan Manzil, sintió el latido apremiante del reloj de bolsillo contra su pecho.

En total disponía de sesenta minutos.

Contempló el palacio rosa al otro lado de la verja.

Allí estaba su primera pista.

Esperándole.

En 1757, los franceses habían vendido el palacio a una familia de Daca, aunque ahora pertenecía al gobierno. Faisal se impulsó con una patada en una palmera, saltó la valla, atravesó el jardín. Dio un par de zancadas: una, dos... Saltó de nuevo, aterrizando sobre la balaustrada de la amplia escalera de la entrada. A continuación, con los pies relajados, guardando el equilibrio, la recorrió hasta arriba igual que si fuera un alambre invisible. Algunos turistas se quedaron mirándolo. Soltaron una exclamación al ver cómo trepaba por los andamios de la fachada rosa chicle hasta el tejado, y luego hasta la enorme cúpula del palacio convertido en museo.

Faisal caminó sobre el suelo del techo del palacio buscando alguna pista. Treinta y una habitaciones, veintitrés galerías bajo sus pies. El muchacho se movió por el tejado hasta que lo encontró por fin. Allí estaba, sobre el suelo de hormigón, perfectamente dibujado con tiza blanca, desafiante, magnífico, único: el símbolo del número áureo.

—*Oh, my Allah*, ¡la espiral maravillosa! *Eadem mutata resurgo* —exclamó.

Allí arriba, en la soledad de los tejados, solo él pudo escuchar su risa de placer.

Era una propuesta magnífica. La espiral logarítmica con la proporción áurea.

Entusiasmado, alzó el brazo izquierdo en dirección al sol e imitó el símbolo de una espiral acoplando el pulgar dentro de la mano y curvando hacia delante el resto de los dedos. Mientras lo hacía, dio una vuelta completa sobre sí mismo para que la GoPro pillara un buen plano de aquello.

—«Fortaleza y constancia en la adversidad.» —Ese era el lema de los *traceurs*.

Volvió a sonreír: ahora sí, empezaba la acción.

Descendió por una escalera de caracol dando, de un lado a otro de la baranda, pequeños saltos de precisión y aterrizó repartiendo el peso del impacto por todo el cuerpo, con los talones elevados para amortiguar la caída.

Se paró un momento porque necesitaba pensar.

Fibonacci.

La ciudad se desplegó como un mapa en su cabeza. Sobre ella, Faisal imaginó la figura logarítmica. Lo tenía, ya sabía por dónde empezaría su *tracé* de Fibonacci.

De manera fluida, bella, eficiente; explorando y jugando, trepaba árboles, escalaba paredes, superaba barreras... En cuestión de minutos —menos mal que no era la hora del rezo—, sobrevolaba las cúpulas salpicadas de lunares estrellados de la Star Mosque, la mezquita que salía en todos los billetes de cien takas. Su sombra planeaba como la de un pájaro sobre los tejados de la vieja Daca.

Atravesó el césped del colegio médico y se detuvo frente al Monumento de los Mártires.

El Shaheed Minar.

Al momento, usando las dos manos, se agarró a una de las columnas de mármol separadas en disposición semicircular. Parecían porterías de fútbol, estrechas y larguísimas, de diferentes alturas. Enderezó el cuerpo hasta ponerlo horizontal. En un movimiento casi irreal lo hizo cimbrear como una bandera que se agitase al viento.

Frente a la escultura del sol rojo bangladesí.

Un homenaje a su abuelo.

A los manifestantes del Movimiento por la Lengua Bengalí del 21 de febrero de 1952. Y a los que sufrieron, en 1971, el genocidio del 25 de marzo que dio lugar a la guerra de la Independencia de Pakistán. Por ellos. Sus héroes.

Saltó y consultó el reloj. Solo habían pasado doce minutos. Dio un mortal hacia delante.

Y continuó corriendo, saltando pivotes del parque.

Le sobraban los tres minutos que le habían escatimado.

Había llegado al punto de partida para su *tracé* de Fibonacci.

Allí estaba.

Imponente.

El lugar donde él había empezado sus entrenamientos, su vida de *traceur*.

La Universidad de Daca. Tan soberbia. ¿Qué mejor sitio para empezar a trazar?

Eran las once de la mañana cuando, después de esperar para recoger sus maletas en la cinta corredera, los hermanos Ferreira pasaron junto a la habitación del rezo y se encaminaron hacia el *hall* de entrada dejando atrás el letrero naranja de bienvenida: WELCOME TO BANGLADESH.

—Estoy pegajosa como un caramelo chupado y envuelto en un trozo de tela —dijo Irina, removiéndose dentro de su ropa. Pegó un saltito para acomodar la mochila en su espalda—. ¿De dónde saca la gente esos *trolleys* naranjas? Yo no he visto ninguno.

Se había puesto un pañuelo de Carolina Herrera alrededor del pelo pensando que así mostraba respeto hacia la cultura bengalí, pero se le quedaba pillado entre el asa del bolso y la de la mochila. No paraba de caérsele.

—¿Sabes cuántos millones de habitantes tiene Bangladés? —Sagor caminaba a su lado leyendo una guía.

Lucas, que iba unos pasos por delante de ellos, volvió la cabeza y puso cara de sentir vergüenza ajena.

—*Oh, my God*, esconde esa guía de turista paleto.

—Somos los únicos blancos, Lucas. Parecemos turistas, sí o sí —le defendió Irina.

—Nosotros sí, pero Sagor podría pasar por nuestro guía local. Es igualito a ellos: *cuspidiños*.

Lucas avanzaba y se paraba, y volvía a andar haciéndoles tropezar a todos.

—Me muero de calor. Me han picado ya diez mil mosquitos y es posible que muera mañana quién sabe de qué enfermedad.

Ernesto y Breixo los esperaban al final de la cola de inmigración y les hicieron señas para que se acercaran. Algunos bangladesíes se giraron para mirarlos sonriendo abiertamente. Irina tenía razón: eran los únicos occidentales en todo el aeropuerto. Cuando llegaron junto a ellos, contemplaron las siete colas deshechas hacia el final como trenzas abiertas.

—¿No hay una cola para extranjeros?

—No, pero así tienes tiempo para rellenar la visa *on arrival* —le contestó Breixo.

Lucas sonrió.

—Yo ya la he rellenado.

—Tenéis ahí los papelitos, junto a esa reliquia de cuando los ingleses construyeron la primera pista de aterrizaje en la Segunda Guerra Mundial. —Breixo señalaba un ventilador lleno de polvo encima de una repisa con montoncitos de formularios desordenados por el aire del aparato—. Y yo no miraría tanto a esos tíos, Irina: aquí no te viola uno, te violan entre cinco.

Breixo se refería al grupo de muchachos que parecían de algún equipo deportivo y observaban encantados a Irina. La joven miró a su primo con estupor.

—Eso ha sonado muy racista, ¿no crees?

—Mi hermana tiene razón, Breixo. —Lucas se colocó entre ambos y cogió el bolso de Irina—. ¿Me prestas tu espejo y tu sérum antiarrugas? Si los del control de pasaportes me ven con estas ojeras van a pensar que soy un terrorista.

Antes de que Irina respondiera, Lucas ya caminaba con su bolso hacia la cola mientras ellos rellenaban los papeles. De pronto temió que se dieran cuenta de que Lucas era gay. ¿Serían tan homófobos como había dicho su padre? Ernesto discutía con Breixo sobre cuánto dinero quería que cambiase.

—No dejas de mirar a Breixo. —Sagor le pegó un codazo e Irina se salió del papel en el que escribía.

—¿Estás tonto o qué?

—No has pasado de la página uno de tu libro en veinticuatro horas de vuelo.

—Iba pensando en cómo encontrar a tu madre.

—Ya. Pues no dejas de mirarlo. —Sagor la empujó con el dedo índice e Irina se volvió a salir del papel—. Por eso no viniste ayer a la despedida en la zona vieja. Te conozco, estás rayada.

Irina le ignoró y sacó su libro de la maleta.

—Te lo cambio por tu guía Lonely Planet. Papá dice que aquí no hay agencias de viaje y tú ya te la sabes de memoria. Necesito estudiármela para poder movernos por nuestra cuenta.

—¿Y para qué *carallo* quiero ese libro? Solo con el título ya me echa para atrás.

—*El Aleph* es uno de los mejores cuentos de Borges, no seas bruto. Va de un objeto mágico.

—Estás obsesionada con los objetos mágicos. ¿Has traído el colgante?

Irina visualizó en su mente el amuleto que había guardado en el bolsillito pequeño del bolso que acababa de llevarse Lucas.

Asintió con la cabeza.

—Venga, cámbiamelo. Te gustará. Va de un objeto, el Aleph, en el cual todo confluye y se refleja; un objeto que reúne todos los instantes. Seguro que le encuentras una explicación científica.

Le guiñó un ojo y Sagor la miró con escepticismo.

—Vale, te lo cambio si reconoces que estás enamorada de Breixo.

—Eso ni muerta. Vamos, termina, que somos los últimos. Este pañuelo es un rollo —añadió, quitándoselo y liberando su melena rubia.

Se giró para ver si alguien la miraba mal, pero lo que vio fue a Lucas siguiendo a un policía bengalí.

—¿Se puede saber qué...?

Agarró a Sagor del brazo para que mirase también. Cogieron las maletas, se colaron entre las filas de bengalíes —que los dejaron pasar sin quejarse, aunque alguno puso mala cara— y alcanzaron a su padre, que discutía en inglés con el policía al que parecía aburrirle el enfado de Ernesto.

—Acabo de decirle que mi hijo no es periodista. Estudió la carrera, pero no ejerce.

—Pero él ha dicho que es periodista, que quiere sacar fotos del país para un reportaje. Y ahora tenemos que hacerle unas preguntas. Tranquilícese, señor.

Unos metros más adelante, Lucas sonreía con inocencia y

afirmaba con la cabeza ante un guardia de seguridad que no sonreía.

—Le digo que no ejerce la profesión, por Dios. Las fotos son para uso personal, no hará ningún reportaje.

—No es lo que afirma él.

—Mi hijo tiene muchos pájaros en la cabeza.

—¿Cómo dice? No le he entendido, señor.

—Nada. ¿Adónde se lo llevan?

—Tranquilícese. La policía del aeropuerto solo quiere hacerle algunas preguntas. ¿Tiene algún conocido en el país que pueda corroborar lo que usted dice?

Ernesto asintió.

Irina empezaba a asustarse.

11.27 a.m.

Desde la Universidad hasta la Asamblea Nacional, Faisal había tardado otros quince minutos. Contempló la desorbitada construcción en medio de los más de doscientos acres de jardines y lagos. Aquel edificio le había costado muchos millones al gobierno. Y seguía costándole. Limpiar doscientos cuarenta baños, trescientas treinta y cinco ventanas... Contempló los círculos, los medio círculos, los cuadrados, los triángulos gigantes de la fachada, y se estremeció. Recordaba el lejano día que su entrenador le enseñó a interpretar aquel edificio con forma de flor octogonal.

Atravesó el parque.

Su parte preferida era la que daba al lago, allí se reflejaban las figuras geométricas de la fachada en simetrías perfectas. Y allí le dijo a su entrenador que había un centinela en cada una de sus ocho torres, vigilándolos.

—Es una fortaleza —corroboró él—. ¡O una nave espacial!

—No. Es... ¡Un *transformer*!

Le pareció escuchar su risa. Y también que aquel edificio estaba vivo.

Qué gran arquitecto había sido Louis Kahn. Había captado la necesidad de Bangladés de encontrar una identidad propia tras años de colonialismo; había animado con el lenguaje de la naturaleza ese cuerpo geométrico que nacía de la propia tierra. Porque las raíces del Sher-e-Bangla Nagar eran fuertes y gruesas, las de un pueblo que había luchado por su propio idioma, por su libertad y su independencia.

Para Faisal, el interior era el núcleo del cerebro de una nación, un polígono de Willis... Poesía espacial. Geometría del poder. Que reconducía el país a su axioma, que lo reconstruía desde cero. Kahn había interpretado la belleza contundente de aquella mole, de ese material humilde, horadando directamente en el hormigón para extraer aquellas formas perfectas de su interior, como si estuviera acariciando el esqueleto de algo magnífico.

Qué lástima que nunca viera su obra terminada.

Faisal se cubrió la cabeza con la capucha. Saltó para agarrarse a una hendidura. Se quedó colgado, balanceándose, varios segundos... Había nueve bloques individuales alrededor del *hall* principal. Y ni una sola columna. Bonito desafío: nueve pisos conectados entre ellos solo a través de tres niveles. Se escurrió dentro y, al avanzar por el pasillo curvilíneo, Faisal observó cómo el eje de simetría se rompía al moverse las figuras por el efecto óptico de las luces y sombras que se colaban por las ventanas geométricas.

Sus dedos acariciaban el hormigón áspero y erizante.

El mármol suave y sensual.

El ladrillo rojo bangladesí, sus vibraciones cálidas.

Saltó a una escalera; corrió por ella, pegado a la pared, aumentando así el ángulo de visión para saber dónde agarrarse, para llegar más lejos en la siguiente caída. Se detuvo. Miró el hueco circular atravesado en diagonal por una viga: era perfecto.

Saltó a la baranda y aguantó agachado.

Si miraba hacia el centro o hacia la izquierda...

La caída podía ser fatal.

Pero aterrizó en su objetivo limpiamente con un salto de precisión. Esquivó la mezquita y luego la sala central donde se reunía el gobierno. Y siguió trepando por el edificio. Por fin llegó a un último pasillo, accedió al tejado. Contempló Daca. Y los edificios aledaños donde trabajaban los funcionarios, también volumétricos, al otro lado del lago. Y emocionado, susurró:

—Ser y durar.

Durante unos minutos se demoró pintando en el suelo el rostro de un tigre.

Luego rodeó la cúpula piramidal del centro, mientras largaba una cuerda de nailon de resistencia. Cerró el amarre y lo aseguró al arnés que llevaba puesto mientras pensaba que daba igual cuántas catástrofes asolaran Bangladés: era el país de la resiliencia.

El hombre era capaz de cosas imposibles, tal vez porque... nada es imposible.

Caminó hacia atrás calculando la distancia; corrió hacia delante. Y saltó al vacío.

Ernesto tuvo que hacer un par de llamadas para garantizar que alguien asumiría la responsabilidad de las acciones de su hijo durante su estancia en el país, y que así los dejaran salir. A pesar del evidente enfado de su padre, Lucas mantenía la cabeza bien alta mientras avanzaban hacia el área de llegadas. El golpe de calor condensado fue mayor cuando salieron al recinto que estaba totalmente vallado. Apoyados o agarrados a la barra del larguero de la verja de poco más de dos metros de altura, esperaban cientos de familiares y curiosos. Solo algunos taxis, furgonetas y limusinas con permiso especial accedían por turnos al recinto.

—Me siento como un león en un zoo —dijo Sagor.

Irina pensó que se arrepentía de haberle convencido para hacer aquel viaje. Su mirada saltó de la túnica blanca de un hombre con la barba teñida de rojo en memoria de Mahoma a un joven con un polo del Barça, y de él a una mujer totalmente cubierta con un sari rojo y negro y a una niña con coleta. Parecía una princesa de cuento, con su lunar rojo en la frente y un vestido también rojo. Había conseguido hacerse un hueco y tenía medio cuerpo pasando entre los barrotes. Por la forma en que miraba a Irina, con los ojos muy abiertos, la hazaña le había merecido la pena. Al ver que la extranjera también la contemplaba, abrió todavía más los ojos llevándose una mano a la boca.

Irina sonrió a la niña y, como si no se lo creyera, dijo:

—Ya estamos aquí.

Breixo le dio una palmada en el brazo para matar un mosquito.

—Esto es peor que el muro del Estrecho —dijo.

—¡Mamun!

El grito de Ernesto hizo que sus hijos se giraran todos a la vez.

Un bengalí alto, vestido con un traje color vino tinto y camisa de seda, acababa de bajarse de una limusina. Abría los brazos para abrazar a Ernesto. No debía de llegar a los cuarenta y se notaba que le gustaba ir a la moda, no solo por los modernos pantalones pitillo con los que combinaba la chaqueta, sino por sus zapatos Oxford, destapados en la parte de atrás como zuecos. Después del lío tremendo de maletas y presentaciones, se apretujaron todos en los asientos enfrentados de la limusina que arrancó y salió del aeropuerto hacia la carretera principal.

—Pasaremos primero por el estadio de críquet —le ordenó Al Mamun al chófer—. Mi hijo entrena allí, le encargué compraros unos móviles y tarjetas SIM.

—Tú siempre piensas en todo. Estoy deseando conocerlo —dijo Ernesto con una amplia sonrisa.

—Quiero que tu familia disfrute de las mejores vacaciones en nuestra humilde Daca.

Y como si esas fueran las palabras de un mago, los Ferreira entraron en el mundo color sepia de las fotos del álbum de boda de sus padres. La limusina avanzó por la autopista sin líneas; en lugar de marcar con las luces, pegaba bocinazos para adelantar a los autobuses y a los camiones. Piernas pedaleando, *rickshaws* a la carrera. El ritmo de los pitos, continuo y desordenado, era una canción imposible de predecir. A los lados fueron dejando muros ofensivos y puestos de control militar y, de pronto, en la acera sin asfaltar, toda una línea de bonsáis de bellas raíces abrazadas como cuerpos desnudos saliendo de tiestos de ladrillos rojos.

Bonsáis de hojas verdes y tiernas era lo último que hubiera esperado Irina bajo ese cielo grisáceo; luminoso, pero sin sol.

Abrió y cerró los dedos.

A pesar del aire acondicionado excesivo del coche, seguía teniendo las manos entumecidas por el calor.

Bonsáis en aquel clima, ¿cómo sobrevivirían?

11.45 a.m.

Faisal descendió con la cuerda por la pared del Sher-e-Bangla, impulsándose a intervalos en la pared de hormigón. Nadie había oído hablar del grupo de parkour Los Tigres de Bengala, pero después de la hazaña que acababa de realizar, su vídeo correría rápido por internet. Pasaría la prueba. Sería un *traceur* profesional.

Una vez en el suelo, se deshizo de la cuerda. Cinco kilómetros. Le faltaba uno. Solo uno. Echó a correr. Continuó por el parque. Luego, de nuevo, por la ciudad, sorteando el tráfico. Cuando llegó a la estación, trepó por la tejavana.

Se preparó para un salto base. Cogió impulsó y, cuando ya estaba en el aire empezando a saltar, echó los brazos hacia atrás como si fuese a realizar un salto de fe en un movimiento elegante. Así creaba un efecto de *time lapse* en su máxima expresión de velocidad.

Se agarró a un poste justo antes de aterrizar en el techo del tren.

Había sido un salto sencillo. Gracias a la ayuda del tren, aquella parte del recorrido le llevaría menos tiempo. Observó el entorno. Y esperó.

Minutos más tarde, su siguiente objetivo: el tejado de la estación de Banani. Calculó: un, dos... ¡no! Se había lanzado antes de tiempo. Cayó. Cinco metros de altura. Un destello de miedo. Buscó un saliente al que poder agarrarse. Dudó por un momento, se aferró a una viga y se descolgó hasta el suelo, con dolor.

No podía permitirse esos errores.

No había esprintado lo suficiente.

Era crucial alcanzar la velocidad óptima antes del salto.

La regla de oro era no jugársela.

Velocidad, salto y agarre.

Cruzó la carretera de dos carriles cojeando un poco. Recuperando la calma. *Vamos, cálmate, Faisal*, se ordenó, *tranquilo*. Caminó despacio.

Todavía tenía veinte minutos. Llegó a un edificio de tres plantas. Saltó, se agarró a la escalera de incendios y trepó por ella hasta el techo. Para animarse, proyectó el salto y la caída en su cabeza:

Vamos.

Faisal,

tú puedes,

hazlo bien ahora:
trazas la línea de fuga,
amagas el salto dos veces antes de lanzarte,
y extiendes los brazos igual que un halcón cuando estés en
el cielo;
tu sombra de pájaro se proyectará sobre Daca,
te encoges antes de aterrizar,
en el aire,
en standby;
después,
caes.

—¿Va a contarnos algún secreto interesante de nuestro padre?

—Ni se te ocurra, Mamun. —Ernesto se había quitado la corbata y jugueteaba con sus pulgares, como siempre.

Breixo miraba con complicidad a Al Mamun, como si ya se conocieran. Algo que pilló por sorpresa a Irina. Que ella supiera, Breixo nunca había estado en Bangladés, pero podía ser que Al Mamun hubiera viajado por trabajo a España. Se lo preguntó y él contestó que alguna vez. También le preguntó que desde cuándo conocía a su padre, que si había conocido a su madre, que si era normal aquel calor. Él contestaba y Ernesto participaba riendo, con evidente placer. Debían de ser buenos amigos y, sin embargo, qué diferentes eran. Una calva considerable empezaba a aparecer en la coronilla de su padre, mientras que Al Mamun tenía el pelo grueso y negro, peinado con la raya a un lado; la barba bien cuidada, la frente achatada.

Se encontró con su mirada.

—Tu hija tiene unos ojos preciosos, Ernesto.

Se ruborizó.

Le gustaba ese hombre: hasta su curiosa cicatriz con forma de ancla en la mejilla izquierda.

—¡Ahí está mi hijo!

Irina vio, bajo la entrada de hormigón de una de las puertas del estadio de críquet, a un joven que tendría su edad, de rostro y nariz alargados semiescondidos por una gorra roja y verde.

La limusina se detuvo. Lucas se bajó para cederle su sitio y sentarse delante.

—Desde aquí saco mejores fotos —explicó.

El muchacho era igual de guapo que su padre e Irina enseguida supo que a Lucas le había gustado.

—¿Así que tú eres Ryad? —le saludó Ernesto—. Tu padre me ha hablado mucho de ti.

El muchacho abrió la mochila y sacó varios móviles.

—Tienen cobertura en todo el país y saldo ilimitado. El número está pegado en la carátula, detrás.

La limusina salió del distrito de Mirpur sorteando gente y *rickshaws* entre edificios sin pintar y calles estrechas. Al cabo de un rato, Sagor, que tenía los párpados hinchados por las horas sin dormir y había estado callado, preguntó:

—¿Dónde estamos?

—Llegando al barrio de Tejgaon —contestó Al Mamun—. Vamos a recoger también a la modista. Me temo que estamos haciendo una espiral un poco enrevesada para llegar al hotel.

11.49 a.m.

Como había planeado, primero cayó su sombra sobre el asfalto; después, sus pies y sus manos, igual que si fuera un tigre. A veces era un tigre, otras un águila, o un dragón, incluso un galgo. Y respiraba agitadamente, como un animal. Al agacharse en el momento de aterrizar, sintió el tacto rugoso y febril del suelo en las yemas de sus dedos; el calor y la energía en sus pies al encadenar un esprint al instante, el sabor a sangre después de haberse mordido la lengua.

La ciudad era parte de él.

Una extensión de su cuerpo.

Allí podía crear un espacio dentro de otro espacio, su propia heterotopía.

Se quitó la chaqueta y sacó la botella. Dentro, el reloj marcaba las 11.49.

Se frotó el pecho. La camiseta estaba empapada. Se la quitó, la escurrió y, sin prisa, anudó con ella la botella. A continuación, la enganchó en sus pantalones.

Había llegado al puente con forma de arco de Banani Lake. Caminó hasta la cima, poniendo un pie detrás del otro y equilibrándose con los brazos. Desde arriba grabó la acera limpia y moderna a su izquierda, y luego enfocó la GoPro hacia la otra orilla del lago.

Esa era la Daca triste.

En los márgenes del río crecían las chabolas. Y se arremolinaban los escombros, los plásticos, la espuma sucia, en sus aguas residuales.

Era la Daca de los pobres.

Lucas gruñó al hacerle sitio a Sagor delante para que la modista entrara detrás.

—Puedes ir tú solo en un ergástulo de esos, si quieres. —Sagor señaló un vehículo verde y motorizado de tres ruedas que parecía un huevo con rejas y los acababa de adelantar.

—¿En esa jaula de gallinas? Ni loco.

—Los CNG son los vehículos más comunes aquí.

A Irina le maravillaba lo bien que hablaban español Al Mamun y su hijo, aunque a este le costaba entender un poco más.

Lucas fotografió al niño cargado con un cubo de escombros en la cabeza, a las adolescentes con uniforme que se abrazaban y trepaban las unas encima de las otras para ver mejor a los Ferreira. La Nikon subía desde los plásticos arremolinados en los bordillos hasta los carteles de modelos vestidas con sari y *salwar kameez* en la fachada del Gulshan Shopping Centre. Un templo hindú a la izquierda, una mezquita a la derecha. La cámara capturaba con la misma frialdad un perro tirado en la acera que un zapato en mitad del arcén.

Estaban probando los móviles nuevos cuando el de Irina vibró.

Era un mensaje de Breixo:

Me arrepiento de no haberte besado.

El calor subió a sus mejillas al instante. Desactivó la pantalla del móvil, evitó mirar a Breixo. El corazón le retumbaba. Quería gritar. Apretó los labios.

Sagor la miró, divertido.

—Pero ¿qué te pasa?

11.52 a.m.

Faisal había llegado al quinto objetivo de su *tracé*, la mezquita Gulshan Central Masjid. Se aproximó al muro y lo encaró en un ángulo de 45 grados. Alzó la mano, apuntando. Rápidamente, para coger impulso, presionó las dos manos contra la pared blanca al tiempo que saltaba sobre los dos pies. De esa manera giraba sobre sí mismo dibujando un arcoíris con el movimiento de su cuerpo.

Aquella acrobacia simplona tenía mucho sentido. Expresaba la espiral de todo su recorrido en Fibonacci para llegar al centro de la ciudad. Todo un juego de espirales grabado por la GoPro. Y todavía le quedaban dos objetivos más, pero las distancias eran ridículas. En ese momento vio un autobús. Iba en dirección a su siguiente destino. Corrió detrás de él, saltó y se agarró a la parte trasera. Así descansaba un poco porque necesitaba recuperar la energía.

Mientras recorrían Gulshan Lake Walk Way, Irina evitó mirar a Breixo, no había contestado a su mensaje, no quería pensar en él. ¿A qué estaba jugando? Se arrepintió por primera vez de estar allí. Aquella ciudad era una mala obra de arte; el resultado de pinceladas mal dadas e insistentes. No había aceras. Todo estaba a medio construir. Desde luego era la Daca que aparecía en los álbumes de su padre. La Daca de Bangladés, la Daca de los bengalíes, la Daca real, y ahora, a su pesar, la Daca de Irina.

La limusina esquivó una lona de camión rota, abandonada en la carretera, y ella chocó con el asiento de Sagor.

—Sería más fácil encontrar el Aleph que a una persona en esta ciudad —susurró él—. Tiene ciento cincuenta millones de habitantes. En 2050 será la tercera ciudad más poblada del planeta.

11.56 a.m.

Faisal bajó del autobús en marcha cuando este pasaba por el centro comercial Aarong. Apenas le quedaban diez minutos, pero él iba a terminar en tres.

Iba sobrado. Ya había echado a correr de nuevo, cuando frenó en seco. La gente miraba a un grupo de occidentales. Acababan de bajarse de una limusina.

Enseguida reconoció al hombre de la cicatriz con forma de ancla.

—¡Maldita sea! —exclamó.

No tenía opción.

Tendría que alterar su ruta y seguirlos.

Así que hizo lo que mejor sabía hacer: entregarse absolutamente al extravío.

La costurera les hizo detenerse para recoger unas telas en el centro comercial, y aunque dijo que solo tardaría dos minutos, todos bajaron de la limusina para estirar las piernas.

—Esto es peor que la zona vieja en fiestas. Gente por todos lados. Y encima todos nos miran —se quejó Irina.

Una niña tiraba del brazo de su madre, insistiendo para que se acercaran. En un golpe de valor se acercó a Irina.

—*You're so sweet.*

Irina recuperó la sonrisa.

—¿Habéis oído? ¡Qué bonita!

Lucas les sacó una foto.

12.02 a.m.

La limusina entró en un hotel. Faisal trepó por una escalera apoyada en una pared acristalada para espiar, pero quedó bocabajo al doblársele la pierna sobre un peldaño. El reloj de bolsillo crujió y todos sus instantes se detuvieron en los ojos azules del rostro del revés de una extranjera al otro lado del cristal.

Irina, que se había desplomado en el primer sofá nada más entrar en el Six Seasons, al echar la cabeza totalmente hacia atrás, rendida, se encontró con los ojos verdes y divertidos de Faisal, que la contemplaban bocabajo.

Pestañeó. El joven ya no estaba.

Tal vez sí existiera ese instante que reúne todos los instantes.

12

Ciudad de polvo

26 de marzo de 2013

I

Daca era la sombra de su mundo, la cara oculta que hasta ahora solo había visto en las noticias con cierta esperanza hueca de que a lo mejor eso no era real, de que toda esa pobreza no existía. Su padre no les había mentido: no era el mejor sitio para pasar unas vacaciones en familia, desde luego. Y pensar que la idea de viajar a Bangladés le había parecido algo exótico motivado por la enigmática frase del poeta. Porque sonaba bien eso de «hacer algo pernicioso y temible, algo incompatible con una vida mezquina y piadosa, algo desconocido, algo absorbente». Sonaba a libertad, a volver a las raíces, a despertar los instintos dormidos, a ser rebelde. Había convencido a Sagor con la excusa de buscar a su madre, pero no había viajado hasta allí solo por eso. No. Estaba allí por indignación con su padre, con el mundo, y si quería ser sincera, consigo misma. En realidad, no sabía ni lo que quería. *Hacer algo*, pensó, *luchar por una causa justa, tal vez. Eso pretendía con el vestido de materiales reciclables que acabó en la basura, ¿no?* Quería no ser indiferente, no darle la espalda al mundo, ver con sus propios ojos la realidad que había estado intuyendo, representar el cambio que quería para su generación, provocar a su padre. Sí, eso: provocar a Ernesto. Demostrarle que no tenía la verdad única y absoluta. Y, además, Breixo la había mirado con... ¿aprobación? Pero ¿y si ese viaje no había sido más que un error?

—La frase de un libro no puede cambiarme la vida.

Eso último lo dijo en voz alta, pero nadie la oyó porque estaba sola. Después de comer, sus hermanos se habían ido a echar una siesta, pero ella había preferido darse un baño en la piscina del hotel para librarse de los sudores y de los olores excesivos de todo el día. Su padre, que seguía sin dirigirle apenas la palabra, aunque había estado nadando con ella, hacía ya rato que se había ido a una reunión con Breixo. «No te arrugues», era lo único que le había dicho. Pero ella no había salido del agua aún, ni siquiera sabía cuánto tiempo llevaba allí, apoyada con los codos en el borde de la piscina *infinity*; la barbilla inclinada hacia delante para poder espiar mejor, desde la distancia de su oasis, ese «mundo otro» que sucedía ajetreadamente en la calle, a los pies del Six Seasons.

Seguía con la mirada a unos niños que corrían descalzos, esquivando los coches y las ruedas de los *rickshaws*, que eran más altas que ellos.

Solo llevaban dos días allí y todo le parecía surrealista, aunque a veces también divertido, como el chico de ojos verdes que había visto suspendido bocabajo en la escalera para limpiar las lunas al otro lado del cristal, o el hombre que había parado su coche junto al centro comercial, en mitad del tráfico, solo para bajarse y tomarse una foto con ellos a pesar de los bocinazos. Le fascinaba que los bangladesíes mostraran la misma pasión por el críquet que por las series melodramáticas. Las cometas invadiendo el cielo, los adolescentes jugando al críquet en los tejados. Así que no es que estuviera triste, pero se sentía rara, aunque suponía que el vértigo en el estómago era parte de la aventura, una especie de alerta de su cuerpo frente a ese «algo desconocido».

Empezó a llover, pero hacía tanto calor que siguió en el agua. Estar allí dentro calmaba el vértigo. El agua lo calmaba todo, siempre, desde que era pequeña.

Escuchó unos chillidos.

Los niños se habían metido debajo de una tejavana de aluminio que, en cuestión de segundos, chorreaba agua por las esquinas y ahora estaban saltando encima de dos colchones de tela azul desteñida, rota como a mordiscos, con dentelladas por las que se escapaba la espuma amarilla del relleno. Saltaban y se reían a carcajadas solo porque la espuma entraba y salía por los huecos como la tripa fofa y voluble de un gordo. Sus risas anegaban el refugio. Y ellos se agitaban como un enredo de avispas en un movimiento vibrante, borroso por la lluvia, impresionista, en el que todo se mezclaba: sus cuerpos morenos, los brazos tatuados con jena, las muñecas cargadas de pulseras de colores con espejitos, las ropas sucias color café y sus estampados florales, el brillante en la nariz de una de las niñas, los pendientes que bailaban en las orejas de la otra. Eran dos chicas y tres chicos. La niña más pequeña saltó e hizo una voltereta en el aire, aterrizando con la cara en el colchón. Más risas, incluida la de Irina. E inmediatamente, como si esa escena fuera el hilo de pita de una caña de pescar, otra escena trepó a la superficie desde las profundidades de su inconsciente: una Irina de la misma edad que aquella chica corría por la arena de Mangata, la playa privada del pazo que ahora añoraba, se impulsaba saltando sobre las manos que Ernesto tenía entrelazadas en forma de estribo y pegaba un mortal hacia delante. Lucas y Sagor aplaudían mientras Irina chillaba de placer y su madre sonreía tumbada en una hamaca y decía: «*Cómo lle gusta facer pinchacarneiros a esta rapaza*».

Eso había sido antes de que se muriera Elena y la familia se rompiera.

—¡Ey! ¡Despierta!

Lucas le dio un susto de muerte. Se había deslizado hasta

ella, nadando suavemente, y de un salto se había sentado, peligrosamente, en el borde *infinity*. Quedó de espaldas a la calle, con las palmas de las manos apoyadas a cada lado y la espalda ligeramente hacia atrás, en una postura que parecía cómoda y de lo más casual. Había dejado de llover.

—Ten cuidado —dijo Irina después de respirar hondo. El corazón le latía aceleradamente.

Lucas puso los ojos en blanco y se quedó mirando la pared.

—Tranquila. Ten cuidado tú, que estás estropeando tu bikini.

Irina tenía el pelo mojado, recogido en una coleta que le caía hasta el hombro y se amontonaba como una culebrilla en el hueco de la clavícula. Chorretones de agua rosada se escurrían por su pelo en cascadas desiguales que bajaban hasta su bikini blanco, tiñéndolo.

Las risas de los niños eran ahora un zumbido apenas perceptible.

Irina volvió la vista hacia ellos.

Jugaban a golpearse entre brincos y las niñas saltaban agarradas de la mano. Ella y Lucas jamás se habían agarrado de la mano, ni habían saltado en el colchón de sus camas. Ni habían dormido con las manos entrelazadas para espantar las pesadillas. Lo más que hacían era dirigirse frases hostiles. ¿Por qué? No lo entendía, pero no tenía con él la conexión que sí había con Sagor. Con su medio hermano se había pasado un verano entero construyendo una cabaña en el bosque de manzanos de Sainaba, sacándoles filo a los troncos más delgados de los abedules para luego cavar con ellos en la tierra hasta conseguir un habitáculo cuadrado; juntos habían apartado piedras, raíces y lombrices; habían clavado troncos en hilera para hacer las paredes; recogido ramas de eucalipto, las más olorosas, para el techo; robado las camelias de su padre para adornar las esquinas. Habían cavado en la orilla en busca de monedas, con la arena incrustada entre las uñas transparentes y debilitadas por el agua del mar. Habían asado sardinas en las hogueras de San Juan, luchado por quitarse sus escamas de los dedos y ese fuerte olor a pescado y a leña quemada en la ropa.

Todo eso lo había hecho Irina con Sagor.

Pero con Lucas... Ni siquiera recordaba haberle enseñado a dar esos mortales hacia delante a pesar de que él se lo había pedido varias veces.

Observó a su hermano mientras caracoleaba con su dedo en la coleta, haciéndola girar, dejando que su dedo también se tiñera de rosa. Lucas mascaba un chicle y empezó a balancearse.

—Bájate del bordillo, te vas a caer.

—¿Por qué robaste en la tienda de papá? —dijo él, sin hacerle caso.

Irina puso los ojos en blanco.

—¿Vamos a hablar ahora de eso?

—Me preocupa. Sin más.

Aquella contestación la dejó desarmada.

—¿En serio?

Lucas se zambulló en el agua. Y cuando sacó la cabeza encogió los hombros como si aquello no tuviera importancia.

—Claro. Eres mi hermana. Aunque solo le cuentas tus secretos a Sagor, te conozco. Sé por qué lo has hecho y te admiro. Papá se cree que todo se soluciona con dinero, siempre y cuando este se emplee como él quiere. Necesita controlar a la gente como si fuera ganado.

La voz de Irina salió en un hilillo:

—Gracias.

Nunca lo pensaba, pero, si era honesta, había sido injusta con su hermano. Lucas era el que peor lo había pasado con diferencia tras la muerte de su madre. No solo era el preferido de Elena y de repente ella ya no estaba, sino que Irina y Sagor se tenían el uno al otro, y encima Ernesto siempre había mostrado preferencia por ella, aunque ahora no le hablase. Lucas había crecido aislado, era lógico que se hubiese mudado al pazo, que se creyera el patito feo de la familia. Entonces Irina dijo algo que tenía que haberle dicho hacía mucho tiempo:

—Yo también te admiro por haber hecho la carrera que tú querías pese a papá. Y por tu franqueza: eres el más sincero de los tres. Y tus fotos son increíbles.

Los ojos de Lucas brillaron de una manera que Irina desconocía, ¿era posible que se hubiera emocionado? Pero la conversación no siguió porque justo llegaron Sagor y Breixo.

—¿Qué hacéis aquí? ¿No vamos a salir a celebrar el día de la Independencia de Bangladés? —exclamó Sagor.

Se quitó las bermudas y la camisa a rayas de Blueberry, y se tiró a la piscina. Quiso agarrarla de un pie, pero Irina se escurrió y salió del agua. Se enrolló con una toalla y se sentó en una hamaca. Breixo, que iba vestido con camisa y pantalones de lino blancos de Nora, caminó hasta ella y se asomó a la calle. Observó a los niños que había estado contemplando Irina.

—Esto es lo bueno que tiene viajar, que aprecias más lo que tienes. ¿Os imagináis vivir así, sin nada?

—Aquí no todos son pobres, estamos en el mejor barrio de Daca —dijo Sagor—. Ya querrían algunos españoles la categoría social y el sueldo de Mamun.

Irina contempló la piel de las yemas en sus dedos que, como su padre había previsto, se habían arrugado formando marcados surcos. Entre ellos cabría el canto de una moneda chiquita. Acarició con la yema del dedo corazón la del pulgar, esos bultitos ondulados, su textura flexible, gomosa, como cola de pegamento blando endurecida. Era como si hubieran sufrido una metamorfosis, se le ocurrió que podía trepar por la pared igual que un gecko con aquellos dedos arrugados y adherentes.

—A todo se adapta el ser humano —dijo, y su sonrisa resplandecía.

—Vaya, pensé que hacerte sonreír de verdad era más difícil que extraerle el jugo a una naranja reseca. —Breixo la miraba desafiante.

—¿Qué dices?

—Que no sabes disfrutar. —Levantó los brazos como si mostrara lo obvio.

—¿Y tú sí? Parece que te has disfrazado para ir a un safari en África.

Irina aspiró aire con fuerza. *Deja de guardarte las cosas en el estómago. Mándale al* carallo. *No para de provocarte.* Le salió entonces una voz profunda de la garganta, un gruñido como el eructo de un tapón al descorchar la botella:

—Que te den por culo.

Y automáticamente se llevó las manos a la boca. No podía haberle dicho aquello. Soltó una carcajada. Porque sí, lo había dicho. Y Lucas, a su espalda, soltó otra.

Y entonces Breixo hizo amago de agarrarla por la cintura.

—Ah, sí, ¿eh?

Él pensaba tirarla al agua con toalla incluida, pero no contaba con que la agilidad de gimnasta de Irina no se limitaba a los saltos, sino que estaba acostumbrada a hacer movimientos rápidos. Le hizo una llave de mano cruzada bloqueando su ataque, al tiempo que golpeaba su pierna para que perdiera el equilibrio, y el que acabó en la piscina fue Breixo. Sagor y Lucas se lanzaron entonces a hacerle una aguadilla. Por un segundo creyó que iban a ahogarlo de verdad, pero Breixo consiguió salir de nuevo a la superficie. Y de repente todos estaban riéndose a carcajadas. Como los niños de la calle.

Justo en ese momento apareció Ryad y exclamó:

—*Oh, my Allah! The happy family.*

Y aunque el pobre Ryad no se acercara ni de lejos a la realidad, Irina le mostró una enorme sonrisa, victoriosa. El atisbo de una felicidad de la que ella y sus hermanos llevaban años desconectados brillaba en el filo de sus ojos.

II

Horas más tarde, Al Mamun, que se había quitado la chaqueta de traje de piel de zapa y cuello mao, se arremangó la camisa blanca haciendo un par de dobleces que dejaban el ojal a la vista, y empezó a servir, él mismo, el *masoor dal* en el plato de Ernesto.

—*Phoron* significa «especia».

Ernesto jugueteaba con los pulgares, expectante antes de probarlo, y sonreía encantado a las explicaciones de su amigo.

—*Beautiful.*

Si a Irina normalmente le costaba comer, aquellos platos le disgustaban todavía más. Había sido una casualidad que su segundo día en Daca coincidiera con el aniversario de la guerra de liberación de Bangladés de 1971, por eso, para celebrarlo, Al Mamun los había llevado a aquel restaurante de comida típica bengalí. Pero Irina se sentía incómoda. Los comensales de las mesas vecinas no habían parado de mirarlos desde que habían entrado. Después de sonreír, saludar e incluso sacarse algunos selfis, los Ferreira se habían sentado en torno a tres mesas cuadradas y unidas en fila para formar una más grande. En medio del mantel había un vaso con un montón de banderitas hechas con tela verde montada sobre pajitas rojas, y todas tenían un punto rojo en el centro, simulando la bandera del país. Se las habían regalado un grupo de niños en la calle mientras caminaban hasta el restaurante.

—Esto es paella de lentejas —le susurró a Sagor, que estaba sentado a su lado.

Una paella de lentejas cargada de especias, añadió para sus adentros. Aparte del color dorado que le daba la cúrcuma, aquel mejunje llevaba aceite de mostaza, ajo, jengibre, cilantro, comino, chilis, pimientos, y hasta canela, cebolla y aceitunas. Y, por si eso fuera poco, el *panch phoron* que acababa de mencionar Al Mamun y que no era sino una mezcla de otras cinco especias bengalíes.

Sonrió a los camareros que con amabilidad y delicadeza les servían, uno detrás de otro, diferentes platos típicos, pero en su cabeza estaba la imagen de su babi a rayas blancas y rojas del colegio, de sus bolsillos ribeteados donde acababan siempre las lentejas. Para rematarlo, a la náusea del estómago se sumaba el aroma dulce de las flores blancas de bokul que adornaban la mesa y todo el restaurante. Era un perfume agradable, parecido al del jazmín, pero ella había estornudado ya tres veces. En cambio, Sagor, que tenía el estómago a prueba de balas, estaba salivando a su lado.

Al Mamun cogió su plato para servirle, y cuando ella se apresuró a pedirle que echara menos, la manga de su vestido de satén azul y dorado acabó dentro del plato.

—¡Cuánto lo siento! —exclamó Al Mamun—. Ryad, hijo, pídele al camarero un espray para manchas.

Irina hizo una mueca que pretendía ser una sonrisa y escurrió la mancha oscura en una servilleta. Jesmin, la costurera, había trabajado mucho para que ella pudiera lucir aquel vestido durante la cena. Le había tomado las medidas la tarde del día anterior e Irina intuía que no había dormido, porque a las cuatro de la tarde se había presentado con él en la habitación. Y no solo había traído un vestido, sino varios modelos para el resto de la semana. Para esa noche se había decantado por aquel de manga larga. Era un vestido sin forma, pero el satén azul y dorado realzaba el color de sus ojos. Por debajo llevaba unos pantis negros que le daban mucho calor. Parecía imposible hacer unos vestidos como aquellos en un solo día. Ella había tardado meses en diseñar y coser la imitación de Elie Saab que había acabado en la basura. Al menos, al examinar la trama y la urdimbre, le alivió comprobar que eran muy básicas. «*Pretty dress for pretty ladie*», había dicho Jesmin. Cambiaría de opinión cuando viera aquel churretón. Irina se echó el espray que le tendió uno de los camareros y la mancha se transformó en un círculo blanco y granuloso.

Cuando por fin se hubieron servido todos, Al Mamun narró con orgullo cómo la guerra de Independencia había convertido al antiguo Pakistán Oriental en la nueva nación de Bangladés y comparó el genocidio que la había desatado con el holocausto de Hitler.

—Tiraban a la gente atada en racimos al río —dijo, adoptando un tono más sombrío.

Irina, al oír aquello, abrió mucho los ojos, e inclinándose hacia su hermano le susurró al oído:

—No tenía que haberte traído a este lugar tan peligroso.

—¿Qué dices, mona? —le contestó él, también susurrando—. Eso sucedió hace más de cincuenta años.

—Ya, pero me da mal rollo. No sé, estoy nerviosa. Llevamos ya dos días aquí y no se me ocurre cómo ni dónde buscar alguna pista sobre tu madre.

Un camarero metió el brazo entre ellos dos para dejar dos bandejas de calabaza amarga y dátiles. Cuando lo retiró, Sagor miró a su hermana negando con la cabeza.

—En serio, relájate. Olvídate por un momento de esa señora de la foto que no es mi madre y del colgante ese que te tiene poseída. ¿Sabes que Sabela está embarazada?

—¿Qué? —Irina detuvo su cuchara llena de lentejas justo cuando iba a llevársela a la boca.

—No sé cuándo pensará anunciarlo Breixo.

—Pues se le ve tan tranquilo —dijo, notando cómo una terrible rabia le subía desde el estómago—. ¿Cuándo te lo ha dicho?

Irina volvió la vista a la mesa. Breixo estaba sentado al lado, entre Ryad y Al Mamun. Lucas presidía la mesa en el lado contrario al de su padre. Breixo había cambiado el blanco por el negro para vestir aquella noche, y en esos momentos le contaba a Ryad que había disfrutado mucho viendo el desfile nacional por la mañana y que había sido todo un honor presenciar las oraciones en la mezquita. A Irina también le hubiera gustado ver la mezquita por dentro, pero solo habían dejado entrar a los hombres.

—Con qué propiedad habla tu sobrino —dijo Al Mamun.

—No sé. Cuando usa palabras como «idiosincrasia», «oligarquía», «ominosa», «irredenta», «francachelas», tengo miedo de que se vuelva republicano.

Irina y Sagor seguían susurrando.

—No me lo ha dicho él. Me lo ha dicho Sabela.

—¿Esa pija odiosa te cuenta sus cosas?

—Esa «pija odiosa» es mi mejor amiga. Desde hace años. Y tú también eres pija.

Irina parpadeó doblemente y se quedó con la boca abierta.

—¿Perdona? Sabía que te llevabas bien con ella, pero tanto como para decir que es tu mejor amiga...

Sagor ignoró el comentario.

—Yo creo que Breixo le va a pedir que aborte —aventuró—. No sé qué le veis a ese capullo.

Irina se puso tan roja que parecía que le hubiera sentado mal la salsa que acababan de servir.

—¿Mucho picante? —le preguntó Al Mamun.

De nuevo tuvo que forzar una sonrisa y agradeció que su padre se pusiera a hablar de otras cosas con su anfitrión. Se quedó pensando que Sagor podía leer en ella como en un libro abierto. Le enseñó, por debajo de la mesa, el mensaje que le había mandado Breixo el día anterior y al que todavía no había contestado.

—Va a tener un hijo y me manda esto, que se arrepiente de no haberme besado. ¿Te lo puedes creer?

Sagor arrugó la servilleta de color azul que tenía en la mano.

—Igual está confundido y ni siquiera sabe lo que siente. Me cuesta creer que sea un mal tío. Pero bueno, mejor olvídate de él, disfrutemos de Bangladés, que es lo que tú querías.

—Tú mismo acabas de decir que es un capullo, no te arrepientas ahora. ¿Y cómo que «lo que yo quería»? Parece que te da igual encontrar a tu madre y que te he obligado a venir.

—¿Qué andáis *rosmando* vosotros dos? —los interrumpió su padre para que parasen de cuchichear.

—Es imposible que lo entiendas —apostilló Sagor antes de volver a la conversación general.

No, Irina no lo entendía.

La vida de su hermano le parecía más interesante que la suya, mucho más, aunque él no lo supiera y se moviese tan a gusto en la normalidad, como si todo el misterio en torno a su madre no fuera con él. En cambio, ella sentía que vivía la vida de otra persona que no era Irina, no la Irina que ella quería, al menos. *¿Cuáles son mis problemas?*, se puso a analizar mientras removía el plato con desgana. *¿Que me he enamorado de mi primo que va a ser padre? ¿Estoy enamorada de Breixo? No, no lo estoy. Pero si es odioso, solo me pone nerviosa. Soy un desastre. No sé lo que quiero. Por no saber, no sé ni terminar un vestido cuando Jesmin, que no tiene estudios de moda, es capaz de hacer varios en una sola noche.* Sentía que se aburría de sus propios pensamientos, de ese bucle de reproches que no paraba de hacerse. Nada de eso le parecía tan interesante como el misterio en torno a Sagor y la mujer de la fotografía.

—¿Qué es esto?

Breixo, que comía con avidez, robó con el tenedor una croqueta vegetal del plato de Lucas.

—Hummm, qué rico. He hablado con Sabela. Ha estado haciendo surf en la playa de Patos y ha visto un *arroaz* —anunció a todos como si aquello fuera lo más interesante que iban a escuchar esa noche—. Y ayer fue a cenar al Maruja Limón con sus amigas. Dice que hay huelga en los astilleros de Barreras y Vulcano. La gente se aburre.

Irina no quería escucharle más.

—¿Cómo te hiciste esa cicatriz, Mamun? —preguntó para cambiar de tema.

Al Mamun pareció encantado de que Irina le prestara atención y le hiciera aquella pregunta.

—Fue durante una expedición a la selva pantanosa de los Sundarbans. Me atacó un tigre de Bengala. La herida era enorme y no había ningún hospital cerca, solo una villa dedicada al textil. Me la tuvieron que coser con el hilo amarillo que se usa para coser los vaqueros, esterilizándolo, por supuesto. Pero mereció la pena solo por poder tocar la piel electrificante de un animal tan bello. Te deja un cosquilleo en las manos que te hacer sentir salvaje y poderoso.

Irina abrió mucho los ojos.

—¿En serio?

Ernesto se rio con ganas.

—Cada vez cuentas una historia diferente en torno a esa cicatriz, Mamun. Disculpa, tengo que ponerme serio con mis hijos un momento —miró a Irina y a Sagor—, así que nada de cuchicheos por mi banda izquierda. Queríais estar en Bangladés y lo habéis conseguido, pero hay ciertas reglas que tenéis que cumplir. No pongas esa cara, Irina. La primera, de hecho, es solo para ti: nada de ir enseñando los hombros o el ombligo, hay que mostrar respeto con su cultura.

—Voy vestida como ellas, papá.

Ernesto la ignoró y siguió hablando:

—La segunda, para todos: no podéis ir solos a ningún sitio. En el último año han asesinado a un par de extranjeros sin motivo aparente. Tercera: esto no es Marruecos, aquí no se regatea. Dadles siempre un precio justo, incluso más de lo que os piden.

Lucas la miró e Irina leyó en sus labios cómo decía: «Pero él sí puede aprovecharse de la mano de obra barata».

Ernesto siguió:

—La cuarta: nada de dejar comida en el plato. Aquí la gente se muere en las calles porque no tiene nada que llevarse a la boca.

—Está claro que va por ti —murmuró Sagor.

—Quinta: nada de flirtear con las mujeres, aquí se toman muy en serio el cortejo. Un beso puede arruinarle la vida a una mujer. Y, por supuesto, no quiero embarazos no deseados.

Esta vez fue Irina la que susurró en el oído de Sagor:

—Nos hemos saltado ya unas cuantas, ¿no?

—Sexta —Ernesto miró directamente a Irina—: ni se os ocurra robar nada.

A Lucas se le iluminó la cara e incluso esbozó una sonrisa traviesa, hurgó en el interior de su pechera y sacó el colgante que hasta ese momento había llevado oculto a la vista. El color fucsia de las aminas aromáticas brilló encima de la tela blanca. Lo zarandeó para asegurarse de que Irina lo veía bien, probablemente pensando que aquello era una broma tonta que solo su hermana entendería. No sabía lo equivocado que estaba.

—Entonces será mejor que le devuelva a Irina esto que le robé el otro día del bolso solo para fastidiarla, pero como ya hemos hecho las paces...

Se calló y frunció el ceño al ver la cara totalmente pálida de Irina y la transformación en el rostro de Ernesto.

—Qué liada. —Sagor se tapó la cara.

—¿Qué pasa?

—Dame inmediatamente ese colgante —dijo Ernesto con sequedad.

—¿Perdón? —escupió Lucas con todo el asombro y la impertinencia de los que fue capaz, girándose hacia su padre y luego de nuevo hacia Irina.

—Es de Irina, solo te lo daré si ella quiere que te lo dé.

—Dame ese colgante —repitió Ernesto—. Ahora.

Al ver el rostro totalmente endurecido de su padre, Lucas, que no entendía nada, se lo lanzó.

—Pero si no es más que una baratija. ¿No lo habrás robado también en una de las tiendas de papá?

Ernesto cogió el colgante al vuelo y se lo guardó rápidamente. Algunos comensales de otras mesas se habían girado para mirarlos.

—No me lo esperaba de ti.

Irina apartó con asco su plato de comida y apoyó los codos para sujetarse la frente.

Ernesto iba a decir algo más, pero entonces sonó su móvil.

—¿Diga?

Se levantó y salió del comedor mientras seguía hablando por el móvil.

Todos esperaban a que Irina dijera algo, intrigados, y ella se sentía cada vez más incómoda. Al Mamun, que estaba enfrente de ella, la miraba pensativo, incluso le pareció que había una inusitada dureza en la expresión de sus ojos. Irina pensó que probablemente se debía a que allí los hijos mostraban un profundo respeto hacia los padres. Debía de tener una imagen terrible de los Ferreira.

—¿Alguien me puede explicar qué es lo que acaba de pasar? —preguntó Lucas.

—No ha pasado nada.

Irina se levantó, apartó de un golpe la mano de Sagor, que intentaba calmarla, y se marchó dejando su plato lleno de comida sobre la mesa.

Justo cuando estaba saliendo del comedor, Ernesto volvía a entrar y la cogió del brazo.

—Me tengo que ir a solucionar un problema. Pero antes tú y yo vamos a hablar de esto.

Irina siguió a su padre hasta una sala del restaurante apenas iluminada donde no había nadie.

—¿Por qué sigues teniendo este colgante y qué hace aquí?

—Me lo encontré antes de venir, mientras hurgaba entre mis cajones para hacer la maleta, ya ni me acordaba de él. Me pareció exótico y por eso lo traje. —Irina hizo un gesto con la mano para restarle importancia, pero Ernesto la miraba directamente a los ojos.

—Conmigo no te hagas la tonta. Si tienes algo que contarme, hazlo ahora.

Su nariz afable con forma de pera dejó de ser afable; el ceño siempre relajado dejó de estar relajado; su mirada de suave gris, dulce, se tornó amarga. Por primera vez en su vida, a Irina le dio miedo su padre. Y supo que había traspasado el límite.

Su padre no parecía su padre.

Igual ese era el Ernesto al que todos temían, el Ernesto del que tanto hablaban en la prensa, que solo vivía por el trabajo y para el trabajo, para los números, para hacer dinero, dinero y más dinero; el Ernesto infranqueable que prefería alejarlos y centrarse en hacer lo único que sabía hacer: negocios. *Es mucho más fácil que un padre conozca a su hijo que al revés.* El pensamiento le produjo un escalofrío. No: ella conocía perfectamente a su padre. Pero ese hombre que la estaba mirando con la ceja levantada y la mandíbula apretada...

Ernesto no parecía Ernesto.

Pero ella no iba a amedrentarse.

—¿Qué pasa, papá? —La voz le tembló al levantar la barbilla para encararlo—. ¿No se te ha ocurrido que a lo mejor eres tú el que tiene que dar explicaciones? ¿Quieres la verdad? La verdad es que el día de tu cumpleaños cogí tus álbumes de fotos para buscar alguna bonita de vuestro viaje de novios, y lo que me encontré fue una foto tuya con otra mujer, una bengalí que llevaba este colgante puesto y un bebé en los brazos con una fecha detrás. Me acordé del desconocido que me lo regaló el día que murió mamá. De la cara que pusiste al verlo. Así que la que tiene preguntas soy yo. Sagor no conoce a su madre, ¿no se te ha ocurrido que él a lo mejor quiere conocerla? Me parece superinjusto y egoísta que se lo hayas ocultado durante años, que seas tan cretino como para ocultarle eso a tu propio hijo.

Ernesto le pegó un bofetón e Irina, por un momento, no reaccionó. Simplemente, no podía creerlo. Pero entonces, llena de rabia, le gritó:

—¡¿Qué nos ocultas, eh?! ¿Hay algo tan horrible de ti que no quieres que sepamos?

Ernesto tuvo que agarrarla del brazo.

—No es de tu incumbencia. Cállate. Hay secretos que no te pertenecen.

Irina intentó soltarse, pero Ernesto apretó más fuerte. Se dio cuenta de que, si le estaba gritando, era más por miedo que por rabia.

—¡¿Hay secretos que no me pertenecen?! Pues yo creo que me tienes que explicar muchas cosas. Estoy harta de enterarme por los periódicos de tus secretos. Y tú no lo sabes, pero el día que se murió mamá yo llevaba este colgante, y ella me miró como si me odiase al verlo, y yo he cargado con ese odio durante nueve años, papá, nueve años.

—Te digo que te calles.

Ernesto tenía apretados los labios y solo con su mirada cargada de ira hubiera bastado para que Irina, que los tenía llenos de lágrimas, le obedeciese, pero ella sentía que ya no podía parar. Y no paró:

—Lucas tiene razón: quieres controlar a las personas como si fueran ganado.

Ernesto la soltó.

—Estás haciendo que me sienta avergonzado de ser tu padre.

A Irina le tembló el labio y parpadeó confundida. Siguió hablando, pero ya no gritaba, su voz sonaba cortada por el llanto y Ernesto la miraba con frialdad.

—Todos lo pasamos mal cuando se murió mamá —balbuceó—. Y tú, en lugar de hablar con nosotros, te alejaste, pero eso sí, imponías tus reglas, querías que hiciésemos siempre lo que tú deseabas. ¿Te extraña que robe en tus tiendas? Lo hago para poder usar ese dinero que me das para ropa en lo que realmente me gusta, sí, en mi sueño de ser gimnasta, que tú dices que no da dinero pero que a mí es lo único que me hace feliz, por muy inútil que te parezca. Y Sagor, ¿sabes que tu hijo se pasó meses sin hablar con nadie? Tiene derecho a saber quién es su verdadera madre. ¿Y Lucas?, ¿sabes que Lucas no paraba de llorar después de que mamá muriera? No, tú no sabes nada de eso. No sabes nada de nosotros, de mí. Yo quiero volver a ser la que era antes de que se muriera mamá. Quiero dejar de culparme por su muerte, quiero dejar de ser perfecta. Yo quería ser gimnasta profesional, no diseñadora de moda. ¿Sabías eso, papá?

—Mañana mismo voy a pedirle a mi secretaria que os compre los billetes de vuelta a Vigo.

Irina abrió la boca, estupefacta, y se limpió las lágrimas con las manos.

—No puedes estar hablando en serio.

—Te vas a olvidar de este colgante para siempre.

Irina miró al suelo, hacia sus bailarinas doradas que brillaban en la luz tenue, y luego volvió a enfrentar la mirada oscura de su padre.

—Cuando apareció este colgante, mi vida se detuvo. Dejé de ser lo que quería ser.

—Tu vida no la detuvo este colgante, sino la muerte de tu madre. Todos tuvimos que aceptarlo. Si lo que quieres es convertirte en una víctima, muy bien, pero hazlo lejos de mí, me avergüenza tanta debilidad. Os he enseñado a ser responsables, no víctimas. Pensé que eras la más madura y resulta que todavía sigues pensando como si tuvieras trece años. Todos, en algún momento de nuestras vidas, dejamos de ser la persona que creíamos que íbamos a ser. Si no lo aceptas, no madurarás nunca.

Irina le miró con odio.

—¡Tenías razón! ¡Bangladés es el antiviaje para disfrutar de unas vacaciones en familia!

Se dio la vuelta para marcharse, pero Ernesto la volvió a agarrar del brazo.

—Nunca más, ¿me oyes? Nunca se volverá a hablar de este colgante.

Ella le enfrentó:

—¡¿O qué?!

—O encontrarás respuestas a preguntas que ni siquiera te has hecho.

13

La Tienda de Objetos Raros

27 de marzo de 2013

I

«Estás condenada.» Irina abrió los ojos. Por un momento creyó que había escuchado la voz de Elena, pero su madre estaba muerta. Nunca pensó que eso pudiera aliviarla. «Estás condenada.» Había tenido aquella pesadilla de forma recurrente en los días posteriores a su muerte, pero hacía años que no soñaba aquello. Probablemente lo había motivado la discusión de la tarde anterior con su padre. Encendió la luz y comprobó la hora en el móvil. Las once de la mañana. Debía de ser por el *jet lag*, porque ella nunca se levantaba tan tarde. Golpeó el interruptor para que se levantase la persiana y Daca fue apareciendo poco a poco en el marco de la ventana panorámica: primero el lago y la densa vegetación de mangos y cocoteros cuyo exotismo no terminaba de integrarse en aquel urbanismo hostil, luego los edificios y las grúas y, finalmente, el cielo luminoso con su desmoralizante velo gris causado por la contaminación.

La persiana hizo un ruido al encajarse todas las lamas.

—Buenos y asquerosos días, Bangladés —dijo en voz alta.

No tenía ganas de nada, y le daba miedo el efecto que por

segunda vez había provocado el colgante en su padre, su mirada cargada de agresividad; le daba miedo que Ernesto no pareciera Ernesto. Quería saber por qué ese colgante provocaba ese efecto en él y, al mismo tiempo, no quería saberlo. «Encontrarás respuestas a preguntas que ni siquiera te has hecho.» Suspiró mientras sacaba del armario la ropa que iba a ponerse. Y, para colmo, Sagor no ayudaba. Como si estuvieran buscando a la madre de ella en lugar de a la de él. Irina se enfureció solo con pensarlo. No entendía a su hermano; por mucho que le quisiera, no entendía su maldita cobardía. Ni su miedo. O su apatía, o lo que fuera.

Resopló.

La pesadilla le había dejado demasiado mal cuerpo.

Se duchó y se puso una falda de seda rosa que le había hecho Jesmin, botas de tacón alto marrones y una camisa blanca de mangas holgadas pero que dejaba los hombros al descubierto. El pelo se lo recogió en una coleta, mostrando su cuello sugerente y dejando fuera solo los mechones teñidos de rosa en una trenza, aunque habían perdido bastante el color. Dos pendientes de aro colgaban de sus orejas y un pendiente de brillante en un segundo agujero que tenía en el lóbulo.

Cuando bajó a desayunar era tan tarde que ya no quedaba nadie. Los camareros se ofrecieron a prepararle algo rápido. Qué amables eran los bangladesíes, aquello era impensable en España; eso sí le hizo sonreír. Mientras esperaba, le escribió un mensaje a Sagor para ver dónde estaban y él le contestó que listos para salir, que si se daba prisa todavía los pillaba en la recepción del hotel. Apenas desayunó unas galletas y un café con leche que le produjo náuseas. Se comió la tortilla solo por deferencia con el camarero que había sido tan amable.

Cuando se presentó en la recepción, Sagor le hizo un gesto para que se apartara a un lado con él.

—Papá ya se ha ido —le dijo—. Y le ha pedido al hijo de Al Mamun que nos acompañe a todos lados, así que creo que ahora Ryad es una especie de vigilante. Y ha pedido a su secretaria en España que nos compre los billetes de vuelta.

—Genial. —Irina hizo una mueca.

Lo cierto era que el frío extremo del aire acondicionado, el golpe de calor que los esperaba fuera del edificio en contraste y el polvo que se les metería dentro de las narices le quitaban las ganas de seguir en Daca. Eso, y que ahora Ryad hiciese de guardaespaldas y haber perdido el colgante y el miedo a su padre y que Breixo le tirara los trastos sabiendo que Sabela estaba embarazada y...

—He estado pensando, Irina.

—¿Pensando el qué? —bufó.

Lucas, que estaba muy cerca, con el ordenador encima de sus piernas en el mismo sofá en el que ella se había tumbado el día que llegaron, levantó la vista, así que Sagor habló aún más bajo para que no los oyera:

—Sí quiero conocer a mi madre.

Irina le miró boquiabierta.

Aquello no se lo esperaba.

Pero Sagor la miraba intensamente y con determinación, como si ese deseo que por fin había expresado fuera tan profundo como su alma.

—Y tenías razón: está claro que papá nunca nos dejará buscarla.

Irina esbozó media sonrisa, pero se encogió de hombros.

—No. Y además se quedó con el colgante. Seguro que lo ha tirado ya.

—En eso te equivocas.

Sagor sacó algo de su bolsillo y se lo mostró disimuladamente. Irina se tuvo que tapar la boca para no chillar.

—¡¿Cómo...?!

El colgante de aminas aromáticas brillaba en la palma de la mano de Sagor. Lo escondió rápidamente y miró a todos lados. Se sentía observada.

—¿Qué tramáis? —les gritó Lucas desde el sillón—. ¿Nos vamos o qué? Yo ya estoy terminando de pasar las fotos a mi ordenador, necesitaba liberar espacio porque Ryad nos va a llevar a ver el Fuerte Lalbagh, en el casco histórico. Muy *cool*.

Ryad estaba detrás de él, pero más que un vigilante, como había sugerido Sagor, parecía el perrito faldero de Lucas. ¿Era posible que le gustase? De ser así, Lucas estaría encantado e Irina se alegró por él. No le daría ninguna pena que le pusiese los cuernos a Santiago, no le gustaba lo controlado que tenía a su hermano.

—Menudo careto de *escarallados* tenéis en esta. Tú estás pálida, Irina.

La joven se acercó y miró sin interés, por encima de su hombro, la pantalla del ordenador, pero lo que vio la dejó atónita.

—¡Pero si ese es el tío que estaba colgado de la escalera en el cristal!

Irina señaló a un joven alto y atlético, que llevaba una chaqueta abierta sin nada debajo, por lo que se veía perfectamente su torso de marcados abdominales. Sus pantalones vaqueros tenían un roto en el lateral y llevaba algo parecido a una botella atada a la cintura con una camisa. Observaba a la familia desde el fondo de la foto que Lucas había tomado frente al centro comercial Aarong.

—El día que llegamos ese tío estaba descolgado en esta misma ventana —explicó Irina.

—¿Has visto a Spiderman y nos lo cuentas ahora? —bromeó Sagor.

—Estás fatal —añadió Lucas, y cerró el ordenador.

Después de que el hombre de la recepción se ofreciera a llevarle el ordenador a su habitación y admirara sus tirantes de dibujos de tortugas, los hermanos Ferreira por fin salieron a la calle, pero primero Ryad sugirió a Irina muy educadamente que se tapara los hombros con un pañuelo que él mismo acababa de comprarle a una vendedora ambulante que pasaba por la acera.

Irina le pegó un codazo a Sagor.

—Vete pensando cómo nos quitamos al vigilante de encima. Tenemos que empezar a investigar sobre este colgante.

Fuera los esperaba una fila de *rickshaws* rojos, verdes y azules decorados con imágenes de actrices bengalíes famosas y motivos tan coloridos que parecían sacados de una feria. El conductor echó la capota hacia atrás y esta se plegó como un acordeón.

—*Wow!* —exclamó Irina.

—Daca es la capital de los *rickshaws*. —Ryad sonrió orgulloso.

Lucas se colgó la cámara del cuello y la encendió. Ryad habló con un conductor, vestido con una tela similar a un mantel de cuadros a modo de falda, una camisa a rayas y chancletas amarillas. El hombre indicó que se sentaran y les sonrió abiertamente soplándose el flequillo que le tapaba la frente.

Les preguntó:

—*Yur contri?*

Y Lucas respondió «*What?*» justo antes de que se pusieran en marcha y entraran en las calles llenas de gente y vehículos por todos lados. Irina siguió con la vista las piernas extremadamente delgadas y fibrosas del conductor, que pedaleaba y se colaba entre otros vehículos o discutía con otros conductores o se detenía a esperar a que los CNG avanzasen, o a que otro *rickshaw* le diera paso, cosa que hacían todos para poder detenerse a mirar a aquellos extranjeros que se agarraban, riendo en cada bote, al estrecho chasis del asiento para no caerse.

—¿Cómo pueden llevar todo ese peso encima? —Señaló a un chico joven que cargaba en su bicicleta una caja tan alta como el autobús que le pitaba desde atrás.

Muchos más bangladesíes pasaron por su lado con cargas

igual de pesadas, como hormigas que pudieran levantar cincuenta veces su peso. Su interés pasó a un hombre con plátanos en la cabeza y, al girar el cuello para seguirlo con la mirada, alguien cruzó tan rápido como una sombra y desapareció entre los coches. A Irina ni siquiera le dio tiempo a ver si era una persona. Podía haber sido cualquier cosa. Acostumbrada a las aceras anchas y limpias, a las calles poco transitadas y las fachadas recién pintadas y ordenadas de La Coruña, no daba crédito a esos hombres que subían y bajaban de las aceras o se jugaban la vida como si nada para cruzar una calle. Apenas había comido y se sentía mareada; encima, el pañuelo le daba muchísimo calor, quería quitárselo, pero no podía enseñar los hombros. Envidió las telas ligeras y coloridas de los vestidos de las pocas mujeres que había en las calles. Siempre había pensado que la gente en Galicia vestía de oscuro, con ropa poco alegre. Todo lo contrario que las bengalíes, a ellas les encantaba el colorido. Incluso una que iba vestida con un burka negro llevaba un paraguas fucsia para protegerse del sol.

Por fin el conductor aparcó junto a un hombre que arreglaba una moto oxidada en mitad de la calle. Bajaron todos, y después de pagar a los conductores, Ryad les pidió que esperaran mientras él iba a por las entradas para el Fuerte Lalbagh.

—Fotografía eso, Lucas.

Sagor se refería disimuladamente a un hombre que no tenía piernas y que estaba metido dentro de un charco.

—Oh, Dios mío —exclamó Irina.

Lucas sacó la foto y, al verlos, el hombre agitó los brazos en señal de protesta y salió del charco, que era en realidad un pozo.

—Pensé que no tenía piernas —dijo—. Qué fuerte, solo estaba arreglando una cañería.

Le picaban los ojos por la contaminación.

Se los rascó.

Y en esa fracción de segundo, de nuevo algo cruzó tan rápido por su lado que no le dio tiempo a saber qué había sido.

Qué raro.

Aunque, por otro lado, su mareo iba en aumento, y a lo mejor no era más que eso. Y que todo era desorden en aquella ciudad, desde los cables que colgaban como telarañas de los postes y los techos, hasta los escombros, ladrillos, piedras, plásticos y demás basura esparcida aquí y allá. Miraba todo igual que si contemplara las tripas abiertas de un animal.

—Ese musulmán finge que se está haciendo un selfi, pero nos está sacando una foto —observó Lucas, divertido.

—Igual no es musulmán. No todos los bangladesíes son musulmanes —replicó Irina.

Sonrió mirando hacia la cámara del móvil del chico. Y al ver ese gesto, un montón de bangladesíes empezaron a hacer cola para poder sacarse fotos por turnos con ellos.

Un hombre enjuto, con un turbante enrollado en la cabeza y oculto en una maraña de barbas quebradizas, de la consistencia del algodón que se queda enganchado en las ramas de los algodoneros, se acercó a Lucas.

—*Yu cantinen.*

—*What?*

—*Yu, cantinen.*

—*Ah! Continent!* —entendió al fin Lucas.

—*Ya.*

—*Espein* —le contestó.

El hombre también se rio enseñando unos dientes deslustrados, pequeños y desiguales, con manchas rojas. Lo mismo hizo el que estaba a su lado. Y la risa se contagió a todos los que pasaban junto a ellos, que se detenían a mirar y charlar también. Era imposible no devolverles la sonrisa. Tenían algo, una inocencia, un brillo entre pícaro, curioso y amable que ella no había visto antes. El conductor de un CNG señaló a los Ferreira.

—*Spain capital: Real Madrid.*

—*Capital: Madrid* —le corrigió Lucas.

—*Ya, ya, capital: Real Madrid.*

De nuevo la calle se llenó de risas. Irina pensó en lo singulares que eran. *Nosotros debemos de parecerles igual de exóticos, supongo.* Aceptó un plátano y, tras comérselo, se le fue pasando el mareo.

—Qué gente tan simpática y divertida —dijo Sagor—. Ahora entiendo por qué yo molo tanto, lo llevo en los genes.

Cuando Ryad volvió, los Ferreira estaban rodeados. Un hombre les había ofrecido una botella de agua superprecintada a cada uno de ellos y se negó a que le pagaran.

—No hay forma de abrirla —se quejó Irina.

Ryad le cogió la botella de las manos.

—Toma —le dijo, devolviéndosela abierta—. La precintan tanto para que sepas que no es agua envenenada por el arsénico que viaja en los sedimentos que arrastran los ríos desde el Himalaya.

Irina bebió con ganas y Ryad empezó a dispersar a los curiosos. Desoyéndole, un vendedor de té se acercó con su carrito azul y les mostró la mercancía.

—Salaudín, Salaudín —dijo, golpeándose dos veces el pecho.

—*As-salaam aleikum, broder* —le contestó Lucas con una sonrisa franca y abierta.

El hombre negó con la cabeza y se volvió a golpear el pecho, una sola vez.

—Salaudín.

Se alejó riéndose a carcajadas, enseñando los dientes negros por el tabaco.

—Es su nombre —le explicó Ryad.

Sagor le dio una palmadita en el hombro a su hermano.

—¿Pensabas que te estaba lanzando un saludín o qué, *brother*?

Irina se estaba riendo de nuevo cuando volvió a ver algo

raudo como una sombra saltando de una marquesina a un tejado, pero esta vez sí había distinguido lo que era perfectamente. Y no era un gato. Fingió que miraba unas telas, y al cabo de unos minutos, en un movimiento ágil e inesperado, la figura volvió a pasar por su lado, le arrancó el bolso de un tirón y desapareció sin que nadie más se diera cuenta.

—¡Maldi...! —Irina lo había reconocido: era Spiderman.

Agarró a Sagor del brazo.

—Vamos.

—¿Vamos?

Le obligó a salir del tumulto y a escabullirse.

—¡Corre! —gritó.

Y su hermano la siguió sin entender.

—Pero ¿qué pasa?

—¡Spiderman me ha robado el bolso, llevaba el colgante dentro! ¡Por ahí va!

Mientras corrían detrás de él, dieron un gran rodeo que los sacó de la zona turística del Fuerte Lalbagh; le siguieron por una calle llena de puestos de comida, escondiéndose cuando él echaba la vista atrás.

—No se ha dado cuenta —dijo Irina—. Ha bajado el ritmo. Vamos.

Un caldo de hedores a sangre de res muerta les entró por las narices junto al del jugo macerado de las frutas demasiado tiempo expuestas al sol. Los hombres espantaban con abanicos a las moscas que estaban por todos lados. Irina sintió el picotazo de un mosquito en el cuello y le pareció que le había inyectado todos aquellos hedores. Arrugó la nariz asqueada. A su lado había dos cerdos hozando y gruñendo en la basura. Más adelante, un hombre enseñaba a un niño a apiolar los pollos ajados. Dejaron esa calle para continuar por una zona un poco más tranquila, lejos de aquella acumulación humana. Al pasar al lado de un grupo de hombres que leían el periódico desplegado en hojas pegadas a la pared desconchada de un edificio, Irina volvió a tirar de Sagor, que quería pararse junto a ellos para coger aliento. Unos pasos más adelante le obligó a meterse dentro de una tienda.

—¿Ahora nos escondemos? —se quejó.

Hizo ademán de salir del local, pero Irina le obligó a agacharse.

—Espera.

El joven de los vaqueros rotos pasó por delante de la tienda, miró dentro y, al no ver nada, siguió su camino.

—¿Ese es Spiderman?

Irina levantó las cejas y asintió con la cabeza.

—¿Cómo te quedas? Lleva siguiéndonos desde que hemos salido del hotel, pero no estaba segura.

Agarró un pañuelo y le pidió doscientos takas a Sagor. Los dejó en el mostrador sin preguntar siquiera el precio. El dueño la miró y negó con la cabeza.

—*Only fifty, only fifty*.

Pero Irina ya había salido de la tienda con su hermano. El joven que los había seguido doblaba la esquina en aquel momento. Irina aceleró el paso, al tiempo que se ponía como podía el pañuelo alrededor del pelo queriendo pasar desapercibida.

Sagor le tiró del brazo.

—¿En serio vamos a seguirlo?

—Por supuesto: tiene el colgante.

—¿Estás loca? Puede ser peligroso.

—Puede ser —dijo ella.

Y salió detrás del joven.

II

Le siguieron durante más de un cuarto de hora hasta que el chico se detuvo en una calle y se coló por debajo de la persiana semibajada de un negocio del que colgaba un cartel en el que estaba escrito en bengalí AJOB JINISH ER DOKAN y en inglés WEIRD STUFF SHOP.

—«La Tienda de Objetos Raros» —tradujo en voz alta Sagor.

En el escaparate había un ajedrez hecho con figuras de origami, dientes de tigre de Bengala con forma de agujas, un búho disecado, unos dados geométricos, dos peluches iguales de un conejo con las orejas muy largas, solo que uno estaba nuevo y el otro lleno de polvo y envejecido como si hubiera viajado por todo el mundo.

—No me lo creo, es tu media naranja: un friki de los objetos raros.

Irina observaba unas raíces de mandrágora con forma de duendes.

—¡Mira! —exclamó Sagor—. Te lo dije: era más fácil encontrar el Aleph en esta ciudad que a mi madre.

Señalaba una botella con un reloj de bolsillo dentro. Las agujas estaban paradas y la botella, que era de vidrio viejo y estaba sucia, tenía una pequeña grieta en el borde inferior.

De pronto, la persiana de la entrada se levantó.

Ante el estupor de su hermano, Irina entró decidida en la tienda.

Nada más verla, el joven que estaba al otro lado del mostrador puso primero cara de asombro, pero enseguida la cambió por una expresión divertida. Dejó el bolso encima de la mesa antes de que ella se lo pidiera. Irina no se lo esperaba, pero lo cogió y empezó a buscar dentro. El colgante no estaba.

—Devuélveme el colgante que había dentro.

El joven sacó el colgante de su bolsillo y lo depositó encima del mostrador.

—Eres un ladrón —le dijo Irina.

—Tú también —contestó él—. Este colgante no te pertenece.

Irina se quedó muda un rato.

—¿Y tú qué sabes? ¿Conoces a su dueña?

Él contempló la esfera de cristal, redonda y plana, con las bolitas fucsias atrapadas en su interior.

—¿Puedo? —preguntó.

Y rozó ligeramente la mano de Irina para coger de nuevo el colgante, con delicadeza.

Le había preguntado si podía coger el colgante, solo eso. Pero Irina sintió una oleada de calor, como si toda su circulación acabara de activarse.

No sabía si había asentido.

El joven la había mirado directamente a los ojos. E Irina pudo contemplar detenidamente los matices verdes, de animal salvaje, en los de él; los mismos que había visto hacía solo dos días en el rostro del revés al otro lado del cristal. «¿Puedo?» Solo había preguntado eso, pero en su mirada estaba contenida una sonrisa traviesa, brillante. Llena de la misma pureza que la de un niño. O no. Porque había algo más detrás de ese brillo inocente y tan vivo.

Sí, Irina había asentido. Porque si no el joven no habría cogido el colgante de su mano, no habría rozado ligeramente su piel. Y ella no habría notado el calor, la temperatura diferente del cuerpo de él.

Pero la había mirado. Con esos ojos rasgados, verdes, brillantes.

E Irina ya no sabía si había asentido o no. «¿Puedo?» En realidad, no le había pedido permiso para coger el colgante, sino para rozarla ligeramente. Por eso el pulso se le había acelerado, y notaba el ardor en las mejillas.

Ella no había asentido.

¿O sí?

Sacudió la cabeza.

El joven tenía ahora el colgante entre sus manos y ya no la miraba. Pero la había mirado. Sí, detrás de ese brillo inocente había algo insinuante. Pero muy sutil. Solo había cogido el colgante de su mano y la había rozado sin querer, ¿sin querer?, y había preguntado «¿Puedo?». Solo eso.

Sin embargo... *¿Me está retando?* Irina podía sentir la energía de él justo donde la había rozado, un cosquilleo electrizante.

Qué tontería.

Tragó saliva.

Respiró hondo y miró a su derecha.

¿Habría notado Sagor su azoramiento? Pero su hermano se había puesto a deambular por la tienda. Debería ponerse a su lado, ese chico era un ladrón, pero Sagor había empezado a fisgonear entre las estanterías de objetos raros y antiguos, llenos de polvo, y ahora daba vueltas a un dado con las cinco figuras geométricas puras dibujadas en él.

Pero él, el joven que los había estado siguiendo todo el tiempo y que ahora estaba al otro lado del mostrador como si nada, él sí que había notado su rubor. Y sonreía complacido, aunque no la miraba a ella sino al colgante. Sonreía porque era consciente del efecto que había provocado en Irina, estaba segura. Le había preguntado «¿Puedo?», y antes de que ella asintiera, había cogido el colgante y había rozado su mano. La había acariciado.

Eso es lo que había pasado.

Él volvió a mirarla directamente a los ojos, y ella pudo ver todo el descaro en esa sonrisa falsamente inocente de niño. Por supuesto que la estaba retando, era un atrevido. Ni siquiera entendía lo que acababa de pasar. Con solo rozarla, sentía que la había atrapado en un bucle mágico, que había intensificado ese instante, el presente. Tonterías. Sacudió la cabeza de nuevo. Tonterías. Tal vez no había pasado nada.

—Sé quién es la dueña, sí.

Irina carraspeó, le había costado que le saliera la voz. Él seguía sonriendo, con cierta malicia, pero no decía nada. La joven frunció el ceño. No sabía muy bien qué preguntarle, pero quería sacarle más información.

—Si tú no la conoces, ¿por qué tienes su colgante? —se le adelantó él.

—Me lo regaló hace muchos años un hombre, y me dijo que pidiera un deseo, que cuando este se hubiese cumplido, encontrase a su dueña y se lo devolviera. Pero ya ni siquiera me acuerdo de su nombre.

—Yo puedo presentárosla.

A Irina le costaba creerse semejante casualidad.

—¿Por qué me lo has robado? El otro día nos estabas siguiendo, ¿por qué deberíamos fiarnos de ti?

Él fue entonces el que se ruborizó. E Irina se apuntó un tanto. El joven dejó el colgante sobre la mesa junto a un huevo de cristal que tenía dentro un libro con patas de pollo, como si ya no le interesara.

—En mi país somos curiosos por naturaleza.

Irina levantó una ceja.

—Ya. Claro.

—Nunca había visto una mujer tan bella. Lo siento, no debí hacerlo.

Definitivamente es un atrevido, pensó. *Y un sinvergüenza.* Sagor ahora sí que los miraba y, por la mueca de su cara, se estaba divirtiendo. En sus labios bailaba un «Te gusta». Pero, en lugar de eso, preguntó:

—¿Cuánto cuesta esta botella? —Se refería al Aleph que él mismo había sacado de la vitrina del escaparate.

—¿Por qué quieres comprarla? —le preguntó el joven.

Sagor se encogió de hombros.

—Me recuerda al objeto mágico de un libro que se está leyendo mi hermana: el Aleph. Un objeto en el que, según ella, confluyen todos los instantes.

Él los miró confundido.

—¿Sois hermanos?

Los dos asintieron con la cabeza, y el joven hizo una mueca divertida.

—Pues no os parecéis. —Como vio que aquello no les hacía gracia, volvió al tema anterior—. Es una botella mágica, pero no un *alef*, tiene su propio nombre: *Kairos Daimonion*. Puede detener el tiempo. Y no está en venta. Es un objeto demasiado antiguo y valioso. Dentro de él está atrapado su inventor: el creador del tiempo.

Sagor se fijó en que las manecillas del reloj eran un hombre con un bombín.

—Qué gracioso. Se quedó atrapado dentro de su propio invento, como el hombre.

Irina se puso entonces seria. Ya bastaba de cháchara.

—¿De verdad puedes presentarnos a la dueña? ¿No te estarás haciendo el interesante? ¿Cómo se llama?

El joven se quedó pensando, sin decidirse a contestar.

—Sí, os la puedo presentar —dijo finalmente—. Se llama Amina.

Y entonces ella supo que no mentía, porque aquel nombre regresó del pasado como un fogonazo en la noche. ¡Amina! Eso era, y las perlas del colgante se llamaban aminas aromáticas. Ahora sí lo recordaba.

En ese instante un cliente entró en la tienda y el joven tuvo que dejarlos un momento para darle lo que le pedía. Al mismo tiempo, Irina recibió un mensaje de Lucas:

¿Dónde estáis? Papá va a matar a Sagor si se entera de que habéis desaparecido.

Cuando el cliente se marchó, Irina volvió al mostrador.

—¿Sabes qué es lo que hay dentro del colgante? El hombre que me lo dio me dijo que eran aminas aromáticas. Y que son peligrosas.

—¿De verdad quieres saberlo?

Afirmó con la cabeza.

Él se perdió unos segundos en el interior de la tienda y volvió con un hombre. Discutieron un rato hasta que el hombre accedió a regañadientes a vigilar el local.

El joven dio un salto limpio para pasar al otro lado del mostrador.

—Seguidme.

—¿Adónde vamos? —preguntó Sagor.

—A divertirnos un rato. No habréis venido a Bangladés solo para devolverle ese colgante a su dueña, ¿no? —Les extendió una mano—. Por cierto, mi nombre es Faisal.

14

Un bucle en el tiempo

—¿Dónde te habías metido? —Breixo alcanzó a su prima en el pasillo cuando ella se dirigía a su habitación en el Six Seasons.

Irina se encogió de hombros. Tenía la blusa manchada de miles de colores.

—En el Holi Festival, el festival de la primavera y el amor —dijo con una sonrisa bobalicona de felicidad en los labios. Y le enseñó una foto que le había sacado Lucas. Solo se veía su cara y la palma de su mano extendida hacia delante. Soplaba un polvillo amarillo, como el polen de abeja, a la cámara; los labios en forma de O como si estuviera lanzando un beso—. Amo esta ciudad.

A Breixo no pareció gustarle la respuesta.

—Sí, ya me han contado Lucas y Ryad que habéis quedado junto a un templo hindú. Y también que has aparecido con un tío que te había robado el bolso.

—Entonces, si ya lo sabes, ¿por qué preguntas?

Breixo la cogió del brazo con suavidad, pero obligándola a mirarle directamente a los ojos.

—Porque ellos han vuelto hace dos horas y tú no aparecías. Estaba preocupado. ¿Quién es ese tío?

Irina no dijo nada. No podía contarle que, después de salir de la Tienda de Objetos Raros, Faisal los había llevado al Holi Festival porque en aquella fiesta los jóvenes se lanzaban polvos de colores que llamaban *abeer* y se vendían en bolsitas de plástico. Y esos polvos eran, en realidad, pigmentos azoicos usados comúnmente para teñir la ropa. Los mismos que había dentro del amuleto. Pigmentos azoicos; no aminas aromáticas. Se hacían a partir de unas sustancias químicas llamadas aminas, pero los polvos en sí no eran aminas aromáticas. Probablemente, el hombre que le había regalado el colgante a Irina lo consideró más poético y por eso los llamó así.

No, no podía contarle aquello a Breixo, ni que le habían quitado el amuleto a su padre. Así que solo dijo:

—No es asunto tuyo.

Breixo le agarró entonces el otro brazo para acercarla más a él y su mirada se ablandó. Estaba celoso.

—No hemos tenido ni un minuto a solas desde que llegamos a Bangladés. No contestaste mi mensaje. Hablaba en serio, Irina. No paro de pensar en ti, no te das cuenta de que...

Ella no le dejó acabar.

—Perdona, creo que todavía no te he felicitado. Imagino que debes de estar feliz sabiendo que vas a ser padre, ¿no?

Breixo resopló con un desapego que ella no esperaba y la soltó.

—Así que es eso. Por eso no me contestaste. Bueno, pues ahora que ya lo sabes, por fin puedo explicártelo. Sabela me dijo que estaba tomando la pastilla, pero no era verdad. Aunque, Irina, no es eso de lo que quiero hablar. No sé si estoy loco o qué me pasa, pero no es de ella de quien estoy enamorado, hace tiempo que lo sé. Decía en serio que me arrepiento de no haberte besado aquella noche antes de irnos a Bangladés. Y creo que a ti te pasó lo mismo, pero te da miedo porque somos primos.

Irina fue entonces la que resopló. ¿Cómo podía haber estado tan ciega? Tuvo que esforzarse por no levantar la voz:

—Eres un egoísta. Y no me creo que no dejes de pensar en mí. Te mereces que Sabela te deje y quedarte solo. Eres de los que solo se dan cuenta de lo que tienen cuando lo pierden. Y yo tengo cosas mejores en las que pensar que en ti. Adiós.

El semblante de Breixo cambió por completo.

—Es por ese musulmán con el que estabas, ¿no? —dijo, empleando un tono totalmente cambiado, despectivo y áspero—. Lucas ha dicho que se os veía muy acaramelados. No sé cómo puedes preferir a un salvaje sin uñas en los pies y sin estudios. Eres tú la que comete un error y, cuando te quieras dar cuenta, será tarde.

Irina compuso una mueca que expresaba estupor, hastío y desagrado.

—Yo nunca podría enamorarme de alguien como tú, si eso es lo que esperas. Eres demasiado perfecto, demasiado coherente y demasiado engreído. En cambio, Faisal...

—¿Faisal? —Breixo escupió una risa de desprecio—. ¿Así se llama?

Irina le dio la espalda. No estaba dispuesta a escucharle más. Entró en su habitación y cerró la puerta con un golpe seco.

Cayó extenuada sobre la cama, con los brazos y las piernas abiertos en forma de estrella. No iba a dejar que el egoísta de Breixo empañara lo feliz que había sido aquella tarde. Soltó una carcajada. Si una semana antes le hubieran dicho que ella y Sagor iban a perseguir a un desconocido por las calles de Daca, no se lo hubiera creído. Ahora le parecía imposible todo lo que había sucedido después.

Sacó de su bolso el Aleph y lo contempló.

«Esta botella puede detener el tiempo», había dicho Faisal. Por supuesto, no era más que una pequeña mentira para hacer el objeto más atractivo y venderlo, pero el joven se la había regalado para que lo perdonase por haberle robado el bolso y a ella le había encantado el detalle.

Aunque Irina no quería detener el tiempo, sino rebobinarlo.

Meditó sobre lo que había dicho Sagor de que el hombre se había quedado atrapado en su propio invento: el tiempo. Ella deseaba con todas sus fuerzas romper la trampa del tiempo desde el día en que murió su madre. Y lo deseaba ahora para revivir aquella tarde con Faisal. Ese deseo tan humano de volver hacia atrás, de deshacer el tiempo, se había apoderado de ella.

Era imposible, pero su estómago temblaba rechazando cualquier orden que le mandara su cabeza. ¿Se había enamorado?

Frotó la botella con su pañuelo para limpiarla, igual que si fuera una lámpara mágica.

Quería deshacer el presente para que todo volviese a suceder.

Viajar hacia atrás.

Volver a estar con Faisal.

Revivir cada momento de aquella tarde, cada «ahora» cargado de felicidad.

Así que cerró los ojos y recordó cómo, después de salir de la Tienda de Objetos Raros, Faisal los había llevado a aquel festival de la primavera y del amor en el que, si bien era una tradición hindú, participaban también muchos musulmanes como Faisal, sobre todo universitarios. En su mente reaparecieron las indias y las bengalíes con sus saris y faldas, o con sus *kameez*, esas túnicas-vestido abiertas en los laterales, combinadas con aquellos pantalones sueltos llamados *salowar* que parecían pijamas. Reaparecieron sus collares, sus pendientes de oro, los espejitos cuadrados y triangulares incrustados en las pulseras; y también los muchachos, con sus mejillas untadas de rosa fresa y amarillo plátano; y las barbas espolvoreadas en verde primavera, en azul turquesa. Las camisetas y las túnicas manchadas por el polvillo multicolor volvieron a agitarse en bailes alegres como mil mariposas de colores.

Tanto se concentró, que sus recuerdos de aquella tarde aparecieron como una película rebobinada al revés.

La sonrisa de Faisal al dejarla en el hotel se deshizo.

Los chorros de agua líquida coloreada y lanzada al aire se reabsorbieron dentro de las botellas de refrescos y las pistolas de juguete; volvió el agua teñida a los cubos que la arrojaban desde los balcones. Desnocheó y desapareció la luna, quedando solo su prisma semitransparente sobre el cielo. Se deshicieron las sombras sobre los edificios. La música *bangla* regresó a los altavoces. Los polvos de colores se detuvieron en el celaje de manchas rojo-cayena y morado-carmesí, de tintes uva y berenjena, de naranja-mandarina y amarillo-limón. Los churretones de verde-musgo y azul-cielo que habían pulverizado con espray por su cuello, que habían bajado por su canalillo sudoroso, se desvanecieron. Se desvaneció también el olor a curri y el perfume del arroz en los cucuruchos de papel.

Las calles abarrotadas fueron poco a poco vaciándose, limpiándose del barro de la pintura, descarneciéndose de la vitalidad y la alegría de la turba.

Irina suspiró, desbordada por la ilusión de aquel tiempo que corría al revés. Por fin ese «algo desconocido», ese «algo absorbente».

Y siguió rebobinando.

El gato que dormía se despertó, y el que se despertaba se volvió a dormir. Un perro que ladraba corrió hacia atrás por la calle Dhakeshwari, y el grupo de chicos a los que perseguía el perro también retrocedió su carrera hasta estar de nuevo quietos, con las piernas y la espalda apoyadas en la persiana manchada de manos de colores de un local cerrado de la calle Lalbagh, justo antes de que ella y sus hermanos les dispararan con pistolas de agua y ellos tardaran en reaccionar entre atónitos y divertidos.

Las melenas se destiñeron, se desenredaron y volvieron a lucir lustrosas y brillantes sobre las cabezas, como antes de aquel ataque divertido y a traición. Menos los mechones rosas de Irina.

La memoria tejía y destejía.

Desaparecieron Lucas y Ryad y, con ellos, el momento en que se habían juntado los hermanos en el festival, bajo el árbol de los deseos; y el minuto de nervios y risas en que Faisal les había repartido las botellas y las pistolas de agua para que se unieran a la diversión. Se desvaneció el instante en que se habían mezclado entre la multitud de pieles morenas y tatuajes de jena. Las distancias se acortaron. Los dedos de desconocidos llenos de pintura desuntaron sus rostros. Se evaporaron las ventanas ojipláticas y las persianas boquiabiertas, las manchas absorbidas por las camisetas de Lucas y Sagor que volvieron a ser blancas.

La alegría en los rostros de sus hermanos se fue desmultiplicando hasta dejarlos solos, de nuevo, a ella y a Faisal; hasta ese instante mágico en que el rostro de Irina se había desmarchitado.

Ese.

Ese era el instante al que Irina quería volver: los ojos verdes y salvajes de Faisal, ese descaro que la ponía nerviosa y la ruborizaba de nuevo, incluso allí, en la penumbra y en la soledad de su habitación.

¿Qué era el tiempo sino una trampa?

Y Faisal, un bucle dentro de esa trampa.

Sus manos suaves, la zozobra en el pecho; los pies tropezando, los vaqueros rotos de Faisal, su risa contagiosa. Risas-colores-manos-polvos-ojos-pigmentos. Ella perdiéndose en el alboroto; él agarrándola del brazo y atrayéndola hacia sí con la excusa de protegerla. ¡Soltándola! Volviéndola a coger, agarrándole las dos manos. Devoró aquella insustancialidad gozosa y revitalizante como la frescura del agua del mar lamiendo unos pies desnudos que corren por la orilla.

«Es tu media naranja: un friki de los objetos raros», había dicho Sagor.

Ese era el deseo que había pedido de pequeña: encontrar al amor de su vida. Y ahora podría devolverle el colgante a su dueña, Faisal la conocía. Pero ¿no eran demasiadas coincidencias? ¿Se debía a eso el vértigo en su estómago o a que se sentía terriblemente estúpida, terriblemente feliz?

Romper el tiempo, su odiosa linealidad; su odiosa regularidad; su odiosa coherencia.

Regresar y retener el instante que reunía todos los instantes.

El reloj en su muñeca dio las cinco, luego las cuatro y media, luego fueron las cuatro en otro reloj colgado de una pared en la calle Lalbagh. Los colores sucios de tanto mezclarse recobraron sus brillos intensos de cítricos y de todos los matices de las flores. Ella y Faisal giraron vertiginosamente, agarrados de las manos, en sentido contrario. No habían llegado todavía las agujetas en la cara de tanto reír.

Escuchó los tambores que habían retumbado justo antes de que diera comienzo el Holi Festival y rebobinó hasta el momento en que ella y Faisal se lanzaban miradas desconfiadas, desafiantes; otras, llenas de rubor.

Sagor se había perdido entre la multitud dejándolos solos, después de que cruzaran la calle Water Works, de que se abrieran paso por Milford Road tras salir de Shakari Bazar, el mercado en el que habían comprado los pigmentos azoicos, en una tienda hindú llamada Khan Brothers. El dependiente tenía una estantería llena de más botes de colores.

—Estos pigmentos son los mismos que se usan para teñir la ropa —les había explicado después de que Faisal se lo pidiera—. Se llaman pigmentos azoicos y, como tales, no son peligrosos, pero están hechos con aminas aromáticas y otros compuestos. Los colorantes azoicos se obtienen a través de un proceso químico llamado diazotización en el que se usan estas aminas que pueden ser cancerígenas. Pero los pigmentos en sí no son peligrosos.

Irina rebobinó un poco más en su memoria hasta el momento en que ella volvía a decirle a Sagor que Faisal era un «pecho-lata engreído» porque de vez en cuando saltaba y daba un mortal hacia delante, mientras ellos lo seguían por las calles nada más salir de la Tienda de Objetos Raros, cuando todavía no sabían para qué servían aquellos pigmentos fucsias del amuleto. Y llegó hasta el instante que lo había desencadenado todo, ese en el que, tras saltar al otro lado del mostrador, el desconocido les había dicho: «¿No habréis venido a Bangladés solo para devolverle ese colgante a su dueña, ¿no?». Y se había presentado: «Por cierto, mi nombre es Faisal».

Faisal.

Irina se removió nerviosa en la cama del hotel.

—No es posible, somos muy distintos. Demasiado —dijo en voz alta como si hablara con alguien.

La puerta de la habitación se abrió de golpe e Irina pegó un brinco en la cama, desprevenida.

—¡Sagor! Qué susto me has dado, ¿por qué no llamas a la puerta?

Su hermano estaba exultante, tenía la ropa manchada de colores al igual que ella. Se dejó caer sobre la cama.

—Acabo de llegar. Os he estado buscando durante un buen rato. No respondías a mis mensajes... —Se giró hacia ella, la cabeza apoyada en el brazo doblado—. Me lo he pasado tan bien... te lo juro. Amo a esta gente.

Irina dejó escapar una risa traviesa.

—Pero ¿qué has hecho? ¡Cuéntame!

—Todos querían sacarse fotos conmigo, me querían invitar a tomar el té, a cenar en sus casas. He comido samosas, *onion bayi* o *bhaji* o no sé, unas cebollas rebozadas, pollo con curri y no sé cuántas más cosas riquísimas. Me han ayudado a volver al hotel, han detenido un *siinyi*, que ellos lo pronuncian así, y no me han dejado ni pagarlo, increíble. Bueno, y ahora me vas a contar si ha servido de algo dejaros a ti y a «tu enamorado» a solas.

Irina puso los ojos en blanco y le agarró del brazo quitándole el apoyo con el que sostenía su cabeza y obligándole a incorporarse.

—Mañana Faisal nos va a llevar a conocer a tu madre, hemos quedado en una fuente que debe de ser bastante conocida, en un barrio llamado Hazaribagh o algo así.

—Bueno, eso si Amina es en verdad mi madre. ¿Sabe él que crees que es mi madre?

Irina negó con la cabeza.

—Por supuesto que no.

—¿Qué le vamos a decir a papá para poder escaparnos e ir mañana? Espero que no haya comprado ya esos billetes de vuelta a Vigo.

—Es el barrio de los curtidores, así que diremos que vamos a buscar proveedores para Margarita Osven. Para eso hemos venido, ¿no?

Sagor le hizo un gesto para que se callara llevándose un dedo a los labios, y aguzó el oído. Se escucharon pasos crujiendo despacio sobre la madera, fuera de la habitación.

¡Sagor no había cerrado la puerta!

En dos zancadas, el chico se plantó fuera.

—¿Mamun? —le escuchó decir Irina.

Ella también se levantó y salió de la habitación. Al Mamun sonreía de manera inocente.

—Pasaba por aquí y he visto la puerta abierta. Pensé que había pasado algo.

Llevaba un *kurta* gris con botonadura hasta el cuello que estaba rematado con motivos florales blancos. Como siempre, tan elegante.

Se quedó mirando el colgante en el cuello de Irina.

—Pensé que tu padre te había confiscado esa joya —dijo extrañado.

—No le digas nada a mi padre, por favor. —Irina tapó el amuleto estrujándolo en el puño de su mano—. Por favor, no digas nada, te lo ruego. Igual no lo entiendes, pero esto es importante para nosotros.

Al Mamun asintió con ojos amables.

—No te preocupes. Entiendo, las mujeres sois muy presumidas. —Soltó una carcajada—. Ese colgante te favorece, pero será mejor que él no lo vea, no hay que hacer enfadar a los padres.

Luego agachó la cabeza y se alejó por el pasillo.

Sagor se quedó un rato más con Irina, y antes de irse a su habitación se despidió de ella tranquilizándola:

—Yo creo que no ha oído nada, piensa que estás encaprichada con ese colgante por alguna frivolidad de mujer, sin más.

—Me *cheira* mal. Y no me gusta su risa impostada.

—Mamun es un buen tío, a mí me cae bien. No te preocupes. —Sagor le dio un beso de despedida en la frente—. Me pregunto si de verdad mañana conoceremos a mi madre.

15

Mil jardines para un sol cobarde

28 de marzo de 2013

La naturaleza no tiene el don de la palabra, pero sí el de los colores. Cuesta imaginar el mundo sin esa gama de matices con la que se viste. Resulta un lenguaje más efectivo que el nuestro, y tal vez por eso lo imitemos: si no les arrebatásemos el rojo intenso a las cochinillas, nuestros labios no pedirían con la misma fuerza los besos. Aunque, a lo mejor, sin el fucsia delirante de las flores del chilco, más conocidas como pendientes de la reina, las niñas de trece años podrían jugar sin preocuparse por estar guapas con sus vestidos rosas e ideales. Yendo hacia atrás en el tiempo de esta historia, en la celebración por los sesenta años de Ernesto, el color amarillo del vestido de Sabela había atraído a los hombres como el polen a las abejas, mientras que Irina había lucido el gris insípido de las piedras que no saben de amores. Y rebobinando todavía más, el rojo sangre del vestido de la mujer de la foto, Amina, había roto las barreras del tiempo y del espacio para hechizar a Irina y a Sagor imantándolos hacia Bangladés; un truco, podría decirse, todavía más atrayente que el del ave fragata que hincha su buche en el cortejo hasta que parece un globo rojo. Y volviendo al presente, el color vino de los trajes de Al Mamun era tan exuberante que, en un país donde el treinta por ciento de la población gana solo un dólar diario, resaltaba como un diamante rojo entre el carbón.

Un color puede ser un destello de vida, pero también un microcuento lleno de fantasmas de luz. Tal vez por eso, el púrpura casi negro como la belladona de las pupilas de Elena había sido tan disuasorio como el veneno de esa planta que las meigas usaban en sus conjuros; mientras que el verde en los ojos de Faisal enmascaraba cualquier otro color al igual que la clorofila, como si la primavera nunca se acabase en ellos.

Los trabajadores de Hazaribagh, el barrio de los curtidores por el que caminaba Amina la mañana siguiente al Holi Festival, lo sabían muy bien: el rojo-baya es una señal de prohibido tentadora; el naranja-otoño despierta la nostalgia de los amores que no volverán; el azul-cielo es calmante como entrar en un estado zen, y el blanco-paloma, con su inocencia inmaculada, puede hacer cambiar de opinión a un gobierno.

Pero ¿qué sucede si mezclas todos esos colores? ¿Si untamos el amarillo con el rojo, con el verde, con el azul? ¿Si los engurruñamos como el pintor que tiene demasiadas tonalidades en su paleta?

Que solo queda un barrillo gris-blanquecino y miserable, triste, inservible.

Y eso es Hazaribagh: un lugar que pocos pueden señalar en el mapa, un barrio industrial a orillas del río Buriganga, el viejo Ganges, donde se utilizan todo tipo de químicos para convertir las pieles de los animales en cuero. Un lugar donde los pellejos muertos e incoloros se apilan en rimeros esperando a ser teñidos.

Un lugar cuyo nombre, irónicamente, significa «Mil jardines».

Si la tarde anterior en el barrio hindú, mil mariposas de colores recibían la primavera celebrando la victoria del dios frente al demonio, allí, en el barrio de los curtidores, pasaba todo lo contrario. Desde luego, el demonio había ganado la partida. La grasa con cal, sulfato de cromo, ácido sulfúrico, ácido fórmico, lejía, colorantes, aceites y los metales pesados usados en el procesamiento de las pieles atravesaban a diario los canales entre las chabolas marginales de Hazaribagh hasta verterse en el Buriganga y dejarlo estéril.

Las tenerías habían prostituido a la naturaleza dejándola sin color, muda y embarrada.

Habían devorado la vida.

Y al igual que el rosa chicle del pelo de Irina, el agua del río, la hierba de las praderas, las hojas de los árboles... se habían ido apagando con los años hasta quedarse sin color.

Y el derecho a la salud se había apagado con ellos.

A medida que caminaba por las calles paralelas, Amina contemplaba intensamente el río Buriganga, como si su sola nostalgia pudiera devolverles el azul transparente a sus aguas; ese color del que habían sido sus sueños antes de empezar a desear únicamente la venganza.

En ese río había conocido a Kamal, se había bañado con Kamal.

No había un día en que su marido no estuviera en sus plegarias cuando cada mañana extendía su esterilla y rezaba inclinada en dirección a la Meca. ¿Cómo podía imaginar él, cuando experimentaba con nuevas fórmulas, que aquellos químicos devorarían la vida del río en el que ellos se habían enamorado? Solo cuando empezó a imaginarlo, hizo aquel colgante. Cuando ella lo mostraba, prendido en su pecho, a la gente le decía que eran aminas aromáticas, no pigmentos. Porque era más poético que decir «pigmentos azoicos». Porque su marido lo había hecho en honor a la mujer que verdaderamente amaba, ella: Amina.

Y porque así todos sabrían lo peligrosas que eran esas aminas aromáticas con las que se hacían los pigmentos que daban color a la ropa que vestía al mundo entero. Ese colgante simbolizaba su amor por ella y su lucha por salvar el río.

Pero Kamal se murió. Y luego Tarik, el hijo de ambos, lo convirtió en un amuleto para la venganza. Pero Tarik también había muerto.

Y ahora el amuleto volvía. No sabía si para cumplir esa venganza, pero había traído a los hijos de Ernesto hasta ella. «Un chico bengalí pero español y una chica rubia española», eso le había dicho Faisal cuando la llamó por la mañana. «Tienen el colgante que se llevó Tarik y me han dicho que quieren devolvértelo.»

Los hijos de Ernesto. Qué ironía.

Amina soltó una carcajada mientras bordeaba el río.

Ella iba a contarles la verdad.

Así podría estar en paz con Kamal, pero, sobre todo, podría estar en paz con Tarik. Y consigo misma.

Ernesto. Amina lo había odiado minuciosamente.

Porque Ernesto le había arrancado el color a su barrio; le había arrancado el color a ella.

Saludó a uno de los niños desnudos que se bañaban en el río. «*Kemon achho?!*» El Buriganga escupía pompitas de aire como un pez que no puede respirar, burbujeando igual que si lloviera. Decían que el agua allí no era buena. Sin embargo, aquellos niños se zambullían como patos felices. Habían nacido acostumbrados a su olor a huevo podrido.

Pero Amina no.

Amina sabía lo que era bañarse en sus aguas azules, transparentes, limpias.

Pasó junto a unos pescadores de barba blanca y puntiaguda, roja en la punta, que siempre estaban allí y nunca pescaban nada. Kamal solía traer enormes peces tornasolados para comer y Amina los descamaba. Y él la ayudaba siempre. Amina era una mujer piadosa pero no abnegada, como otras. «Yo no recibo con gratitud, ni pido dando.» Kamal se reía. No la tomaba en serio. «La vida es dura; los débiles no sobreviven», insistía ella. A Kamal le gustaba su carácter fuerte y a ella la enamoraron los sueños de su marido.

Esos sueños que se cumplieron con la fatalidad de los milagros tristes: que estaban sacando a Bangladés de la pobreza máxima a costa de arrancarle el color.

«Se cumplirán tus milagros tristes», eso le había dicho Kamal a Ernesto.

Se lo dijo cuando todavía eran amigos. Antes de que Ernesto se hiciera rico. Antes de que Kamal muriese y los dejara solos a ella y a Tarik. Antes de que Amina perdiera su sonrisa.

También había odiado minuciosamente a... No, ese nombre se negaba a pronunciarlo.

Ernesto, sus hijos. Allí. El colgante de Kamal. Tenía tantas cosas que contarles.

Amina pasó por debajo de una vieja pérgola de la que colgaban pieles dispuestas para secarse al sol. Ese sol cobarde que no quería mirar, que se escondía siempre detrás de la bruma de la contaminación. Probablemente se avergonzaba de aquel paisaje gris de curtiembres amontonadas y parceladas por canales ilegales que llevaban los residuos líquidos al río; ese paisaje de huertos violáceos; ese edén de cromo y azufre, frondoso y maloliente. El sol no quería ver los parterres de escombros, los lechos de sales y huesos, los arriates sin gracia de virutas de cuero y recortes.

El sol sabía que no podría reflejarse en ese barro opaco.

Amina atravesó una senda de residuos esponjosos donde las pieles aún húmedas se escurrían como fetos mal paridos. Caminó a lo largo de un muro; más montones de rastrojos estériles. Su sari blanco y amarillo destacaba como una margarita en el fango. Sus chanclas, en cambio, ya se habían impregnado del polvillo blanco de tanto pisar los residuos tóxicos amontonados frente a las casas. Esos polvos que, cuando llegase el monzón, se esparcirían como matarratas. Torció una esquina y caminó detrás de un *rickshaw* que avanzaba cargado con botellas por el lodazal gris azulado donde se dibujaban las líneas desiguales y grasientas de las ruedas de otros *rickshaws* y CNG.

Era vieja para la esperanza de vida de aquel barrio. Cincuenta y cuatro años cumpliría en un mes. Y Faisal la llamaba para decirle que dos jóvenes extranjeros querían verla, que tenían el colgante que se llevó Tarik. «*Azimpur Koborstan.*» Una vez había leído un cuento sobre un monstruo que a veces salía del lago para comerse a los pobladores y que por eso había que ofrecerle un niño como sacrificio. *Para esta guerra no estoy vieja, Ernesto.* No había desayunado, pero el olor a parásitos repugnante le quitó la poca hambre que pudiera tener.

Se agarró a una columna para esquivar el charco que llenaba toda la calle de principio a fin, mientras unos hombres esperaban a que ella pasara para seguir vaciando un canal con sus cubos de plástico verdes y azules. «*Good morning, Amina. Shotorkotar shathe haatun!*» Pisó una piedra estratégica en mitad del charco y saltó al otro lado. Seguidamente, esquivó con agilidad una alcantarilla que rebosaba aguas residuales, carne animal, ácido sulfúrico y cromo. La mayoría de sus vecinos no sabrían explicar qué era exactamente el cromo. Algo tóxico, dirían, algo que les hacía rascarse las piernas sin parar hasta descascarillarse la piel.

Esa misma mañana había estado en casa de Fatimah; su vecina estaba con diarreas y no podía trabajar, así que su hija mayor, que solo tenía once años, se había tenido que ir a una fosa en la que empleaban todos esos productos para curtir las pieles. Solo con sus sandalias en los pies, tirando con dos palos de las pieles para lanzarlas al agua. «Son como chicles azules masticados», había dicho, y luego se había quejado, sentada en cuclillas: «Las fosas tienen ácido, me quema». Y el padre le había explicado: «Tenemos que comer, Aisha». También, como cada mañana, Amina había visitado a Tohin, *Kamal chacata bhai*, el primo de su marido. Parecía que la sarna y los picores hubieran estado toda la vida con él, pero ahora tenía fiebres preocupantemente altas, y aunque solo tenía cuarenta y cinco años, Amina sabía que sus dolores de cabeza no eran normales y que, tal vez, no podría felicitarla en su cumpleaños. Aun así, él siempre se reía, y ella le envidiaba la sonrisa. No la entendía. Ni la del primo de su marido ni la de sus vecinos, porque, a pesar de todo, Hazaribagh era un barrio alegre.

Ernesto, sus hijos. Allí. Por ella.

El olor, el insoportable olor de esas pieles.

En eso pensaba cuando un grupo de mujeres avanzó por la calle gritando, levantando pancartas, y Amina le preguntó a una qué pasaba.

—Las trabajadoras hemos convocado una manifestación a las nueve.

¿Cómo no lo había previsto Faisal? Otra manifestación. Tal vez los jóvenes se habían arrepentido al ver la manifestación. No. Tenían que acudir a la cita; tenía que hablar con ellos.

Una chica demasiado joven hablaba de derechos humanos. Eso sí que era increíble. «Necesitamos sistemas adecuados de tratamiento de residuos.» ¿Quién le había enseñado a hablar así? Pocas podían permitirse el lujo de pensar en eso.

Las dejó atrás en cuanto pudo.

Aquella no era su lucha. Su lucha había acabado el día que mataron a su hijo.

Demasiado miedo.

Pero ya no.

Ernesto, sus hijos. Tenía que verlos.

Ya no.

Los pasos de esas mujeres detrás de ella vibraban tan fuerte como el deseo de venganza en su pecho.

Estaba nerviosa. Claro que estaba nerviosa.

Solo había mujeres en la manifestación. Las mujeres y los niños cobraban menos, mucho menos, por eso el negocio textil iba tan bien. ¿Quién no se aprovecharía? «Ellos nos pagan con su dinero, pero nosotros les pagamos con nuestra salud», solía decirle a Tarik cuando sabía que nadie más los escuchaba, antes de que su hijo muriera. Nunca en público. ¿De verdad se estaba hablando de todas esas cosas?

Entró en una calle donde había más mujeres reunidas.

—¡Presionemos a las grandes firmas occidentales! —gritó una que se había subido encima de un balde volcado.

Y le siguieron vítores y exclamaciones.

Tenían a los occidentales idealizados.

Cómo se notaba que ellos no habían conocido a ningún Ernesto en toda su vida.

Ernesto, sus hijos. Allí. Ahora podría decirles tantas cosas.

Iba a conseguir mucho más que todas aquellas mujeres en una sola tarde.

Llegó muy cerca del lugar en el que habían quedado. Allí estaban, frente a ella, las fábricas operando a cielo abierto, escupiendo su humo tóxico a la ciudad de Daca. El gobierno llevaba años diciendo que las iban a trasladar a Savar, que por eso no merecía la pena instalar depuradoras.

«Queremos recibir más de 3.000 takas al mes», leyó en una pancarta.

Amina volvió a negar con la cabeza.

Las esperanzas de sus vecinas eran como el estiércol legamoso de gases nocivos que pisaban, un hummus de gas benceno y sulfuro de hidrógeno que era mejor no respirar. Mejor cerrar las fosas nasales a ese olor acrimonioso, áspero, a esa turba picante y virulenta que avanzaba por las calles y le estrechaba el paso hasta la fuente donde tenía que reunirse con Faisal y los dos jóvenes.

—Necesitamos la industrialización, pero no este tipo de industrialización. Si los consumidores europeos se posicionasen...

—En Europa la gente ya no cree en nada —dijo.

Y nadie la escuchó.

Solo un perro que dormía sobre aquellas dunas de virutas de cuero levantó la cabeza y la miró como si le dijera: «No hay esperanza, se la comieron los milagros tristes».

Algunas mujeres se habían quitado las zapatillas para caminar hasta allí sobre el légamo pegajoso que se había formado con el agua de la lluvia, los pies hundiéndose, las piernas cubiertas de ese barro gris que les daba un aspecto de estatuas en movimiento.

—¡Quiero un sueldo digno!

Amina se giró.

Una mujer embarazada se había adelantado a todas las demás, gritaba.

Y de pronto, como de la nada, aparecieron los primeros gángsteres.

Eran chicos jóvenes, con la mirada cargada de asco y odio. Avanzaron hacia ella escupiendo en el suelo, con el andar seguro de las hienas salvajes que se acercan y rodean a la presa en grupo. Camisetas sucias de tirantes, algunas con manchas de sangre secas, cadenas en el cuello y anillos en los dedos. En las manos sujetaban palos y machetes.

El primero, un chaval que no tendría ni dieciséis años, con las sienes rapadas y un tupé cuidadosamente peinado, se puso delante de la mujer embarazada.

—Si todas vosotras os concentráis en follar, ¿quién va a trabajar aquí? Lárgate a trabajar a un prostíbulo.

Levantó el machete y señaló con él a todas las mujeres.

—Pensad más en trabajar y menos en fornicar.

Hubo entonces un griterío. Las mujeres querían huir y los hombres empezaron a golpearlas con los palos.

Tenía que salir de allí, pero la multitud no la dejaba.

Ahora pensó que Faisal y los chicos occidentales seguramente habrían cambiado de opinión al ver la manifestación.

Aun así... Consiguió escurrirse y avanzó por un callejón que llevaba hasta la fuente. Tenía que asegurarse. Tal vez sí estaban allí.

El ruido de las máquinas retumbaba en su cabeza cuando dos hombres se posicionaron frente a ella.

—Te lo dijimos la última vez, Amina: si insistes en venir a las manifestaciones, te bañaremos en sangre.

Amina los miró extrañada.

Las personas que estaban junto a ella se apartaron, atemorizadas.

Por un momento toda su preocupación se centró en aclarar el error: era la primera vez que estaba en una manifestación de esas, no estaba allí para manifestarse. ¿Cómo sabían su nombre?

—*Amake jete din! Amake charun!* —gritó—. No tenéis respeto por una mujer mayor. No estaba manifestándome.

Pero los dos hombres la cogieron de los brazos y la desviaron de su camino. Pudo ver la fuente a los lejos, y el perfil de Faisal. Entonces, ¡habían ido! Si él estaba allí... Lo llamó: «¡Faisal!». Pero el joven no la vio. La multitud gritaba, empujaba, algunas mujeres chillaban, eran golpeadas tanto o más que los hombres. Los niños lanzaban piedras, recibían golpes, y a Amina la arrastraron dentro de una nave vacía.

Estaba pasando todo demasiado rápido, sin ninguna lógica.

Eso no era lo que tenía que suceder.

Las puertas de la nave se cerraron.

Enseguida vio los tambores de los curtidos. Esas grandes máquinas giratorias donde metían las pieles; descarnadoras, con sus cuchillas rotativas. Y más allá, las máquinas de placa que suavizaban el cuero en una prensa hidráulica caliente.

Arrinconadas en las esquinas, montañas de pellejos y de pelo de res. Tripas, hongos. El primer paso era ablandarlas con baños alcalinos y salados donde sustituían los aceites naturales de las pieles por los nuevos tintes.

Entonces Amina vio el traje de color vino y empezó a entender.

—Mister Mamun —escupió.

La corbata delgada y negra, anudada de forma sencilla y pequeña, con un ligero hoyuelo, le llegaba justo hasta la cintura con una perfección simétrica.

—Cuánto tiempo, ¿verdad, Amina?

Al Mamun se acercó a ella y le acarició el cabello.

Fuera se escuchaban los gritos; dentro, en la nave, el silencio de dos personas que se observaban después de mucho tiempo.

Los dos hombres todavía la sujetaban.

—Sigues siendo bella, Amina. Qué pena.

Al Mamun se quedó un rato reflexionando, mirando con asco las pieles arrinconadas en las esquinas. Tardó un rato en volver a hablar.

—Te dije que te olvidaras de todo, que Ernesto había sido muy generoso devolviéndote el cuerpo de tu hijo Tarik para que pudieras enterrarlo.

—Y me olvidé. Nunca he dicho nada.

—No me mientas. Sé que vas a reunirte con los hijos de Ernesto.

Amina pensó decirle que no era verdad, que ella no iba a reunirse con nadie. Pero no dijo nada. Al Mamun era el mismo demonio: sabía leer en la mente de las personas.

Paseaba por la nave, como si pensara qué hacer, como si estuviera preocupado.

De pronto se detuvo y la miró con pena fingida.

—Tu hijo era un bloguero muy activo, ¿recuerdas? Inventamos aquella mentira para limpiar su nombre, para convertirlo en un héroe. Y, ahora que lo pienso, se me ocurre que tendría mucha lógica que su madre hubiera querido seguir sus pasos, que se manifieste en estas marchas tan peligrosas...

—Ernesto lo mató.

Al Mamun hizo unos chasquiditos seguidos con la lengua, desaprobándola, negando con la cabeza.

—¡Tch! Pero qué cosas tienes, Amina. Tarik fue hasta la casa de Ernesto solo para chantajearle. ¡El hijo de sus amigos chantajeándole! No, eso no estuvo bien.

Amina miró con asco a Al Mamun. Tan impolutamente vestido. Pero ella sabía muy bien quién era, le había conocido sin esas ropas tan elegantes, cuando no era nadie. Y seguía sin serlo. Para ella no era más que un cerdo al que le habían puesto un traje y lo habían vuelto a meter en la pocilga.

—Por culpa de gángsteres como tú, los trabajadores de Bangladés seguirán siendo explotados como esclavos.

Al Mamun alzó los brazos con resignación.

—No sé qué te he hecho para que te muestres tan arisca, Amina. Yo solo he venido a pedirte que seas discreta, para que no hables de nada inconveniente con esos críos. —Lo dijo con voz afable, pero cambió bruscamente a una más seria—: No hagas que me arrepienta.

Ella esbozó una sonrisa con la que le devolvía su cinismo.

—Soy muy vieja ya para meterme en problemas.

—Me alegra oír eso. —Al Mamun también sonrió.

Hizo un gesto y los dos hombres la soltaron.

La dejaron marchar.

Así, sin más.

Cuando salió a la calle, la gente seguía corriendo de un lado a otro. El corazón le latía tan fuerte que ni siquiera sentía el resto de su cuerpo. Se mezcló entre la multitud, pero, en lugar de huir, llegó a empujones hasta la fuente en la que había quedado con Faisal.

Sabía que los hombres de Al Mamun la seguirían.

No tenía que ir a la fuente, pero fue.

Todavía había miedo y rabia en su mirada cuando los divisó. Los hijos de Ernesto... Se rio hacia dentro por la ironía. Allí estaban. Con Faisal. La joven, rubia, de ojos azules, semiescondida detrás de él, con la mirada aterrorizada, pero allí estaba, esperándola. Se había puesto una flor ridícula en la oreja. Y el chico que estaba junto a ellos solo podía ser Sagor; si no fuera vestido al estilo occidental, podría confundirse con cualquiera de esas cabezas negras que se agitaban en la multitud. Era igual que su padre. Faisal gritó entonces el nombre de Amina, y Sagor se giró hacia ella. Amina levantó el brazo; Sagor la miró, sin moverse, como si no se atreviera a andar.

Estaban a solo unos pasos de distancia.

—¡Amina! —volvió a gritar Faisal.

Y ella deseó que no gritara tanto.

Esos jóvenes eran valientes si habían ido tan lejos, si habían entrado en una manifestación como aquella solo para conocerla. Observó a la joven rubia de ojos azules: ¿Irina? Iba inapropiadamente bien vestida, con un sari azul de bordados en oro que evidenciaba el eslabón fuera de lugar que era. Verla le pareció un milagro de la naturaleza. *Es increíble que sea ella*, pensó.

Echó una mirada hacia atrás para comprobar a qué distancia la seguían los hombres de Al Mamun.

Tarde.

El cuchillo entró en su carne por la espalda.

Su grito torturado; una sensación de vértigo. Se llevó las manos a la espalda, las piernas se le doblaron contra el suelo; la espalda detenida en el dolor; el tiempo detenido en el grito.

Sin lógica.

No. No. No.

Eso no era lo que tenía que suceder.

—¡No os manifestéis y no tendremos que mataros! —El chico que la había acuchillado, el de las sienes rapadas y el tupé, quería que todos lo oyeran.

Para que fueran testigos de una mentira más.

Y el cuchillo volvió a entrar, esta vez por delante, en su vientre. La multitud salió corriendo, trastabillando unos contra otros, gritando. El chico que la había acuchillado huyó también. Amina cayó despacio, intentando entender ese segundo que no había previsto.

De nuevo, eso no era lo que tenía que pasar.

Escuchó los gritos desvanecerse, desaparecer. Clavó la mirada en el cielo gris, buscando ese sol que no quería salir. En su lugar aparecieron sobre ella los rostros horrorizados de Sagor e Irina. No sabía cómo habían llegado tan rápido. Ni por qué no huían. Nunca pensó que aquellos rostros serían lo último que vería. ¿Por qué no había echado a correr ella también al salir de la nave? Ahora se arrepentía.

Faisal se había lanzado sobre ella, gritaba su nombre, apretaba su mano. Qué rápido había crecido ese chico.

Los latigazos de dolor hacían que Amina se encogiera.

Sagor, el desconocido, tomó su mano.

—*Mom?*

Las lágrimas asomaban en los ojos enrojecidos del chico. Era raro. Amina quiso negar con la cabeza, pero esta cayó hacia un lado y vio su sangre mezclarse con el barrillo gris y maciliento del suelo. Eso también era raro. No era forma de morir. Los dedos de Faisal limpiaron la lágrima que caía por su mejilla. Qué gesto tan absurdo, ¿de verdad se estaba muriendo? Tanto dolor no podía significar otra cosa. Pero ¿sin contarles la verdad? ¿Sin vengar a Tarik? ¿Sin devolverle a Ernesto tanta maldad?

—Mangata. —La palabra se le atascó con la sangre en su boca.

No era la última palabra que quería pronunciar en su vida. No se estaba muriendo. Sonrió, pero ¿por qué sonreía? Ella nunca sonreía. No podía estar muriéndose.

—Mangata —repitió.

Las lágrimas no calmaban el dolor, nunca lo habían calmado. No quería llorar.

Faisal seguía apretando su mano. El calor se iba de su cuerpo, y solo iba quedando calor allí donde el chico apretaba con fuerza. Empezó a temblar. La mente iba más rápido que la garganta. De pronto recordó que, hacía tiempo, allí había una frutería, junto a la fuente. Y también recordó que había echado de menos la fragancia de sus mangos. Y entonces vio a Kamal, y se dio cuenta de que ella tenía un bebé en sus brazos, era Tarik, su Tarik, y, al mismo tiempo, era otro Tarik, el que Ernesto había matado, convertido ya en hombre, el que le había dicho que se iba a España. A España. Amina ya no estaba en la calle, estaba en Cox's Bazar, el día de su boda, con un ramo de jazmines en la mano. Y luego estaba en casa y Ernesto llegaba, con las manos manchadas de sangre, la mente iba rápido, muy rápido, Ernesto le decía que Kamal había muerto, pero Amina se dio cuenta de que esa sangre no era de Kamal; era de ella. Y aunque lo intentaba, no podía hablar: tenía demasiada sangre en su boca. Lo volvió a intentar:

—*Ooder ke odoer ma er kache niye jao.*

Demasiada sangre en su boca. Faisal no parecía entenderla.

—*Mangata.* —Escupió sangre con aquella palabra, como si quisiera mancharla.

Y entonces Faisal asintió. Había entendido. El joven había entendido. Y Amina ya no sintió necesidad de decir nada más. Miró al cielo como si buscara algo. Maldito sol que se avergonzaba, que ni para despedirse de ella quería salir de detrás de aquella bruma. «*Allah Amake maaf kore dao. Niye jao amake... Tarik er kache.*» Gimió como un gatito perdido, arrancándose el último aire del pecho. «*Kamal, Tarik*», los llamó con esperanza, a pesar del miedo y del dolor que le producía el alma al desgarrarse de ese cuerpo que ya no era suyo. Salió de esa piel muerta que ya estaba perdiendo el color como las demás, que iba adoptando los tonos grisáceos del barrio. La vista se nubló, pero entrevió, más allá, tras la bruma, unos rayos de sol asomarse, e incluso pudo escuchar unas risas dulces: «*Jannat!*». Por fin, ante ella, un paraíso de mil mariposas de colores, de mil jardines.

16

Corazones de polvo

I

Irina se sentía tan cansada que se le emborronó la vista y las personas dejaron de ser personas. La muerte es un segundo perturbador y luego la vida sigue, tiene que seguir. Pero los minutos que siguen a ese «darse cuenta» de que alguien ya no vive están cargados de irrealidad, como si el cuerpo batallase contra la razón, como si el alma quisiera escaparse de él e irse con la persona que ya no está: de ahí el vértigo, de ahí el andar sin saber que se anda, de ahí el dolor despiadado en el pecho, en el estómago, en la cabeza... como si uno pasara al lado de un tren de alta velocidad y le arrastrara con toda su fuerza centrífuga. Es una lucha dual, confusa y semiinconsciente, donde el dolor es más necesario que nunca porque es precisamente lo que te ata a tu cuerpo. A la vida. Por eso Irina y Sagor seguían el paso errante de Faisal, aunque no entendieran lo que acababa de suceder.

Hacía apenas unos minutos, el Batallón de Acción Rápida había llegado y había dispersado a la gente; algunos policías incluso habían utilizado la fuerza para ello. Enseguida había llegado también una ambulancia que no sirvió para nada porque Amina ya estaba muerta. Los policías acordonaron la zona, les hicieron preguntas a los tres; Faisal contestó a casi todas hasta que se llevaron el cuerpo de la mujer. El rostro grisáceo de Amina poco tenía ya que ver con el de la bella mujer de la fotografía; su sari amarillo estaba lleno de sangre y barro. Los de la ambulancia no les dejaron ir con ella porque no eran familiares.

No eran familiares.

Sagor estuvo a punto de decir que sí, pero Irina le cogió del brazo y le impidió que lo hiciera. Así que solo le dejaron su número de teléfono a la policía, y cuando ya se habían alejado de la escena, Faisal dijo que tenía que avisar al primo de Amina, y lo repitió varias veces: «Tengo que avisar a su primo, él sabrá qué hacer, tengo que avisar a su primo». Hasta que Irina, dándose cuenta de que el chico estaba en shock, le cogió del brazo y tiró de él. «Iremos contigo, vamos.»

Así que ahora le seguían por las calles y tropezaban con las pancartas que las mujeres habían abandonado en su huida. Pisaban, sin darse cuenta, los nombres escritos en ellas a rotulador, nombres de tantas otras personas que habían perdido la vida no solo en las tenerías de Hazaribagh, sino en incendios de fábricas textiles como la de Tazreen o la de Chittagong o la de Macro Sweater o la de Globe Knitting o la de Sagar Chowdhury Garment Factory, o en los de toda una larga serie que se había iniciado en los años ochenta, cuando se construyeron las primeras fábricas.

Nombres que estaban allí escritos.

El dolor no inmunizaba frente a los efluvios del amoníaco y de animal muerto, ni frente a los vapores de los agentes químicos que les subían con violencia por la nariz como el líquido de una carne podrida olvidada durante días. Era irrespirable; Irina se sentía intoxicada. Acopló la mano a su cara a modo de mascarilla. Una niña con dos trenzas atadas con lazos rojos le sonrió, y eso, de alguna manera, le hizo darse cuenta de que era una falta de respeto taparse la nariz, pero no respondió a la sonrisa ni dejó de taparse. Solo siguió caminando. A ratos miraba de reojo a Sagor; su hermano estaba desorientado, lo observaba todo con miedo: los litros de residuos que bajaban por los surcos abiertos en la tierra que eran en realidad desagües ilegales; las viviendas de madera construidas sobre cañas de bambú de cuatro veces su estatura por encima del nivel del agua. Allí había mil montañas de pieles amontonadas, mil canales sudando los litros de químicos que habían desbordado el río, era difícil ver sus márgenes, ¿cómo no iba a meterse ese hedor incontenible por las narices?

Irina rezaba casi inconscientemente al tiempo que se hacía preguntas sin respuesta. ¿Cómo había podido llevar a Sagor a aquel lugar? ¿De verdad habían viajado hasta ese país para ver morir a esa pobre mujer, sin poder hablar siquiera con ella? ¿Ese era el barrio en el que había vivido la madre de Sagor? ¿Cómo podía haberlo permitido su padre?

Volvió a mirar a su hermano.

Se arrepentía tanto, de todo.

Él caminaba detrás de Faisal como un gato abandonado que sigue a lo primero que se mueve. Incluso se asustó al ver a un grupo de niños que saltaban con inocencia y alegría sobre los montones de pieles ya secas, ajenos a lo que acababa de suceder dos calles más allá; y también cuando pasó rozándole un hombre con un palo doblado sobre sus hombros, con varios cubos llenos de pieles macilentas a cada lado. Irina cogió de la mano a Sagor, que se asustó una vez más al sentir el roce y luego apretó su mano con fuerza. Estaba llorando. Tropezó con una *mousse* esponjosa de pelos, pieles y diminutas burbujas de un color azul irreal que flotaban atascadas en un charco, e Irina le sujetó con más fuerza para impedir que cayera. Y luego bajó la mirada, abrumada, y se encontró con unas piernas grasientas, brillantes, que pasaron por su lado, y vio huecos negros en lugar de uñas en los dedos de los pies descalzos.

Cerró los ojos y apretó fuerte los párpados.

Quería llegar a donde fuera que estuviese la casa del primo de Amina; quería llegar ya. Salir de ese infierno sin llamas, de cenizas de color azul grisáceo. Un pensamiento le cruzó como un relámpago de lucidez, y se mareó aún más: allí estaban las fábricas de los caprichos de Occidente; las fábricas donde hacían la ropa para su padre. No quería llorar. ¿Dónde estaba la maldita casa? Faisal señaló una chabola de ramas y juncos entrelazados, recubierta de tierra como las chozas que ella y su medio hermano construían en el jardín cuando eran pequeños. Se sintió miserable al exhalar un enorme suspiro cuando Faisal esquivó esa choza y apareció frente a ellos otra casa que, al menos, era de adobe, y aunque las paredes estaban manchadas de polvo que había sustituido a la pintura, tenía una estructura rígida. Sintió alivio y, a la vez, se sintió fatal por sentir alivio. Pero volvió a suspirar.

En la entrada había un cuenco con arroz y galletas.

—Es para proteger contra el mal de ojo. —Faisal había seguido su mirada.

Irina se quitó la mano de la cara y levantó la vista hacia él: se encontró con sus ojos verdes, enrojecidos. El chico conocía a la mujer, debía de estar desolado, pero aguantaba las ganas de llorar. Irina consiguió arrancarse una sonrisa para él.

—Esperadme aquí en el patio. —Les señaló una mesa con un banco a cada lado.

En la calle, varios vecinos se amontonaban en torno a una bomba de agua no potable compartida y los miraban con curiosidad.

—Cerraré la cancela —dijo, y la cerró—. Voy a hablar con su primo. No tardaré.

Irina hizo un gesto con la cabeza.

—No te preocupes por nosotros, por favor. Tómate el tiempo que necesites.

Faisal abrió una puerta de madera que comunicaba el patio interior de la vivienda con el resto de la casa y desapareció por unas escaleras. Era un patio cerrado, sin ventilación, con un único hueco en la pared que funcionaba como ventana.

Sagor se sentó en una banqueta de tres patas junto a ese hueco y se puso a mirar el trajín de fuera. A Irina se le ocurrió que tal vez pensaba que él podía haber nacido allí.

Durante más de quince minutos, mientras esperaban, ninguno de los dos hermanos dijo nada.

Irina se había sentado alejada de esa ventana, en uno de los bancos de la mesa de madera, y jugueteaba con su dedo con un amasijo de virutas de pieles y tejidos. Allí mismo, el viento había arremolinado un cúmulo de escombros, trozos de telas sobrantes tan quebradizas como las alas de una mariposa que al tocarlas se deshacen en polen. Las fue juntando despacio con esas otras cenizas que, aunque ella no lo sabía, pertenecían a las carnes que se habían abrasado y estaban cargadas de partículas tóxicas, casi invisibles.

Primero empezó haciendo montañitas en una fila recta; lo hacía sin pensar, pero dibujaba una letra con cada una de ellas, formando una única palabra que se le había quedado en el inconsciente por el impacto y la extrañeza que le había producido oírla. Esa palabra tan familiar que había pronunciado varias veces Amina antes de morir. Iba por la quinta letra: «M – A – N – G – A», cuando Sagor rompió el silencio:

—El treinta por ciento de la población en Daca no tiene agua —dijo sin dejar de mirar por el hueco—. ¿Sabes que las curtidurías necesitan millones de litros de agua?

Irina levantó la cabeza, sorprendida, y por unos segundos no supo muy bien qué decir.

—No, no lo sabía —respondió finalmente.

Volvieron a quedarse callados, Sagor siguió observando a los hombres y mujeres que se amontonaban fuera en torno a la fuente e Irina terminó de dar forma a las siete letras:

«M – A – N – G – A – T – A»

Y entonces Sagor insistió:

—Doscientas personas pueden hacer cola durante horas en las fuentes públicas para ducharse.

En realidad, parecía que su hermano le estuviera hablando a la nada. Como si ella no estuviera allí. Irina se acercó hasta él, se puso en cuclillas y le cogió de la mano.

—Sagor, ¿estás bien?

Dos lagrimones cayeron por la mejilla de su hermano.

Se le partió el alma.

—Lo siento, Sagor, de verdad que lo siento. Siento haberte hecho venir hasta aquí. Siento que tu madre...

Sagor la apartó con suavidad y se levantó.

—Deberíamos subir a hablar con ese hombre. Si es el primo de Amina, sabrá algo de mí.

Ella asintió con la cabeza.

—Sí, es posible. Pero no creo que este sea el mejor momento. No lo sé. Pensaba...

Sagor seguía mirando por el hueco de la ventana.

—¿Qué?

—Que igual el primo de Amina es el hombre que me dio aquel colgante hace años.

Sagor dejó de otear por la ventana y la miró de una forma rara. Negó con la cabeza.

—Bueno, no tiene por qué ser ese hombre —se desdijo Irina.

Sagor volvió a negar con la cabeza; esta vez, su expresión la asustó.

—Olvídalo, lo siento, no buscaremos a nadie más, nos olvidaremos del colgante, de todo... ¿sí?

Pero Sagor no la dejó continuar:

—No vamos a buscar al hombre que te dio el colgante porque ese hombre está muerto.

Dijo aquello y la cara se le arrugó en una mueca indescriptible. Como si de pronto Sagor fuera un hombre mayor, no un muchacho de veintidós años. «Ese hombre está muerto.» Irina se echó un poco hacia atrás.

—No te entiendo. ¿Por qué dices eso? Sagor, mírame, Sagor, ¿me escuchas? ¿Por qué has dicho eso?

Sonaron pasos en la escalera, debía de ser Faisal que bajaba de nuevo. Irina miraba a Sagor esperando una respuesta.

Faisal estaba cada vez más cerca, a punto de abrir la puerta, y Sagor miró con dureza a su hermana. Bajó la voz para que Faisal no le pudiera oír, se encogió de hombros y dijo, sin más:

—Porque yo lo maté.

II

Sintió primero una oleada de calor y luego otra de frío. Aturdida, Irina se agarró al brazo de Faisal, que acababa de entrar, y se balanceó ligeramente.

Cerró los ojos.

«Porque yo lo maté.»

—Irina —Faisal la agarró con fuerza para que no se cayera—, estás muy débil. Deberíais comer algo, eso lo primero; y luego os llevaré de vuelta a vuestro hotel. Siento todo esto.

Irina se irguió y se soltó de los brazos del chico con suavidad. Evitó mirar a Sagor, que no decía nada.

—No es culpa tuya —dijo, e hizo una pausa mientras intentaba pensar—. No te preocupes por nosotros, por favor. Gracias por ocuparte, pero para ti ha sido un golpe muy duro también.

Faisal bajó la cabeza. El chico intentaba mostrarse fuerte, pero estaba pálido; Irina ni siquiera sabía quién era Amina para él. En realidad, Irina no sabía nada, no entendía nada.

—Amina era una buena mujer. Todo esto es culpa mía. En breve la casa se llenará de gente, será mejor que nos vayamos.

Irina no sabía cómo consolar a Faisal porque su propia cabeza no tenía palabras para sí misma. «Yo lo maté.» ¿A eso se refería su padre? «Encontrarás respuestas a preguntas que ni siquiera te has hecho.» Interrogó con la mirada a Sagor; él bajó la suya al suelo. En ese momento Irina se dio cuenta de que la manga de la camisa blanca de Sagor estaba manchada de sangre. La sangre de su madre. Se quedó mirando aquella mancha. Necesitaba hacerle tantas preguntas... «En breve la casa se llenará de gente.» Pero allí no, delante de Faisal no podía hacerle preguntas. Dios mío, ¿qué había querido decir su hermano? Sagor no había podido matar a ese hombre, pero ¿cuándo?, ¿cómo? ¿El día de su cumpleaños, cuando murió Elena? Pero Sagor tenía solo trece años entonces. Y no era un asesino. Eso era una estupidez y un error y una ecuación imposible y era peor que cualquiera de sus acertijos. «La vida es un acertijo cruel», alguna vez Sagor había dicho eso, y ella se había reído.

—No debí traeros. —Faisal estaba hablando, aunque ninguno de los dos hermanos le hacía caso—. No debí citar a Amina en la fuente. A ella no le gustaban las manifestaciones. No tenía que haber quedado con ella en la fuente. ¿Cómo no me enteré de lo de la huelga? Ella no acudía a las manifestaciones desde que pasó lo de Tarik. Tenemos que irnos. La mafia huele la sangre con la rapidez de un carroñero.

Irina se llevó la mano al pecho, como si hubiera dejado de sentir el corazón dentro de él; con el brazo libre, agarró el de Faisal, que ya estaba avanzando hacia la puerta.

—¿Has dicho Tarik? —¡Tarik!, el nombre había hecho clic en su memoria: Tarik.

—Sí, Tarik... el hijo de Amina. Era mi maestro de parkour, por eso la conozco a ella. —Faisal se explicó atropelladamente—. ¿Lo conocíais? Fue lo más parecido a un padre que he tenido, me sacó de la calle. Cuando él murió, los primeros días Amina se hizo cargo de mí. Luego perdimos el contacto.

—Después de decir eso se le ensombreció el rostro.

Tarik. Una ola de horror recorrió a Irina. Las piezas le encajaban. Miró a Sagor, quería decirle: «Tarik, el hombre de la playa, el que me dio el colgante; Tarik, el hombre al que mataste; Tarik, el hijo de Amina; Tarik, tu...».

—¿Mi hermano? —Sagor había llegado a la misma conclusión. Se tambaleó.

—¿Tu hermano? —Faisal los miró; primero a uno, luego a otro.

—Amina era mi madre —musitó Sagor—. Por eso queríamos verla, no por el colgante.

Faisal se limitó a fruncir el ceño. Irina temió entonces que Sagor siguiera hablando, que repitiera aquellas estupideces que acababa de soltarle a ella.

—Es mejor que nos vayamos —dijo de forma ruda.

—Amina no era tu madre. —Faisal dijo aquello casi con enfado. Y, para ratificarlo, giró las palmas de las manos hacia arriba, como si aquello fuera una estupidez.

—Sí, Amina era mi madre —insistió Sagor.

Irina se frotó los brazos, abrazándose a sí misma como si tuviera frío; no quería que esa conversación siguiera adelante.

—Te digo que Amina no era tu madre —repitió Faisal.

—¿Qué sabes tú?

—Porque eso es lo que ha dicho ella antes de... —Suspiró como si necesitara coger fuerzas—: *Ooder ke odoer ma er kache niye jao:* llévalos a ver a su madre.

Durante un rato se quedaron callados, asimilando lo que Faisal había dicho. Irina quería marcharse, pero Sagor no parecía dispuesto.

—Pero, entonces, si Amina no era mi madre, ¿quién es mi madre?

—Está claro que ya lo sabéis.

Faisal señaló con la cabeza la mesa, las montañitas que había dibujado Irina.

—¿Mangata? —preguntaron al unísono.

Faisal afirmó con la cabeza.

—¿«Mangata» es un nombre de mujer? —Sagor se acercó tanto a Faisal que el joven parpadeó perplejo—. ¿El nombre de mi verdadera madre? ¿Y tú cómo puedes saberlo? ¿Qué más sabes de nosotros?

—No sabía que era vuestra madre. —Faisal dio un paso atrás—. Estoy igual de confundido que vosotros. O más. Cuando murió Tarik, Amina se encargó de encontrarnos trabajo a todos sus aprendices. Tuve que llevarle telas a esa mujer, Mangata, en alguna ocasión. Vive en Sylhet. Luego yo dejé ese trabajo cuando empecé en la tienda. Pero si no sabíais nada de Mangata, ¿por qué habéis escrito su nombre en la mesa? ¿Por qué creíais que la madre de Sagor era Amina?

Irina sintió un alivio del cual se avergonzó inmediatamente. Al menos Amina no era la madre de Sagor, al menos eso. No una madre muerta. Se sintió mezquina, aquel pensamiento era horrible, pero estaba aliviada. Se frotó la cara, se apoyó contra la pared, con las manos sobre las piernas. Todo aquello era demasiado, le podía la sed, pero no había tiempo para ser débil. Levantó la cabeza.

—Hasta hoy, para nosotros, Mangata era solo el nombre de una playa, de un lugar, no de una persona. Creíamos que la madre de Sagor era Amina porque yo encontré una fotografía de ella entre los álbumes de nuestro padre y... Bufff, es largo y difícil de explicar.

Sagor tomó la palabra entonces. Le explicó a Faisal que su padre tenía negocios allí, lo de la fotografía, su decisión de viajar con la excusa de hacer contactos para una amiga, todo, hasta la muerte de Elena y que un desconocido, que dijo llamarse Tarik, le había dado a su hermana, hacía ya más de nueve años, aquel colgante de aminas aromáticas, de pigmentos azoicos. Le explicó todo menos lo más importante. E Irina no podía ni siquiera mirarle, tenía un sudor frío que no la dejaba respirar. Y eso no era lógico, porque allí hacía calor, mucho calor. Sagor se había arremangado la camisa y ya no se le veía la mancha de sangre de Amina.

Amina no era su madre.

Eso lo cambiaba todo.

Faisal se había sentado en el banco de la mesa y había escuchado en silencio.

—Tarik me sacó de la calle, Amina me dio mi trabajo. —A Faisal se le quebró la voz, como si le faltaran las fuerzas para continuar con aquella conversación.

—Debes de estar destrozado. Tú querías mucho a esa mujer y nosotros no paramos de hacerte preguntas.

Faisal la interrumpió con un gesto de la mano.

—Amina quería que os llevara hasta Mangata. Y eso es lo que voy a hacer: cumplir su última voluntad. Sylhet está a ocho horas en tren, en el nordeste del país. Ahora será mejor que volváis al hotel, que comáis, que descanséis. Podemos salir mañana, con más calma.

—Nuestro padre no nos dejará ir, mucho menos si se entera de lo que ha pasado hoy. La policía tiene nuestros números; en realidad, seguro que ya lo sabe y que ya ha comprado nuestros billetes de vuelta a España.

—Tenemos que ir ahora —dijo Sagor.

—¿Ahora? ¿Te has vuelto loco? Faisal, necesito hablar un momento a solas con mi hermano.

Irina agarró a Sagor y lo llevó hasta el jardín. Le habló en voz baja, pero con autoridad:

—Sagor, después de lo que me has contado, ¿cómo vamos a pedirle a ese chico que nos lleve a Sylhet? Has dicho que mataste a su maestro. Me debes muchas explicaciones, ¿no crees?

—Quiero conocer a mi madre.

Irina habló más bajo todavía, aunque sentía que gritaba y que los podían oír.

—No podemos ir, ¿estás loco?

—Yo maté a un hombre, Irina, la noche que murió Elena.

Ahora no te lo puedo explicar, pero yo —Sagor la agarró del brazo tan fuerte que le hizo daño—, yo necesito... quiero saber por qué maté a ese hombre porque ni siquiera lo sé, y también necesito saber quién es mi madre. Y viajaré a Sylhet con Faisal. Me da igual si no vienes.

Sagor volvió a entrar en la casa e Irina tardó en seguirle. Ahora el corazón le golpeaba en el pecho con tanta fuerza que le dolía.

Sagor era cada vez más un desconocido.

—Iremos ahora a Sylhet —escuchó que le decía a Faisal.

Cerró los ojos. Estaba tan nerviosa que solo quería llorar. Pero no se le ocurría cómo hacer que su hermano cambiara de opinión.

—Faisal tendrá que asistir al funeral de Amina, acompañar a la familia, que estará a punto de llegar. No podemos pedirle que nos acompañe ahora —dijo en un último intento por evitar lo inevitable.

—No —dijo Faisal, que seguía sentado.

—¿No? —repitió contrariada ella.

Faisal había deshecho los montoncitos de Irina, borrado las letras, y jugueteaba con sus dedos haciendo nuevos montones.

—Este polvo se te mete en los pulmones, llega hasta el corazón, se incrusta en él. Y hace que te duela al respirar. —Faisal dibujó con aquellos restos varios corazones de polvo e Irina clavó la vista en ellos para no mirar la lágrima que se deslizaba por la mejilla del chico—. Para fijar los colores en las pieles utilizan mercurio que penetra en la piel y contamina todos los órganos vitales. Si abriesen por dentro a estos hombres y mujeres, encontrarían una costra de polvo en el lugar de su corazón. Y cuando el corazón está seco, es una corteza que se arranca con facilidad.

Faisal sopló, y todos aquellos corazones de polvo se desvanecieron con la ligereza de las cosas insignificantes, desperdigándose por la mesa como pequeños universos irreversibles.

—Nuestras vidas no significan nada para los dueños de las fábricas. —Limpió y apartó las volutas con la mano—. Pero nos tenemos los unos a los otros. Amina me pidió que os llevara hasta Mangata y es lo que voy a hacer. Aún podemos coger el tren de las doce.

El chico se levantó decidido y miró a Irina de arriba abajo.

—Pero antes compraremos algo de ropa para que te cambies, con ese vestido no estarás cómoda en el tren y pasarás demasiado calor —dijo dirigiéndose ya hacia la puerta.

—¿A qué esperas? Vamos —la apremió Sagor y tiró de ella.

«Vamos.»

Salieron del patio, volvieron a la calle, dejaron atrás a la gente que todavía seguía haciendo cola en la fuente e Irina se dio cuenta de que había un zumbido dentro de su cabeza.

«¿A qué esperas?»

Buscar a la madre de Sagor ya no era un juego.

CUARTA PARTE

Uno debe ser tan humilde como el polvo para poder descubrir la verdad.

MAHATMA GANDHI

17

El Joyantika Express

El Joyantika Express era un tren viejo y sin lujos que avanzaba despacio. Faisal había comprado pasajes para los tres en primera clase, así que viajaban sentados sobre unos asientos de cuero falso, anchos y alargados, en un compartimento privado. Les llevaría ocho horas llegar a Sylhet y, aunque apenas habían pasado dos de la muerte de Amina, Irina solo pensaba en la comida. Agarraba con sus manos un kebab que habían comprado en la estación e iba bajando el papel de plata al tiempo que daba enormes mordiscos. La mayonesa le caía por la comisura de los labios. El olor a brasa de la carne, la cebolla, el gusto a ajo, a pimienta, a orégano y a yogur despertaban unos instintos carnívoros enterrados por años de dietas y autocontrol. Deglutía cada pedazo de carne, la lechuga troceada, el pan crujiente. Entre mordisco y mordisco, le pegaba sorbos a una Coca-Cola y notaba cómo la energía iba volviendo a su cuerpo, a su cabeza. Deseaba que no se acabara aquella bomba de hidratos y grasas. Un chorretón cayó por el *kameez* rojo de manga corta con el que había sustituido el sari azul que había tirado en una papelera de la calle. Lo limpió con el revés de la mano. También había cambiado las bailarinas por unas zapatillas y se había puesto unos *leggings* con aspecto de vaqueros. Faisal se había ofrecido a llevarle su enorme bolso dentro de su mochila para que ella no tuviera que cargar. Sagor se había deshecho también de la camisa blanca manchada de sangre. Estaba sentado frente a ella, con la mirada acuosa, perdida en el paisaje; su kebab abandonado en la mano como un peso muerto sobre sus piernas. Faisal, junto a él, masticaba despacio.

Irina terminó de comer, hizo una bola con el papel de plata y la tiró junto con la lata vacía en un cesto de basura del compartimento. Se echó hacia atrás en el asiento y dos lagrimones le cayeron por la mejilla. Se los limpió con la manga y observó a la gente que caminaba por las vías del andén contrario. Había un niño desnudo correteando; hombres sin camiseta, de piel oscura y curtida, envejecida; otros con camisetas de tirantes, blancas y sucias; mujeres tapadas con sus saris y *niqabs* como diosas relegadas; otras, con faldas y camisas largas; otras, con el pelo descubierto y enmarañado. Algunos caminaban, otros estaban simplemente parados en las vías. Había una chica de edad incalculable. Podía tener veinte años y aparentar muchos más que Irina. Pensó que era un alivio no ser ella cuando, de pronto, los gases le subieron desde el estómago y eructó sin poder evitarlo. Se llevó las manos a la boca y abrió mucho los ojos.

—¡Lo siento!

Faisal sonrió, alargó el dedo y le señaló la mayonesa que tenía en la comisura del labio. Irina se limpió con la manga y volvió la mirada rápidamente hacia la ventana, clavando la vista en las casas de madera revestidas de argamasa, con techos de paja. La hilera de chabolas hechas con placas de hojalata era un continuo desde que habían salido de Kamalapur Railway Station. ¿Cómo levantaban sus hogares allí? ¿Cómo podían aguantar el ruido de la máquina?

—¿Cómo pueden vivir tan pegados a la vía del tren?

Faisal se encogió de hombros.

—Hay más ríos en Bangladés que tierra.

Irina le miró sin entender.

—Cada año, unas ochocientas mil personas abandonan sus tierras por las inundaciones. Dejan de ser tierras fértiles, así que vienen a la capital en busca de trabajo.

A Irina se le desencajó la mandíbula con la cifra.

—¿Ochocientas mil?

—El padre de un amigo vivió en el campo antes de que su mujer encontrara trabajo como costurera en Daca y siempre dice que no desaprovechemos la suerte de haber nacido en la ciudad. «Construí mi casa siete veces, y siete veces se la llevó el agua.» Eso dice.

—Es terrible.

—Las peores inundaciones fueron en 1988 —intervino Sagor. Miraba por la ventana y el kebab seguía en su regazo—. Sumergieron bajo el agua el sesenta por ciento del país.

—No tienes por qué comerlo, pero necesitas recuperar las fuerzas —le dijo Faisal amigablemente.

Irina examinó a Faisal. El joven había desaparecido un rato con la excusa de ir al baño, pero había vuelto con los ojos hinchados. Había estado llorando. Debía de ser duro para él no poder asistir al funeral de Amina para acompañar a dos desconocidos al norte del país. «Cumpliré la última voluntad de Amina», había dicho, «además, es peligroso que viajéis solos». ¿Cómo reaccionaría si supiera que estaba ayudando a sus enemigos, que Sagor había matado a su maestro? Era mejor no pensarlo; si pensaba, se le revolvía el estómago y le entraban ganas de vomitar.

—No quiero tirar la comida —dijo Sagor.

Faisal cogió el kebab y le dio un mordisco. Irina abrió su bolso, sacó un bote de desinfectante y un clínex; enjugó sus manos, luego echó un poco en el clínex; se limpió con él la cara y frotó con fuerza la zona del *kameez* que se había manchado. Luego le dio el bote a su hermano.

—Toma. Límpiate.

Sagor lo cogió y ella volvió a explorar dentro de su bolso. ¿Por qué era amable con él si estaba enfadada? Dejó de tantear el fondo cuando se dio cuenta de que no sabía lo que buscaba, y volvió a cerrarlo. Su hermano llevaba evitándola desde que se habían sentado. Suspiró. Volvió a meter la mano en el bolso y esta vez sacó una crema de manos. La extendió sobre su piel y masajeó el dorso agradeciendo la sensación húmeda y suave sobre la piel seca. Al guardar la crema, se dio cuenta de que su móvil estaba vibrando. También el de su hermano vibraba. Había un mensaje de Lucas en el chat familiar.

—¡Lucas está en Cox's Bazar con Ryad!

—¿Cox's Bazar? Eso está en el sur —observó Sagor.

Irina tecleó:

Pero cdo te has ido?

Y enseguida les llegó la respuesta:

Esta mañana, después d vosotros.

Adjuntaba una foto en la playa. Llevaba una camisa blanca y unos pantalones burdeos de tela fina. Estaba rodeado de niños que posaban muy tiesos, con las manos en la espalda; sus madres sonrientes, detrás. Era la típica foto que Irina calificaba irónicamente de «Qué buena persona soy». Detrás de ellos había un sampán de tres veces su tamaño, de madera negra y suelo curvado como una media luna creciente que acababa en dos astas exageradamente altas, como los cuernos de un vikingo. Era el barco de pesca típico bengalí. Debajo había escrito:

Acabo de probar una fruta del tamaño de dos cabezas llamada Giant Jackfruit. Ryad y yo vamos en moto y ¡sin casco! por la carretera de la playa. Esto es una pasada.

Pues te vas a hartar, es la playa ininterrumpida más larga del mundo, escribió Sagor.

—«Sin casco», dice, y encima manda un vídeo. Papá lo va a matar —dijo Irina.

—Al menos va con Ryad. Es un buen tío.

Irina se encontró con la mirada de su hermano y levantó una ceja con escepticismo. «¿Y tú?», quería preguntarle, «¿tú eres un buen tío?». Sagor bajó de nuevo la mirada a la pantalla del móvil.

—En unos días dice que irán a los Sundarbans para fotografiar tigres de Bengala. Pero si papá iba a comprar billetes para que volviésemos a Vigo, ¿será que ha cambiado de opinión? ¿O se habrá ido sin su permiso como nosotros? De cualquier manera, dudo que vea alguno: en el último censo, en 2004, contabilizaron solo cuatrocientos cuarenta; ahora no creo que queden más de cien.

—Todavía no deben de saber que ya no estamos en Daca. ¿Qué decimos nosotros?

—Nada hasta que lleguemos a Sylhet. Tenemos que disimular sin mentir.

Sagor tecleó con rapidez:

Ten cuidado, Lucas, a los tigres de Bengala les gustan los extranjeros.

—Se te da bien disimular —dijo Irina con dureza.

—Abriré la ventana —la interrumpió Faisal, que se había levantado.

Por un momento Irina había olvidado que estaba allí. El aire del compartimento se había espesado como si los olores de los kebabs hubieran hecho salir otros olores más rancios acumulados por tantos viajes de aquel viejo tren.

—Perdona. Estamos hablando en español —se disculpó.

—No pasa nada.

Faisal agitó las manos, quitándole importancia, pero al hacerlo perdió el equilibrio precipitándose sobre Irina, que lo agarró por los costados. Sus rostros quedaron apenas a dos palmos. El corazón se le aceleró y los brazos le temblaron por el esfuerzo de sostener a Faisal, pero él no intentó recuperar el equilibrio enseguida; en lugar de eso, se quedó mirándola tan fijamente a los ojos que ella se sintió débil y, cuando sus brazos por fin iban a ceder, el joven se agarró al marco de la ventana y se incorporó. Deslizó la hoja del cristal y el ruido y un calor espeso invadieron el compartimento. Antes de que se dieran cuenta, Faisal había sacado medio cuerpo fuera.

—¡¿Qué haces?! —Irina saltó del asiento, asustada.

Faisal volvió a meter la cabeza.

—Voy arriba.

—¿Arriba?

—Al techo del tren. Mucha gente va arriba. Tenéis que probarlo.

Sagor hizo amago de levantarse, pero Irina le detuvo.

—Todavía tengo el kebab en el estómago —dijo.

II

Faisal había desaparecido por la ventana con la sencillez de un pájaro que echa a volar y los dos hermanos se habían quedado por fin solos. Antes de que Irina dijera nada, Sagor se le adelantó:

—¿Recuerdas el día que vimos un *ourizo* y yo me puse a llorar?

Irina asintió, cerró la ventana para acallar el ruido y se sentó de nuevo mirando hacia el cristal. Un vaho blanquecino y triste se había quedado atrapado dentro del vidrio por la condensación del calor acumulándose en las esquinas en las que también había minúsculas nubecillas de moho; orillados en los márgenes, una hilera de mosquitos muertos cuya sangre negra parecían motitas de pintura salpicada, reseca y vieja, hacía que la ventana enmarcase el paisaje con el aire de ensueño difuso de una fotografía antigua desgastada en los bordes.

—Dijiste que el *ourizo* era un demonio; Txolo dijo que no, y para demostrártelo le arrancó una púa. Gritaste que iba a venir a por nosotros. Y luego Txolo lo lanzó por los aires de una patada. ¿Cómo lo voy a olvidar? Parecíais poseídos los dos.

—De verdad creí que era un demonio, que estaba allí para castigarme por haber matado a ese hombre.

Irina le miró con más atención. Se lo iba a contar, le iba a contar otra vez que había matado a ese hombre. Deseaba hacerle mil preguntas, zarandearle, pero en lugar de ello empezó a limpiarse los dedos, uno a uno, con el clínex y el desinfectante.

—Veía demonios en todos lados, yo mismo me sentía un demonio. Papá, Breixo... los dos dijeron que no volveríamos a hablar nunca más de ello.

—¿Breixo, papá? Por Dios. —Irina dejó de limpiarse, expectante.

—¿Recuerdas que me peleé con Lucas? Cuando Breixo nos separó, me fui hacia las barcas. Estaba furioso. Y tan borracho que no me tenía en pie.

—¿Y te encontraste con Tarik? —Irina no quería interrumpirle, pero tampoco podía evitarlo. Temía que Faisal regresase y su hermano no terminara de explicarse. Volvió a frotarse los dedos, con más fuerza.

—Pasé por delante de las gamelas y llegué hasta el final de la playa, meé entre las rocas, y luego me tiré en la arena, pero no vi a ese hombre. La cabeza me daba vueltas, enseguida me quedé dormido. Puede que estuviera media hora allí tirado, ni sé cuánto tiempo pasó, solo que, de pronto, escuché la voz de papá y pensé que me estaban buscando y que me la iba a cargar, pero cuando levanté la cabeza estaban los dos: papá y Breixo. Y Tarik les apuntaba con un arma, Irina. Ese tío estaba de espaldas a mí, apuntándoles con una pistola. Papá dijo: «Suelta la pistola, Tarik».

—Sigue —le apremió a su hermano.

—Iba a disparar. Iba a matarlos. Y yo estaba detrás, no me

había visto. Me lancé contra él, lo derribé, la pistola salió volando, aunque yo eso no lo recuerdo, pero sé que salió volando porque Breixo la cogió cuando cayó al suelo y me lo contó después. Y Tarik se cayó al suelo también, y yo encima de él. Y papá y Breixo corrieron hacia nosotros. Y agarraron al hombre, pero el hombre no opuso resistencia, no se movió, Irina, no se movió. Se había golpeado la cabeza contra algo, una piedra o un remo, ni siquiera sé contra qué se golpeó. Era de noche, no se veía apenas. Pero sus ojos sí los vi, vi sus ojos agrandarse, el blanco de sus ojos, como si fueran a escapársele del rostro, muy redondos, como los de un pez, y de pronto se empequeñecieron de nuevo. Y volvió la oscuridad. Tardé en entender que se había muerto, que yo lo había matado. Porque yo no quería matarlo. Yo nunca quise matarlo. Solo tenía trece años. ¿Cómo iba a querer matarlo? Papá me agarró y me levantó. A veces lo recuerdo rápido; otras, a cámara lenta. Y hay cosas que no sé si fueron antes o después. Papá se agachó y dijo: «No se mueve». No se mueve. Creo que todos tardamos en darnos cuenta de que estaba muerto. O tal vez no, tal vez nos dimos cuenta enseguida. Breixo lo preguntó, que si estaba muerto. Y papá me dijo: «Vete a casa».

Sagor se quedó bloqueado en el recuerdo, con los ojos muy abiertos; el cuerpo totalmente paralizado. El tren chirriaba, daba pequeños bandazos. Irina se levantó, se sentó a su lado y le cogió la mano. Estaba fría.

—Entonces, tú no lo mataste —dijo con firmeza—. Solo estabas protegiendo a papá. Dios mío, Sagor, ¿por qué no has empezado por ahí antes?

Una lágrima se deslizó con rapidez por la mejilla de su hermano, que se encogió de hombros.

—Estaba muerto, Irina. Yo lo maté. Papá y Breixo discutieron entre ellos sobre qué hacer. Hablaron de tirarlo al mar. Me mandaron a casa, me dijeron que estuviera tranquilo, que no dijera nada. Me limpié las manos en el mar mientras volvía.

Tenía sangre y arena en mis manos, Irina. Sangre de la cabeza de ese hombre, con arena, así que me limpié las manos. En el mar. Y luego me sumergí entero y me quedé un rato dentro del agua helada, dejando que me doliese el cuerpo por lo fría que estaba. Por eso estaba mojado cuando volví a casa. Iba a encerrarme en mi cuarto, pero te oí gritar y llorar. Fue demasiado, ver que mamá estaba muerta, saber que yo acababa de matar a un hombre. La cabeza se me bloqueó. Tú la tenías en brazos y gritabas que estaba muerta y querías que viniera papá, y yo sabía que papá estaba con aquel hombre, y entonces apareció Agostiño y menos mal que él se encargó de todo porque Lucas también entró, y no paraba de llorar y ninguno sabía dónde estaba papá y yo, yo no podía decir nada, solo tenía miedo, estaba muerto de miedo, Agostiño lo llamó y pasó un buen rato hasta que subió papá. Después me dijo que ese hombre era un ladrón, que me olvidara de él, que no hablase de ello con nadie. Nunca.

—Por eso estuviste meses sin hablar... —Irina se tapó el rostro con las manos, comprendiendo—. Pero ¿por qué papá no dijo nada a la policía y te ha dejado vivir con esto tantos años? Tú solo les salvaste la vida; eso no es matar.

Sagor se encogió de hombros, como si no supiera.

—Tarik se convirtió en un fantasma, Irina, un fantasma que yo enterré a base de fingir que nada había pasado, y de pronto tú, nueve años después, trajiste de vuelta ese fantasma, y no solo eso, me enseñaste la fotografía de Amina. No quería venir a Bangladés, me daba igual si esa mujer era mi madre o no. No quería saber nada, pero tú insistías. Y yo tenía miedo de que vinieras sola, de que te pasara algo, y también tenía miedo de lo que pudieras descubrir. Y por eso te acompañé. En la cena, cuando Lucas sacó el colgante y papá lo vio... Vino a buscarme a mi habitación después y me preguntó si tú sabías algo, le dije que no, y él me dijo que era un idiota, que cómo podía haberlo permitido. Le pregunté que quién era ese hombre al que yo había matado, que quién era mi madre. Solo me di cuenta de que yo estaba gritando cuando él me mandó callar. Me dijo que me olvidara de todo y que te hiciera olvidar a ti. Y entonces me di cuenta de que él nunca me iba a explicar nada. Y me las arreglé para quitarle el colgante sin que se diera cuenta. —Su voz se había convertido en un susurro, como si ya no hablase con Irina sino consigo mismo, como si sus palabras adelgazaran—. Pero ahora quiero saber, necesito saber quién era Tarik para poder sacarme su fantasma de la cabeza.

Irina tenía la vista empañada por las lágrimas, desenfocada sobre los cuadros borrosos, azules y blancos, de la camisa de su hermano. Sagor se apretaba las sienes como si le doliera la cabeza, ¿cómo no iba a dolerle? Tanto tiempo con aquello guardado. Ya no le parecía un desconocido; ya no había secretos. Al contrario, ahora entendía sus silencios tras la muerte de Elena y por qué prefería la ciencia a hablar de sí mismo; entendía el porqué de su empeño por pasar desapercibido, por ayudar siempre a los demás, su bondad exagerada, la culpa disfrazada de timidez en sus ojos tristes; entendía sus dedos de punta cuadrada y sus uñas mordisqueadas.

Tiró de él y lo abrazó, le agarró la cabeza contra su pecho.

—No es justo que hayas vivido en ese infierno tú solo. No es justo.

—Dime que no crees que soy un demonio. —Sagor se derrumbó, empezó a llorar.

—Por supuesto que no. Salvaste la vida de papá. Y la de Breixo. No eres ningún asesino, mucho menos un demonio. Todo lo contrario: eres un héroe. ¿Sabes qué? Sagor, mírame. —Irina levantó la barbilla de su hermano hacia ella—. Vamos a descubrir la verdad, sea cual sea.

Los ojos enrojecidos de su hermano, su rostro derrotado, le partían el alma.

—Gracias, Irina. Gracias por quererme tanto.

Dejó que su hermano se acurrucara sobre sus piernas y le acarició la cabeza mientas él lloraba silenciosamente.

—Deberíamos dormir. Los dos estamos agotados —dijo, pero entonces se le ocurrió algo—: ¿Qué hicisteis con el cuerpo de Tarik?

—Supongo que lo echaron al mar. —La miró con los ojos ya vacíos y agotados.

—¿Cómo lo sabes? ¿Y si no lo mataste? ¿Y si no lo echaron al mar?

Sagor la miró sin comprender.

—Claro que lo maté, Irina. Te lo acabo de contar.

—Perdona, perdona. Tienes razón. —Irina consultó el reloj—. Todavía nos quedan cinco horas hasta llegar a Sylhet. Duerme; cuando tú te duermas, yo también dormiré.

18

Ser solo somos ahora

I

Cuando Irina se despertó eran las cuatro de la tarde y todavía quedaban otras cuatro horas antes de llegar a Sylhet. Se había quedado arrellanada en el asiento, con la cabeza de Sagor, que parecía anestesiado, sobre su regazo. Estuvo un rato mirándolo mientras trataba de decidir qué hacer. Finalmente, levantó su cabeza con mucha suavidad, se incorporó despacio y salió del compartimento para buscar el baño.

Un grupo de *bauls* cantaba en otro compartimento y le insistieron para que entrara a sentarse con ellos, pero rechazó su oferta con educación. Por el pasillo le siguieron los cantos devocionales de la cantante que, sentada en cuclillas, entonaba versos del poeta Rabindranath Tagore, acompañada por las vibraciones ancestrales de las cuerdas rasgueadas del *khamak*; brindando apoyo detrás de esa melodía, la energía aguda y llena de humildad de la cuerda pulsada del *ektara* que corría a lo largo de una caña de bambú fija en una calabaza. En contraste, el choque vivo y sostenido del pequeño tambor que ellos llamaban *dubki*. Irina tuvo que ir deteniéndose junto a las mujeres, hombres y niños que la miraban con los ojos muy abiertos, casi tanto como sus sonrisas, y le pedían un selfi. Cuando por fin llegó al servicio había una cola considerable. Se puso al final y, de nuevo, varias personas se arremolinaron en torno a ella para hacerse una foto. Admiraron su cabello rubio, los mechones rosas. La melodía sonaba a sus espaldas: «Sé bien que no quedarán siempre cerradas las cien hojas de un loto, que será descubierto el secreto escondite de su miel». Solo entonces, mientras posaba, Irina se dio cuenta de que había un joven, al fondo del pasillo por el que ella había venido, observándola sin sonreír; al ver que ella se daba cuenta, se metió en un compartimento.

Pero Irina ya lo había reconocido: era el chico de pelo rapado a los lados y tupé en el centro que había matado a Amina.

El rostro se le descompuso en una mueca y notó cómo el calor se le iba del cuerpo debido a un escalofrío de terror que la hizo sudar. La mujer que estaba sacando la foto levantó la vista y la miró raro, se había dado cuenta de que algo pasaba e, inesperadamente, se echó a reír. Armó todo un revuelo para que dejaran pasar a Irina la primera en la cola del baño. Había interpretado que su cara descompuesta se debía a un retortijón. Discutió con otra mujer, esta encorvada por el enorme peso de su joroba, que se afanaba por limpiar con una fregona y un cubo de agua el suelo del retrete, que consistía en una letrina con dos aletas con forma de pie a cada lado, aunque el suelo del servicio quedó prácticamente igual. La mujer de la joroba le dio a Irina un clínex que sacó de un bolsillo y señaló una papelera dándole a entender que luego lo tirara ahí. La otra empujó a Irina, que seguía petrificada por el miedo, pero acertó a coger el clínex y aguantó la respiración antes de entrar, cerrar el pestillo, bajarse los *leggings* y las bragas, y hacer malabarismos mientras orinaba, porque lo necesitaba, al ritmo del bamboleo del tren y la música ancestral, que había aumentado su ritmo. Tiró de la cadena, se lavó las manos, se mojó el cuello. ¿Pensaba matarlos ese chico? ¿Por qué los había seguido si no? Tenía que avisar a su hermano y a Faisal; lo último sería más difícil, Faisal estaba en el techo. Pero, sobre todo, tenía que calmarse. El pánico podía hacer que la mataran. Cuando volvió a salir, las mujeres de la cola se rieron con complicidad entre ellas, le dijeron en inglés que no bebiera más agua hasta que acabara el trayecto. Irina les devolvió la sonrisa. Podía haberles pedido ayuda, haberles explicado que un chico la seguía, pero su instinto le dijo que hiciera lo contrario. No sabía cómo podría actuar ese matón si se daba cuenta. Intentó detener el temblor de sus manos metiéndolas en los bolsillos, volvió despacio al compartimento, sin mirar atrás, para que el matón no se diera cuenta de que ella sabía que la seguía.

El canto de la joven del grupo de *bauls* se había alargado en una queja triste. «Por no esperar en capullo, entre la nieve eterna del invierno, el loto se abre al sol y pierde cuanto tiene...» La tensión aplicada a las cuerdas del *khamak* iba en aumento, como si le animaran a correr.

Pero no lo hizo.

Los vagones servían de caja de resonancia a esa música que cada vez iba más rápido, que a cada paso era más dolorosa, más sentida.

Irina llegó a su compartimento, entró y cerró la puerta.

—Sagor —susurró—. Despierta, Sagor. —Le golpeó con fuerza en el hombro y su hermano se desperezó, aturdido.

—¿Qué pasa?

Ella abrió la ventana. El ruido vibrante de los bogíes y los ejes girando sobre las vías se amplificó.

—Tenemos que salir de aquí. Subir al techo con Faisal. El chico que ha matado a Amina nos ha seguido, Sagor. Está aquí, en el tren, ahí fuera.

Sagor la miró horrorizado mientras ella le ordenaba lo que había que hacer.

—Bloquea el pestillo, así él pensará que estamos dentro, pero si se le ocurre entrar, no podrá. Sube detrás de mí.

Entonces Irina se agarró al marco y sacó medio cuerpo fuera, igual que había hecho Faisal.

El golpe de aire y la velocidad activaron la adrenalina.

Rápidamente, escudriñó la pared azul del vagón que estaba atravesada, como una bandera, por una raya ancha y amarilla a la altura de las ventanas. Localizó el asa atornillada a la que debía de haberse agarrado Faisal para trepar al techo, la asió con una sola mano para poder tirar de su cuerpo hacia arriba y, en un instante, se encontró manteniendo el equilibrio; los pies apoyados ya sobre el marco de la ventana. Medio cuerpo en la franja amarilla; medio cuerpo en la franja azul superior.

Sagor la observaba desde dentro.

—Ten cuidado.

Y a Irina le extrañó darse cuenta de que ya no tenía miedo, aquellos movimientos requerían de toda su concentración.

Preparada para encaramarse por completo a la pared, se sujetó con fuerza a otra agarradera que había en lo alto y, al mismo tiempo, subió la pierna derecha hasta la primera que había usado. Los árboles pasaban casi rozándola por su lado. Contó hasta dos y colocó el otro pie en un picaporte oxidado que se encontraba más o menos a la misma altura.

Quedó entonces pegada a la pared del vagón como una salamandra.

Volvió a mirar hacia arriba: un tubo recorría la pared del vagón.

Era perfecto.

Posó un dedo sobre él: estaba caliente pero no quemaba, así que se enganchó al tubo con las dos manos e, impulsándose de nuevo, igual que hacía cuando salía de la piscina, saltó apoyándose con la pierna derecha que usó para darse el último impulso.

—*Wow!* —exclamó al aterrizar en el techo del tren, eufórica.

Al incorporarse, el aire le dio de lleno en la cara. El suave traqueteo y la excitación se le juntaron en la boca del estómago; otra vez el subidón de adrenalina. Lo había logrado. Un ligero escozor en la rodilla la obligó a bajar por un segundo la mirada, nada importante, solo un pequeño desgarro en los *leggings*, un rasponazo con apenas sangre que le hizo agradecer la inyección contra el tétanos previa al viaje.

Dio unos primeros pasos inseguros para examinar el techo del tren: no tenía catenaria, y eso, junto a la escasa velocidad, minimizaba los riesgos de caerse.

La panorámica de las llanuras que corrían muy despacio a cada lado del vagón era espectacular. Ya no había cobertizos de uralita, sino largas extensiones de campos de diferentes verdes, muchos de ellos inundados por lodazales; otros, recorridos por ríos estrechos y de curso bajo que formaban meandros en cada imperfección del terreno.

Faisal tenía razón, en aquel país había agua por todos lados.

Volvió entonces hacia atrás y miró abajo: Sagor ya estaba subiendo, imitando los mismos movimientos que había hecho ella.

—¡Qué pasada! —gritó cuando por fin estuvo en lo alto del tren.

Intercambiaron una mirada cómplice que expresaba alivio y excitación al mismo tiempo.

—Ese matón de ninguna manera podrá imaginarse que estamos aquí arriba.

Una carcajada acompañó ese optimismo que tal vez era un error.

—Creo que nunca me había sentido tan viva como ahora.

—Es que estamos vivos —observó Sagor como si de pronto se diera cuenta de que podrían no estarlo.

El sol había empezado a descender, pero todavía brillaba y el cielo tenía un color azul intenso. Las sombras de algunas nubes blancas y algodonadas se arrugaban sobre aquellas planicies y también en las copas de los árboles, arbustos y palmeras que surgían sin orden en el paisaje. A ratos se veía alguna casa de adobe pintada de blanco y ropa tendida en el exterior. Irina estiró los brazos como si pudiera absorber a través de sus manos toda la energía del viento, la magia de aquel paisaje que iba deconstruyéndose por la velocidad del tren. Cerró los ojos un segundo, aspirando el aire templado, la sensación de alivio. No, se dijo, no había que confiarse, el matón podía intentar entrar en el compartimento y darse cuenta de la jugada.

—*Shore darao!*

Unos niños la empujaron al pasar corriendo por su lado e Irina perdió el equilibrio. Hacían volar una cometa con los colores de la bandera.

—¡Ey! —gritó contrariada, apoyándose con un brazo en el suelo para no caer.

Con la boca abierta, contempló cómo se perdían a lo lejos y saltaban limpiamente de un vagón a otro. Durante unos breves instantes, las risas de aquellos niños llenaron el aire y luego se perdieron en la lejanía de los primeros vagones hasta que solo vio la cometa; ella misma volvió a reír de puro estupor, aunque el cuerpo siguiera en estado de alarma, como si esos niños jugaran al juego de la tiña y al golpear a Irina le hubieran dicho: «Ahí la llevas». Ahí llevas la risa floja. Toda para ti.

—El Creador nos ha dado una tierra bella.

—¡Faisal!

Irina se giró: el chico estaba detrás de ellos y sonreía. El sol del atardecer se reflejaba en sus ojos, que parecían aún más verdes, dándoles un brillo lejano y poderoso.

—Nos están siguiendo —se apresuró a decir Sagor.

—¿Cómo? —La sonrisa desapareció del rostro.

Le explicaron rápidamente lo que había pasado.

—En el techo estamos a salvo, pero solo mientras ese matón crea que seguimos los tres dentro del compartimento —concluyó Irina.

—Deberíamos bajar del tren —sugirió Faisal, y ella afirmó con la cabeza.

—No —dijo Sagor—. Todavía quedan tres horas, tardaríamos demasiado en llegar a Sylhet.

Por la contundencia con la que lo dijo, Irina entendió que su hermano no iba a renunciar a conocer a su madre. Y se dio cuenta de que ella tampoco quería hacerlo. No iba a mostrarse temerosa, no cuando ella misma había arrastrado en todas sus locuras a Sagor, no ahora que él le había confesado aquella muerte que lo había atormentado durante toda la vida. Ahora le tocaba a ella estar a su lado. Pero tenía mucho miedo, más del que nunca había sentido, y, sin embargo, de nuevo se sorprendió de la firmeza con la que habló:

—Está bien, pero entonces avancemos hasta el primer compartimento, al menos nos alejaremos todo lo posible.

A pesar de la seguridad con la que lo había manifestado, Faisal la agarró fuertemente de la mano, como si no creyera que Irina pudiese caminar sola y temiese que se fuera a caer, obviando que acababa de trepar por la ventana hasta el techo con el tren en movimiento. Caminaron hacia el siguiente vagón y ella no soltó su mano. Su pretensión de protegerla le parecía absurda y, sin embargo, le calmaba el calor de la mano de él apretando la suya, tanto como le gustaba su voz dulce, su acento bangladesí, profundo y prolongado. Sus sentidos se concentraron por un segundo en ese calor que la ligaba al cuerpo de él. Y la excitación aumentó. La brisa del aire roto por la velocidad del tren erizaba su piel; el sol picaba en sus mejillas. Dos cuervos planeaban haciendo zigzags sobre sus cabezas. A ella nunca le habían gustado los cuervos, pero, de alguna manera, a Bangladés le sentaban bien aquellos pájaros.

—¿Podréis saltar de un vagón a otro?

Y entonces Irina sí soltó la mano de Faisal. Adoptó su característico gesto de suficiencia: la media sonrisa divertida, la ceja arrogante. Y puso sus labios cerca del oído de él:

—Podemos saltar y correr muchísimo más rápido que tú, chico-tigre.

—¿En serio?

Faisal escupió una risa e Irina quiso creer que su cercanía lo había ruborizado. Ella miró entonces a Sagor y dijo la palabra mágica:

—¡Vamos!

Y antes de que Faisal pudiera replicar, los dos hermanos se lanzaban a la carrera por el techo del tren hacia los primeros vagones.

En la recámara del pensamiento de Irina, las palabras de Walt Whitman, «soy ese algo desprendido de su anclaje que boga en libertad». Su corazón latía como los golpes acelerados del *dubki* hacía un rato.

Sagor la adelantó temerosamente por la izquierda y gritó:

—¡Estamos vivos!

Lo gritó una y otra vez, compitiendo con el estrépito de las ruedas del tren contra el acero. Tomó ventaja y fue el primero en saltar al otro lado.

—*Ami bechee achi!* —Esta vez fue Faisal quien la adelantó.

Dio un mortal hacia delante, aterrizando con la punta de los pies, volvió a correr y saltó al siguiente vagón, dibujando un gran arco en el cielo para aterrizar deslizándose por el techo del tren en una maniobra peligrosa. Se giró, deteniéndose donde había caído para mirar cómo saltaba ella, expectante, y seguramente preocupado porque Irina estaba parada.

No tenía ni idea de que ella era una experta en saltos.

Irina se dio cuenta de lo mucho que deseaba ver el cambio en la cara de Faisal cuando la viera saltar. A pesar del peligro, estaba descubriendo que la libertad era un instinto salvaje, un largo aullido en su interior que la recorría. El tejado del techo del tren conformaba el tablero de un juego para el que ella se había estado preparando durante mucho mucho tiempo con humildad, sacrificio y trabajo duro.

Sacudió los brazos, eliminando tensiones musculares.

Flexionó atrás y adelante el cuerpo, en dos movimientos elegantes.

Un *cambré* y un *souplesse*.

Con los brazos estirados hacia arriba, hizo un baile con las manos.

Faisal la miraba confundido; Sagor, impaciente.

Irina adoptó una expresión altiva —barbilla al frente, cuerpo recto—, la que siempre ponía cuando iba a iniciar una coreografía; a falta de música, los repiques y tamborileos de la música de los *bauls* resonaron en su memoria. Allí no había ningún material elástico para amortiguar las caídas en el suelo. Y se movía. Y era estrecho. Pero Irina era versátil, nunca había tenido problemas para improvisar. Hizo unos movimientos preacrobáticos, piruetas y giros, en los que cambiaba la dirección, un movimiento fluía hacia el siguiente generando contrastes de velocidad e intensidad. Y entonces, apoyando las manos en el suelo, dio un giro veloz de 180 grados, el torso quedó en paralelo al suelo, apenas un segundo porque enlazó esa rondada con un volteo de 360 grados en un *flic-flac* perfecto.

Sus pies tocaron el suelo muy cerca del borde del vagón.

Con el tiempo justo para, con el cuerpo extendido, saltar hacia arriba impulsándose con una rotación hacia atrás y practicar un giro en el eje longitudinal.

Salto mortal con giro.

En la misma fase de vuelo volvió a girar justo antes de caer al siguiente vagón.

Pero no consiguió clavar el estacionamiento, dio varios pasos atrás, perdiendo el equilibrio, y si Faisal no la hubiera agarrado a tiempo se habría caído del tren. El joven la atrajo hacia sí rescatándola de esa caída fatal, pero enseguida la soltó.

—¿Estás loca? Ser y durar: ser fuerte para ser útil. Nunca hacer tonterías. No había ninguna necesidad de hacer eso.

—No, pero ha sido épico —se disculpó Irina, exultante, claramente excitada por la adrenalina.

Pero Faisal parecía realmente enfadado:

—Si me aceptas un consejo, la próxima vez no quieras correr más que tu deseo. Estás loca si estás dispuesta a arriesgar tu vida solo para alardear. Si querías impresionarme, lo has conseguido, pero con tu idiotez. No me necesitáis para llegar hasta el primer vagón, voy a volver abajo. Como de verdad nos siga el chico que ha matado a Amina, no dejaré que se vaya de este tren sin más.

—¡Dios mío! ¡Creo que no va a ser necesario!

Sagor miraba más allá de Faisal: el matón debía de haberse dado cuenta de que habían abandonado el compartimento y ahora estaba en el cielo del tren también, observándolos desde la distancia. Empezó a caminar hacia ellos con su característico andar seguro de las hienas salvajes.

—¿Y ahora qué hacemos? —Irina se llevó las manos a la boca con miedo.

—¿Confiar en que no sepa saltar de un vagón a otro? —dijo Sagor, poco convencido, y luego, asustado—: ¿Lleva un machete?

—¡Corred! —ordenó Faisal.

Pero los dos hermanos no necesitaban esa orden, ya habían esprintado en dirección contraria al asesino. Irina miró hacia atrás, Faisal no los seguía. ¿Pretendía enfrentarse a él? Se detuvo solo un segundo, pero Faisal se dio cuenta y le gritó:

—¡Túmbate! ¡Puente!

Apenas tuvo tiempo de ver la construcción de ladrillos no mucho más alta que el tren; se acercaba a toda velocidad. Pero Sagor se lanzó sobre ella, tumbándola a tiempo sobre la chapa caliente del techo. En un segundo, aquella mole de ladrillos pasaba al ras de sus cuerpos.

—*Collóns!* —exclamó Irina—. ¡Eso ha estado muy cerca!

Se volvieron a poner de pie y vieron que Faisal había saltado encima del puente, limpiamente, con un salto de precisión. En la mano tenía una cuerda de nailon de resistencia que ató a un saliente.

El matón se había agachado para pasar por debajo del puente, como ellos, y en cuanto hubo pasado, Faisal se abalanzó sobre él y aprovechó el efecto sorpresa para enganchar el amarre de la cuerda a la cadena que el matón llevaba en el cuello. Este se vio arrastrado de un tirón hacia el puente. Resbaló por el suelo del tren, intentando desesperadamente deshacerse del enganche, sin conseguirlo. Luchaba por no asfixiarse, agarrando con las dos manos la cadena de su cuello, pero se zarandeaba de un lado al otro.

Faisal corrió hacia atrás de nuevo.

Y, dando un salto retrospectivo, volvió a aterrizar sobre el puente.

—¡Se va a matar! —dijo Irina refiriéndose al matón al darse cuenta de que caería entre uno de los huecos entre vagones.

Faisal tiraba de la cuerda hacia él y la enrollaba en el saliente a gran velocidad, izando al matón hasta que este pudo agarrarse al puente, sin peligro ya de caer entre los vagones. En el momento preciso en que el último vagón pasaba por debajo del puente, Faisal volvió a caer sobre el techo del tren y le hizo un gesto de despedida con la mano al matón, que había conseguido trepar y se afanaba en quitarse la cadena del cuello y la cuerda de nailon, tosiendo, con el rostro hinchado.

Cuando Faisal volvió corriendo hasta los dos hermanos, estaba exhausto.

—Creo que ya no es necesario que lleguemos al primer vagón —dijo.

—¿Quién ha sido el temerario ahora? ¡Casi te matas por volver a ese puente! —le gritó Irina, y le golpeó con dureza en el pecho. La joven temblaba—. Nunca había pasado tanto miedo.

—Tranquilízate. Quería deshacerme de él, no matarlo.

—¿Y no podías haberle dado un empujón y tirarlo del tren!

—Sí, pero entonces podría haberse desnucado y no habría sido tan, ¿cómo has dicho antes? ¿Épico? Yo no soy un asesino.

Dicho esto, se tumbó en el techo del tren, todavía respirando fuertemente por el esfuerzo.

—Es increíble lo que has hecho —le concedió Sagor y se tumbó también—. Gracias.

—Sí, gracias —dijo Irina, más calmada, que se tumbó entre ellos—. Pero no vuelvas a hacer algo así. Nunca.

Se quedaron así, los tres, con sus cuerpos hacia arriba, las piernas y los brazos abiertos como estrellas sobre el cielo del tren. Los cuervos observándolos desde las alturas.

—Siento haberte asustado. ¿Puedo? —Faisal cogió la mano de Irina con aquella peculiar forma de pedirle permiso a la que ella empezaba a acostumbrarse y la puso sobre su pecho, que latía aceleradamente—. ¿Sientes la adrenalina? Es como si solo existieran el aquí y el ahora.

Irina sentía los latidos de Faisal, pero también los suyos propios. Y con tanta intensidad que podría olvidarse de quién había sido hasta ese preciso momento. ¿Era eso el instinto de supervivencia? ¿Una liberación de todo lo que se era? ¿De los problemas, objetivos, metas, deseos, exigencias, frustraciones con que llenamos la cabeza? Lo que tenía claro era que el miedo había desaparecido por completo ahora que estaban a salvo del matón y que experimentaba un sentimiento parecido al de una purificación interior. Probablemente porque tanta descarga emocional, tanta adrenalina, le provocaban la plena consciencia de estar viva.

—Este segundo no volverá a repetirse nunca: ser solo somos ahora —dijo, sintiendo cada palabra.

—No: ahora —la corrigió Sagor.

Y se echaron a reír.

—¡AHORA! —gritaron los tres al mismo tiempo.

Y ese «ahora» se perdió entre las laderas de las montañas que el tren fue dejando atrás.

II

Se quedaron horas tumbados en el borde del techo. Faisal había cambiado de postura y ahora tenía el cuerpo echado hacia atrás, la cabeza reposando sobre sus brazos y las piernas colgándole temerariamente hacia fuera. Tenía los ojos cerrados y parecía dormir. E Irina, sentada a lo indio, pensaba que de alguna manera los trenes conectan los mundos conocidos con otros desconocidos. Ojalá pudiera olvidar de verdad quién era y lo que hacía allí. ¿Qué diría su padre si la viera allí sentada? ¿Y Breixo? Sonrió. Desde allí podía verlo todo. La carretera había resurgido en el paisaje y los CNG parecían escarabajos verdes y brillantes. A ratos, el parpadeo de hombres y mujeres agachados sobre los campos, de niños que se bañaban y jugaban en charcos marrones y sucios donde flotaban jacintos de agua azules. También a ratos, el tren pitaba para ahuyentar a alguna cabra parada en mitad de las vías, o para avisar a los transeúntes despistados que desaparecían en la selva desordenada. Y a ratos, Irina miraba de refilón al extraño que le estaba descubriendo que la vida no era en absoluto como ella había pensado que era.

—No hay muchas montañas en Bangladés, ¿no?

Faisal abrió los ojos.

—Aquí no, pero ya verás cuando lleguemos a Sreemangal. Las colinas de los campos de té parecen dibujadas por el mismísimo Alá.

—El té lo introdujeron los ingleses cuando colonizaron Bangladés —apuntó Sagor.

—Sí, y también el opio y el hambre. —Faisal se incorporó e hizo una mueca de desagrado—. Llegaron y forzaron a los

273

agricultores a cultivarlo para exportarlo a China, a dejar los cultivos locales. Y la gente empezó a morirse de hambre. Sobre todo en Jessore y otras poblaciones más cercanas a la India. Las malditas guerras del opio. Herencia de ello son los campos de amapolas que aún quedan en Bandarban, al sur.

El tren llegó entonces a la estación de Nowapara. Durante un rato el ruido y el ajetreo los mantuvieron en silencio. Habían pasado otras estaciones como Bhairab, por donde el tren cruzaba a través de un enorme puente rojo el ancho río Meghna, o como Brahmanaria o Batshala o Merashani o Teliapara. Nombres que Irina no recordaría. Ciudades de polvo, feas, en las que sucedían todo tipo de cosas interesantes para quien tuviera el tiempo de pararse a observar. Cuando el tren se puso de nuevo en movimiento, Irina acercó su mano a la de Faisal y acarició con su dedo pequeño el de él, disimuladamente, porque no quería que su hermano se diera cuenta.

—Podrías haber matado a ese chico, en venganza por Amina.

Faisal se quedó mirando la mano de ella, incluso se atrevió a devolverle la caricia. E Irina se mordió el labio inferior intentando detener una sonrisa tímida.

—Estar vivo es un milagro. Yo no quiero arrebatarle ese milagro a nadie y menos a un chaval, aunque sea un asesino. Sé que Amina está con Alá, y con Tarik, y eso me da paz.

—Ella era muy importante para ti, ¿verdad?

—Era la madre de Tarik. Él me sacó de la calle, mis propios padres me habían abandonado y él me dio un motivo por el que vivir. A mí y a otros chiquillos de la calle. Nos enseñó las reglas y la filosofía del parkour. Él fue el primero en practicarlo en Daca. Lo había aprendido en París. Cuando murió, muchos perdieron la esperanza. Yo empecé a ver vídeos de *youtubers* para seguir aprendiendo porque, algún día, a mí también me gustaría sacar a otros chicos de la calle. Ojalá le hubieses conocido. Te hubiera caído bien. Nos enseñó que las calles son nuestro gimnasio, a sentirnos vivos cada minuto de nuestra existencia. «El parkour es dejarse llevar por el extravío», decía.

Irina tragó saliva.

—¿También hacías parkour el día que apareciste bocabajo en la ventana de mi hotel?

—Ese día participaba en una prueba para entrar a formar parte de Los Tigres de Bengala, el mejor grupo de parkour de Daca. Viajarán a París en julio para participar en una de las competiciones más importantes del mundo, pero yo tendré que esperar a la siguiente.

—¿Y eso? Pareces muy bueno.

El joven se irguió, halagado.

—Perdí la prueba porque otro deseo se cruzó en mi camino.

Faisal la miró de tal manera que ella se ruborizó. Aquella mirada dulce, calmada, sonriente, no encajaba en su cuerpo atlético ni en sus gestos, tan airados. Sentía que se doblegaba al efecto placebo de aquellos ojos verdes. Estaba segura de que iba a decirle que ese otro deseo era ella, pero se equivocó.

—Os seguí porque reconocí al hombre de la cicatriz con forma de ancla.

—¿Al Mamun? —Sagor se metió en la conversación.

Faisal asintió.

—El día que mataron a Tarik, yo acompañé a Amina a buscar su cuerpo. Ese hombre nos lo entregó en un lugar de la costa de Chittagong, a miles de kilómetros de aquí, en un cementerio de barcos. Amina nunca me ha explicado qué había ido a hacer Tarik allí, pero fue todo rarísimo. Nos dejó ver su cadáver, pero en lugar de entregárselo a su madre, le dijo que debía encontrarlo primero la policía en una calle de Chittagong. Solo puedo contaros hasta ahí, porque, como os digo, Amina no me contó más. Por eso os seguí, porque quería saber quién es ese hombre. Os estuve espiando varios días. Esta mañana te he visto guardar el colgante en el bolso y lo he reconocido porque Amina salía en algunas fotos que tiene en su casa con él. Quería saber qué relación existe entre vosotros, Al Mamun y ese colgante. ¿De qué lo conocéis?

—A Al Mamun apenas lo conocemos, es un amigo de nuestro padre, trabaja para él. ¿Dices que Tarik murió en un lugar de la costa de Bangladés? ¿Tienes alguna foto de él?

—Claro. Tengo varias.

El chico se metió en su Facebook e Irina y Sagor miraron con curiosidad. Cuando por fin encontró una, se la mostró. Era el hombre de la playa. No había duda. Así que alguna pieza no encajaba en el puzle, porque si había muerto en Chittagong, estaba claro que Sagor no lo había matado. Y ese era el mejor pensamiento que había pasado por su cabeza en todo el día. Ella y Sagor intercambiaron una mirada confundida. Faisal no se dio cuenta porque estaba buscando más fotos para enseñárselas.

Irina jugueteó con el colgante en un gesto que ya había adoptado, sujetándolo sobre el pulgar y acariciando con el dedo índice su superficie ovalada. Tarik le había pedido que se lo devolviera a Amina. Ese hombre era todo un enigma. A Irina se le ocurrió entonces que el deseo de Tarik había insuflado con su espíritu ese colgante, cargándolo de magia, que por eso los había llevado a Bangladés. Una vez había leído que Pigmalión amaba tanto a su estatua, Galatea, que esta acabó cobrando vida. ¿Podía suceder eso? ¿Que la voluntad de Tarik fuera tan poderosa que, incluso muerto, ejercía magia en el amuleto? El solo pensamiento le pareció inquietante y dejó de acariciarlo. Sagor tenía razón, estaba obsesionada con los objetos mágicos.

Faisal seguía hablando:

—Amina no creía en las manifestaciones. Un día la escuché decir que en Nueva York, en 1911, el incendio de una fábrica hizo que cambiaran las leyes y los derechos de las trabajadoras. «Hasta que algo así de grave no suceda aquí, los gobiernos y las empresas no reaccionarán», afirmó.

—Es horrible que tenga que suceder «algo así» para que las mujeres cobren sueldos más dignos —dijo Sagor.

—Y para que no se explote a los niños —añadió Irina.

Faisal apagó el móvil y se quedó mirando el horizonte. Entonces sentenció:

—Los países ricos creen que nunca serán pobres. Esa es la fantasía que los sostiene. Pero algún día tendrán que abrir los ojos.

19

Mangata

I

El sol descendía por el norte cuando Faisal se llevó las dos manos a las orejas para empezar a rezar. Estaba de pie, sobre el techo del tren, de espaldas al astro y mirando hacia el sudoeste, a la Meca. Sabía en qué dirección debía rezar gracias a una aplicación de su móvil que le indicaba la *qibla*, eso les había explicado a Sagor e Irina unos minutos antes, mientras realizaba sus abluciones con agua de una botella que le había comprado a un vendedor de cacahuetes que se paseaba por el techo porque sabía que siempre había polizones allí arriba. Intentaba orar cinco veces al día, no solo para cumplir con el *namaz*, sino porque no imaginaba su vida sin dedicarla al servicio del Creador. Hasta Irina y Sagor llegaba solo el murmullo de sus súplicas y recitaciones acompañadas por el eco traqueteante del tren que había dejado atrás la estación de Sreemangal y avanzaba ahora entre las bajas y ondulantes colinas de té incendiadas por las primeras luces del atardecer. Aquellos jardines de arbustos perfectamente recortados y embalsamados por la bruma espiritual y ligera de la tarde parecían, como había dicho Faisal, la obra de un dios. A ese efecto celestial se añadía el de las oraciones del joven, que sonaban lejanas y misteriosas. Se había puesto a una distancia considerable de ellos y, aunque los dos hermanos fingían mirar el paisaje, espiaban fascinados cómo Faisal se levantaba y adoptaba diferentes posturas: de pie, inclinado o postrado de nuevo.

Con cada movimiento de él, se producía un baile lento de sombras teñidas de atardecer sobre la chapa metálica del vagón.

Cuando terminó, volvió hasta donde estaban ellos con una amplia sonrisa.

—¿Siempre rezas a esta hora? —le preguntó Irina.

—No, pero he adelantado mis oraciones porque necesitamos luz para saltar del tren. El poblado donde vive Mangata está entre las divisiones de Sreemangal y Bhanugach, así que lo mejor es que bajemos en marcha.

Sagor estiró el brazo, guiñó un ojo y contó los dedos que había entre el sol y el horizonte.

—Pues nos queda una hora de sol. Quince minutos por cada dedo.

Faisal le imitó para comprobar él mismo aquella técnica y luego se agachó para coger su mochila del suelo. Había vuelto al compartimento a recogerla y cuando regresó les contó que nadie había forzado el pestillo y había tenido que volver a entrar por la ventana, lo cual era extraño porque significaba que el matón había descubierto que estaban en el techo de alguna otra manera. Pero como dos extranjeros llamaban la atención, seguramente los niños que habían empujado a Irina habían corrido la voz.

—¿No íbamos a Sylhet? —preguntó la joven.

Faisal se encogió de hombros.

—Ya estamos en la región de Sylhet. La capital se llama también así, pero está a dos horas de aquí. Pensé que os lo había dicho.

—Pues no.

—Mirad. —Faisal señaló al frente—. Estamos entrando en

el parque natural de Lawachara. El tren lo atraviesa de punta a punta, y nosotros tenemos que bajarnos en el medio. Es lo mejor si queremos llegar antes de que anochezca.

Los primeros vagones ya se estaban adentrando en la espesura del bosque que señalaba Faisal: las copas de los árboles se entrelazaban formando un denso túnel en torno a las vías bajo el cual no tardó en entrar también su vagón. Pasaron de ver el cielo abierto, a los rayos de sol filtrándose entre las ramas de los árboles; sus reflejos caracoleaban en el cielo del tren como estrellas.

—¿Y cómo sabes el punto exacto en el que nos tenemos que bajar?

—Lo estoy mirando en Google Maps. Aunque aquí no hay mucha cobertura.

Sin dejar de teclear en su móvil, con un movimiento de lo más casual y distraído, Faisal agarró del brazo a Irina y la apartó un segundo antes de que una enorme rama de banano la golpeara en la cara.

—Mejor si bajamos ya a la pasarela de conexión entre vagones —dijo, divertido.

Irina estiró el cuello con altivez y pasó primero, encabezando al grupo. La siguió Sagor. Y Faisal se quedó unos segundos rezagado mirando el móvil; cuando se apresuró a seguirlos, otra enorme rama de banano le abofeteó a él en toda la cara.

Después de descender del techo a la pasarela de conexión entre un vagón y otro, Irina se quedó muy pegada a la pared. Observó primero los fuelles de la maquinaria y luego el estrechísimo camino de tierra pisada que corría junto al tren, muy pegado a las vías. Era apenas una línea en la que ni siquiera cabían los dos pies a la vez, estaba claro que los locales que hacían ese recorrido no se detenían. Apenas había margen entre el tren y la maleza de arbustos y selva desordenada que franqueaba los raíles.

—Parece peligroso.

—No vamos a lanzarnos aquí. Hay un camino que cruza las vías del ferrocarril y se adentra en el bosque, habrá más margen para rodar si os hace falta, pero tenemos que saltar uno detrás de otro, y muy rápido. Tenéis que dar un salto limpio y aterrizar primero con las puntas, enseguida apoyad los talones y dad otro salto para poder rodar por el suelo.

Irina frunció el ceño y resopló. ¿Cómo que apoyaran los talones para dar el siguiente salto? ¿No era eso peor? El enganche que acoplaba las cajas de ambos vagones se bamboleó ligeramente. Podía ver el cilindro que movía el pistón, la proximidad de los rieles, de los bogíes y, dentro, los ejes girando.

—Tú saltarás primero, Sagor —ordenó Faisal—. Es importante que los siguientes en saltar lo hagamos de forma seguida para que luego no tengamos que andar mucho hasta encontrarnos. ¿Ves aquel poste? Salta en cuanto lo rebasemos, tío.

Sagor retuvo el aire en los carrillos, se apoyó con las manos en las paredes de los dos vagones, con las piernas abiertas, de espaldas a ellos, mirando hacia el poste que cada vez estaba más cerca.

—Estáis locos —dijo—. Tú también, Irina.

Rebasaron el poste y al grito de «¡Ahora!» de Faisal, saltó.

—*Yihaaaaaaaaaaaaaaaaaaaaaaaaaaaaa!*

Tras su grito escucharon un golpe seco contra la tierra.

Irina ya se había colocado en la misma posición, pero antes de que saltara Faisal la previno:

—Nada de piruetas y alardes ahora. Hazlo como te he dicho si no quieres que tu salto acabe en un *faceplant*.

—¿Qué diablos es un *faceplant*?

No esperó a la respuesta de Faisal, pero en el preciso momento en que ella se iba a lanzar, el joven le puso la zancadilla y ella no tuvo tiempo de reaccionar: aterrizó de pleno con la cara.

Rodó por el suelo mientras repetía «Ay, no-ay, no-ay, no-ay, no-nonononononono», intentando parar. Al fin la detuvo un edredón de arbustos. Sintió un inmenso dolor en la nariz y luego en los muslos. Frente a ella, flores amarillas y grandes tallos de hierba, aparte de los arbustos. Se quedó muy quieta, como si temiera haberse roto algo, odiando a Faisal. Por sus narices entraba el olor arcilloso y templado de las raíces y las ramas podridas y, al mismo tiempo, saboreó con disgusto la tierra en su boca y la sangre de su labio. Escupió. Iba a incorporarse cuando se dio cuenta de que dos enormes ojos, redondos como botones, la observaban con estupor.

Se quedó más quieta todavía.

Un pequeño animalito la estudiaba con mucha atención y tampoco se movía.

Era del tamaño de un mono, pero no era un mono.

Su dulce carita, que también era redonda, estaba ladeada por la curiosidad y en sus ojos marrones se intercalaban la timidez y el miedo con la expresividad bobalicona de un bebé. Irina se olvidó del dolor en los muslos y en la nariz: en su vida había visto un animal tan gracioso. Fue una visión fugaz porque, lamentablemente, Faisal llegó corriendo y el animalito se fue rápidamente de allí.

—¿Eso era un loris perezoso? *Oh, my Allah!* ¡Eres la persona más afortunada del mundo! No imaginas lo difícil que es ver uno. ¿Estás bien?

Le ofreció su mano para ayudarla a levantarse, pero Irina la rechazó de un manotazo.

—¿A qué ha venido eso? ¡Me has empujado! Y encima has asustado a ese animalito.

En lugar de arrepentirse, el joven estalló en carcajadas. Irina le pegó un rodillazo, pero él se rio todavía más. Levantó la mano para pegarle un bofetón, pero Faisal la paró en el aire y la retuvo con la excusa de inspeccionarle el brazo, donde la joven tenía varios rasguños. Luego examinó su rostro y al darse cuenta de que él miraba la herida que se había hecho en los labios, Irina se los chupó instintivamente.

El joven se quedó mirándola todavía más fijamente.

—El loris es un animal único en el mundo, pero para poder observar su belleza hay que quedarse muy quieto.

Por un momento pensó que Faisal la iba a besar, y cerró los ojos.

—¡Ey!

Su hermano llegaba cojeando.

—Eres un cursi —susurró Irina para que solo le oyera Faisal, y se soltó de su mano—. ¡Mono! ¿Estás bien? ¿Te has roto algo?

—Me duele el orgullo, pero la cojera se me pasa en cuanto andemos un poco, tranquila. Ha sido alucinante.

Faisal, que tenía una sonrisa indefinible en los labios, le dio una palmada afectiva en el hombro.

—Si vivieseis aquí, podríamos formar nuestro propio grupo de parkour. Vamos, debe de quedar poco más de media hora para que el sol se meta por completo.

—¡Chis!

Los dos chicos se detuvieron ante la señal de Irina, que apuntaba con su dedo para que vieran en lo alto de un árbol lleno de plantas trepadoras dos monos totalmente negros, pero de llamativas cejas blancas, que se rascaban la barriga.

—Dos monitos, como nosotros —susurró Sagor, y sacó el móvil para fotografiarlos—. Ojalá tuviese aquí la Nikon de Lucas.

—Son gibones hoolock, apenas hay sesenta en todo el parque porque están en peligro de extinción. Está claro que es nuestro día de suerte.

Perdieron más tiempo del que deberían mirando a los monos y cuando Faisal les instó a seguir, el sol ya casi se había metido. Aun así, Sagor se tomó tiempo para fotografiar con su móvil la palma de su mano, que abrió totalmente para colocarla enfrente de una *banana spider* del mismo tamaño. Una araña enorme, pero del todo inofensiva, aunque él desconocía este último dato. Sí era peligrosa, en cambio, la llamativa *pit viper* de color verde lima intenso y diabólico que serpenteaba como una planta trepadora por el tronco en el que se apoyó Sagor durante un segundo, ajeno a tantos peligros que esquivaba, mientras se afanaba por seguir los pasos de Faisal e Irina, todavía cojeando ligeramente.

Casi tan peligrosa como otro de los asesinos de Amina que se había bajado del tren un poco más tarde que ellos y los seguía con el sigilo de un depredador hambriento y silencioso.

II

Faisal encabezaba la marcha mientras se movían por un dudoso sendero que, de vez en cuando, formaba curvas o era cortado por riachuelos. Los tres jóvenes avanzaban entre piedras y ramas rotas, aplastando con sus zapatillas el barro y las semillas de los árboles de frutas tropicales que se levantaban a su alrededor; aspirando el vapor condensado y medicinal de las sustancias químicas y los gases liberados por las plantas y por todos aquellos árboles de nombres que ni siquiera Faisal conocía, como el garjan o el chikrasi, el jarul o el gamar, el telsur o el koroi, y tantas otras especies autóctonas. Aunque, por supuesto, también había otros árboles a los que sí estaban acostumbrados, como los árboles de teca, famosos por su madera, o los robles y bananos de gruesas raíces y las palmeras de tallos finísimos e interminables que se perdían en las alturas.

Irina, desoyendo las recomendaciones de Faisal de no hacer demasiado ruido, le describía a su hermano lo bonito que era el loris perezoso que había tenido la suerte de ver.

—Si no llega a aparecer Faisal tan bruscamente, lo habría tocado —dijo, haciendo un mohín infantil y deteniéndose en mitad del camino.

—He salvado tu vida, entonces: su mordisco es venenoso. Vamos. —Faisal miró preocupado la luz tenue que todavía se filtraba entre las ramas.

—Es un idiota —le dijo Irina a su hermano en español—. Me ha puesto la zancadilla adrede para que me cayera al saltar del tren. ¿Te lo puedes creer?

—Lo único que creo es que has encontrado la horma de tu zapato —le contestó también en español su hermano, riéndose.

Irina adoptó entonces su gesto de suficiencia, entre divertido y arrogante. Estaba pensando en la sigilosa y divertida venganza con la que se tomaría la revancha.

Ignoraba que el asesino de Amina se detenía o reanudaba la marcha cada vez que ellos lo hacían. Pasaba desapercibido a su vista como muchos otros animales. Ellos, en cambio, localizaban rápidamente a los tres jóvenes y los observaban muy de cerca o en la distancia, alertándose unos a otros de su presencia en el murmullo parlante y continuo del bosque, articulado por el instinto, ese idioma tan sabio que los humanos hemos desaprendido. Sonidos sibilantes como el de la cola roja de la serpiente bamboo que se arrastraba entre la hojarasca y Sagor estuvo a punto de pisar sin siquiera darse cuenta; o febriles, como el de los escarabajos blíster naranja que vieron interrumpido su momento de pasión cuando Faisal apartó el helecho en el que retozaban para hacerse camino y cayeron al suelo justo enfrente de otra serpiente, esta vez una comecaracoles naranja con brillantes manchas negras, que pronto se dio cuenta de que los escarabajos no eran de su gusto, y se marchó desairada haciendo que la tortuga de tierra que estaba a su lado se retrajera dentro de su caparazón.

Los ojos del asesino los seguían, pero también con su infinidad de ojos los observaba el Lawachara National Park. Si bien los tres jóvenes escuchaban a los geckos, no siempre acertaban a verlos subir por los troncos de los árboles, aunque sí señalaron y se quedaron mirando una ardilla negra en las ramas del árbol del Jack, esa fruta tan grande de la que hacía unas horas les había hablado Lucas. Y es que, aunque escucharan el sonido de la fricción de las alas de los pequeños insectos, ¿cómo distinguirlos si sus formas y colores imitaban tan bien el de las hojas? Escuchaban a un pájaro rascarse debajo del ala con el pico, de forma insistente, pero no veían al responsable, un mochuelo manchado. Aunque sí tuvieron la suerte de ver las plumas celestes del abejaruco barbiazul que vibraron al despegar este asustado por el ruido de sus pasos. Aquí y allá resonaba el graznido de los cuervos, o el picoteo de un pájaro carpintero, o el llamado a su compañera del mismo mochuelo que hacía un rato se rascaba entre las plumas. Las frecuencias de los cantos de los pájaros, al igual que sus notas, eran más bajas allí dentro del bosque, porque así el sonido viajaba mejor a través de la vegetación cerrada. Un idioma mágico y desconocido. El repertorio de las aves se unía al de muchos otros animales, pero también al de las ramas de los árboles, al del agua en los arroyos de arena, al del tiritar de las flores.

—En mi guía leí que en este bosque se grabaron escenas de la película de *La vuelta al mundo en ochenta días*. No habrá caníbales, ¿verdad? —preguntó Sagor.

Faisal soltó una carcajada.

—Se grabaron aquí, sí, pero esto no es una jungla, es un parque natural. Aquí no hay caníbales.

Irina se detuvo.

—¡Un perro! ¿Lo habéis oído?

Sagor y Faisal también se detuvieron y de nuevo se escuchó el ladrido.

—Eso no es un perro —dijo Faisal.

—Ha ladrado. —Irina puso los brazos en jarras y cara de payasa.

—Es un ciervo ladrador. —Faisal imitó su cara de payasa.

—Te lo estás inventando. —Pero como el joven negó con la cabeza, exclamó—: ¿En serio? Quiero verlo.

—No hay tiempo, ha sonado en dirección contraria a la que vamos.

Pero entonces Faisal se detuvo otra vez y se llevó el dedo a los labios.

—No os mováis, ni miréis hacia ningún lado: nos están siguiendo —dijo en un susurro casi inaudible.

Irina reprimió las ganas de girarse para comprobar si lo que decía era cierto. Aturdida, sin saber cómo proceder, dijo:

—No nos estarás vacilando, ¿verdad? Si lo que quieres es pegarnos un susto, no tiene gracia. No pueden habernos visto bajar del tren. No había absolutamente nadie.

—Tendrían que habernos geolocalizado —dijo Sagor, descartándolo también.

—¡Al Mamun fue el que nos consiguió los móviles! —susurró agitada Irina—. Dijiste que ese hombre os entregó el cadáver de Tarik a ti y a Amina. Oh, Dios mío. ¿Y si tuvo algo que ver con su muerte? Él sabía que nos íbamos a reunir contigo, escuchó nuestra conversación en el hotel. Dijo que no había oído nada, que no diría nada de que yo aún llevara el colgante, pero y si... ¿Cómo no se me ocurrió antes?

—No me extrañaría nada que hayan puesto un rastreador en vuestros móviles —convino Faisal—. Por si acaso, tenemos que deshacernos de ellos. Dádmelos, haré que quienquiera que nos esté siguiendo vaya detrás de mí. Y luego vigilaré para comprobar que no nos acechan.

—El mío ha estado todo el tiempo dentro de tu mochila.

Los dos miraron a Sagor, que le entregó el móvil a regañadientes. Irina le pidió que le dejara consultar el suyo antes de llevárselo. Solo tenía un mensaje de Breixo, que le preguntaba dónde estaban, pero no le contestó y se lo dio a Faisal.

—Continuad por este camino hasta que lleguéis a una mezquita rural, girad entonces a la derecha y no os detengáis hasta que lleguéis a un claro en el que hay un lago de nenúfares. Esperadme allí.

Irina quería decirle que tuviera cuidado, pero no lo dijo, se quedó solo mirando, asustada, cómo Faisal desaparecía con los móviles en la oscuridad del bosque.

III

Una luna carmesí había sustituido al sol en el cielo cuando Irina y Sagor por fin llegaron al claro en el que estaba el lago de nenúfares del que les había hablado Faisal. Unos chiquillos se bañaban y reían felices dentro. Al fondo se veían varias chabolas de tejados hundidos con arbustos saliendo entre las tejas. Sagor se detuvo.

—Aquello parece una aldea —señaló Sagor—. ¿Será la de Mangata?

—No lo sé, pero tenemos que esperar aquí a Faisal.

Irina se acercó al estanque y vio saltar una rana de color plateado y ojos naranjas. El tufo singular del barro blando le hubiera repelido si no fuera porque se mezclaba con el aroma más generoso del musgo y la fragancia volátil de los nenúfares. La luna carmesí iluminaba intensamente aquellas flores haciendo que el resplandor del loto brillara de un modo inquietante en aquellas aguas grises y embarradas.

—Nunca había visto nenúfares de color fucsia.

—Son el emblema de Bangladés, la flor de Oriente por excelencia —dijo Sagor.

En ese momento, algo se zambulló en el lago. Cuando volvió a salir a la superficie, se dieron cuenta de que era uno de los chiquillos que nadaba con la agilidad de un renacuajo. Reunió varias flores de nenúfar, luego nadó hasta ellos y se las ofreció muy tímidamente a Irina. El niño la miraba con el mismo asombro con que ella contemplaba los hermosos lirios de agua. Iba vestido únicamente con un *lungi*, una falda bengalí tradicional que había recogido por encima de sus rodillas.

—*For me? Thank you!* —exclamó ella, abriendo mucho la boca ante aquella sorpresa inesperada.

El chico no dijo nada, se quedó quieto, mirándola, muy serio. Señaló un punto indefinido entre la espesura, y entonces apareció Faisal.

—Las habría cogido yo mismo, pero no quería mojarme, así que le he pedido a él que las reuniera para ti —dijo.

—¿Cómo has podido llegar tan rápido? ¿Has visto quién nos seguía?

Faisal asintió con la cabeza.

—Era solo un chaval, de la edad del otro. Las mafias de Daca los captan desde que son muy jóvenes, les enseñan con apenas diez años a infundir miedo e, incluso, a matar.

—¿Y ya no nos sigue?

Faisal negó con la cabeza.

—¿No lo habrás...?

—¿Matado? —Faisal se mostró ofendido—. Por supuesto que no, ya te dije que no soy ningún asesino de chavales que no tendrán ni dieciocho años. Pero he dejado los móviles en una dirección opuesta a la nuestra, en un nido de serpientes. Así que podemos estar totalmente tranquilos. Es imposible que nos encuentre.

Justo entonces, otros niños llegaron corriendo hasta donde estaba el que le había entregado las flores a Irina y se quedaron detrás de él, con los ojos bien abiertos. Sagor les sacó una foto y se la enseñó a los niños, que empezaron a reírse a carcajadas. Uno de ellos tiró del vestido de Irina.

—*Madam. Yur neim.*

Ella se agachó para ponerse a su altura.

—Irina.

El niño intentó pronunciarlo.

—¿Irene?

De nuevo más risas.

—No, Irina. *And yours?*

—Rasel —dijo con mucha solemnidad.

—Rasel. *Nice name.* —Irina le acarició la cabeza y los niños volvieron a reírse.

Entonces se escucharon unas voces que los llamaban y se alejaron corriendo y saltando, entre risas y gritos emocionados.

El olor de las brasas llegó hasta ellos.

—*Chicken roast.* —Faisal cerró los ojos como si así pudiera aspirarlo mejor.

A Irina le crujió el estómago. Desde el kebab apenas habían comido unos cacahuetes y frutas de estrella que habían cogido por el camino. También el jugo rojo de otras frutas diminutas, llamadas *ixora*; Faisal les explicó que eran muy nutritivas, pero no quitaban el hambre. El aroma fue en aumento a medida que se acercaron a las casas. Pronto vieron a algunos hombres y mujeres que estaban recogiendo unos toldos llenos de hojas del té que habían colocado a secar en el suelo.

—Mangata vive en aquella casa, la de las macetas —señaló Faisal.

Irina se encontró con la mirada de su hermano. Había llegado el momento.

—Estoy nervioso —dijo Sagor, y detuvo el paso.

—¿Qué hacemos si ella no está? —preguntó Irina, que también estaba nerviosa.

Todas sus expectativas se desvelarían en un momento. O no. De nuevo escucharon las risas de los niños que volvían corriendo hasta ellos y se llevaban la mano a la boca haciendo el gesto de comer.

—*Madam, it. Yu ol, aur gues.*

Irina quiso comerse a aquellos niños, pero de agradecimiento. Dejó que la cogieran de la mano y la arrastraran entre las casas.

Entonces Faisal dijo:

—Allí está, ella es Mangata.

Y los niños, al escuchar ese nombre, lo gritaron:

—*Mangata! Mangata! Yes, yes, madam. Mangata!*

Irina volvió a mirar a Sagor. No podía respirar, no había espacio suficiente para respirar. La opresión en el pecho era demasiado fuerte. ¿Qué tocaba? ¿Decepción o sorpresa? Pero aquello no era como deshojar una margarita. *¿Por qué no miras? Vamos, mira ya*, se ordenó. Frotó con el pulgar y el índice el amuleto. ¿Qué le pasaba? Quería llorar y no podía, quería pensar y no podía, quería mirar a Mangata y no podía.

Sagor sí lo había hecho y a Irina le asustó su reacción de estupor absoluto. Entonces Irina miró y su boca se abrió tanto como la de su hermano. ¿Cómo...? No era posible. «Encontrarás respuestas a preguntas que ni siquiera te has hecho.»

El destino le estaba jugando una broma.

De entre todas las expectativas improbables que llegaron a pasar por su cabeza, aquella Mangata era la última Mangata que hubiera imaginado: esa mujer que estaba de espaldas a ellos tenía una melena rubia, larga y lacia.

—*Mangata! Visit! Visit!* —Los niños habían llegado hasta ella.

Mangata se giró y entonces ella también los vio a ellos.

E Irina sintió el mismo vértigo que si fuera un árbol al que le están arrancando sus raíces de la tierra.

Mangata era rubia.

Y tenía los ojos azules.

Tan azules como las aguas del Atlántico que bañaban la playa privada del pazo de los Ferreira que llevaba su nombre.

20

Murshida Begum

29 de marzo de 2013

La mujer que los atendió al despertarse a la mañana siguiente en casa de Mangata se llamaba Murshida Begum y solo hablaba algunas palabras en inglés. Llevaba puesto un sari de algodón azul, de bordes ribeteados en dorado que le cubría hasta la cabeza y enmarcaba su rostro. Su piel era cetrina, más clara en los pómulos, como si su color moreno se hubiera desgastado en esa zona por la edad o tal vez se debiera solo a la falta de maquillaje. Esa falta de color la compensaban sus ojos, pequeños y marrones pero muy expresivos, llenos de dulzura, definidos por sus cejas blancas. En la nariz, alta y arqueada, llevaba prendido un pequeño arito dorado que las bengalíes llamaban *nath*, y justo detrás, en el pliegue de la aleta, asomaba una verruga pequeña como la cabeza de un alfiler. La ternura con la que los miraba bailaba también en la curva trémula y radiante que esbozaban sus labios gruesos. Se movía de un lado a otro y hacía aspavientos.

Nada más verlos entrar en la cocina, había acercado dos taburetes de forma ruidosa para que se sentaran junto a la mesa blanca que ocupaba casi todo el espacio. Y, al hacerlo, se había escuchado el roce de sus enaguas de tul bajo el sari.

Primero dijo «*omelet*» y «*bre-fast*» a modo de orden, con su potente acento nativo, y luego explicó agitando el dedo índice:

—*Bely nid fud!*

Se frotó la barriga oronda, haciendo círculos, golpeándosela con la palma. Y soltó una sonora carcajada. Sagor e Irina también se rieron, aunque con cierta indecisión.

—*Good morning* —dijo Sagor, e intercaló una mirada con su hermana.

Irina, en lugar de sentarse, se acercó a Murshida y se quedó de pie, con los brazos cruzados, observando con curiosidad cómo la mujer removía enérgicamente una pala de madera, haciendo plac, plac, plac dentro de una sartén ovalada y negra a causa de la grasa quemada tantas veces. La sartén temblequeaba encima de la cocinilla de gas.

—*Murshida cuk for yu* —dijo la mujer, alzando las cejas y enseñando los dientes imperfectos bajo su amplia sonrisa.

Le daba vueltas a una guindilla chisporroteante y olorosa, e Irina le daba vueltas en su cabeza a por qué ese simple hecho la seducía y entusiasmaba, al tiempo que la horrorizaba. Haberse despertado en aquella casa perdida en una aldea en mitad de la nada sí que estaba en consonancia con las sublimes palabras de Walt Whitman. Los dos hermanos habían dormido profundamente a ras del suelo, sobre un colchón destartalado, sin importarles el calor que desprendía a causa de la humedad acumulada. El cansancio los había anestesiado de ese calor y también del runrún suave del ventilador del techo, del airecillo recargado e intermitente con el que les había repartido caricias tersas y templadas sobre la cara y los brazos durante toda la noche. Lo primero que había visto Irina al abrir los ojos por la mañana había sido la luz del sol flambeando en las cortinas viejas que aleteaban a causa del ventilador. Entonces, tras unos segundos de confusión, había recordado dónde estaban y se había sorprendido de lo pronto que era: las ocho de la mañana. Pero ella tenía los párpados, las mejillas y el cuello acartonados como si hubiera dormido dos días enteros. Al estirar la espalda y el cuello, algunas vértebras habían hecho un chasquido por la fricción del hueso contra el hueso. Cric. Un ruido que le recordó a cuando Sagor y ella arrancaban mejillones de la roca en las playas de Vigo.

Vigo, qué lejos quedaba su tierra.

¿De verdad estaban ahora en mitad de un bosque en algún lugar que ni siquiera sabría ubicar en el mapa, al nordeste de Bangladés? ¿Y si aquella habitación no era más que el espacio ficticio de un sueño suspendido en un tiempo irreal?

Durante unos segundos había barajado esa posibilidad.

Pero ella no era muy dada a la literatura ni a la filosofía, como Lucas, así que al momento apartó aquel pensamiento, lo lanzó al rincón para cosas absurdas de la mente.

Además, su hermanito era bastante real.

Se le había escapado una risa indulgente al observar la cabeza de Sagor aplastada contra la almohada, su cara hinchada y, sobre todo, la babilla de burbujas ambarinas que se había formado en la comisura de su boca semiabierta. La noche anterior habían hablado un buen rato, antes de caer rendidos de sueño, sobre las fotos de Tarik que les había enseñado Faisal en el techo del tren. «Era el tío de la playa, no hay duda. Y Faisal dice que su cadáver apareció en Chittagong. Tú no lo mataste», había asegurado Irina. Probablemente, y a pesar de la posibilidad de que Al Mamun, el amigo de su padre, estuviera detrás de la muerte de Tarik, Sagor estaba teniendo en aquellos momentos el sueño más reparador de su vida. Qué alivio tenía que suponer saber que algo por lo que te has estado atormentando toda tu vida nunca ha sido real, como despertar de una pesadilla y darte cuenta de que nada ha sucedido de verdad. Él no había matado a Tarik, era una ecuación imposible. Qué sensación tan extraña debía de ser.

Ella, desde luego, se sentiría aliviada.

Aunque todavía quedaba saber quién era Mangata porque,

claramente, la madre de Sagor no era. Le había dado vueltas a aquello mientras rescataba sus calcetines de debajo de la sábana y los olía comprobando disgustada que el olor a sudor también era bastante real. Los había vuelto a tirar al suelo y se había calzado las zapatillas en los pies desnudos, aplastando la parte de atrás como si fueran zuecos. Luego había caminado torpemente sobre ellas, investigando la casa. Aunque no había mucho que investigar: solo tenía dos habitaciones y una cocina en la que malamente cabían una mesa sobre la que había una máquina de coser muy antigua, un sofá, dos fogones en una cocinilla de gas, un televisor y una librería con bastantes libros. Las ventanas eran tan grandes que se veía todo el jardín.

Como Faisal les había explicado la noche anterior que el baño estaba fuera, Irina había salido a buscarlo. Cuando lo encontró, le costó unos minutos aceptar que aquel minúsculo espacio hecho con tablones de aluminio fuera de verdad el servicio, pero su vejiga estaba hinchada. Así que había entrado y hecho sus necesidades ante la bisbiseante curiosidad de las antenas de una cucaracha grande y marrón. Maldijo a Walt Whitman: ese bicho sí que era algo pernicioso y temible.

Al salir, se había encontrado con Sagor, que ya se había despertado.

—¿Y Faisal?

Irina se había encogido de hombros. No sabía dónde había dormido Faisal.

—¿Mangata? —preguntó entonces Sagor.

Irina volvió a negar con la cabeza. Mangata les había dejado su habitación y su cama a ellos, así que tampoco tenía idea de dónde habría dormido esa mujer.

Todo había sido muy raro. La noche anterior, nada más verlos aparecer, Mangata los había observado de una forma que no supieron interpretar, había dicho en un español perfecto «Maldita sea», había escupido en el suelo, y luego había vuelto a decir «Maldita sea». Y estaba claro que ella sabía quiénes eran ellos porque, antes de que pudieran decir nada, les había preguntado: «¿Y Ernesto?». «No sabe que estamos aquí», habían contestado ellos, y siguió toda una batería de preguntas: «¿Habéis venido solos a Bangladés?». Negaron con la cabeza. «¿Dónde estáis hospedados?» «En el Six Seasons, en Daca, hemos venido en tren.» «Tendréis hambre, entonces... ¿Os dio él mi dirección?» «No sabe que estamos aquí», repitieron, «tenemos que escribirle, pero ya no tenemos nuestros móviles». «Entonces, ¿cómo me habéis encontrado? Amina. ¡Amina!», repitió ella, sorprendida. No sabían si decirle... Se miraron entre ellos. «La han asesinado en una huelga de trabajadoras. Esta mañana.» Mangata se había llevado una mano al pecho. «No entiendo nada», había dicho, esa vez con espanto. Luego llamó a Murshida —aunque ellos todavía no sabían que era Murshida—, y la mujer salió de dentro de la casa que Faisal había dicho que era la casa de Mangata y cruzaron unas palabras en bengalí. La mujer había abierto mucho los ojos, y asomaron en ellos unas lágrimas de emoción. Mangata le dijo algo y Murshida volvió a entrar apresurada en la casa. «¿Desde cuándo conocíais a Amina?» Negaron con la cabeza. «No la conocíamos.» «No entiendo nada.» «Nosotros tampoco, por eso estamos aquí. Sagor y yo pensábamos que Amina era su madre, por eso vinimos a Bangladés, íbamos a hablar con ella esta mañana, pero había una huelga y un chico la ha asesinado.» Mangata los volvió a mirar de nuevo de una forma que no supieron interpretar. «¿Y por qué estáis aquí?» Faisal intervino entonces: «Lo último que dijo Amina fue tu nombre. Dijo: "Llévalos a ver a su madre"». Señaló a Sagor, que se encogió de hombros. «Por eso los he traído, porque ella me lo pidió», añadió. «No estoy preparada para esto», dijo Mangata. «No estoy preparada para esto. Y vosotros estáis cansados, se nota que estáis cansados. Yo llamaré al Six Seasons, le contaré a Ernesto que estáis aquí. Conmigo.» Volvió a hablar con Murshida, que estaba otra vez fuera, y se marchó.

Y eso había sido todo.

Habían cenado el sabroso *chicken roast* junto con Faisal, Murshida y los niños de la aldea, que estaban entusiasmados y querían hacerse fotos con los móviles de ellos todo el tiempo. Luego Murshida por fin les dio ropa para cambiarse y les enseñó la habitación donde dormirían; les explicó que era la habitación de Mangata. Y ellos estaban tan cansados que tampoco quisieron preguntar nada más, simplemente obedecieron.

La guindilla estalló, y la risa de Murshida también al ver la cara de sorpresa y de susto de Irina al volver al presente.

Allí los colores eran más intensos.

El rojo de la guindilla era más rojo; el naranja de las yemas de los huevos que Murshida iba cascando y echando en la sartén era más naranja; el azul de su sari, el verde de las macetas de la ventana, el blanco de los jazmines que caían en enredaderas por la pared de la casa de madera.

Todo estaba más vivo.

Ella estaba más viva que nunca.

Sus instintos, sus emociones eran más intensos de lo que nunca habían sido. Su cuerpo estaba en modo alarma todo el tiempo. Todo le asombraba porque veía cosas que nunca había visto. Y como para darle la razón, en ese mismo momento, dos patos se colaron sin ningún reparo en la cocina. Entraron haciendo su característico cuac, cuac, pidiendo con total normalidad su ración de desayuno. Y también sus patas eran más naranjas que las de los patos que Irina había visto en España, como si estuvieran hechas con la piel brillante de una mandarina. Le entraron ganas de acariciar sus plumas verdes irisadas, su cuello azul que estaba rodeado por una franja blanca perfecta como si les hubieran anudado una cinta nacarada a modo de collar.

—¡Qué majos! —exclamó Sagor—. ¿Cómo estáis, amigos?

Murshida los animó a que les dieran trozos de pan del día anterior. Los mojaron en leche para que los patos pudieran digerirlos mejor mientras ella volcaba los huevos en los platos, y luego se ponía a pelar una papaya y un mango. El jugo naranja, aromático, escapaba entre sus dedos junto a la pulpa cremosa, de color «amarillo dulce». Debajo de la mesa, la miga húmeda bajaba por los gaznates gorjeantes, y los picos manchados volvían a picotear, a salpicar la leche aquí y allá, sobre sus plumas, sobre los pies de Irina, todavía desnudos, apoyados en las zapatillas.

Y ella se reía fascinada.

En vasos de vidrio, Murshida preparó también un *chá* delicioso de siete capas, con té negro, rojo y verde, y dos capas de diferente té con leche. Sabía a limón y a jengibre y la mujer les explicó que era típico de la región. Se lo tomaron a sorbitos después de que los dejara solos en la cocina y los patos la siguieran, abriendo y extendiendo sus plumas, despidiéndose, o quién sabe, mientras Irina pensaba que envidiaba su felicidad.

Todavía no habían terminado de desayunar cuando apareció Mangata en el jardín, pero no llegó a entrar en la casa. En lugar de eso, se puso a cavar con una azada en la tierra. Los dos hermanos la observaron desde la cocina mientras ella se levantaba y se volvía a doblar, metiendo, en los huecos que abría, las plantas que había traído en la cesta de su bicicleta de paseo y que había dejado aparcada contra un árbol.

—Tal vez deberíamos salir —dijo Sagor—. Para que nos vea.

Irina asintió con la cabeza, pero no hizo amago de levantarse. Observaba fascinada la nariz de Mangata: era chata en la punta, pero no excesivamente, y estaba llena de pecas por el sol, como sus mejillas. Era una de esas narices que pasan desapercibidas en el rostro, mucho más perfecta y bonita que la suya. La miraba con insistencia mientras esperaba a que esa mujer se dignara saludarlos. Y aunque empezaba a molestarle que fuera tan esquiva con ellos, le vino a la cabeza un pensamiento de lo más frívolo: *Así debería haber sido mi nariz antes de que se me rompiera el tabique*. Automáticamente, empezó a acariciárselo de arriba abajo y al revés, deteniéndose e incidiendo en el pequeño bultito del centro que tanto le atormentaba, pero que a la vez le daba morbo notar.

Si se la operaba, quería que le quedase exactamente como la de Mangata.

—Igual es tu madre —dijo de pronto Sagor.

Asombrada, Irina se giró en la silla hacia su hermano. Y luego volvió a mirar en dirección a la mujer que seguía cavando y metiendo plantas de flores azules dentro de la tierra, como si nada. Lo que había dicho Sagor no era descabellado, por supuesto que se le había pasado por la cabeza. Era obvio lo mucho que se parecía a Mangata. Más que a Elena o que a su propio padre. No solo en el color azul de los ojos, sino en las cejas de arco marcado. Aunque las de Mangata eran más finas y seductoras, como si se las depilara con insistencia, pensó Irina, a lo mejor para recordarse a sí misma que, a pesar de vivir en una jungla, alguna vez perteneció a un mundo civilizado. No tenía ni idea. De cualquier manera, a Irina sus cejas le gustaban un poco más gruesas, aunque a Mangata le sentaban bien así: le hacían parecer más joven y agrandaban sus ojos.

—No seas tonto, ¿cómo va a ser mi madre? Mi madre era Elena. En todo caso, será la tuya.

—¿Qué dices? Está clarísimo que la mía no es. Es más blanca que la leche del frasco. La ecuación Mangata más Ernesto igual a Sagor no es posible. ¿Sabes qué pienso? Que es nuestra tía. ¡O nuestra hermana! ¿Qué tal si es una hija secreta de papá? Es superjoven.

En la habitación, junto a un espejito colgado en la pared, Irina había visto un montón de cremas diferentes, muchas de marcas caras.

—No es tan joven, se echa un montón de cremas. Tiene hasta sérum para pestañas. Engaña porque viste juvenil.

Y era cierto, a Mangata le sentaban bien los vaqueros apretados y la blusa azul de seda con bordados blancos. En ese momento llegaron un par de hombres y Mangata se puso a darles órdenes.

—Pues yo creo que se parece a ti —insistió Irina.

Sagor levantó la ceja y echó la cabeza hacia atrás, como si fuera absurdo el solo hecho de pensarlo. Irina entendía el escepticismo de su hermano, pero para saber por qué había dicho aquello, solo había que mirar el hoyuelo tan marcado que Mangata tenía en la mejilla izquierda, cóncavo y redondito, como si hubiera llevado allí un guisante toda la vida y se le hubiera caído de repente, dejando aquella forma. Y es que, cuando los hombres le respondían, ella sonreía de medio lado, exactamente igual que Sagor, haciendo aquel hoyuelo más evidente. Pero mientras que la sonrisa torcida de Sagor era tímida y sexi, la de Mangata era una mezcla de escepticismo y travesura, como si todo le pareciese una burla divertida, como si ella misma fuera una burla divertida.

Mangata sonreía de medio lado y fruncía el ceño. Continuamente.

Y, a ratos, también negaba con la cabeza.

Y ese hoyuelo se marcaba tanto que Irina se dio cuenta de que no podía dejar de mirarlo.

—Podemos apostar algo a ver quién acierta. Yo me la juego a que es nuestra tía —propuso Sagor, pero Irina chasqueó la lengua denegando la propuesta; no le parecía tan improbable que fuera la hermana de Ernesto y no le gustaba perder una apuesta.

En el tiempo que estuvieron observándola desde la ventana de la cocina, Mangata llevó dos sacos de tierra hasta otra casa y cavó con rapidez varios surcos más. Por la forma vigorosa y la alegría con la que les hablaba a todos, se notaba que era una mujer con carácter y muy vital.

Debía serlo para vivir allí.

—Seguro que está loca —dijo Irina.

De pronto, como si la hubiera oído, Mangata se giró hacia ellos.

Los dos se quedaron mudos y hasta Mangata, por un momento, pareció indecisa, como si estuviera decidiendo si entrar en la casa o no, como si se diera cuenta de que ya no podía fingir más que no los había visto, pensó Irina. Finalmente, Mangata se dirigió hacia la casa y, al entrar, Irina notó cómo su cuello se tensaba al saludarlos. Ella misma se puso tan nerviosa que volcó el té que le quedaba al levantarse del taburete.

—¿Habéis dormido bien? —les preguntó.

Los dos asintieron.

—El colchón no es incómodo —dijo Irina.

—Es muy cómodo —aseguró Sagor, haciendo gestos exagerados de asentimiento con la cabeza.

Mangata echó un vistazo a la cocina y dio un largo suspiro.

—Tengo que ir al taller. He pensado que tal vez, no sé, queráis acompañarme y así podremos hablar por el camino. Me quedaría aquí con vosotros, pero hoy las mujeres tienen un examen. Doy clase de costura a un grupo de mujeres, eso es lo que hago, para que ellas puedan valerse por sí mismas algún día, incluso dirigir su propia fábrica. Esta blusa que llevo la ha diseñado Farhana, luego la conoceréis. ¿Murshida os ha dado bien de desayunar? Está muy contenta de teneros aquí, siempre ha... —Mangata se detuvo, como si se diera cuenta de que estaba hablando demasiado—. Bueno, ¿creéis que estaréis listos para salir en cinco minutos? Se tarda una hora en llegar hasta el taller. Tendremos tiempo para... hablar... y, bueno, supongo que para conocernos.

—Voy a buscar a Faisal —fue la respuesta de Irina.

—No está. Le he pedido que vaya al pueblo a por sandalias —miró las zapatillas que Irina todavía llevaba como si fueran un par de zuecos—, y a por algo de ropa... —Mangata se detuvo. Debió de darse cuenta de que ellos también se habían puesto a mirar sus pies descalzos, manchados de tierra—. Las sandalias no sirven de nada cuando llueve, hay que caminar descalzo en el barro, aunque hoy no lloverá. Si vais con esas zapatillas os moriréis de calor, y sin calcetines os saldrán ampollas, pero vuestros pies no están acostumbrados a ir descalzos. —Se quedó un rato pensativa, mirando los pies de los tres, y luego los miró de frente—. Si os soy sincera, nunca pensé que os volvería a ver. Debo de ser la persona más egoísta del mundo. Ayer llamé desde el teléfono del pueblo a Ernesto y le conté que estabais aquí, que vuestros móviles no tienen cobertura. Así que no tenéis que preocuparos por él. Está enfadado, pero se le pasará. No le queda más remedio. ¡Cuidado! Esa rana es venenosa. Ni se te ocurra tocarla.

A Irina ni siquiera se le había pasado por la cabeza tocar al bicho plateado y rojo que había entrado dando botes en la cocina, con el mismo atrevimiento que los patos. Sagor se echó a reír tontamente, y Mangata sonrió de medio lado haciendo que su hoyito se marcara de nuevo, pero enseguida frunció el ceño.

—Os espero fuera —dijo, y empujó con un puntapié suave a la rana, que salió por donde había entrado, a trompicones, como las palabras de Mangata, como la verdad que no terminaba de contarles.

21

La fiebre del textil

Mientras seguían a Mangata por la carretera, Irina se detuvo un par de veces para quitarse la zapatilla y sacudir la arenilla del barro que se le metía entre los dedos.

—En mi vida me había duchado tan rápido —exclamó.

Después de salir de la cocina, Mangata había llenado dos cubos de agua, uno para cada uno, y había señalado en dirección al bosque, hacia un rectángulo flanqueado por tablones de madera en los que colgaba un pestillo roto. Aquella ducha no tenía ni desagüe, ni grifería, ni techo, pero sí unas bonitas vistas al cielo azul y a las ramas de un baniano. *Me enjabono, me echo parte del agua, me froto, y me echo el resto del cubo,* había pensado Irina mientras dosificaba el agua para rociársela en dos tandas. Pero, tras tiritar y escapársele un «Uoh-uoh-uoh-uoh-uoh», había volcado el cubo y este había caído entero sobre su cabeza. El agua helada, el escalofrío sacudiendo el cuerpo, el ¡plash! sonoro del agua contra el suelo y las risas de Sagor, que esperaba fuera, le habían hecho gritar: «¡Dios, qué fría!».

El solo recuerdo le provocó un escalofrío. Se detuvo una vez más para sacarse la arenilla y deseó que Faisal no se demorara mucho en comprar las chancletas. Le estaban saliendo ampollas.

—¿En qué dirección vamos? —preguntó Sagor.

Todos los carteles estaban escritos en bengalí y, para ellos, palabras como লাউয়াছড়া o শ্রীমঙ্গল no eran más que imágenes indescifrables.

—En la misma por la que vinisteis ayer en el tren. La escuela está muy cerca de Villa Phulbari. A lo mejor os suena el nombre por su compañía de té. Os gustará el paseo.

Irina observó las plantas de té descuidadas a ambos lados de la carretera, desgreñadas y nudosas, más altas de lo normal, sus hojas llenas del polvo levantado por los coches, e hizo una mueca escéptica. Su hermano se dio cuenta y frunció el ceño, como pidiéndole que se comportara.

—¿Eso es látex? —le preguntó a Mangata.

Sagor señalaba un balde atado con una cuerda alrededor del tronco de un árbol. La savia lechosa rezumaba a través de una incisión hecha en la corteza y, como una sangre blanca, fluía por un tubo transparente hasta el balde, donde caía en forma de gotitas, muy poco a poco, en un proceso parecido al de una transfusión.

Mangata afirmó con la cabeza.

—Aquí hay muchas plantaciones de caucho y de betel.

En ese momento escucharon el ruido de un timbre y una bici los adelantó.

—¡Epa! —exclamó Sagor, haciéndose a un lado.

Sentada detrás iba una niña con un vestido de flores rojo y delante, pedaleando, un niño. La niña les sonreía con unos dientes tan blancos como aquel látex. Dos pinzas rosas le sujetaban el flequillo y sus pendientes largos y dorados se bamboleaban aquí y allá con el traqueteo de la bici. Gritó algo en su idioma, y el chiquillo se giró para mirarlos y se rio a carcajadas. Pedaleaba pisando los charcos adrede, encantado de semejante travesura: las salpicaduras abofeteaban las llantas, el cuadro de la bici, y ensuciaban sus piernas desnudas.

Chlap, chlap, chlap.

Irina contempló los remolinos de espuma que se formaron

en el agua embarrada; varios renacuajos diminutos aletearon temblorosos, cavando, buscando refugio en las esquinas.

—En España todos los niños van con casco y rodilleras —dijo—. Y como se manchen, a sus madres les da un ataque.

—Así es —respondió Mangata.

Irina observó su rostro de piel suave al que no afectaba el sol áspero que ya se alzaba sobre sus cabezas. Escudriñó su mirada distraída; el cabello suelto, ondulado, libre. Caminaban uno a cada lado de ella, a paso rápido.

—Yo me sentiría ridícula con un casco en la cabeza —añadió Mangata.

Y a Irina aquello terminó por sacarla de quicio: su falsa calma, su forma de evadir por qué estaban ellos allí.

—¿Por qué Amina le dijo a Faisal que eres la madre de Sagor? —estalló.

Mangata la miró primero espantada, luego confusa. Pero en lugar de responder, se metió por uno de los senderos de tierra que dividía los campos de hierbas altas y verde intenso. Irina apretó los puños y cogió aire. La siguieron por aquel nuevo camino que se salía de la carretera. Las briznas de hierba les llegaban hasta la cintura. Definitivamente, aquella mujer estaba loca. Tenía que estarlo. Pero no iba a poder esquivar sus preguntas, por mucho que acelerara el paso.

—¿Quién es la madre de Sagor? —insistió.

Mangata no contestó, así que Irina aceleró hasta ponerse a su lado.

—¿Puedes andar más despacio? —dijo bruscamente.

Mangata volvió a mirarla sorprendida, pero empezó a caminar más lento.

—Obviamente, Ernesto nunca os habló de mí.

—La playa de nuestro pazo de Vigo lleva tu nombre —intervino Sagor, que se había quedado un poco rezagado—. Pero nosotros ni siquiera sabíamos que era un nombre de mujer.

—Es que no es un nombre de mujer. Mangata es una palabra sueca. Viví en Suecia unos años. Soy su prima, la prima de Ernesto.

—¿Nuestra tía segunda? —Sagor las alcanzó, se puso en medio y le dio un codazo a su hermana levantando las cejas en una expresión que quería decir: «Te lo dije».

Ahora caminaban los tres en línea, a pesar de lo estrecho del sendero. Mangata acariciaba las hierbas altas con su mano derecha.

—Prácticamente me crie con vuestro padre y con Agostiño. Mis padres tenían una casa a solo dos manzanas de la suya, en Vigo. Ernesto me lleva cinco años, pero siempre estábamos juntos. Al poco de cumplir yo los diecisiete, mis padres tuvieron que irse a vivir a Suecia, por trabajo. Desde entonces, ya solo nos veíamos en verano y yo le enseñaba un montón de palabras en sueco. Pero la que más le gustó fue *mangata*, que es como llaman los suecos al reflejo de la luna en el mar. Ernesto dijo que mis ojos brillaban como el reflejo de la luna en el mar y, como no hay una palabra única en español que describa ese efecto, empezó a llamarme Mangata. Le dije que era un cursi, pero ya no hubo forma de que me llamara de otra manera. Todos en la familia acabaron llamándome así. Eso fue mucho antes de que viniéramos a Bangladés, claro. —Se detuvo—. Decidme, ¿qué os trajo aquí? ¿Cómo es posible que me hayáis encontrado si Ernesto no os ha contado nada?

Irina sacó el colgante que llevaba en el pecho escondido tras la tela del *kameez*. Se lo quitó y se lo alargó.

—Vaya... —susurró Mangata.

—Me lo dio hace muchos años un hombre en una fiesta que hicimos en nuestro pazo de Vigo, en la misma playa que dice Sagor que lleva tu nombre.

Le contó toda la historia, su decisión de viajar a Bangladés para encontrar a la madre de Sagor nueve años después, ocultando solo la muerte de Tarik.

—Ahora ya sabemos que Amina no era la madre de Sagor, pero no sabemos quién eres tú, ni por qué Amina quiso que te buscáramos. ¿Habías visto antes este colgante?

Mangata lo acariciaba con su mano derecha.

—Una vez me perteneció a mí. —Su voz sonó triste cuando dijo aquello—. Luego Amina se lo quedó, supongo que para castigarme por todo el daño que le hice. ¿Por qué Tarik viajó hasta España con él?, no tengo ni idea. Tal vez quería que supierais la verdad. Pero si lo hizo por eso, ¿por qué no os la contó directamente? Es posible que quisiera chantajear a Ernesto. Pero ¿por qué se inventó que este colgante era un amuleto? La verdad es que sí es un milagro que haya vuelto a mí, y que os haya traído a vosotros. Como si...

—Lo llamaría «amuleto» porque yo era una niña, sin más. Probablemente quería que yo le preguntase a mi padre por Amina —especuló Irina—. ¿Quién te lo regaló a ti?

—El marido de ella, Kamal. Lo diseñó para mí, como símbolo de lo que conseguiríamos con «Green Bangladesh», un informe en el que trabajamos juntos.

Como de la nada, apareció frente a ellos un basurero rural. Los tres se quedaron mirando al grupo de hombres, mujeres y niños que, doblados hacia delante, escarbaban en busca de algo útil entre los montones de bolsas de basura de distintos colores. El basurero estaba al pie de una pendiente despellejada probablemente porque la gente tiraba las bolsas de basura desde allá arriba.

Por encima de sus cabezas planeaban los buitres en círculos.

—Esta es la realidad del mundo: algunas personas escarban en la basura y otras viven en la abundancia. Por eso decidí quedarme aquí —explicó Mangata—. Hubo un tiempo en el que yo pensaba que no había nada mejor que darse una ducha de agua caliente, cenar con mis amigos en restaurantes chics y alternativos, ahorrar para comprarme una casa y un coche, igual que mis padres, igual que todo el mundo. Pero he descubierto que se puede vivir sin agua caliente, se puede desayunar tostadas sin mantequilla todos los días. Hasta la comida picante me ha dejado de picar en la lengua. Los mangos maduros, recién caídos del árbol, son mi recompensa. Una puede renunciar a los cacharros de cocina limpios y recién estrenados, a la ropa olorosa y nueva, impecablemente planchada, a la seguridad de llevar un casco en la cabeza, a tener más de un par de zapatos, a ir en coche a todas partes, a dejar huellas de carbono en el aire. Incluso a la televisión y al móvil.

—Papá suele decir que solo aprendemos quiénes somos de verdad cuando descubrimos aquello a lo que somos capaces de renunciar —dijo Irina.

—Yo ya echo de menos mi móvil —exclamó Sagor—. No he podido sacar ninguna foto.

Mangata miró a los buitres que planeaban en el cielo.

—Yo tenía vuestra edad cuando vine a Bangladés con Ernesto por primera vez. Veintidós años. Sé cuál es vuestra edad, sí. Lo sé todo de vosotros y, a la vez, no sé nada. Se suponía que era solo un viaje para olvidar en mi caso, y de trabajo para Ernesto.

—¿Olvidar el qué?

—Olvidar que mis padres y mi hermana se habían matado en un accidente de tráfico un día antes de cumplir yo veintidós años. Habían salido a comprar cosas para darme una fiesta sorpresa y un camión los arrolló.

—Lo siento —exclamó Sagor.

—Sí, yo también —murmuró Irina.

Mangata hizo un gesto desairado con la mano y volvió a acariciar la hierba y a caminar dejando atrás a los buitres y el basurero.

—Fue hace ya muchos años. Ernesto ya estaba casado con Elena. En cuanto se enteraron de la muerte de mis padres y de mi hermana, mis tíos, Ernesto y Agostiño vinieron a Suecia. Estuvieron conmigo los primeros días, me ayudaron con el funeral y con los papeles, insistieron en que me fuera con ellos a España, pero nos despedimos y me quedé sola en Estocolmo de nuevo. Era diciembre, cuando el día apenas llega a las seis horas de luz y el frío te quita las ganas de salir. Ernesto me llamó al cabo de unos días, yo solo le cogía a él y a los malditos abogados porque no me quedaba más remedio. Me dijo que tenía que viajar a Bangladés para hacer contactos, que fuera con él, que así cambiaría de aires, que los viajes te llenan la cabeza de cosas nuevas. Me dijo esas típicas cosas que les decimos a las personas para animarlas cuando tampoco sabemos muy bien qué decir. Le contesté que no, que estaba mejor y que no se preocupara. Colgué el teléfono rápido. Llevaba dos semanas encerrada en casa sin ver a nadie, sin ir al supermercado, sin cambiarme de ropa, comiendo latas o lo que quedaba en el frigorífico. Me negaba a comer los botes de cocido, de purés, de fresas en almíbar que mi madre guardaba en el congelador, como si verlos allí pudiera alargar su presencia. Por la misma razón no había limpiado las sábanas y dormía un día en la cama de mis padres, otro en la de mi hermana, aspirando el dolor de su ausencia, queriéndome morir en esa búsqueda de su olor, en ese empeño de que, así, ellos todavía estaban conmigo. Pero lo que estaba haciendo era dejar que su olor se pudriese, que adquiriese una consistencia casi tan densa como la de los fantasmas. Un consuelo cruel que unía al de fumar sin parar. Un cigarrillo tras otro para matarme un poco también. Pero Ernesto me conocía perfectamente. Cogió otro avión y volvió a Suecia él solo. Cuando le abrí la puerta y me vio en aquel estado, ya no volvió a decir esas típicas cosas para consolar; al contrario, me dijo algo que no me había dicho nadie. Me dijo que yo no era la víctima, que las víctimas habían sido mis padres y mi hermana, y que dejara de morirme con ellos porque simplemente no tenía que hacerlo. Arrancó las sábanas de las camas y yo le grité que no lo hiciera. Me mandó a la ducha, y le grité que me dejara en paz hasta que él mismo me llevó a la fuerza y me metió bajo la alcachofa de la ducha con ropa. Cuando, minutos más tarde, me vio vestida y arreglada, me mandó al supermercado y me dijo que quería comer pechugas de pollo y ensalada, y que quería pasas y nueces en la ensalada pero no quería que las pasas y las nueces y la lechuga olieran a tabaco. Dios, cómo le odié. Tiró a la basura las colillas, los ceniceros, los mecheros y todas las cerillas que encontró. Le insulté y le grité que esa no era forma de cuidarme. «Si lo que esperas es que te acaricie la cabeza, olvídate porque hace un rato, incluso oliendo tan mal como olías, he querido hacerte el amor», me dijo. No debería contaros esto porque Ernesto ya estaba casado con Elena, pero esa es la verdad: Ernesto siempre había estado enamorado de mí, y yo lo sabía. Y Elena lo sabía. Yo me reí, por primera vez en días. Ernesto dijo entonces que se conformaba con saber que me provocaba risa que él estuviera enamorado como un tonto de mí, que mi risa era bonita. Así que me fui al supermercado, pero a comprar un mechero y más tabaco. Y cuando volví, nos comimos los purés y todos los tarros de fresas en almíbar entre risas y lágrimas, recordando un día que mi hermana le había robado el coche a mi madre, otro en que mi padre dijo que haría una paella y se le quemó, y otros muchos momentos. A los dos días, estábamos llevando todas las pertenencias de mis padres y mi hermana a casas de ayuda. Y a la semana, la casa que había contenido mi vida y la de ellos estaba en venta. En una semana. Miro hacia atrás y todavía me parece increíble. No solo se habían muerto, sino que yo había borrado todo recuerdo de ellos de mi vida en una semana.

—¿Así, sin más?

Irina miró fijamente a Mangata, pero ella no le devolvió la mirada, solo asintió.

—¿Y entonces te viniste con papá a Bangladés?

—Hay ciudades que te quieren y otras que no, y estaba

claro que, a mí, Estocolmo no me quería. Y yo tampoco quería a Estocolmo: odiaba el frío y sus noches interminables en invierno. Así que sí, me vine con él a Bangladés y, nada más aterrizar, me di cuenta de que Daca sí me quería. Ya casi estamos llegando al taller. Es allí, donde están aquellas casas; es el edificio de la derecha.

Habían subido por un camino escarpado hasta la cima de una colina y desde allí podían verse, a la izquierda, los lagos cubiertos de musgo que habían dejado atrás y, a la derecha, enormes extensiones de campos de té, y un poco más allá, las casas de adobe que señalaba Mangata. Empezaron a descender la colina.

—Entonces, ¿qué pasó? ¿Cómo es que tú te quedaste en Bangladés y él se volvió a España?

—A Elena no le hacía ninguna gracia que Ernesto estuviera aquí conmigo en Bangladés, quería que él volviese cuanto antes. Y pensar que lo conoció gracias a mí... Era amiga mía del colegio, aunque decir «amiga» no hace honor a la verdad; en realidad, ella trataba de ser mi amiga y yo la martirizaba, me metía con su pelo negro y su cara paliducha, le decía que era una bruja fea y sin poderes. Sé que no está bien lo que voy a decir, pero para mí era la niña que siempre se encajaba en todos nuestros planes; le vino de perlas que mi familia se mudara a Suecia. Cuando empezó la universidad, cambió totalmente, se volvió una niña pija, y hasta que Ernesto no le propuso matrimonio, no paró de acosarlo. Es algo que nunca entenderé, arrastrarse como hacía ella por un hombre. Luego se pusieron a tener hijos y a acumular coches y propiedades y esas cosas que hace la gente. Entiendo que amenazara a Ernesto con dejarle si yo le acompañaba a Bangladés, pero él no le hizo caso. Así que Elena no pudo impedir que yo viniera, pero tampoco quiso volver a pisar Bangladés, y no me extraña. Esa mujer no podía vivir sin escuchar el sonido de sus tacones sobre el asfalto, detestaba ver los arbustos llenos de polvo, tan distintos a las flores perfectas de su jardín; detestaba las mosquitas y los moretones en la fruta fresca, prefería sus manzanas brillantes y artificiales de pasarela de supermercado. Pero no fue esa la única razón por la que decidió no venir. Años antes, Ernesto la había traído aquí de luna de miel porque quería hacer contactos. ¿Os imagináis? Menuda luna de miel... Él volvió a España hablando de sus planes de expansión y ella de las tiras llenas de moscas que colgaban en las ventanas de las casas, de las ranas verdes y rojas que brincaban en los inodoros, de los niños de pies negros sin uñas que se bañaban en los lagos de agua de color marrón, del aire caliente y denso, contaminado, que no se podía respirar y te llenaba la nariz de espinillas negras. Ernesto, en cambio, conoció a la persona que iba a marcar su vida: mister Tajuddin Akter, un misionero que hacía solo dos años había mandado a ciento treinta mujeres como aprendices de costureras a Corea del Sur. Trabajaba en el Bangladés rural ofreciendo programas de capacitación a mujeres que querían ganarse la vida. Juntos montaron la primera empresa textil, Bangla Garment. Dos años más tarde, el negocio había crecido de una manera que ni siquiera ellos esperaban. Fue entonces cuando Ernesto me propuso que yo viajara a Bangladés con él.

»Recuerdo exactamente la fecha del día en que llegamos: el 2 de enero de 1981. En esa época mucha gente había emigrado de forma masiva a las ciudades y era facilísimo encontrar mano de obra barata en Daca, tanto como encontrar pepitas de oro en el poblado de Coloma de San Francisco durante los años de la fiebre del oro. Llamaron a ese fenómeno la RMG: *Ready Made Garment*. "La fiebre del textil", lo llamé yo. Fue la época de apogeo del negocio: los extranjeros venían a Bangladés y abrían fábricas como si estuvieran levantando minas de oro. Aquellos hombres fueron los pioneros de un negocio que en la actualidad mueve millones de dólares por día, probablemente más que el propio oro.

»En esa época conocimos a Amina y a Kamal. Él era químico y había conseguido un microcrédito para fabricar tintes. Su negocio en Hazaribagh fue el primer proveedor de tintes de Ernesto. Salíamos a pasear y a cenar siempre con ellos y fantaseábamos con que el negocio textil sacaría a Bangladés de la pobreza y nos haría ricos. Cuando nació Tarik, nos pidieron a mí y a Ernesto que fuéramos sus padrinos. Habríamos sido felices si Kamal y yo no nos hubiéramos enamorado.

Mangata se detuvo a beber agua y luego se frotó la cara varias veces. Irina y Sagor se intercambiaron miradas confusas. Seguían descendiendo y el camino era ahora más ancho. La sombra de los árboles les había liberado del sol abrasador, pero no aliviaba los temores de Irina de que Mangata se callara, estaba claro que ahora empezaba la parte de la historia a la que su tía no quería llegar. Igual debía de sucederle a su hermano, porque ninguno de los dos hizo preguntas; siguieron caminando con la vista clavada en el suelo, dejando que ella continuara.

—Un día, mientras paseaba por la orilla del Buriganga, vi a Kamal y me llamó la atención que hacía muchos aspavientos, así que me acerqué. Acababa de rescatar a un pequeño pájaro, un shama oriental, o como lo llaman aquí: *doel*. Kamal estaba sentado sobre una montaña de plásticos y sostenía al pajarillo en la cuenca de su mano, la larga cola sobresaliendo entre sus dedos. Con una pequeña navaja y mucha paciencia, iba cortando cuidadosamente los hilos que aprisionaban sus patas. Al verme llegar, me pidió que sujetara al pájaro para poder cortar mejor. Cogí al animalillo tal y como él me indicó que lo hiciera. Podía sentir el calor de sus alas suaves y sus latidos acelerados. Yo siempre había querido ver uno porque es el pájaro del país y me habían hablado de lo bello que era, pero es raro encontrarlo en las ciudades. Mientras observaba el movimiento de las manos de Kamal, de pronto nada en el mundo me importaba tanto como que ese pájaro pudiera volver a volar. Cuando terminó de cortar todos los hilos, le acompañé hasta el local donde almacenaba y vendía los tintes. Allí, mientras le curaba las heridas al pequeño *doel*, me habló de cómo había cambiado el río, de lo profundamente avergonzado que se sentía de ser parte de aquella contaminación. Se había dado cuenta del peligro que suponía para el Buriganga la multiplicación del uso de tintes y químicos industriales ante el repentino auge del negocio textil. Ese día, yo también empecé a ser consciente de lo que significaba trabajar en la dirección de una de esas fábricas que contaminaban el Buriganga. El desconcierto que sentía mientras Kamal metía a aquel pájaro en una jaula para alimentarlo hasta que el animal pudiera volar no sabría explicarlo. Sentía que yo misma había ultrajado mis propios principios. O peor: que nunca los había tenido. Con la excusa de dar trabajo a la gente, estaba matando ese río, y con el río, las esperanzas de una buena calidad de vida. Me sentía ofendida, humillada por semejante revelación; ofendida conmigo misma. Aquel *doel* nunca más pudo volar, se acostumbró a ir subido en el hombro de Kamal como si fuera la rama de su árbol preferido. Ese episodio, que podría haber sido un simple día más en nuestras vidas, nos cambió a los dos por dentro. Y nos cambió porque así lo decidimos. Kamal cerró la fábrica de tintes y abrió, en su lugar, una fábrica de ropa, pero bajo objetivos de buenas prácticas. Amina se enfadó tanto que dejó de hablarle durante meses. «Con buenas prácticas, los pobres no hacemos dinero.» A Ernesto tampoco le hizo ninguna gracia, pero por aquellas fechas él ya había vuelto a España. Seguía viniendo a menudo, pero necesitaba dirigir el negocio desde allí. Además, tenía que estar con su familia. Se buscó otro proveedor. En ese tiempo en el que él estaba y no estaba, yo empecé a trabajar en un informe que acabaría llamando «Green Bangladesh». Los primeros años pasaron muy rápido, recuerdo algunas discusiones entre Kamal y Amina siempre por el tema del dinero, pero yo vivía dentro de una burbuja en la que lo único que me importaba era recabar cada vez más y más información.

—Información sobre qué —la interrumpió Irina.

—Sobre las prácticas ilegales de las empresas y toda la corrupción que había en torno al negocio del textil, que implicaban no solo al gobierno de Bangladés sino también a importantes firmas occidentales. No dejé mi trabajo, todo lo contrario, lo aproveché para asistir a reuniones en las que se cerraban negocios a base de sobornos y malas prácticas: adjudicaciones dudosas de contratos y cesiones de licencias para sortear las complejas trabas burocráticas que en este país pueden hacer que se tarde más de un año en abrir un negocio; sobornos para hacer la vista gorda a inspecciones de los materiales y condiciones de las fábricas; negociaciones de precios de las importaciones para que las firmas extranjeras picaran el delicioso cebo de la mano de obra barata, por no hablar del nepotismo y del motivo principal por el que empezó «Green Bangladesh»: el vertido de residuos ilegales en el río. Irregularidades todas ellas que violaban los derechos humanos y la salud medioambiental, todo para maximizar siempre el beneficio de las firmas extranjeras.

—¿Eras algo así como una infiltrada? —la interrumpió Sagor.

—Digamos que sí. Grabé cientos de conversaciones y quería denunciarlos, pero no me daba cuenta de que era absurdo.

—¿Absurdo por qué? Estabas haciendo algo bueno.

Mangata cogió aire.

—Absurdo porque a nadie le interesaba que ese informe saliera a la luz, ni siquiera a los propios bangladesíes. Al fin y al cabo, es el negocio textil lo que ha sacado a este país de la pobreza, supone el ochenta por ciento de las exportaciones, es el motor de la industria. Y absurdo, también, porque a casi nadie le importa que el río se asfixie, y con él, las esperanzas de calidad de vida de un país que no saben ni situar en el mapa. Hay un abogado estadounidense, Robert Bilott, que lleva más de diez años intentando demostrar que la compañía estadounidense Dupont está envenenando con químicos a miles de norteamericanos y contaminando aguas potables, y todavía no ha conseguido nada. Si él no ha conseguido nada, tratándose de ciudadanos blancos de primera —puso especial énfasis en aquellas palabras, con ironía—, ¿qué podría haber conseguido yo, que ni siquiera soy abogada? ¿A quién le importa la gente de Bangladés? Hace años que entendí que, a veces, ni a ellos mismos.

—Entonces, ¿tiraste la toalla?

—Me obligaron a tirarla. Aunque a veces pienso que ojalá no hubiera perdido todo aquel idealismo del que me acusaba vuestro padre, mis ganas de cambiar el mundo.

—¿Qué fue lo que pasó?

—Kamal era el único que sabía lo que yo estaba haciendo, y empezó a ayudarme con el informe con la misma paciencia, cariño y dedicación con los que había rescatado al *doel*. Juntos recabamos muchísima información, pero no fue lo único que hicimos. También nos fuimos enamorando el uno del otro; nos hubiera gustado evitarlo, pero los asuntos del corazón no los decide la razón. Un día me llevó a mi lugar preferido de Daca, en Kamrangirchar, cerca de la universidad de Lalbagh. Es un lugar mágico en el que los nenúfares han invadido el Buriganga. Un gigantesco jardín flotante de jacintos de río. Allí los botes no pueden circular porque se lo impiden las raíces de los nenúfares. Por eso hace años se improvisó un puente flotante de barcos amarrando unos a otros. Estábamos cruzando ese puente de barcos cuando Kamal se detuvo, me cogió las dos manos y me regaló el colgante. «Simbolizará nuestra lucha por el río», me dijo. «Concienciaremos a la gente para salvarlo de la contaminación de estos polvos químicos tan peligrosos.» Y yo me dejé llevar, le besé, incluso habiendo gente alrededor, y os aseguro que eso, en este país, es toda una hazaña. Desde ese día empezamos a vernos a escondidas.

»Cuando Ernesto volvió en uno de sus viajes, no tardó nada en darse cuenta de que Kamal y yo estábamos enamorados. Ernesto tenía en mí más influencia de la que habían tenido mis propios padres, me conocía mejor que yo a mí misma. Me lo echó en cara, yo me puse a la defensiva y le dije que él estaba casado con Elena y que eso no le había impedido nunca flirtear conmigo. Dijo que se arrepentiría el resto de su vida de haberme llevado con él a Bangladés y yo le dije que era un egoísta, que debería alegrarse por mi felicidad. Nuestra relación cambió desde entonces. Cada vez que él volvía por trabajo a Bangladés, me visitaba, pero yo empecé a cuestionarle también a él que hiciera tratos con mafiosos y dueños de fábricas que no pagaban lo suficiente a las mujeres. No voy a decir que no entendía a Ernesto, él tenía sus razones para pensar que lo que estaba haciendo era bueno para Bangladés. Un día descubrió que tenían empleado a un menor de edad en una de sus fábricas, se encolerizó y él mismo fue a cerciorarse de que aquello era verdad. Cuando volvió, supe que ya no había marcha atrás. El niño se había arrodillado a sus pies para suplicarle que le dejara trabajar, le dijo que su hermana tenía solo un año y no paraba de llorar porque tenía hambre y que no tenían casa, que a veces no podían protegerse de la lluvia por la noche, y que necesitaba el dinero. Ese mismo día fuimos a cenar los cuatro: Amina, Kamal, Ernesto y yo. Nos lo contó. Él había bebido y, cuando yo le eché en cara que empleara a menores, se puso hecho una furia. "Tú y todo tu idealismo insustancial", dijo, "os podéis ir al *carallo*. Por supuesto que le he dado el puesto a ese niño. Yo seré quien saque a este país de la pobreza, no tu patético idealismo que no va a hacer nada por esta gente. Dices que quieres salvar el río, pero ¿qué hay de todas estas personas que se mueren de hambre? Necesitan un milagro".

»A Kamal no le gustó que me hablara así y le espetó algo que yo nunca olvidaré: "¿A qué precio se cumplirán tus milagros tristes, Ernesto?".

»Amina se puso de parte de Ernesto y acabamos discutiendo todos. Desde aquel día, no nos volvimos a reunir.

»Pero Kamal tenía razón, el milagro triste de Ernesto se cumplió: la economía de Bangladés va muchísimo mejor gracias al negocio textil, pero el costo en vidas humanas y el destrozo ambiental son terribles. ¿Quién podría ahora imaginar lo bello que fue un día ese río?

»Fue en febrero de ese año, 1991, cuando yo conseguí una prueba definitiva que implicaba a un ministro del gobierno. Pero ese fue también el año del ciclón. En Bangladés hay muchos, pero el de 1991 fue uno de los peores: murieron ciento treinta y ocho mil personas. Tantos ríos y tan poca tierra... Fue el año del ciclón, y también el año en que Elena volvió a Bangladés. Apareció sin avisar en abril, embarazadísima. Y no era la única: yo también estaba embarazada. Ella, de siete meses, y yo, de ocho y medio. En mi caso, nadie sabía quién era el padre. Creo que Elena pensó que era de Ernesto. Vino sin ningún motivo aparente, ni siquiera le avisó a él, pero estoy segura de que esas eran sus estúpidas sospechas. Si yo toda la vida había pensado que Elena era una mosquita muerta, no podía estar más equivocada. Resultó ser el mismísimo demonio. Esa mujer solo pensaba en el dinero, en el bienestar de la clase social alta, de la gente como ella. "Los pobres siempre envidian a los ricos y se inventan las guerras para quitarles su dinero." Elena decía cosas como esa sin que le temblara la voz.

Mangata interrumpió la historia de forma abrupta para detenerse en un claro del camino en el que había un pequeño lago de nenúfares e Irina pensó que, tal vez, le faltaba el aliento. No había parado de hablar.

—Os he traído por aquí porque quería enseñaros estas tierras antes de llegar al taller. Este lago de nenúfares.

Irina agradeció la brisa fresca en su cara mientras recordaba el momento en que el chiquillo había reunido un ramo para ella. Sí que eran bellas esas flores, suspiró, sobre todo si tenían como marco de fondo los interminables campos de té. Se dio cuenta de que echaba de menos a Faisal.

—Es un lugar precioso. —Sagor se sentó encima de una piedra.

Probablemente él también agradecía ese respiro. Llevaban horas caminando. Durante unos segundos, Mangata estuvo callada, y debía de tener la garganta seca porque tragó saliva varias veces. Sagor le alargó una cantimplora que sacó de su mochila y ella bebió con avidez.

—No os he traído aquí porque sea bonito. ¿Creéis en Dios?

Irina hizo un gesto indefinido y se quedó mirando el colgante de aminas aromáticas. No tenía muy claro en qué creía. En la magia que las personas imprimían en todo aquello que creaban, tal vez. En el espíritu con que impregnaban cada pequeña obra; en la fuerza de las historias detrás de cada objeto.

—Yo creo que Dios existe y no existe, como el gato de Schrödinger —dijo Sagor, encogiéndose de hombros.

Mangata soltó una carcajada y su rostro se relajó. Irina también sonrió ante la respuesta de su hermano y, al entender que Mangata no tenía intención de seguir andando, se sentó en la piedra, junto a él. Le quitó la cantimplora y, después de beber, intentó hacer una broma a su vez:

—No entiendo a qué viene ahora eso de creer en Dios. ¿No irás a matarnos después de habernos contado tu secreto, como en las pelis?

Mangata miraba hacia el paisaje, pero no eran los campos de té ni el cielo azul abrasador los que hacían que su mirada brillara, sino probablemente el recuerdo de aquello que tanto le costaba decir. Sonrió con la tristeza de las personas que viven más en el pasado que en el presente.

—No, claro que no. Es simplemente que, antes de que se inventara el monoteísmo, el hombre creía en los dioses de la naturaleza, y yo, después del ciclón de 1991, empecé a creer en ellos. Porque solo un dios puede devastar en una sola noche un país entero y, al mismo tiempo, obrar un milagro. Y ese es el secreto que os voy a contar, aunque probablemente, después de que lo haga, no queráis volver a verme nunca más. La madrugada del 24 de abril de 1991 el ciclón arrasó todo con su furia de dios, pero también decidió que vosotros dos nacierais aquí, en esta colina, en ese lugar donde ahora está este lago de nenúfares que yo misma excavé en honor a Kamal, porque su nombre significa «flor de loto». O lo que es lo mismo: «nenúfar».

22

El año del ciclón

Irina contempló el verde suave ondulando sobre las laderas, la luz del sol tan caliente que crujía en las hojas de aquellos jardines de té celestiales. «Aquí nacisteis vosotros.» ¿«Aquí», qué significaba «aquí»? ¿Cómo que «aquí»? Sabía que Sagor había nacido en Bangladés, eso les habían contado, pero ¿ella? Siempre había pensado que ella había nacido en La Coruña. Mangata estaba abriendo huecos, interrogantes, vacíos en la historia de su vida, acertijos imposibles. Estaba claro que eran las respuestas a las preguntas que no se había hecho de las que había hablado su padre. Y sentía vértigo, una náusea en el estómago frente a lo que pudiera venir. Se obligó a escuchar, a no hacer preguntas, aunque el silencio le dejaba la lengua seca como un té amargo. Miró la cantimplora vacía y luego miró a Sagor. Una interrogación muda y expectante podía leerse en el rostro de su medio hermano.

La voz de Mangata se había convertido en un susurro que mordía el pasado, lo deglutía y lo vomitaba de vuelta al presente.

—Ojalá Elena nunca hubiera vuelto a Daca, pero, sobre todo, ojalá nunca se hubiera hecho amiga de Amina. Ella era incapaz de imaginar lo mezquina que podía llegar a ser Elena, se dejó embaucar por su glamur. A los pocos días de llegar ella, Ernesto, para que se calmara (porque Elena no paraba de decir que yo estaba embarazada de él), le contó la verdad, que Kamal era mi amante. Y ella no perdió tiempo en ir a contárselo a Amina. Juntas hilaron cabos: Amina le explicó que Kamal me ayudaba con un informe pero que ella no sabía muy bien para qué era. Hurgaron entre los papeles de su marido y lo descubrieron. Entonces Elena empezó a temer que yo quisiera incriminar a Ernesto. Yo nunca habría hecho eso, pero ella creía que sí. Y ese fue el problema. Debió de hablar con algunos jefes importantes de las mafias acerca de esas pruebas que teníamos porque, a las dos semanas de venir ella, llegaron las primeras amenazas: unas veces era una piedra lanzada contra el cristal de la tienda de Kamal; otras, una serpiente degollada colgada en el patio de mi casa. Había mucha gente implicada, a nadie le interesaba que mi informe saliera a la luz, pero... se les fue de las manos. Se nos fue de las manos.

»Mataron a Kamal.

»Un gángster a sueldo entró en su casa y lo mató a machetazos. Lo dejó desangrándose en el suelo, ni siquiera lo mató bien. Unas horas antes, Elena le había confesado a Ernesto que había hablado con un amigo de ellos que trabajaba en el gobierno y era el dueño de varias fábricas. Dijo que lo había hecho para protegerle, para que no saliera perjudicado. Pero Ernesto entendió inmediatamente el grave error que había cometido su mujer, y salió en su coche corriendo hacia mi casa para avisarme, y de mi casa fuimos a la de Kamal. Cuando llegamos, ya era tarde. Ernesto entró primero: lo encontró agonizando. Yo iba a entrar cuando Amina me apartó de un golpe, llegaba corriendo también, la había avisado Elena. Se encontró a Ernesto con Kamal en brazos. Lo primero que pensó fue que Ernesto mismo lo había matado. Enloqueció. Cuando entré yo, Kamal ya estaba muerto. Ernesto dijo: "Van a matarte a ti también, tienes que irte". El dolor me impedía reaccionar, solo recuerdo que quería acercarme a Kamal y Amina no me dejaba. Me arrancó el colgante del cuello y me insultó. Ernesto me sacó de allí. Yo quería sentarme en el suelo, pero él me empujó dentro del coche de Elena. Ella no paraba de decir que lo sentía. "Tenemos que llevarte a un sitio seguro", insistió Ernesto. Le dije que iría a Sylhet, con Murshida. Ni siquiera os lo he dicho, Murshida es la madre de Kamal. Siempre me quiso más a mí que a Amina, otra cosa que ella nunca me pudo perdonar. Ernesto no solo tenía miedo por mí, también por Elena. Temía que Amina se quisiera vengar. Discutieron entre ellos qué hacer. Yo los escuchaba hablar sin intervenir, solo podía pensar en Kamal. Dijeron que, en mi estado, a pocos días de dar a luz, no era lo más recomendable que condujese hasta Sreemangal. Ernesto tenía que quedarse en Daca para intentar mover hilos y conseguir que me perdonasen. Elena se sentía tremendamente culpable y dijo que me traería ella. Así que Ernesto lo organizó todo para que las dos saliéramos de Daca hasta que las cosas se calmasen. Viajamos juntas en coche hasta aquí. No me fiaba de Elena, pero tampoco me quedó más remedio. Murshida nos acogió en su casa. Estaba en esta colina, donde está ahora ese lago.

»Pasamos una semana encerradas en estas montañas, sin apenas tener noticias de Ernesto. Y, de pronto, desde el gobierno, anunciaron que se aproximaban fuertes vientos y desaconsejaron viajar al sur del país porque allí sería todavía peor. ¡Fuertes vientos! Dios mío, aquello no fueron solo fuertes vientos. A veces me vienen *flashes* a la cabeza de aquellos días, siempre acompañados de una sensación de irrealidad, como si aquello nunca hubiera pasado. Elena empezó a desesperarse, decía que no quería dar a luz sin médicos, allí, en medio del campo. Repetía una y otra vez que se moriría. Yo tenía más razones para estar preocupada que ella, porque mientras ella solo estaba embarazada de siete meses, yo ya había salido de cuentas. Solo Murshida salía de la cabaña al pueblo a por víveres. Temíamos que los mismos hombres que habían matado a Kamal averiguasen nuestro paradero y pudieran encontrarnos.

»Pero algo peor estaba por suceder.

»Habíamos llegado aquí huyendo de la mafia y nos acorraló uno de los peores ciclones de la historia de Bangladés.

»Los días previos al ciclón nada podía vaticinarse. No se sentía ni una pizca de viento; de hecho, era tal la ausencia de aire que ni las alas de una mariposa muerta en el camino se hubieran movido; las personas realizaban sus tareas diarias, hacían sus comentarios intrascendentes, pero Elena y yo teníamos sofocos, apenas podíamos movernos del cansancio. Y como en la atmósfera blanca de un cuento, yo intuía que esa aparente calma no era un buen presagio. Cuanto más duraba, cuanto más tranquilo y templado estaba el aire, más se acrecentaba en mí la sensación de que algo inesperado iba a suceder.

»Y no me equivocaba.

»El 22 de abril llegaron las primeras tormentas, se cayó el tendido eléctrico y dejamos de recibir noticias de Ernesto. Antes he dicho que ese monstruo era un dios, pero tal vez era algo peor: un demonio sin conciencia. Precisamente porque los humanos dejamos de creer en los dioses de la naturaleza, les hemos perdido el respeto. Para quien no ha vivido un ciclón es difícil entender que la verdadera amenaza no son sus vientos huracanados que centrifugan y barren todo a su paso. No. El ciclón se mueve como un ser vivo, es más inteligente que un ser vivo. Primero esparce su veneno: esas lluvias que empiezan suaves y luego son torrenciales, que se filtran dentro de la tierra hasta debilitar las raíces de los árboles, anegar las guaridas de los animales, las estructuras de las casas. Lo hace meticulosamente: como una medusa gigante, te rodea con la corriente de sus tentáculos líquidos y venenosos durante horas, horas en las que nosotras no podíamos hacer nada más que mirar. Al menos, la cabaña de Murshida no era de bambú y hojalata, sino de madera y de adobe, y tenía ventanas pequeñas a través de las cuales apenas podíamos mirar dos personas al mismo tiempo. Elena no paraba de quejarse, como si estuviera en nuestras manos parar a aquella bestia de la naturaleza. Murshida había metido a las gallinas y a una cabra en la cabaña. "¡Esas gallinas cagan en todos lados!", nos gritaba Elena. Y las espantaba para que no se subieran en la única cama que había. Solo teníamos un lavadero y una cocinilla; habíamos apilado montones de botellas de agua potable y víveres contra una de las paredes. No había luz y sabíamos que cuando llegara la noche, todo sería más terrorífico. La cabra no paraba de balar, yo misma tenía ganas de pegarle una patada para que se callara, pero nunca hubiera hecho lo que hizo Elena: sin que nos diera tiempo a reaccionar, abrió la puerta y empujó afuera al animal. Murshida corrió a buscarla, pero la cabra se alejó en la tormenta, así que volvió con las manos vacías. Le grité a Elena, le dije que era una egoísta y cosas peores, pero le dio igual, se tumbó en la cama y cerró los ojos. Yo también quería cerrar los ojos, pero no podía dejar de mirar por la ventana para ver si la cabra volvía y porque aquella fuerza rara e inusual de la naturaleza me producía tanto miedo como fascinación. Y no podía dejar de mirar el banano que estaba enfrente de la cabaña. Solo era un árbol, pero yo sentía cómo sufría.

»Pasó la primera noche y, aunque nos odiábamos, Elena y yo dormimos en la cama agarradas de la mano. Murshida durmió sobre una manta en el suelo.

—Murshida debió de odiar a mi madre por haber causado la muerte de su hijo —la interrumpió Irina.

—No lo sabía. Nunca se lo dije. —Mangata bebió más agua y continuó—: Cuando, después de aquella noche infernal de lluvias, llegaron los vientos huracanados, los árboles estaban tan agotados de luchar para agarrarse a esa tierra anegada por las lluvias que apenas opusieron resistencia a las ráfagas de hasta doscientos ochenta kilómetros por hora, a esos látigos restallantes que golpeaban las ventanas, haciéndolas vibrar como si fueran trenes de alta velocidad. Con sus sacudidas violentas, rápidas, los cristales temblaban. Las ramas de los árboles golpeaban sin parar las ventanas y el techo. Ese ruido era como estar atrapado dentro de un túnel de lavado de coches. No terminaba nunca. Estábamos dentro de la garganta del ciclón, del monstruo. Y yo miraba extasiada hacia fuera. He pensado muchas veces en ese momento de hipnosis, en ese instante fatal. ¿Por qué la gente se queda mirando cuando ve llegar un tsunami, cuando un coche está a punto de atropellarle o cuando un animal se le abalanza, antes de echar a correr? Incluso el animal más cobarde mira hipnotizado, al menos durante un segundo, a su depredador antes de huir, como si no pudiera creerse que va a morir. A mediodía sentí el primer chasquido de una de las ramas del banano como si fuera uno de mis huesos el que se partía, y entonces supe que el ciclón había quebrado su voluntad y que pronto caería el árbol entero. Pero allí estaba todavía, aguantando los latigazos inclementes de aquel demonio que le azotaba y le arrancaba a tiras la corteza.

»En algún momento Murshida se acercó a la ventana y me dijo:

»—Voy a buscar ayuda.

»Yo señalé aquel árbol moviendo mi barbilla en su dirección.

»—El ciclón te despellejará viva. No dejaré que salgas de ninguna manera.

»Una hora después de decirle aquello, rompí aguas.

»Y entonces los vientos pararon.

»A ese momento lo llaman "la falsa calma": el ojo del ciclón.

—Por el efecto Coriolis, que es también el responsable del sentido del giro del agua en los desagües —apuntó Sagor, que jugueteaba con una rama haciendo círculos en el suelo—. La

328

mayor intensidad de los vientos de un ciclón se acumula en el lado derecho. Además, las nubes de desarrollo vertical que están en la pared del ojo provocan los vientos más fuertes. La gente no lo sabe, se confía, cree que los vientos se alejan y sale de sus casas sin entender que los peores vientos solo están por llegar. Por eso lo llaman falsa calma.

Mangata asintió admirada por la explicación científica de Sagor, pero Irina le pegó un codazo para que se callara y dejara que ella continuase hablando.

—Estábamos en el centro mismo del ciclón y el viento y la lluvia habían parado a pesar de que un anillo de tormentas nos rodeaba. Todos los campos estaban anegados, era imposible que llegara ningún helicóptero en nuestra ayuda, no podían aterrizar.

»No pude impedir que Murshida saliera.

»Media hora después, el banano cayó a solo un metro de la casa. Nos esquivó en su caída como si él también hubiera sentido pena y hubiera querido salvarnos de morir aplastadas. Pero yo lo interpreté como una mala señal: pensé que no volvería a ver a Murshida. Los primeros dolores del parto fueron tan intensos que perdí el conocimiento varias veces. Estuve horas con las contracciones. Escuchando siseos huracanados como si mil serpientes nos acecharan allí fuera, saliendo de entre la maleza en la que habían estado escondidas; escuchando la voz de Elena que no me calmaba. Creyendo que Murshida no volvería. Pero Alá tenía otros planes. Todo era producto de mi delirio, seguíamos en la falsa calma. "¡Mira! ¡Despierta!" Elena me ayudó a incorporarme. Y entonces los vi. A lo lejos, por lo que quedaba de camino.

»Como un espejismo.

»Y de verás pensé que lo era.

»Pero no.

»Murshida, Ernesto y otro hombre caminaban hacia nosotras. Sus figuras, lejanas en el horizonte de la vista; esquivando las raíces y las plantas que habían quedado al descubierto, con las ropas ondeando por el viento; y detrás, el fondo gris y amorfo del paisaje monstruoso.

»Murshida no había necesitado encontrar al médico, lo había traído Ernesto con él desde Daca y se habían encontrado en el camino. Mi primo no pudo soportar no saber nada de nosotras y había viajado en coche a pesar de todas las recomendaciones. Debió de pagarle mucho dinero a ese médico para que accediera a viajar con él. Cuando entraron y Ernesto me cogió la mano, pensé que todo iba a estar bien. Pero entonces uno de los cristales de una ventana estalló, rompiéndose, y con él, esa esperanza mínima. El viento que entró con violencia tenía un olor fermentado, dulzón, como el aliento de un diablo. Taponaron la ventana como pudieron. Las contracciones volvieron. Yo gritaba el nombre de Kamal, y rogaba a Dios por que mi bebé naciera de una vez, aunque tuviera que morirme. Pero el bebé no salía.

»Y en esas horas en las que yo solo pensaba que Kamal nunca conocería a su hijo, naciste tú, Sagor.

El joven tenía la boca semiabierta, se quedó un rato así, como si estuviera escogiendo bien qué decir. *Entonces*, pensó Irina, *Sagor sí es el hijo de Mangata*. Pero no fue eso lo que preguntó él:

—¿Ernesto no es mi padre?

Mangata se quedó unos segundos en silencio, mirando el lago de nenúfares en el que una vez había estado la cabaña.

—No. Y yo ni siquiera pude ilusionarme con tu llegada —continuó—, porque, en el mismo instante en que lanzabas al mundo tu primer quejido, Elena pegó un grito de pánico. Y entonces vi que sangraba copiosamente. El médico le ordenó que se tumbara a mi lado. No recuerdo qué llevaba puesto yo, pero sí que Elena llevaba un vestido blanco, pero no lo recuerdo blanco sino mojado, pegado a su cuerpo por el sudor y por la lluvia y lleno de sangre por debajo de la cintura. Y que Ernesto soltó mi mano para agarrar la de ella. A veces, en mis sueños, veo a Elena llorando, tirada a mi lado en aquella cama dura, llena de sangre, apretando la mano de Ernesto.

—¿Y entonces nací yo? —la interrumpió Irina.

Mangata negó con la cabeza.

—La niña que esperaba Elena nació muerta. No sé cómo Elena sobrevivió a aquello: se quedó inconsciente, sin ni siquiera darse cuenta, estuvo así días. Supongo que sobrevivió igual que yo: gracias a aquel médico, a la valentía de Ernesto al traerlo y a los cuidados de Murshida.

—No entiendo —la volvió a interrumpir Irina—, pero ¿entonces...?

—Mientras Elena se desangraba junto a mí...

Mangata fijó la vista en ellos, primero en Sagor, luego en Irina.

—... yo tuve de nuevo contracciones.

Sagor e Irina se miraron, con miedo, con sorpresa, entendiendo una verdad que nunca habían sabido, pero sí sentido. Mangata tenía el rostro lleno de lágrimas, y volvió la cabeza hacia ellos, agotada.

—Sois mellizos.

—¡¿Mellizos?! —exclamaron al mismo tiempo.

Mangata asintió.

—Apenas media hora después, saliste tú de mi vientre, Irina. Te puse el nombre de mi hermana, y a Sagor, el de vuestro abuelo. Cuando más tarde Murshida te limpió, eras tan blanca como la leche, y Sagor, moreno como su padre. El otro día, cuando os vi aparecer..., me di cuenta de lo mucho que se parece Sagor a vuestro padre, y de que tú eres idéntica a mí: sois un milagro de la naturaleza. Una singularidad que se da muy pocas veces.

—Pero entonces... —balbuceó Irina—, ¿por qué nos hicisteis creer que no somos mellizos? ¿Por qué Ernesto lleva veintidós años fingiendo que es nuestro padre? ¿Que Elena era mi...? No entiendo nada.

Pero claro que entendía. Entendía las palabras de su madre, no de Mangata, las de Elena, antes de morir: «Qué falta de clase, lo llevas en los genes. Estás condenada». Y deseó no haberlo sabido nunca.

—Cuando por fin se alejó el ciclón y el médico se fue, nos dimos cuenta de que teníamos que encontrar una solución. Elena seguía inconsciente, había que llevarla a un hospital. Pero yo no podía ir al hospital. Ernesto no había podido aplacar a los hombres que querían matarme. «Te van a matar a ti y a tus hijos en cuanto sepan que has dado a luz», dijo. Discutimos todas las posibilidades. Al final llegamos a un acuerdo: yo le daría el informe y desaparecería para siempre si él cuidaba de vosotros. Elena estaba inconsciente, no sabía que había dado a luz a una niña muerta, así que esa parte era fácil. En cuanto a Sagor, Ernesto propuso que lo cuidara Amina, al fin y al cabo era hijo de su marido, pero yo le dije que Amina mataría al bebé. A Ernesto se le ocurrió entonces decir que eras un huérfano del ciclón y adoptarte, pero la burocracia en este país es una pesadilla, llevaría meses o años. Cuando se lo hice ver, dijo que llegaría a un acuerdo con Amina. Inventaron esa patraña de que eras el hijo de Amina y Ernesto, se sacaron una foto, firmaron unos papeles, y Ernesto le hizo un ingreso de dinero que le iba a permitir vivir sin casi trabajar durante muchos años. Aun así, ella dijo que esperaba no volver a verme nunca porque, si no, me mataría con sus propias manos. Cuando Elena se despertó después de varios días casi en coma, ni siquiera se planteó que la niña que le pusieron en sus brazos no pudiera ser suya. Por supuesto, no le hizo ninguna gracia tener que llevarse a Sagor, pero Ernesto le dijo: «Se lo debes a Kamal». Y ella supo que no le quedaba más remedio. No sé cómo pudimos ingeniar una mentira como aquella, cómo yo pude permitir que Elena creyera que eras su hija... —Mangata se llevó las manos a la cabeza—. Dejé de existir para el mundo. Me convertí simplemente en Mangata, la extranjera sin pasado. Todos creyeron que había muerto en el ciclón. Me vine a vivir aquí con Murshida. Hasta el día de hoy.

Para cuando Mangata terminó su relato, habían vuelto a la carretera sin asfaltar y ninguno de los tres podía apenas respirar.

—Pero ¿por qué no viniste pasados unos años a buscarnos, cuando ya esos hombres se hubieran olvidado de ti? No podía ser tan difícil —preguntó Sagor con desasosiego.

—Podría haberlo hecho, sí, pero no lo hice. Os dije que no querríais saber más de mí cuando os contara la verdad. Podría poner de excusa que ya no me atrevía a decirle a Elena que su hija no era su hija, o que Ernesto os iba a dar una mejor vida que yo... Pero lo cierto es... A veces pienso que no nací para ser madre. El caso es que, simplemente, nunca fui.

Irina estuvo a punto de decir que Elena sí sabía que no era su hija, si no, no le hubiera dicho aquellas palabras terribles antes de morir. Era posible que Ernesto se lo hubiera contado en algún momento, o que siempre lo hubiera sabido y engañase a todos como la habían engañado a ella, o tal vez el propio Tarik, aquel hombre que había irrumpido en su vida para sacarla de la mentira de un modo cruel, la había visto aquella noche... Irina no dijo nada de lo que pensaba en voz alta, la rabia que sentía en aquel momento hacia aquellas dos mujeres le arañaba la garganta y no tenía ninguna intención de llorar.

Siguieron caminando, observando el paisaje que tanto había ido cambiando: ya no había plantas desgreñadas, nudosas y llenas de polvo, solo estaban aquellas enormes extensiones de campos de té cuidados con mucho celo. Colinas redondeadas, de baja altura, entre las que despuntaban, prudencialmente separados unos de otros, los *silk oak*, árboles de sombra de troncos finos, altos y plateados, con sus hojas arracimadas como helechos frondosos acumulados en lo alto de sus copas. Lejos de tener una función puramente ornamental en el paisaje, servían para reciclar los nutrientes del terreno y mejorar la calidad del té; eso les habían explicado. Aquí y allá aparecían también mujeres con saris coloridos, las *tea pluckers*, con sus cestas en la espalda sujetas por las asas a la frente. Les sonreían, ajenas a los pensamientos y sentimientos tan intensos que abrasaban el pecho y la cabeza de los hijos de Mangata. Irina miraba cómo recogían los brotes más tiernos y cargaban con ellos por entre los pasillos simétricos y laberínticos. Esas hojas nuevas surgían entre la tiniebla de la neblina como la verdad que acababa de revelarles Mangata, su madre, su verdadera madre.

Cuando llegaron al taller, estaban en shock. No podía ser de otra manera. En el patio había varios niños corriendo y una pila de saris teñidos a mano secándose al sol. Había telas azules como un cielo cargado de color en un día de sol despejado; verdes como el brillo fulgurante de los mares salvajes; blancos perlados, suaves, iridiscentes, como el pelaje de un gato persa. Los niños que jugaban en el patio llamaron a sus madres, que salieron a saludar a los extranjeros con una enorme alegría.

Murshida Begum también estaba entre ellas, y al verla, Mangata hizo un gesto de asentimiento con la cabeza. La mujer debió de deducir por sus caras que ahora los jóvenes ya sabían que ella era su abuela. Se le saltaron las lágrimas y como no se atrevía a abrazarlos, Sagor fue el que dio el primer paso. Irina los miró incómoda, sin saber qué hacer, pero al cabo de unos segundos, ella misma se descubrió llorando en los brazos de aquella mujer.

A Mangata, en cambio, no podía abrazarla.

No podía perdonarla.

Nunca lo haría, se prometió a sí misma.

Sí agradeció, en cambio, ver a Faisal llegar por el camino con las sandalias. Eran unas sandalias viejas, y antes de acercarse a ellos, el joven les pegó un manguerazo para limpiarlas. Irina se quitó las zapatillas y se las puso. Fue un gran alivio liberar sus pies llenos de ampollas de la opresión de los zapatos.

Faisal le sonrió con dulzura. Debía de intuir por sus caras que algo había sucedido.

Y entonces a Irina se le ensombreció todavía más el rostro, acababa de darse cuenta de que una pieza no encajaba en todo aquello: si Amina odiaba a Mangata, ¿por qué habría encargado a Faisal que le llevase telas? Y solo se le ocurrió una respuesta a esa pregunta: Faisal había mentido.

QUINTA PARTE

... Las aguas del río están teñidas de un matiz azafranado y enfermizo, y no fluyen hacia el mar, sino que palpitan por siempre bajo el ojo purpúreo del sol, con un movimiento tumultuoso y convulsivo. A lo largo de muchas millas, a ambos lados del legamoso lecho del río, se tiende un pálido desierto de gigantescos nenúfares. Suspiran entre sí en esa soledad y tienden hacia el cielo sus largos y pálidos cuellos, mientras inclinan a un lado y otro sus cabezas sempiternas. Y un rumor indistinto se levanta de ellos, como el correr del agua subterránea. Y suspiran entre sí.

EDGARD ALLAN POE, fábula *Silencio*

23

El valor de Chanda

31 de marzo de 2013

Después de que Mangata les contara la verdad sobre su pasado, los dos hermanos tomaron la decisión de quedarse tres semanas con ella en Sreemangal. Ernesto les ordenó que volvieran de inmediato, pero Irina y Sagor se negaron: volverían a Daca el día 23, solo dos días antes de su vuelo de vuelta a España, que estaba reservado para el 25 de abril.

Al segundo día, Irina ya se estaba arrepintiendo: la relación con Mangata no era fácil. Ser la madre que nunca había sido no le sentó bien y, en general, se mostraba distante con ellos. Siempre estaba ocupada y cuando intentaba hacer de madre era casi peor. En cambio, Murshida, a pesar de las diferencias culturales entre ellas, podía apretar la mano de Irina, y con ese simple gesto de cariño, llegar a su corazón a través de atajos que ni siquiera la propia Irina conocía. También le ayudaba que Faisal hubiera cogido dos semanas libres en su trabajo en la Tienda de Objetos Raros para quedarse con ellos. Irina le había preguntado que por qué había dicho que le llevaba telas a Mangata de parte de Amina si las dos mujeres no se hablaban y, supuestamente, Amina no sabía el paradero de Mangata. Él la tranquilizó explicándole que las telas siempre iban a nombre de Murshida, no de Mangata, que nunca habían hablado de aquello, e incluso se mostró ofendido de que ella hubiese dudado de él. Si Amina sabía que Mangata vivía allí, pero ella creía que no, era algo que estaba fuera de su comprensión. Pero lo sabía, porque al morir le había dicho eso, que los llevara con Mangata, la mujer blanca que vivía con Murshida. A Irina le pareció que había añadido ese nuevo final a la frase a conveniencia, pero tampoco quería acusarlo injustamente. Y lo cierto es que le debían mucho a Faisal. Y no quería que se fuera. «Estáis enamorados, eso es lo único que pasa», se había burlado de ella Sagor. «No es tan raro que Amina supiera del paradero de nuestra madre, aunque ella pensase que nadie lo sabía. Igual Amina no era tan mala.» Le hubiera gustado pensar que su hermano tenía razón, pero algo en su interior le decía que no, que Faisal ocultaba algo. Y, sin embargo, ella misma acababa reconociendo: *Me ha salvado la vida más de una vez.*

Sagor, por su parte, no había perdido el tiempo. Preocupado por los altos niveles de contaminación a causa del arsénico en el agua del pozo del poblado, enseguida se hizo amigo de los hombres y les propuso que construyeran uno nuevo. «Es injusto que nosotros bebamos agua de botella, cuando ellos no tienen dinero para comprarla cada día. Hasta Mangata y Murshida beben de esta fuente envenenada, ¿te das cuenta?»

Sobre todo aquello meditaba Irina mientras, sentada en los escalones de la entrada de la casa de Mangata, contemplaba a su hermano desde la distancia. Sagor, vestido solo con unos pantalones cortos, enseñaba un plano a Faisal y a un grupo de hombres, y les explicaba cómo construirían el pozo.

Murshida se acercó y se sentó junto a ella.

—*Kemon acho?*

Irina había aprendido que aquella frase significaba «¿Cómo estás?».

—*Bhaalo achhe.* —«Estoy bien», contestó.

Pero, según lo dijo, le cayó una lágrima por la mejilla. Enseguida se la secó. Murshida la abrazó contra su pecho hasta que Irina, avergonzada, se apartó y tragó saliva en un esfuerzo por evitar que le salieran más lágrimas.

—*Mas kar do* —se disculpó—. No quiero llorar, pero es que... veo a Sagor, y no sé, él siempre se adapta a todo. Yo echo de menos el agua caliente, la comida sin picante, la ropa suave, el olor... —Iba a decir «a limpio», pero se contuvo—. Soy una inútil, Murshida, de verdad. He estudiado una carrera de diseño, pero no puedo coser tan rápido como lo hacen las mujeres de aquí. Ayer fui al taller con Mangata y me quedé mirándolas, no sabía qué hacer. Y pienso cosas como que, no sé, esa señora que es mi madre lleva años ayudando a esas mujeres, pero yo parece que no le importo. ¿Hablo muy rápido?

—Murshida entiende —dijo su abuela, cogiendo su mano.

—¿Por qué no hizo nada por recuperarnos?

—La vida, decisiones difíciles, pero escucha Murshida: cómo tú sentir ahora, tú no ser.

—Pues siento que soy una inútil.

Murshida se levantó y llamó a Faisal. Cuando el joven llegó hasta los escalones, la mujer le habló en bengalí. Tenía el pelo mojado echado hacia atrás y no llevaba camiseta, le brillaban los ojos.

—Quiere que te traduzca al inglés una vieja leyenda del sánscrito, el idioma de los dioses. Más antigua aún que las vedas. Su tatarabuela se la contó a su abuela, y su abuela a su madre, y ahora ella te la quiere contar a ti, su nieta.

Faisal se acuclilló junto a ellas y mientras Murshida hablaba con su voz profunda pero melódica, empezó a traducir:

—Antes que la luna, fue Sûrya, el dios sol. Por eso, cuando los hombres todavía no habían nacido, las noches eran aún más oscuras que Ajiya, el dios de lo que no tiene vida.

—¿La luna y el sol no aparecieron a la vez? —los interrumpió Irina.

341

Murshida negó con la cabeza y Faisal siguió traduciendo lo que la mujer decía:

—Los primeros huevos que engendró Bhur, la madre Tierra, fueron tres piedras preciosas, redondas y blancas como la savia lechosa de algunas plantas. Las llamó Jyôti, por ser portadoras de la luz espiritual, pero cada una tenía su propio nombre: la más grande se llamó Akasha, en honor al éter, y la mediana, Atman, en honor al espíritu. Para la más pequeña, la madre Tierra escogió el nombre de Chanda, que en sánscrito significa «deseo», ya que supo que su hija acapararía las miradas de todos los seres que habían de poblar la Tierra. En torno a ellas, Bhur dio luz a las montañas y a los valles, a los extensos mares y a los ríos, a las plantas y también a los animales. Pero cuando desaparecía el sol, todas aquellas maravillas quedaban envueltas en una siniestra oscuridad. Las Jyôti estaban en una cima muy alta, y una de esas oscuras noches, atraída por la luz y el calor que emanaban, una joven loba embarazada trepó hasta ellas. Después de olisquearlas, se acurrucó entre las tres y, al cabo de varios días, dio a luz a dos cachorros. Al primero, porque temblaba mucho, le llamó Bhitis, que significa «miedo», y al pequeño, que estaba siempre hambriento, Asthi, que significa «hueso». «Nunca os alejéis durante el día porque os devorarán fieras hambrientas y peligrosas», les advertía cada amanecer. Pero los cachorros no tenían ningún deseo de alejarse, eran felices jugando con Chanda, a la que golpeaban una y otra vez con sus patas intentando moverla. Pero tan recelosa era la loba, que hasta eso les prohibió a sus cachorros: «Si esa piedra se desprende, os arrastrará colina abajo». Cuando la escuchó, Chanda se sintió muy triste: no quería que los cachorros dejaran de jugar con ella, sus golpecitos eran lo más parecido a una caricia que había sentido. Así que invocó a Nidra, la diosa del sueño profundo, para que hiciera dormir a la loba durante el día y así poder seguir jugando con ellos. Al principio fue muy divertido, los cachorros no dejaban de restregar su lomo contra Chanda haciéndole cosquillas, pero a Asthi pronto le entró hambre. Por mucho que la arañase, su madre no se levantaba, así que convenció a su hermano para salir ellos mismos a cazar. Al principio, Bhitis tuvo miedo, pero como Asthi se alejó dejándolo solo y su madre seguía dormida, corrió detrás de él.

»Cuando la loba despertó al día siguiente, no vio a los cachorros por ningún lado. Los llamó y los buscó hasta que sus patas se llenaron de heridas, pero no había rastro de ellos. Durante siete días y siete noches lloró sobre la pequeña piedra con la que tanto habían jugado sus pequeños, y sus lágrimas dibujaron surcos grises en la superficie de Chanda, y aunque algunos creen que las piedras no lloran, otros aseguran que los surcos eran las lágrimas de la propia Chanda, que se sentía culpable. Y algo de eso debe de ser cierto porque, tan desconsolada se sentía la pequeña portadora de luz espiritual, que sus hermanas le sugirieron que pidiera consejo a su madre Tierra, que todo lo podía ver. "No llores más, hija, los cachorros están vivos en una cueva, pero muy lejos de aquí. Durante el día no se atreven a salir por miedo a las fieras, y durante la noche, la diosa de la oscuridad no les deja encontrar el camino. Y yo nada puedo hacer, pues no me está dado interferir en los dominios del señor de las criaturas", le dijo Bhur.

»Decidida a luchar contra esa tal diosa de la oscuridad, Chanda invocó las Dhârani, fórmulas mágicas usadas desde el inicio de los tiempos para hablar con Prajâpati, el señor de todas las criaturas. "Ayúdame a luchar contra la diosa de la oscuridad, señor de todas las criaturas, y a cambio haré todo lo que me pida." Pero Prajâpati le contestó: "No puedes luchar contra lo que no existe". Y como Chanda no entendía, Prajâpati le explicó en tono enigmático: "La oscuridad es solo la ausencia de luz". Chanda le rogó entonces: "¿Y qué puedo hacer? Ayúdame, por favor". Y de nuevo, de forma enigmática, le respondió el dios de todas las criaturas: "Busca el Vîrya dentro de ti".

—¿Qué es el Vîrya? —interrumpió Irina la narración.

—El coraje de hacer lo que es bueno: tu valor —le explicó Faisal.

—¿Y cómo lo encontró Chanda?

Faisal le preguntó a Murshida y le tradujo la respuesta a Irina:

—Entendió que debía sincerarse con la madre loba, le contó la verdad: que había invocado a Nidra para que ella durmiese y poder jugar con los cachorros.

—¿Y qué pasó?

—La madre loba se enfadó tanto que golpeó, mordió y embistió tan fuerte como pudo a Chanda, llenando no solo de manchas sino también de golpes su superficie. Tan fuerte la empujó, que Chanda se desprendió de su madre Tierra y cayó rodando por la pendiente. Chanda era tan pequeña como inteligente y había previsto aquella reacción de la loba: aprovechó el impulso para saltar y desear, con todas sus fuerzas, volar alto, muy alto, para así poder alcanzar el cielo. Había entendido cuál era su valor: tenía que llevar la luz allí donde no existía. Y no paró hasta llegar al lugar que ocupa ahora en el cielo. Viendo su enorme sacrificio, el dios de todas las criaturas le otorgó un nuevo nombre a Chanda; a partir de entonces todos la llamarían Sôma: la luna divinizada. Y desde ese día alumbra todas nuestras noches.

—Pero ¿qué pasó con los cachorros? —preguntó Irina, preocupada.

Murshida se rio con ternura, y Faisal siguió traduciendo:

—Alumbrados por la luz de la luna, Bhitis y Asthi pudieron encontrar el camino de vuelta y reunirse con su madre. En los días siguientes, todos los animales de la Tierra hablaban de la aparición milagrosa de un mandala de luz en la oscuridad, pero la loba había reconocido los golpes y las manchas que ella misma le había hecho a Chanda y enseguida comprendió el sacrificio de la pequeña piedra de luz. Aulló y aulló para agradecérselo, aunque algunos también dicen que era su manera de disculparse porque la echaba de menos. Por eso, desde el inicio de los tiempos, los lobos aúllan las noches de luna llena y, también por eso, a los cachorros les gusta jugar con las pelotas que tanto se parecen a su vieja amiga Chanda.

—Qué bonita historia —dijo Irina, suspirando.

—Murshida quiere que te diga que son muchos los momentos en los que solo vemos la oscuridad, pero que podemos convertir en luz esa oscuridad encontrando nuestro verdadero valor.

—¿Y cuál es mi valor?

—Tú sabes cuál es, bella Irina —contestó Murshida en inglés, cogiendo su mano entre la suya.

Toda la tarde estuvo Irina pensando, y por la noche, mientras Murshida cocinaba bolas de pescado y *malai curri* para el día siguiente, se acercó tímidamente a ella.

—¿Crees que a mi madre le parecerá bien si doy clases de diseño a las mujeres? —le preguntó.

—Tu madre feliz y orgullosa, como Bhur con hija Chanda.

E Irina, entusiasmada con aquella idea, no tardó en llevarla a la práctica.

Al igual que durante el ojo del ciclón, en todas las historias hay un momento de falsa calma, y en esa falsa calma transcurrieron las dos siguientes semanas de los mellizos. Ignorando que los peores y más huracanados vientos estaban por llegar.

24

Nenúfares de aguas tristes

23 de abril de 2013

I

Una mañana Irina se encontró paseando por la carretera. Tenía la cabeza embotada y, sin pensar mucho lo que hacía, siguió caminando hasta que divisó el taller de Mangata. A medida que avanzaba, se fue haciendo más y más grande en la distancia, como un espejismo resplandeciente al fondo del valle. Apenas se percibía el susurro de la Naturaleza entrando y saliendo entre las colinas verdes de los arbustos del té de Sreemangal, aunque, a ratos, sí escuchaba el trino aislado de algún pájaro que no podía localizar. Aguzó el oído para escuchar el sonido febril de las máquinas de coser que se anunciaban igual que el murmullo chisporroteante de un arroyo en la lejanía. Un viento suave y caliente levantó la falda de su vestido de flecos de los años veinte y se escabulló después a ambos lados del camino, haciendo temblar las briznas de hierba y los tallos de las flores.

Y entonces un picor intenso y repentino en la garganta hizo que se detuviera.

Tragó saliva. Llevaba un rato respirando por la boca, pero no se había dado cuenta hasta ese momento. También le costaba ver con claridad, probablemente porque la neblina del amanecer quemaba el paisaje coloreando de blanco los perfiles de los arbustos del té y de los *silk oak*, y también la valla que recorría el camino y el tejado del taller que ahora emergía en su totalidad. Pero no solo le picaba la garganta, también le dolía la nariz. Y la cabeza. Y las piernas le pesaban tanto que tropezó con una piedra y tuvo que agarrarse a la valla. Al hacerlo, la uña de su pulgar derecho se clavó dentro de la madera. Soltó un chillido y, al sacarla, una parte de la uña se desgarró como el papel de un envoltorio. Encogió los puños con grima. Adiós a su bonita manicura francesa. Y se dio cuenta de lo absurdo que era todo: ¿cuándo se había hecho la manicura?, ¿por qué estaba vestida como si fuera a una fiesta?, ¿y cómo se le había ocurrido ponerse las sandalias de pedrería de Osven para caminar por el campo? Obviamente los tacones se clavaban en la tierra y la hacían tropezar. Con una mano apretó el moño Hun en lo alto de su cabeza, como si apretara una esponja, dándole forma de nuevo. No soportaba que se le encrespara el pelo. *Ojalá esté Faisal en el taller*, pero en el mismo segundo en que pensaba aquello, pensó también que debía de estar horrible. No quería que la viera así. Rebuscó en su bolso y encontró una barra de labios y un espejito ovalado. Al abrirlo para contemplarse en él, descubrió que una enorme venda le cubría la nariz y gran parte de la cara. Tenía hinchazones y hematomas en la zona de los ojos. El corazón empezó a latirle con fuerza como si quisiera salirse de ese cuerpo que le resultaba extraño. ¿Cuándo se había operado la nariz? Estaba mareada, pero en lugar de pararse, aceleró. Cuando ya estaba a solo unos pasos del taller, se quitó las sandalias y avanzó los últimos pasos a grandes zancadas. Dentro del taller, varias mujeres, sentadas unas detrás de otras en las filas de mesas con sus respectivas máquinas de coser, charlaban animadamente y reían.

—¿Podéis darme agua? —dijo, asomándose—. Creo que voy a morirme de sed. ¿Habéis visto a Mangata?

Las mujeres la ignoraron.

—Necesito agua —repitió, y como vio que seguían sin mirarla, gritó—: ¡¿Queréis callaros?!

Nada.

Las mujeres ni siquiera se alteraron.

Iba a coger a Farhana del brazo para zarandearla, pero, en lugar de eso, retrajo la cabeza hacia atrás, en el mismo movimiento lento que reproduciría un camaleón. Y abrió mucho los ojos, para no pestañear, para percibir cada segundo, para poder ver a escala detallada a la chica que estaba sentada al fondo del taller en un taburete, frente a una máquina de coser. Se quedó tan tan quieta mirándola, que hasta el destello de luz que entraba por una de las ventanas pareció detenerse en el aire. Y las mujeres empezaron a hablar tan despacio que ni siquiera estaba segura de que articulasen palabras. Irina avanzó con rapidez en ese baile lento que la rodeaba, como si pudiera regular la velocidad con la que recibía toda aquella información visual. Sus sentidos se detuvieron y se unieron para observar a aquella joven que era exactamente igual que ella.

¡Que era ella!

Solo que esa otra Irina, ese *Doppelgänger* fantasmagórico, parecía más real. Iba vestida con unos *shorts* rotos y una camisa blanca y sucia. Sus pies descalzos estaban llenos de barro, que incluso tenía metido dentro de las uñas de los pies. También tenía descuidadas las uñas de las manos, y sus brazos estaban llenos de pulseras con cristales incrustados que brillaban como estrellas en la penumbra del taller, y de picaduras de mosquitos. En su nariz llevaba prendido un *nath* como el de Murshida Begum. Se mordía el labio inferior y sus dientes relucían en una sonrisa de felicidad que parecía eterna dentro de aquel estatismo.

Era su vivo reflejo, un fantasma que levantaba a cámara lenta el brazo y, lentamente también, manipulaba la máquina de coser.

Observó el tabique torcido y pronunciado de su nariz, el brillo estático en los ojos, el aire de libertad que emanaba como un aura aquella simetría imposible de sí misma.

De nuevo miró sus uñas sin pintar, la tierra incrustada dentro de ellas.

Y subió la vista hasta el amuleto de bolitas fucsias que brillaba con una luz mágica en su pecho. Alargó la mano para alcanzarlo, pero, al hacerlo, rozó el brazo de aquella otra Irina, y el rayo de sol que entraba por la ventana borró la huella del suyo, lo deshizo en una ráfaga ardiente de transparencias.

Irina se despertó de golpe, tardó en darse cuenta de que se había quedado dormida sobre la mesa, con la máquina de coser encendida. Faisal la estaba llamando.

—¡Irina!

La joven detuvo la máquina de coser y levantó la vista. Se le iluminó el rostro al verlo apoyado en el dintel de la puerta del taller.

Faisal se acercó y le acarició cariñosamente el brazo.

—Tienes los pelos de punta.

Irina contempló su brazo; efectivamente, tenía los vellos de punta. Se agitó como si le hubiera dado un escalofrío.

—He tenido un sueño muy raro. Esta noche no he podido dormir pensando que es mi penúltimo día aquí, y supongo que me ha podido el cansancio y por eso me he quedado dormida —contestó, y se rio tontamente, pero luego le miró, pensativa—. He soñado que yo ya no era yo. Qué lúcidos son algunos sueños. Porque la verdad es que siento que desde que estoy aquí he cambiado tanto, Faisal, que ya no soy la misma. Me parece que han pasado años en lugar de tres semanas.

El chico se rio de sus reflexiones y la zarandeó con cariño.

—¡Vamos! He venido a buscarte para ir juntos al mercado. ¿Te apetece?

—¡Claro!

Irina se levantó y cogió un bolso de tela en el que llevaba

las llaves de la casa de Mangata, la cartera y varios paquetes con regalos. Mientras se despedía hasta el día siguiente de las mujeres, ellas le dedicaban sonrisas pícaras al ver que se marchaba con Faisal. Notó cómo se ponía colorada cuando él la agarró de la mano y la condujo afuera.

Un CNG los esperaba en la carretera y Faisal la ayudó a subir.

—¿Y mi hermano?

—Está ya en el mercado, con tu madre y con Murshida.

Antes de subir también al vehículo, Faisal le dio instrucciones en su idioma al conductor, y el CNG tomó la dirección hacia Bhanugach. Irina se quedó mirando el paisaje a través de las rejas del vehículo.

—Si me llegan a decir hace un mes que iba a vivir en un poblado al norte de Bangladés, no me lo hubiera creído.

Faisal la miró de aquella manera intensa que a ella la ponía tan nerviosa.

—Mangata me ha dicho que estás haciendo un trabajo magnífico con las mujeres del taller. Y que eres muy buena profesora.

Irina sonrió con timidez.

—Aprenden muy rápido; de hecho, me han enseñado técnicas que yo desconocía. Cuando acabe la carrera, quiero crear una firma de ropa inspirada en los coloridos y el exotismo oriental con los tejidos y las prendas de Occidente para crear un nuevo *look* que fusione ambas culturas. Con un sello de comercio justo. El treinta por ciento de las ganancias se reinvertirán en los estudios de las trabajadoras para que ellas o sus hijos puedan abrir su propio negocio. Y en las etiquetas, en lugar de «*Made in*», pondrá «*Made by*», con el nombre de la mujer que ha hecho la prenda. Voy a pedirle a Mangata que me ayude.

—¿Volverás a Bangladés, entonces? Todavía no me creo que mañana volvamos a Daca y que en dos días estés en España.

A Faisal le había temblado la voz, pero podía haber sido por los botes que pegaba el CNG en la carretera sin asfaltar.

—Sí, volveré —contestó Irina—, aunque no sé cuándo.

Le hubiera gustado saber qué pensaba Faisal, esperaba que él dijese algo más, pero el joven se quedó callado, mirando su móvil. Y, de alguna manera, aquello la irritó, aunque no sabía por qué, o lo sabía, pero le costaba reconocerlo: a lo mejor él no sentía lo mismo que ella. A ratos pensaba que sí, y a ratos, que no. Observó cómo él sacaba unos auriculares del bolsillo y los conectaba al teléfono. Le ofreció uno para que se lo pusiera en el oído.

—Si escuchas esta canción mientras observas el paisaje, cuando vuelvas a España y la escuches de nuevo, todos tus recuerdos regresarán a este momento.

Irina miró la pantalla. La canción se titulaba *Days of Wonder*, y Faisal le explicó que era de un guitarrista de Chittagong llamado Mehdi Khan Shagor. Empezó a sonar cuando el CNG se detuvo en un cruce. A un lado de la carretera había un hombre sentado en el suelo frente a un pañuelo con un montón de hojas de betel encima, dispuestas como platos; extendidos sobre ellas, montoncitos de polvos rojos y blancos extraídos de las nueces de betel machacadas. Los bengalíes decían que eran digestivas y que ayudaban a tener buen aliento, pero Irina sabía que tenían también efectos narcóticos y estimulantes y, desgraciadamente, pudrían la raíz de los dientes. El hombre le sonrió, enseñando unos dientes negruzcos. No hacía falta una canción para recordar escenas como aquella. Irina deseó que su tiempo en Sreemangal no se acabara nunca, que Faisal no se acabara nunca. Cuando volviera a escuchar esa canción, crearía el bucle en el tiempo y lo que recordaría serían aquellos músculos de *traceur*, recios, bajo la camiseta ajustada; el brillo del sol en su rostro moreno. Se mordió el labio inferior. No quería irse sin besarlo. No quería dejar de ver la sonrisa de Faisal: alegre, victoriosa, de héroe de libro acostumbrado a saltar por los tejados en busca de pruebas y de doncellas a las que conquistar sin ninguna dificultad. Así lo veía ella, tal vez porque estaba hipnotizada por aquellos ojos tan verdes, tan salvajes y soñadores que la miraban con un descaro casi insultante. *No hay futuro para personas tan distintas como nosotros,* pensó, *tal vez, por eso, para nosotros solo existe el ahora. Nunca más podremos ser. Tendríamos que salir de la realidad, de la vida que se espera que vivamos.* Y ese pensamiento la atormentó, dibujó una mueca abatida en su carita, como si la nueva Irina en la que se estaba convirtiendo ya hubiera empezado a dejar de estar allí y volviese con la antigua. Imaginó la cara que pondría Breixo si supiera que estaba con un vendedor de objetos raros que hacía parkour. No sabía nada de su primo, llevaba semanas sin móvil, pero lo cierto era que no había vuelto a pensar en él. La canción que había puesto Faisal le pareció triste y bella al mismo tiempo, demasiado nostálgica. Irguió el cuello, resolutiva. *Todavía estoy en Bangladés, ya habrá tiempo de echar de menos cuando esté otra vez en Galicia,* se animó. El CNG reinició la marcha, e Irina miró de soslayo a Faisal, imaginó que él agarraba sus manos y pegaba su frente a la de ella. Y con una voz profunda que le había robado a un galán de película, le decía: «No te vayas». Imaginó que estaban mucho tiempo así, conteniéndose, con las frentes pegadas. Hasta que ella levantaba la barbilla hacia él, separando sus frentes, y Faisal le preguntaba: «¿Puedo?». Y la besaba en los labios con tanta pasión que a ella le temblaban las piernas.

—¿Te ha gustado?

Irina se sobresaltó, y tardó en entender que Faisal se refería a la canción, que ya había terminado.

—Sí —contestó, aspirando una buena bocanada de aire para serenarse.

Él sonrió complacido. Quedaba poco para llegar a la aldea, pero Irina detuvo al conductor del CNG. Faisal la miró sin entender.

—Quiero pasar por el lago de nenúfares en el que nací, despedirme de los sitios en los que hemos estado —le explicó ella mientras abría la puerta para bajarse.

II

Cuando llegaron al claro donde estaba el lago de nenúfares, se sentaron en la orilla e Irina dijo:

—Siento que toda mi vida ha sido una mentira. Mi padre no es mi padre. Es mucho mejor persona de lo que yo pensaba que era, ahora me siento tan mezquina por muchas cosas que le dije y que pensé de él. No me imagino cómo reaccionará cuando nos vea y sepa que ya lo sabemos: que no es nuestro padre. He crecido rodeada de lujos, pero nací aquí, en un país que lucha por salir de la pobreza. ¿No es increíble que haya crecido ignorándolo?

—Solo una flor tan bella como el nenúfar puede nacer en aguas estancadas.

Ella evitó la mirada intensa de él. Por fin, le pegó un empujón y el joven, sorprendido, perdió el equilibrio.

—Eres un cursi.

Disfrutó por un segundo de la desazón en el rostro de Faisal, que parecía desconcertado por la malicia de sus palabras, una malicia inocente, en realidad, ya que escondía la propia timidez de Irina.

—Pero es cierto —insistió Faisal—: no solo eres bella como esta flor que brilla en aguas tristes, fangosas, sino que eres fuerte como sus raíces, que pueden llegar a tener hasta cinco metros. Y su tallo es más resistente que el acero: se dobla con el viento, pero no se rompe. Nacisteis en medio de un ciclón. Tenéis el espíritu de los bangladesíes: las adversidades no hacen sino fortalecer nuestros poderes de resiliencia. Debes estar orgullosa de tus raíces. De ser quien eres.

—Tienes razón. —Irina sonrió con el orgullo que él esperaba, feliz.

Cogió el móvil de Faisal y buscó en internet una canción.

—Aquí está: *El tiempo en una botella*, de Ricardo Arjona. Esta canción habla sobre atrapar el tiempo en una botella para volver a ella cuando quieras —dijo, y empezó a tararearla—: «Si pudiera detener el tiempo… Si el ayer fuera el hoy o el hoy el ayer, si pudiera volverte a ver».

Irina encogió las piernas y se las abrazó, inclinó la cabeza hacia delante para apoyarla en las rodillas y se quedó mirando las aguas turbias del lago, cuyo color amarronado contrastaba con el de la piel tierna de los nenúfares de tonalidades que iban del blanco marfil al rojo carmesí, con el de sus hojas verdes, grandes y redondas como flotadores. Era cierto, aquellos lirios brillaban en aguas tristes. Bangladés era la patria anegada de los nenúfares. Aspiró la fragancia volátil del loto, extrañada, una vez más, de haber nacido en aquel lugar.

—De todas las cosas que ha inventado el hombre, el tiempo es la más rara —sentenció, y se giró hacia Faisal—. Si la vida fuera solo un instante, ¿qué instante querrías que fuera?

Y antes de que él pudiera contestarle, sacó de su mochila algo.

—He llevado el Aleph todo este tiempo conmigo porque quiero que atesore cada instante y así luego poder revivirlos como en un bucle —dijo, mostrándole la botella de cristal con el reloj de bolsillo—. Se me ha pegado un poco de tu cursilería, supongo.

Él lo cogió en sus manos.

—No es un Aleph, ya te lo dije, es un *Kairos Daimonion*, y su poder es detener el tiempo, no revivirlo —la corrigió—. El día que te seguí hasta tu hotel, cuando nuestras miradas se cruzaron por primera vez, yo llevaba esta botella. Resbalé en la escalera y, al caer bocabajo, la botella se golpeó contra el cristal y el reloj se detuvo en ese mismo instante. Por eso te lo regalé. No creo en la magia, pero siempre marcará el momento exacto en el que nos conocimos.

Irina miró el reloj como si por fin entendiera, las manecillas detenidas en el 12 y el 5, y notó cómo le temblaba la voz al exclamar:

—¡El instante que reúne todos los instantes!

Entonces, en un gesto totalmente inesperado, agarró la botella y la lanzó con todas sus fuerzas al centro del lago.

—¡¿Por qué...?! —Faisal se quedó con la boca abierta, sin terminar la frase. Miró a Irina, sacudió la cabeza, incrédulo—. ¿Por qué has hecho eso?

Irina sonrió dándose cierto aire de misterio.

—Ya no es una simple botella con un reloj dentro, ahora es una botella mágica: nuestro Aleph o *Kairos Daimonion*, me da igual, un *Aleph Daimonion*. Lo importante es que ya ha cumplido su misión: nos ha unido para siempre. Por eso lo he devuelto al Reino del olvido, para dejar que duerma en las lagunas del tiempo, que su paradero sea un misterio hasta que alguien lo encuentre y vuelva a despertar la magia que encierra dentro.

Dicho esto, se levantó, se quitó el vestido, quedándose en ropa interior, y entró en el lago. Sabía que Faisal la estaba mirando, pero, si quería decir algo, el chico no lo hizo. Irina se zambulló y nadó hasta donde, más o menos, creía que había caído la botella. Faisal también se desvistió y nadó detrás de ella. Cuando la alcanzó, las gotas de agua atrapadas en sus pestañas hacían que su mirada brillara más, intensificando el deseo dentro de sus ojos.

—El nenúfar es también la flor de las ninfas, ¿no serás una?

Ella se rio, agarró su brazo con atrevimiento e, izándose hasta su oído, le susurró:

—En serio, eres un cursi.

Faisal la atrajo hacia sí y ella se dio cuenta de que estaba temblando.

—Y a ti te encanta que lo sea.

—Este. —Irina le mantuvo la mirada—. Yo querría detener este instante de entre todos los instantes.

Lo dijo, no lo estaba imaginando como otras veces. Y Faisal ya la tenía tan cerca de sus labios, que sus palabras fueron apenas un susurro:

—¿Puedo?

Y antes de que ella dijera que sí, la besó, acarició su lengua caliente, mordió suavemente sus labios. E Irina sintió que era feliz, dolorosamente feliz, y le devolvió el beso con fuerza porque no quería que acabase nunca, porque quería más, quería todo de Faisal. Guio la mano de él entre sus piernas y dejó que él deslizara su ropa interior. Le abrazó, enroscándose a su cintura.

—Tú detienes todos mis instantes, es lo que siento cuando estoy contigo, *Ami tomake bhalobashi* —susurró Faisal.

Acarició tiernamente su mejilla contra la de él.

—¿Qué significa eso?

—Que te amo, Irina, *Ami tomake bhalobashi*.

A lo que ella contestó, con las lágrimas casi asomándole a los ojos por la emoción:

—Tú y yo siempre seremos este lago y este instante.

Y entonces, cuando estuvieron el uno dentro del otro, se sintió más viva y salvaje, el tiempo dejó por fin de existir, de ser una carga, un pasado o un futuro al que mirar.

—Ser solo somos ahora —murmuró.

III

Horas más tarde, se despidieron del lago para volver a la aldea. Al llegar, entraron en la casa pensando que no habría nadie, porque Sagor, Mangata y Murshida habían dicho que estarían en el mercado local en el que se vendían enseres, leña, cabezas de ganado, té, chiles, yute y todo tipo de especias. Irina tenía una sonrisa bobalicona en los labios y pensaba que estaba enamorada. Miró a Faisal de soslayo y él la cogió en volandas, apoyándola contra la pared del pasillo y, justo en ese momento, se dieron cuenta de que alguien discutía dentro de la habitación. Se quedaron en aquella postura, muy quietos, escuchando. Primero oyeron la voz aguda, neutra, de Mangata, que decía:

—¿Por qué has tenido que venir?

Algún suspiro, movimientos, y luego el acento gallego, humilde, tierno y más cerrado de Ernesto:

—Quería verte. Y también por el informe.

De nuevo silencio, y entonces:

—¿Cómo que por el informe?

Irina se bajó de los brazos de Faisal intentando no hacer ruido y, con un hilo de voz, dijo:

—Es mi padre. ¿Qué hará aquí?

Volvió a quedarse en silencio, escuchando.

—El informe de Green Bangladesh —dijo su padre.

Mangata subió la voz:

—¡Lo destruí hace años, Ernesto! ¿Por quién me tomas? Nunca podré estar de acuerdo con lo que haces, pero no soy tan hipócrita como para guardar unas pruebas que te incriminan: has cuidado todos estos años de mis hijos.

Ernesto, en cambio, mantuvo el mismo tono de voz para subrayar:

—Nuestros hijos. No son mis hijos, pero como si lo fueran. Dios mío, no has cambiado nada, Mangata.

Oyeron entonces un ruido seco, como si hubiesen golpeado una mesa. Irina intercambió una mirada con Faisal, sabía que era el momento de irse, pero quería seguir escuchando. Pasó un rato sin que se oyera nada.

—¿Se están besando? —dijo Faisal muy bajito.

Irina puso cara de que eso era imposible, pero pegó la oreja a la puerta. Al momento escuchó la conversación como si estuviera allí dentro, y tuvo miedo de que los pillaran, pero la curiosidad era demasiado grande. El tono de voz de su padre, ese punto álgido de entonación al inicio que luego iba decreciendo, se había vuelto más suave, más cariñoso:

—¿No te das cuenta? Nunca he dejado de quererte.

—Siempre escoges los momentos más inadecuados para hablar de amor, por Dios, Ernesto.

—A veces tengo miedo de que no quede una sola cosa capaz de sorprenderme, pero cuando te tengo delante... Nadie me ha hecho nunca sentir lo que tú, Mangata.

—Piensas así porque nunca has podido tenerme.

—Quiero volver a besarte, te quiero, claro que te quiero, *collóns*. ¿No puedes darte cuenta?

—Y yo, Ernesto. Pero somos incompatibles, somos muy distintos. Tu trabajo...

—Mi maldito trabajo, siempre estás con lo mismo. ¡Tú y todos! Ayudo a las personas a tener una vida mejor, pero van diciendo barbaridades sobre mí cuando lo único que hago es trabajar, todo el día. Levanto la economía de mi país y la de este. Tú sabes mejor que nadie todos los puestos de trabajo que he creado y eso es lo único que me importa, lo que me ayuda a seguir adelante: saber que ayudo a las personas. A veces estoy tentado de conceder una entrevista a la prensa, de responderles a todos esos hipócritas que hablan y hablan y hablan de mí sin conocerme, a discreción y sin sentido. Nadie ha ayudado a este país como las empresas occidentales. ¡O mejor aún! ¿Qué tal si voy preguntándoles uno a uno cuántos puestos de trabajo han generado ellos? ¿Cuánto dinero han donado? ¿Cuántas vidas han cambiado? Si han hecho, en definitiva, algo que merezca la pena con sus vidas aparte de tuitear, ver la tele, holgazanear y criticar, criticar a todas horas, que es el entretenimiento favorito de los españoles, como si echarle las culpas a otro de lo mal que va el mundo los redimiese de su insustancialidad. A mí sí me importan de verdad las personas y los trabajadores. Hago más que esas hordas de vagos lenguaraces. Panda de hipócritas. Hablar es fácil, lo difícil es esforzarse en ser alguien. Y tampoco basta con trabajar como un imbécil, hay que ser inteligente, saber por qué se hacen las cosas, cuándo, cómo y dónde hacerlas. Pararse a pensar de vez en cuando. Pero ¿sabes qué es lo que pasa? Que para ser un demonio, solo hay que tener pinta de demonio. Y yo debo de ser feísimo.

—Un demonio no eres, Ernesto, pero has venido preocupado por un informe de hace años, así que un ángel tampoco.

Irina escuchó entonces el peculiar chasquido de la lengua contra el paladar que hacía su padre cuando algo no le gustaba.

—Eso es lo que quiero que tú me expliques, Mangata. Hace un mes, uno de mis trabajadores, Al Mamun, recibió una llamada al móvil de un desconocido. Le dijo: «Sabemos que tú mataste a Tarik. Tenemos pruebas que te incriminan». Él contestó que no tenía ningún motivo para matar a alguien que ni siquiera conocía. El desconocido simplemente dijo: «Green Bangladesh. Tu jefe sabrá de qué hablo». Y colgó. Al principio creímos que querían ponerle nervioso. Era imposible que tuvieran pruebas porque Al Mamun no mató a Tarik, pero seguramente querían que cometiera algún error y conseguir así información.

—¿Y crees que Amina estaba detrás de aquello? Porque te juro por mis hijos que yo destruí aquel informe y todas las grabaciones.

—No solo lo pienso, sino que ahora lo sé: Amina estaba detrás de todas esas amenazas.

—Por Dios, Ernesto, dime que tú no tienes nada que ver con su muerte.

—¿Esa imagen tienes de mí, del hombre que ha cuidado a tus hijos toda la vida mientras tú te desentendías de ellos? ¿Tengo pinta de asesino también?

—No, no, no. Y lo siento. Pero es que no entiendo nada. ¿Su muerte fue solo una casualidad? No sería la primera mujer que esos matones asesinan para desincentivar a otras mujeres que se manifiestan para que haya sindicatos.

—No. Una casualidad, tampoco. Tengo sospechas de quién pudo ordenar su muerte. Al Mamun escuchó una conversación entre Irina y Sagor diciendo que iban a reunirse con Amina. Pensó que ella iba a irse de la lengua. Él mismo me informó de su muerte, me dijo: «Muerto el perro, muerta la rabia». Y por la forma en que me miró cuando lo dijo...

—¿Y confías en un hombre como ese? ¿Cómo puedes ser cómplice de todo esto, Ernesto? ¡Cómo! Es una abominación.

—Si pudiera, yo mismo le denunciaría, créeme, pero no puedo.

—¿No puedes o no quieres porque tus negocios se verían comprometidos? —La voz de Mangata sonó especialmente irónica.

Ernesto volvió a chasquear la lengua.

—Al Mamun sabe cosas, Mangata. Sabe que Tarik murió en España, que viajó hasta Vigo solo para chantajearme. Lo sabe porque él mismo llevó su cadáver de vuelta en un barco desde Vigo hasta Chittagong para que Amina pudiera enterrarlo. Yo se lo encargué. Se lo debía a Amina. Yo era el padrino de ese chico, lo vi crecer, no podía dejar que muriese sin un funeral decente, que flotase en el fondo del mar como un miserable.

—¿Mataste al hijo de Amina porque te chantajeó? ¿Es eso?

—No, Mangata. ¡Por Dios! Yo no lo maté.

—Entonces ¿quién? ¿Por qué dices que mandaste su cadáver en un barco a Bangladés? No tiene ni pies ni cabeza.

—No necesitas saberlo.

—Tienes razón, ni quiero —zanjó ella.

—Pero hay algo que sí tienes que saber: registraron la casa

de Amina el día que fue asesinada y encontraron un montón de grabaciones y escritos del informe «Green Bangladesh» en un ordenador. Probablemente lo guardaría Kamal, él trabajó contigo en aquel informe, tiene lógica. Amina lo escondería por si en algún momento lo necesitaba, o qué sé yo. Pero había más pruebas: un vídeo nuevo que compromete a Al Mamun. Y también pensamos que hackearon su ordenador, porque había más documentos.

—¡Qué novedad! El gobierno pondrá la vieja excusa de que ese vídeo sobre malas prácticas filtrado es una amenaza para la seguridad nacional y, por tanto, ilegal. Además, la mayoría de esos delitos habrán prescrito. ¿Vosotros no tenéis protocolos de seguridad, información cifrada para evitar que os la roben?

—Pues no han servido de mucho. De cualquier manera, lo más preocupante es ese vídeo: contenía imágenes de Al Mamun cerrando un trato con un miembro del gobierno, un acuerdo por el que hacen la vista gorda con los tintes que usamos para teñir la ropa y que contaminan el río. Y no estaba sola en esto porque quien llamó a Al Mamun fue un hombre, no una mujer. Alguien ha seguido investigando durante todo este tiempo.

—¿Y yo qué tengo que ver en todo esto? ¿Por qué estás aquí y no en Daca intentando buscar a esa persona?

—Estoy aquí porque algunas personas vieron entrar a Irina y a Sagor en la casa de Amina después de su muerte, con un joven bengalí. Creemos que aprovechó para llevarse archivos con el informe «Green Bangladesh» y las nuevas grabaciones que comprometen a Al Mamun.

—¿Faisal robó esos archivos? —La voz de Mangata sonó extrañada.

Irina miró al joven y la alarma en los ojos de él la golpeó como una bofetada de realidad.

—Dijiste que era la casa de su primo. Faisal, tú no sabes español, ¿verdad?

Supiera o no español, el joven había entendido perfectamente la situación: tardó un segundo en reaccionar y otro en echar a correr. Alertados por el ruido, Ernesto y Mangata salieron al pasillo. Al ver a Irina temblorosa y al joven correr, Ernesto salió como una furia también detrás de Faisal, pero este empujó la mesa de la cocina para bloquearle el paso. Ernesto quiso saltarla, pero se enganchó y se le desgarró la camisa. Aun así, saltó por encima, y alcanzó la puerta de la cocina en el mismo instante en que llegaban Sagor y Murshida. Los empujó para poder pasar y ellos lo vieron alejarse, sorprendidos.

—¿Habéis escuchado mucho de la conversación? —le preguntó Mangata a una Irina consternada.

La joven asintió con la cabeza. Se sentía idiota, y traicionada, y todo el amor que tenía dentro de pronto se transformó en rabia por no haber querido ver lo que siempre había intuido, que Faisal nunca había estado con ellos porque estuviera enamorado de ella.

Ernesto volvió jadeando y entró de nuevo en la cocina donde Murshida, Sagor, Mangata e Irina le miraban sin atreverse a decir nada.

—Ese chico corre más que un perro de caza. Maldita sea. Encima, me he destrozado la camisa.

Mangata soltó un bufido que estaba a medio camino entre la risa y el escepticismo.

—Por Dios, solo es una camisa, Ernesto.

—No, no es solo una camisa. Me la regaló Elena. Ella era la única que me entendía de verdad, y nunca supe valorarlo hasta que murió. Solo entonces me di cuenta de que ella fue el único apoyo que he tenido en esta vida.

Ernesto fulminaba a Mangata con la mirada. La observaba fijamente, con tal tensión que le temblaban los brazos de apretar los puños. E Irina, por primera vez, entendió a aquel hombre que la había cuidado como si fuese su verdadero padre, que para ella seguía siendo su padre. Qué injusta había sido siempre con él. Mangata trabajaba en una ONG, pero ¿quiénes habían cuidado de sus hijos toda la vida? Él y Elena. Eso le recriminaba Ernesto con su mirada: que la más hipócrita de todos era ella. Mangata debió de entender que lo que había detrás de las palabras y el enfado de Ernesto era lo mismo que estaba pensando Irina, porque bajó la cabeza.

Ernesto se quitó la camisa y la tiró en la mesa.

—Voy a por otra que tengo en el coche —dijo, como si aquello pudiera solucionar algo—. Y tú, Irina, espero que hagas algo bien por primera vez en este viaje y encuentres a ese chico antes de que sea demasiado tarde. ¿O quieres que acabe como Amina?

Horas más tarde, con ayuda del chófer, Irina y Sagor metían en la limusina que había alquilado Ernesto las pocas cosas que habían comprado durante esas dos semanas en Sreemangal. Irina le había mandado varios mensajes a Faisal desde el móvil de Mangata, y le había llamado, pero él no contestaba. Como lo más probable era que Faisal huyese a Daca, decidieron adelantar su viaje de vuelta a la capital. Ella había tenido una conversación con Ernesto. Le había explicado que ahora que Sagor pensaba que Tarik había muerto en Chittagong, era mejor dejar que lo siguiera creyendo, y Ernesto estuvo completamente de acuerdo. Así que solo le dijeron que Faisal tenía información comprometida. Y luego Irina le había pedido perdón a Ernesto: «No querrás seguir siendo mi padre, ahora que sé que no lo eres». Se sentía avergonzada por su comportamiento: por haber viajado a Daca para escarbar en sus secretos, por no haber confiado y hablado más con él, por haber robado en sus tiendas, pero, al mismo tiempo, la asustaba que el hombre de gustos sencillos, disciplinado, exigente con sus hijos, a veces indolente, pero en el fondo dedicado y cuidadoso con los negocios como lo era con su jardín, fuera además un auténtico rey de la explotación que necesitaba a mafiosos de cara lavada como Al Mamun para encargarse de los trapos sucios mientras él fingía amor por la ropa. ¿Amaba la ropa o el poder? Ojalá solo hubiera descubierto su misterioso lado romántico, el del hombre capaz de envolver su vida en una mentira para satisfacer a la mujer que amaba: Mangata. No Elena, Mangata. No su mujer, su prima. Las últimas palabras de Elena siempre la habían atormentado, como una enfermedad persistente que los médicos no saben determinar a qué se debe, como un acertijo absurdo, sin sentido: «Estás condenada, lo llevas en los genes». Entonces, ¿su madre sabía que ella no era su hija? Necesitaba preguntárselo, hablar de todo aquello con él, pero Ernesto zanjó la conversación antes de que ella pudiera decir nada más. «*Déixate de caralladas*, soy tu padre. No seas cría, no en estos momentos.» Antes ella le hubiera rebatido, pero decidió callarse.

Pensaba en todo eso mientras observaba al chófer cerrar el maletero de la limusina.

—No estés triste, monita. Estoy seguro de que Faisal tendrá una buena explicación.

—No estoy triste.

—Claro que lo estás. Por si no te has dado cuenta, somos una alteración milagrosa de la naturaleza, un enigma de Riemann, la raíz cuadrada de un número imaginario, una mutación. Somos mellizos, y yo puedo saber lo que hay en tu cabeza: estás enamorada de Faisal y piensas que todo se ha acabado.

Ella también le conocía y sabía que Sagor trataba de bromear para fingir que la vida no era tan difícil, para agradar, como siempre, pero que él mismo estaba hecho un lío. Respondió con una sonrisa rendida:

—Ojalá fuera solo eso.

Mangata, Ernesto y Murshida salieron de la casa cargando con otra maleta.

—Murshida irá con vosotros —explicó Mangata—. Ha llamado a su prima, que trabaja en una fábrica en Savar, y mañana por la mañana va a ir a verla. Y ha quedado con Mohamed, que también está en la capital por trabajo.

Mangata le guiñó un ojo a Murshida, que se sonrojó al momento. Mohamed era el enamorado de su abuela, y, por lo que les había contado Mangata, llevaba años pretendiéndola. Irina le había visto llevarle flores silvestres más de una vez, y aunque Murshida le echaba la bronca al incansable Mohamed, su nieta la había visto sonreír después mientras las colocaba en el jarrón de la cocina. Solía bromear diciéndole que era muy guapo y que tenía unos brazos muy fuertes, y Murshida se escandalizaba y le decía que ella ya era una mujer mayor, pero Irina negaba con la cabeza: «¡Parece que tienes diez años menos!».

Mangata, en cambio, no los acompañaba, y cuando le llegó el momento a Irina de despedirse de ella, se dio cuenta de que no estaba preparada.

—Espero veros pronto. Estos días con vosotros han sido... —Mangata la abrazó cogiéndola por sorpresa—. Espero que algún día puedas perdonarme.

Cuando Irina se soltó de su abrazo, ella misma se sorprendió de lo que le dijo:

—En cierto modo, te admiro. Nunca he conocido a nadie tan valiente como para renunciar a todo por ayudar a los demás. Yo no podría.

A Mangata se le empañaron los ojos y ya no pudo decir nada más, solo volvió a abrazar a su hija, y luego dejó que se fueran. Se quedaron mirándola desde la ventanilla del coche, cómo se giraba y volvía a sus macetas.

25

Al lado de un asesino

24 de abril de 2013

I

No eran ni siquiera las seis de la mañana cuando Irina se despertó al día siguiente en el Six Seasons. Al levantar la persiana, vio que Daca había amanecido con un cielo inusualmente azul y límpido. Se quedó un rato con la cabeza pegada al cristal, observando el movimiento de un avión que agrietaba ese cielo inmaculado abriéndole una cicatriz suave y blanca, tan superficial que no tardaría en disiparse. Le hizo pensar en lo sencillo que sería todo si sus miedos pudieran despejarse con tanta facilidad.

Se quitó el camisón, las bragas, que dejó tiradas en el suelo, y entró en el baño.

Al Mamun, el mafioso de cara lavada al que ahora tenía que disimular que aborrecía, les había entregado nuevos móviles. Faisal no había respondido a ninguno de sus mensajes, y después de toda una noche sin poder dormir, Irina había decidido que pasaría a preguntar por él en la Tienda de Objetos Raros.

Pero era demasiado pronto y no sabía cómo tranquilizarse, así que abrió el grifo para que la bañera se fuera llenando de agua y empezó a volcar dentro, uno a uno, el contenido de todos los botecitos llenos del jabón naranja del hotel. Luego activó el hidromasaje y, cuando el agua estuvo por la mitad, metió una pierna. Ardía, pero no se lo pensó: metió la otra pierna y se sentó dentro. Al principio le quemó tanto que tuvo que apretar los puños, los párpados, e incluso contuvo la respiración. No era la primera vez que hacía aquello. Su cuerpo empezó a quedarse débil, y pronto le siguió una sensación de desmayo que conocía bien. Soltó el aire que había retenido en sus pulmones al tiempo que una lágrima se deslizaba por su mejilla con rapidez. Sumergió entonces la cabeza, empujando hacia atrás el pelo con las manos mientras este se humedecía provocándole un alivio casi placentero. Era como si su cuerpo cambiara de un estado a otro. El agua era silenciosa, calmante. Cuando estuvo totalmente sumergida, se concentró en las reverberaciones de los chorros del hidromasaje y del líquido cayendo por la canilla abierta. Las ondas vibratorias del sonido resonaban dentro de su cuerpo.

Solo cuando ya no pudo aguantar más la respiración, volvió a sacar la cabeza.

Apartó la espuma con las manos y las puso en forma de cuenco para coger agua. Se la echó por la cara, quitándose el jabón.

Abrió los ojos.

El vapor que ascendía hasta el techo olía a cítricos, como si en lugar de los botecitos, hubiera exprimido un montón de naranjas dentro de la bañera. *Y pensar que durante las últimas tres semanas me he duchado solo con un cubo de agua agria y fría y una pastilla de jabón barato en mitad del bosque.* Necesitaba aquel baño. Tenía que relajarse para poder pensar. Pensar. No precipitarse. Pensar. Sabía exactamente lo que iba a decirle a Faisal para que le devolviera el vídeo, pero no sabía cómo reaccionaría él. Ella siempre había creído que sabía desenmascarar a las personas, pero la vida le había dado una bofetada de realidad. *Qué ilusa soy.* Faisal era un extraño, siempre había sido un extraño. Y era posible que solo se hubiera acostado con ella por un mero deseo físico, tal vez incluso por el morbo de que ella era una mujer blanca y rica, se le ocurrió. Y si Faisal no sentía nada por ella, entonces lo que pensaba decirle podía ser peligroso. Pero más peligroso era para toda su familia que aquel informe saliera a la luz. Y, sin embargo, sentía algo demasiado fuerte por Faisal, algo que ni siquiera había tenido tiempo de razonar, pero que le abrasaba en el pecho, tanto o más que el agua de la bañera.

Una burbuja se hizo grande entre la espuma y la cogió maquinalmente en la palma de sus manos. Sagor le había contado en una ocasión que el universo tenía la eficiencia vaga de una pompa de jabón. «La forma esférica es la más sencilla de adoptar, la que menos energía requiere para formarse. No hay esfuerzo, no hay intención. Simplemente, las moléculas de jabón se ordenan para rodear la burbuja de aire usando la mínima superficie posible. Y lo mismo sucede con el universo. No tiene voluntad. Es lo que es. Mudo. Perezoso. Tan perfectamente simple, tan perfectamente bello. No esperes nada de él.» Por eso mismo tenían que cuidarlo, pensó Irina. No destrozarlo con aquellos químicos para teñir la ropa que le arrancaban el color a la naturaleza. Pero, aun así, ella no podía permitir que Faisal perjudicara a Ernesto, ni a nadie de su familia. Se le nubló la vista por la tristeza y los colores dejaron de danzar arbitrariamente sobre las paredes de la pompa de jabón que sostenía entre sus manos, fueron adquiriendo poco a poco distintas formas, y en ellas creyó ver las sonrisas de sus hermanos, luego los cuerpos de sus padres, y, de fondo, la arena y la ría de Vigo; de pronto, la playa privada entera se proyectaba como una película sobre ese pequeño universo multicolor. Siempre recordaba la misma escena, probablemente porque era el único recuerdo que conservaba de todos ellos juntos y felices. En esa fina película de jabón que rodeaba a la burbuja, proyectó la imagen de Ernesto haciéndola saltar por los aires y se vio a sí misma dando una voltereta mientras todos sus hermanos reían y aplaudían, pero no era solo un recuerdo; en esta ocasión, su imaginación añadió algo nuevo: Irina enseñaba a saltar a Lucas y su hermano reía con orgullo. Podía ver la cara de satisfacción de Ernesto, que estaba sentado bajo una sombrilla, jugando con los nudillos; y entonces, un primer plano de Elena abarcó la burbuja entera, sus ojos azules reposados, satisfechos, felices.

La burbuja perfecta estalló.

Desapareció de la vista.

Y la puerta del baño se abrió de forma violenta.

—Tía, ¿estás loca? Te vas a quedar dormida ahí dentro. ¡Felicidades!

Lucas se abalanzó sobre Irina y le pegó un abrazo mojándose entero. Irina había olvidado que era su cumpleaños: 24 de abril.

—Qué madrugador —le dijo sorprendida.

Con su habitual despreocupación, Lucas se sentó en el borde y empezó a hablar sin parar:

—Es que me voy a Savar con Ryad. Estoy enfadado con Santiago, pero eso da igual. Ya pensaré cómo solucionarlo cuando volvamos. Tú tienes que contarme qué es eso de que os reunisteis con una mujer a la que mataron el día de la huelga. Qué horror. Ryad está enamorado de mí, ¿sabes? Le pillo mirándome cada dos por tres, pero no se atreve a dar el primer paso. Creo que tiene miedo a su padre. ¿Te imaginas que su hijo le dice que es gay? —Lucas se puso muy serio—. Voy a acostarme esta noche con él. No me mires así, solo nos queda un día aquí. Y él es tan inocente... A lo mejor nunca ha estado con un hombre antes.

Irina negó con la cabeza como si su hermano no tuviera solución.

—Me parece bien, siempre y cuando no juegues con él.

Lucas hizo un gesto con la mano quitándole importancia.

—¿Jugar? Le va a encantar. Pensé que tantos días viviendo en la naturaleza en plan salvaje te habrían sacado la rigidez del cuerpo. Aunque... —Lucas miró hacia el suelo de la habitación—, antes no dejabas las bragas sucias tiradas por el suelo. —Hizo un pícaro movimiento de cejas—. ¿Te has acostado con ese amigo vuestro que os lleva a todos lados? No me has mandado ni un mísero mensaje en todo este tiempo. Sal ya del agua, tienes la piel superroja, cuando haces esas cosas me parece que estás loca.

Lucas le alargó la toalla que estaba colgada en la puerta e Irina salió de la bañera.

—Lucas, ¿te has preguntado qué pasaría si tuviéramos que vivir sin tantas comodidades?

—Eso nunca va a pasar, papá es rico.

Irina le contempló pensativa y repitió la frase que en algún momento le había dicho Faisal:

—Porque somos ricos, creemos que nunca seremos pobres. ¿No es esa la fantasía que nos sostiene?

Lucas frunció el ceño.

—En cualquier caso, no nos sostiene solo a nosotros, sino a los occidentales en general. Pero todos evitamos ese pensamiento en un mecanismo de supervivencia. Sabemos que nos estamos cargando el planeta. Los que vengan detrás no disfrutarán de tantas comodidades como nosotros, pero no paramos de quejarnos. Las generaciones futuras nos conocerán como los hijos mimados de la historia. A no ser que ocurra un milagro. Y los hombres hemos perdido la fe, no digo ya en nuestros dioses, sino en nosotros mismos. Y ahora, dime, ¿qué te pasa? ¿Por qué te has puesto tú tan filosófica? ¿Es por esto por lo que robas en las tiendas de papá? ¿Quieres unirte a algún grupo antisistema? Y hablando de eso, la mujer que ha venido con vosotros, Mursicomosellame, nos contó ayer que ella y su novio-que-dice-que-no-es-su-novio van a visitar a una amiga que está trabajando en el Rana Plaza. Las trabajadoras están preocupadas porque hay grietas en la fachada. Quiero sacar fotos de las paredes del edificio para hacer un reportaje. A papá le va a encantar si consigo que me lo publiquen.

Lucas cogió un pintalabios y fingió que se repasaba los labios mientras se miraba en el espejo.

—Tengo otros planes.

—¡Vale! —Lucas cerró la barra y la devolvió a su sitio. Antes de salir por la puerta, le guiñó un ojo.

—Pero si cambias de opinión, saldremos de aquí a las ocho.

II

Todavía estaba en ropa interior, secándose el pelo y sentada a lo indio en la cama, cuando el móvil vibró encima de la mesilla de noche.

—¡Faisal! ¡Por fin! —gritó al contestar a la llamada—. Tengo que verte. ¿Estás en Daca? No me importa que me engañaras ni que hables español y nos hayas estado espiando, Faisal, sé lo importante que era Amina para ti, y seguramente piensas que con ese vídeo vas a vengar su muerte, y no te lo voy a impedir, pero yo necesito verte antes, por favor.

Durante unos segundos no se escuchó nada al otro lado de la línea.

—Tu padre mató a Tarik, Irina —dijo por fin Faisal—. Y no hablo español, simplemente no soy tonto.

Irina también tardó en responder, tenía que medir bien lo que le iba a decir.

—Mi padre no mató a Tarik. Pero yo sé quién lo hizo.

De nuevo hubo un silencio largo al otro lado del teléfono. Irina se clavó las uñas en la pierna, pero aprovechó el golpe de efecto:

—Faisal, necesito verte. Por favor, si es cierto que sientes algo por mí, si ayer no mentías...

Faisal la interrumpió.

—No mentí, Irina. Te quiero. ¿Por qué crees que todavía no he entregado el vídeo a la prensa? Pero eso no cambia que tu padre matara a Tarik, y Al Mamun ordenó matar a Amina, estoy seguro. Es uno de los jefes de las peores mafias de Daca y trabaja para tu padre. Por eso os seguí el día que llegasteis a la ciudad, porque reconocí a ese hombre, reconocí su cicatriz con forma de ancla, eso te lo conté, no quería engañarte. He tenido pesadillas con su cara, con esa cicatriz, nunca la olvidaría. Pero sobre los vídeos y el informe no podía decirte nada. Se lo debo a Amina, y es verdad que quería acercarme a vosotros para saber la verdad sobre tu padre, pero no contaba con enamorarme.

La voz de Faisal estaba llena de rabia y de dolor al mismo tiempo, así que Irina pensó rápido.

—Lo sé, Faisal, de verdad que te entiendo, pero las cosas no son como tú crees, solo te pido que me escuches, por favor, porque tú sabes una parte de la historia, pero yo sé otra. Tienes que confiar en mí, por favor, confía en mí. Yo sé quién mató a Tarik. Por favor, Faisal. Tenemos que vernos y te lo diré.

Los silencios de Faisal se le hacían eternos, pero no podía presionarle más.

—Está bien —accedió él finalmente.

Irina soltó un suspiro.

—Escucha: mi padre está pendiente de todo lo que hago y este teléfono probablemente esté rastreado, así que lo voy a dejar en el hotel, pero Murshida va a ir a ver a su amiga al Rana Plaza, en Savar, y mi hermano me acaba de proponer que vaya con ellos, así que nadie sospechará si los acompaño. ¿Conoces el edificio? Nos veremos allí, pero no en la puerta, sino en la esquina izquierda mirando de frente el edificio.

—En una hora —dijo Faisal, y colgó el teléfono.

Irina estaba tan nerviosa que se levantó y se movió por la habitación como si no supiera qué hacer. Tenía que calmarse: Lucas le había dicho que saldrían a las ocho de la mañana y eran las ocho menos cinco minutos. Pensó tontamente que no sabía qué ponerse. Y se reprochó que, de entre todo el torbellino de pensamientos que era su cabeza, le preocupara aquello. Cerró los ojos y se obligó a centrarse. Luego cogió los primeros pantalones que vio encima de la maleta abierta en el suelo, unos de tela con un diseño de flores, y una camisa blanca de manga larga. Se vistió, cogió un bolso, metió la cartera y salió a toda prisa por la puerta.

Pero no había dado ni dos pasos cuando alguien la agarró del brazo y tiró de ella con fuerza.

—¡Breixo! —exclamó al ver a su primo.

¿En aquella familia nadie dormía?, pensó contrariada.

Breixo le tiró de la oreja.

—¡Felicidades, monita!

Irina balbuceó un «gracias», sin saber muy bien qué decir.

—Lo siento, pero tengo prisa. Si ves a mi padre, le dices que he ido a Savar con Lucas y los otros, que no se preocupe.

Breixo abrió mucho los ojos.

—No creo que lo haga. ¿No te has enterado?

La cara de su primo no le gustó nada.

—¿Enterarme de qué?

—Del atentado terrorista en el maratón de Boston. Fue hace unos días. La gente no habla de otra cosa.

Irina sacudió la cabeza con perplejidad.

—¿Qué estás diciendo? Yo no sé nada de eso.

La noticia era horrible, pero tenía que apartar ahora aquello de su cabeza porque el coche de Mohamed estaría a punto de salir y por culpa de aquella interrupción ya no iba a alcanzarlos.

—Tu padre anda frenético ordenando a sus fábricas un pedido de camisetas y zapatillas con el lema «Boston Strong». Yo tengo que llamar ahora a unos proveedores.

—Estás de coña, ¿no?

Breixo negó con la cabeza y abrió los brazos como si mostrara lo obvio.

—Mira, Irina, el sistema capitalista está hecho para producir, producir, producir. Eso todo el mundo lo sabe: es una máquina tonta. Y las desgracias siempre ayudan a que la gente consuma. Pero, si lo piensas, nosotros les damos lo que más necesitan ahora: mensajes de fortaleza. Y a mí, la verdad, el chovinismo americano me resulta admirable: las desgracias los unen, al contrario que a los españoles, que encontramos cualquier excusa para odiarnos entre nosotros.

Irina no sabía cómo parar el discurso de su primo.

—Tengo que irme, de verdad, me están esperando. Lo siento. Luego hablamos.

Y, sin más, le dio la espalda y le dejó con la palabra en la boca: tenía que ir más rápido que el latido de su corazón si quería alcanzar a sus hermanos.

Pero cuando llegó a la recepción del hotel, le dijeron que su abuela y sus hermanos ya habían salido.

—*Carallo!* ¿Pueden llamar a un taxi?

—Yo puedo llevarte.

Irina se giró y se encontró con la sonrisa de Al Mamun. Llevaba el mismo traje de color vino del día que se habían conocido.

—*Tumi thik acho?* —le preguntó cariñosamente, posando su mano sobre el hombro de ella, y a continuación tradujo la frase—: ¿Estás bien?

—Sí, mejor que nunca.

—Hoy es tu cumpleaños, ¿verdad?

Irina exageró tanto la sonrisa que Al Mamun debió de darse cuenta de que era forzada.

—¿Te has olvidado de tu propio cumpleaños? ¿Estás segura de que estás bien?

Irina volvió a asentir con la cabeza, pero miró su reloj con impaciencia.

—Es que iba a ir con mis hermanos a Savar, pero se han ido sin esperarme. Y no me apetece quedarme sola el día de mi cumpleaños.

—Estaba a punto de ir hacia allí precisamente para traerlos de vuelta. Las trabajadoras no paran de quejarse por unas estúpidas grietas. Ayer no trabajaron y el dueño de la fábrica les ha dicho que hoy no tendrán que hacer pedidos, pero no pueden no ir a trabajar. No quiero que tu familia se vea envuelta en ninguna otra huelga. Puedes acompañarme si quieres, pero será ir y volver.

Al Mamun era la última persona con la que Irina quería ir, tampoco quería meterse de nuevo en una huelga, pero no se le ocurría otra solución, así que accedió a ir con él y le siguió hasta el coche, que estaba aparcado en la entrada del hotel.

—¿Son peligrosas esas grietas?

Al Mamun hizo un gesto despectivo con la mano y le abrió la puerta para que se subiera.

—Esas mujeres hacen un mundo de nada, siempre están buscándose alguna excusa para no trabajar. El clima aquí no es como en España, es habitual encontrar grietas en los edificios por las temperaturas.

Cuando ambos estuvieron montados y después de que Al Mamun arrancara el coche, Irina se dio cuenta de que la estaba mirando con el rabillo del ojo. Y de que ella no paraba de pensar que ese hombre era un asesino. Estuvieron un rato sin hablar, hasta que él bajó la música.

—Eres una mujer muy fuerte. Después de lo que viviste, no tienes reparos en ir a buscar a tu familia, aunque tal vez haya otra huelga. —Hizo una pausa, y luego dijo—: Siento mucho lo que le sucedió a Amina, que presenciarais su muerte. Tuvo que ser horrible para vosotros.

Irina no se esperaba aquello. Habían sucedido tantas cosas, que había bloqueado la muerte de Amina en su cabeza, pero de pronto se dio cuenta de que odiaba a Al Mamun con todas sus fuerzas. ¿Cómo podía ser tan cínico?

—Sí, fue horrible. No sé cómo alguien puede matar a una mujer inocente y quedar impune. Y la justicia no hace nada.

Irina escudriñó los ojos de Al Mamun, tranquilos a pesar del brillo de la luz del sol que acuchillaba el cristal y se posaba en ellos con maldad. Al Mamun simplemente asintió en un gesto mecánico de empatía, cambió la marcha, se metió por un lateral para esquivar el atasco que había al salir del hotel y dijo:

—Bienvenida al mundo real.

Al Mamun vendía una imagen pulcra, aseada, impoluta de sí mismo, pero ella no se la compraba. Hacía calor en el coche y, a pesar de lo cara que fuese la colonia que aquel hombre se echaba, Irina pensó que no neutralizaba el aroma turbio, fermentado y tan peculiar que rezumaba su piel, como si fuera de queratina, igual que la de los camaleones. Ella sabía a qué se debía: era el olor a azufre del diablo.

26

El abrazo final

El Rana Plaza era un edificio gris, sin pintar, de ocho plantas, en el que, aparte de fábricas de ropa, había un banco y varias tiendas. Uno más entre otros muchos edificios grises del barrio de Savar. Como había predicho Al Mamun, algunas empleadas se estaban quejando en la puerta por tener que trabajar con aquellas grietas en el edificio, más aún cuando, por lo visto, los empleados del banco que había en el mismo edificio no habían ido a trabajar.

—No parece que esas brechas sean ninguna tontería.

Al Mamun arrugó la cara en un gesto de aburrimiento.

—Créeme, es una tontería. Pero no quiero que tus hermanos tengan que aguantar ninguna situación incómoda. ¿Entramos?

—Necesito llamar a un amigo primero. Es que me acabo de enterar de que su novia estaba corriendo el maratón durante el atentado de Boston y el pobre está en España y no sabe nada de ella —inventó, aunque ni siquiera llevaba el móvil—. Ahora subo, no hace falta que me esperes.

—¿No son las cuatro y media de la madrugada allí? Pensé que había cuatro horas de diferencia con respecto a España.

—Está despierto porque me ha mandado antes un mensaje. Ha salido de fiesta.

Al Mamun pareció sorprendido.

—Es que le gusta mucho la fiesta. Es español.

Debió de convencerle la respuesta porque el hombre entró en el edificio y dejó a Irina sola. Le había dicho a Faisal que en una hora, y todavía eran las nueve menos cuarto. Caminó hasta la esquina en la que habían quedado y, mientras lo esperaba, contempló desde allí a las mujeres que entraban a trabajar. Pensó, vagamente, que los colores de sus saris le recordaban a la piel de los nenúfares del lago. Con aquellos matices que iban del blanco al marfil, del rojo al carmesí, del azul cielo al lila, pasando por las tonalidades verdes de las hojas. Sus figuras, sus destellos impresionados en su vista, eran igual que las pinturas de Monet. Imaginó las conversaciones que tenían, sus planes, sus cotilleos. Y recordó una frase de una fábula de Poe: «Y un rumor indistinto se levanta de los nenúfares, como el correr del agua subterránea. Y suspiran entre sí». Qué bellos eran aquellos saris, tan coloridos y alegres: contrastaban con el gris del edificio que se cernía sobre sus cabezas como un cielo plomizo y anulador. Aquel edificio daba pena, no solo por las grietas, sino en conjunto. Acarició en su cuello el amuleto de pigmentos azoicos con los que se tintaban aquellas telas. Mangata le había pedido que se lo quedara y, ahora que ya sabía la verdad, su padre no le había impedido que lo siguiera llevando.

—Estoy aquí.

La voz de Faisal le hizo pegar un respingo. El joven estaba en cuclillas en la repisa de una de las ventanas del edificio. Pegó un salto y aterrizó a su lado. Se apoyó contra la pared, sin mirarla. Llevaba unos vaqueros oscuros y una camiseta blanca. La última vez que le había visto con aquella ropa estaban paseando entre los jardines de té de Sreemangal al atardecer. Tenía los ojos rojos e hinchados. Irina deseó poder estar dentro de su cabeza. Había preparado mentalmente lo que iba a decirle, pero empezó a temblar, nada de lo que había pensado le parecía ahora coherente, así que simplemente dijo:

—Yo maté a Tarik.

Faisal siguió quieto, mirando hacia el edificio de enfrente en una actitud inexpresiva pero llena de tensión, y había en sus ojos un fulgor que ella nunca le había visto. Desde luego, aquella no era la reacción que Irina se esperaba. Intentó cogerle del brazo, pero Faisal esquivó su mano.

—Hace un rato he hablado con tu hermano Sagor, Irina.

Eso tampoco se lo esperaba.

—¿Cuándo?

Faisal se encogió de hombros.

—Un poco antes de que llegaras tú. Me lo ha contado todo. No tienes que mentir.

—Entonces, sabes que...

Faisal asintió, seguía mirando de forma inexpresiva el edificio de enfrente.

—¿Que él mató a Tarik? Sí, lo sé. Aunque lo que él me ha contado es que empujó a Tarik porque iba a disparar a tu padre y que durante años pensó que lo había matado, pero que luego os conté que Tarik apareció muerto en Chittagong y que entonces supo que él no lo había matado. No sabe que Ernesto mandó su cadáver en un barco de vuelta a Bangladés.

Irina sintió un miedo repentino.

—¿Dónde está Sagor?

Faisal señaló con la cabeza la entrada del Rana Plaza, dando a entender que su hermano estaba dentro.

—Solo tenía trece años —dijo con la voz entrecortada, y a Irina le pareció que intentaba convencerse a sí mismo.

—Entonces... ¿le has dicho que Tarik sí murió, que él lo mató?

—No, y no voy a decírselo.

—Gracias por no decírselo, gracias, Faisal, de verdad.

Faisal se giró por fin hacia ella, con los ojos encendidos.

—Irina, puedo perdonar a tu hermano porque solo tenía trece años y porque creía que estaba protegiendo a su padre, pero no puedo perdonar a Al Mamun. Es cierto que él no mató a Tarik, pero sí tuvo algo que ver en la muerte de Amina, de eso estoy seguro. Y no solo eso: él y todos esos otros hombres del gobierno y de la mafia se aprovechan de los pobres, no cuidan a la gente de su país. Merecen ir a la cárcel, todos. Me siento un traidor por no entregar a la policía el vídeo que robé de casa de Amina. No es justo que las trabajadoras ni siquiera puedan sindicarse, que las maten si van a la huelga. Este edificio pertenece a uno de los dirigentes de la Liga Awami, no es extraño que no las dejen manifestarse, que hoy mismo las obliguen a trabajar a pesar de esas grietas.

Irina suspiró profundo.

—Pero esa grabación puede implicar a mi padre, Faisal.

Él sacó un *pendrive* de su bolsillo y se lo entregó.

—Lo hago solo por ti, Irina, pero no voy a negarte que me siento como un traidor a mi patria. Intento justificarme, pero no hay justificación. Lo hago porque eres buena y porque tú no tienes la culpa de toda esta cadena de conspiraciones y porque estoy loco por ti, porque sé que no voy a sentir por ninguna otra mujer lo que siento ahora mismo. Y porque... —Faisal suspiró, rendido—. Yo no puedo hacerte daño, Irina. Nunca imaginé que tú pudieras corresponderme. Ayer, cuando te quitaste el vestido... deseé que no fueras la hija de Ernesto, o haber nacido en un país que no fuera Bangladés. Para no ser pobre, para poder pedirte que fueras mi esposa y poder ofrecerte una buena vida. Sería el hombre más feliz si tú fueras la madre de mis hijos.

Faisal besó las manos, la carita triste de Irina.

—Ojalá nuestros mundos no fueran tan distintos —dijo ella.

Faisal la abrazó.

—Solo Alá sabe el dolor que siento por tener que decirte adiós. No quiero hacerlo.

—Pues no lo hagas —lloriqueó ella, la cabeza escondida en el pecho de él.

Faisal la besó e Irina se agarró más fuerte a su cuerpo, reteniéndole porque no quería que ese momento acabara nunca. Pero entonces él la empujó contra la pared, obligándola a esconderse. Lucas acababa de salir del edificio. Iba con la cámara colgada en el hombro y se había detenido a sacar unas fotos. No los había visto.

Irina suspiró y, con la voz rota, dijo:

—Me da igual que nos vea. Me da igual lo que piense la gente, que no entienda que dos personas tan distintas podemos enamorarnos. Además, Lucas tiene muchos defectos, pero es el más abierto de mi familia. Él entiende mejor que nadie que todos somos iguales, da igual si mi piel es blanca y la tuya morena, o que nuestras culturas sean tan distintas. ¿Por qué hay tanta gente que no lo entiende? Somos iguales, da igual dónde hayamos nacido. Las personas normales somos igual en todos los países. Solo queremos amar y ser felices, divertirnos, ser útiles, hacer cosas buenas por los demás, sentirnos queridos. Tenemos los mismos deseos, las mismas inseguridades, las mismas preocupaciones. En un mundo sin prejuicios podríamos estar juntos sin que a nadie le extrañara, sin que nadie pensara que porque eres musulmán me vas a pegar y me vas a obligar a encerrarme en casa.

Irina hizo un mohín y Faisal se rio ante su sinceridad; luego la miró con infinita ternura.

—Te quiero, Irina, te quiero tanto. Eres valiente, y sincera, y pareces frágil, pero eres salvaje, fuerte, impetuosa. Y luchas por lo que amas.

Ella tragó saliva.

—Voy a pedirle a mi padre que deje de usar esos químicos. Y te prometo que conseguiré que las cosas cambien.

Pero entonces Faisal vio algo y su expresión cambió por completo.

—Tengo que irme —dijo.

Irina miró hacia donde él miraba y vio un punto granate.

De pronto, ese puntito granate estaba más cerca y se convirtió en Al Mamun. Caminaba hacia ellos.

Faisal la besó por última vez y, antes casi de que ella pudiera reaccionar, había cruzado la acera y trepaba como un gato por la pared gris del edificio de enfrente.

Y entonces sucedió lo único para lo que Irina no estaba preparada.

Al Mamun sacó un arma de su chaqueta y apuntó en dirección a Faisal.

Irina nunca había visto un arma. Pensó que tenía que hacer algo, decirle a Al Mamun que ya no tenía por qué preocuparse, que Faisal le había dado el *pendrive* con el vídeo que lo incriminaba, y pensó también que el hombre estaba demasiado lejos, que no le daría tiempo, que iba a disparar. En un movimiento más instintivo que lógico, corrió hacia Al Mamun gritando tan fuerte como pudo:

—¡No dispares!

Y agitó sus manos para desviar su atención hacia ella.

Pero Al Mamun no la miró: apuntaba hacia arriba, hacia Faisal, que seguía trepando por la pared del edificio y todavía no había alcanzado el tejado.

Entonces se escuchó el estallido.

E Irina cerró los ojos.

El pájaro no conoce la bala y, como no la conoce, tampoco la espera.

Apretó los párpados. Para no ver ese estallido hundiéndose entre las costillas de Faisal, atravesándole el corazón, deteniendo el movimiento.

No quería abrir los ojos.

No quería ver cómo su ángel se desplomaba y caía del cielo a la tierra, en picado. Faisal, el Faisal que soñaba con ser un día campeón de parkour, el Faisal que soñaba con una vida mejor para su país, el Faisal de Irina, el Faisal de Daca, no podía dejar de existir. Pero Al Mamun lo había matado. De un disparo. Y eso ella no podría soportarlo. Apretó el amuleto con fuerza contra su pecho y recordó que un día le había pedido encontrar al amor de su vida y que ya había gastado todos sus deseos.

Y abrió los ojos.

No había sido más que un instante, un instante de terror en el que ella lo había imaginado todo.

El disparo.

Al Mamun no lo había matado.

Faisal seguía volando. El efecto del *time-lapse* había detenido su movimiento, no el estallido hundiéndose entre sus costillas.

El pájaro no conoce la bala y, como no la conoce, la ignora.

El joven aterrizó con elegancia sobre el tejado, pero en lugar de seguir corriendo, se giró y miró hacia ella con horror.

Otro estallido, pero esta vez brutal.

El suelo tembló bajo sus pies como en un terremoto.

Sintió que se mareaba.

Faisal desapareció, de repente, detrás de una nube de polvo.

La calle estaba llena de polvo; el aire se había convertido en polvo.

No podía respirar.

Irina tosió y se dio cuenta de que estaba en el suelo, se había caído. ¿Cómo, cuándo se había caído? Levantó la vista y miró hacia atrás, no vio nada, no había nada: el edificio ya no estaba.

¡El Rana Plaza se había derrumbado!

Había caído; seguía cayendo.

E Irina no paraba de toser intentando sacar ese polvo que se le metía dentro. Los alaridos se elevaban entre la nube de polvo y escombros que se expandía, que crecía devorando el cielo como el monstruo gigante, gris y amorfo de una pesadilla; alaridos de las almas escapando de los escombros, que salían de los cuerpos destrozados que ya no podían contenerlas. Habría miles de cuerpos engullidos por las piedras. Irina no procesaba lo que estaba pasando.

En un segundo, la muerte, el miedo. Lucas, Sagor, Murshida. ¿Dónde estaban?

Sin dejar de toser, se levantó y atravesó aquella nube gris que crecía con la inercia de un universo que no tenía voluntad para pararla. Asustada, temblando. No veía, solo escuchaba gritos. De repente, la vida era un requiebro, una equivocación. ¿Qué había pasado? ¿Qué estaba pasando? Irina corrió hacia el lugar donde antes había estado la entrada del Rana Plaza. La primera planta era lo único que no se había derrumbado del todo. Mujeres y niños salían gritando. Algunos sangrando. Todas esas mujeres que hacía solo un rato reían.

—¡Sagor! ¡Lucas! —llamó a sus hermanos, pero sus gritos no se distinguían entre los demás.

¿Cómo iban a distinguirse? Ni siquiera sabía dónde estaban sus hermanos. Lo que veía no podía ser real. Y porque no podía soportar, un pitido asesino le machacó el cerebro y el dolor que le produjo la hizo caer de nuevo de rodillas en el suelo.

—¡Murshida!

¿Dónde estaban? ¿Dónde?

Su cabeza había enloquecido, Irina se la agarraba porque no podía pensar. Los pensamientos estallaban, sin lógica, como los escombros de aquel edificio que ya no era edificio, que ya no era nada. Les faltaba el sentido. Su cabeza se hizo sombra y ruina. Se agrietó. *Busca la luz, Irina, entre las grietas. Busca el Vîrya dentro de ti.* Pero allí solo había sombras, mariposas entre el polvo. *Bolboretas.* «Así llamamos los gallegos a las mariposas», le había explicado una tarde a Murshida. Pero allí no estaba Murshida. Occidente estiraba su sombra sobre la ciudad: una nube de lana, algodón y cuero se cernía sobre las ruinas en la ciudad de polvo, insaciable, sobre la tierra que soñó con mil jardines, con mil *bolboretas.*

Sombras, mariposas, polvo.

Irina corría sin saber a dónde ir. ¿Dónde estaban ahora esas mujeres? Entre los escombros, manos. Almas gentiles, coloridas. Sangre, huesos, carne abierta. ¿Y los hermanos felices? Sombras, mariposas, polvo. *Los instantes, Irina, quieres reabsorber los instantes, pero ser solo somos ahora. Quieres guardar el tiempo en una botella, para rebobinarlo.* Pero las mil mariposas de colores volaban. E Irina sabía que el tiempo era una trampa. *¿Buscas tu amuleto? No: manzanas en el infierno.* Y el infierno eran sombras, mariposas, polvo. El pensamiento hecho ruina anhelaba deshacer el tiempo, pero ¿qué había bajo la miserable sombra?

Polvo, más polvo, mil corazones de polvo.

Un paraíso baldío de sombras, mariposas, polvo.

Y el sol cobarde que había abandonado a Amina tampoco ahora quería salir de entre esa nube densa de codicia, algodón y lino.

La pálida luna carmesí se escondía también, a las nueve de la mañana.

Entre rayos de polvo al amanecer, un cementerio de sonrisas. Las mariposas ya no eran más que saris entre escombros. Y, como en la desoladora fábula de Poe, los nenúfares ya no suspiraron y no se oyó más el murmullo que nacía de ellos. Sombras, mariposas, polvo.

Los pensamientos seguían estallando, desordenándose más y más.

Irina se levantó, se obligó a pensar con claridad porque su vida dependía de ello. Escupió una saliva gris. Lloraba, gritaba, no sabía lo que hacía cuando atravesó la puerta reventada, empujó a las mujeres que salían huyendo para entrar. *¡Sagor!* Ahora que sabía que eran mellizos. La persona a la que más quería en el mundo. *¡Sagor!* No podía estar allí atrapado, su hermano no.

Alguien la agarró del brazo.

Al Mamun había entrado detrás de ella, persiguiéndola.

—¡No puedes hacer nada! ¡Sal de ahí! ¡Esa pared se va a derrumbar!

El hombre tiró de ella para obligarla a salir, pero Irina luchó con fiereza por arrancarse de su brazo.

—Todo esto es culpa tuya, te odio. Déjame, asesino. —Su rabia se desgarró en esa palabra: «asesino».

Al Mamun dudó por un instante, pero no soltó el brazo de ella, que seguía gritando:

—¡Sagor! ¡Lucas! ¡Murshida!

Irina tropezó con un cuerpo intentando buscar algún hueco por el que penetrar entre aquellas ruinas. Ya no quedaba nadie con vida. Dentro estaban solo ellos.

Al Mamun volvió a tirar, y esta vez el rostro de Irina le devolvió una mueca desgarrada y horrible. Le odiaba, claro que le odiaba.

—¡Asesino!

En su mirada había desprecio, tanto desprecio que el hombre se tambaleó hacia atrás, confuso.

—Tú ordenaste matar a Amina.

Le odiaba con todas sus fuerzas porque él había insistido en que todas esas mujeres fueran a trabajar. Porque cuando ella le había preguntado si era seguro, él le había respondido que no se preocupara. Porque Faisal tenía razón y el mundo estaría mejor sin gente como él.

—¡Tú deberías estar ahí dentro!

Al Mamun la miró asustado, en el rostro de Irina había una mueca de odio, un odio tan voraz como el hambre de una fiera agazapada que mueve inquieta sus patas traseras, que tiene ganas de lanzarse a matar, un odio que no podía controlar. Y, aun así, él todavía quiso salvarla.

—Esa pared se va a caer. No queda nadie con vida, todos han salido. Vamos, niña, por favor, salgamos.

Y entonces Faisal apareció detrás de él.

Los tres se miraron.

—Has intentado matarle —le acusó Irina.

Al Mamun soltó su brazo.

—Está bien, si quieres morir, quédate ahí.

Pero Irina fue entonces la que agarró el brazo de Al Mamun, se asió a él con tanta fuerza que el hombre no pudo soltarse.

—Mataste a Amina —insistió.

Faisal les gritó:

—¡Salid de ahí!

Pero de pronto Irina no quería salir. Al Mamun tosía, estaba lleno de polvo, los tres estaban llenos de polvo.

—Amina nunca iba a las manifestaciones, no le gustaban las huelgas.

En dos zancadas, Faisal se puso junto a Irina. Y Al Mamun volvió a sacar el arma.

—Maldita sea, niña. ¡Quédate ahí si quieres, pero suéltame!

La amenazó con el arma para que le soltara. Y todo pasó muy rápido. En la cabeza de Irina solo estaba ese odio que, aunque mucho después hubiera querido explicar, no habría sabido hacerlo. No tenía pensamientos coherentes, si acaso en su subconsciente flotaban ideas a las que en otros momentos sí había dado vueltas, como que los hombres como Al Mamun nunca iban a la cárcel o que daba igual todas las pruebas que reuniera Faisal porque ese hombre lo encontraría y lo mataría. Frases que estaban allí, agazapadas en el lado más oscuro de la mente de Irina cuando Al Mamun apretó el gatillo esperando que así ella le soltara. Pero Irina ya había tirado del brazo de Al Mamun con todas sus fuerzas. No pensaba matarlo, esa idea no pasó por su cabeza, pero el hombre salió disparado contra una pared y, ante el impacto de su cuerpo, la pared, que a duras penas había resistido el derrumbe del edificio, cedió.

Ni siquiera pudo ver la cara de sorpresa de Al Mamun.

En un segundo, el hombre había desaparecido. La pared había caído encima de él aplastando su bonito traje de color vino. El diamante rojo sepultado entre los escombros.

Irina lo había matado.

Y ella también hubiera muerto si Faisal no la hubiera agarrado en volandas, retrocediendo en dos saltos ágiles para escapar del derrumbe de otra pared adyacente.

Justo en ese momento, dos hombres entraron en el edificio.

—¿Queda alguien más con vida?

Lo dijeron en bengalí, y Faisal les contestó que no sabía mientras arrastraba afuera a Irina. Ella se tambaleó, caminó hacia atrás, miró a su alrededor preguntándose si alguien habría visto lo que acababa de suceder.

No, nadie la había visto empujar a Al Mamun. Solo Faisal, que le tomó la cara en sus manos.

—Tenía un arma. Iba a matarte —le susurró al oído, intentando tranquilizarla—. Ha sido un accidente.

¿Había sido un accidente? Ella no había querido matarle, pero tampoco Sagor había querido matar a Tarik. Ahora también ella sabría lo que era guardar un secreto. ¿Es así como uno se convertía en asesino? ¿Por accidente? ¿El derrumbe de la fábrica había sido también solo eso? ¿Un accidente? En ese momento se escindieron dentro de ella dos Irinas: la que deseaba que ese hombre se pudriese en las ruinas de ese edificio, con todas las vidas que había robado, y la que estaba temblando de miedo y de remordimiento.

Pero el sentimiento de culpa apenas tuvo tiempo de aflorar, porque fue sustituido por el de alivio al ver aparecer entre la nube de polvo a Sagor.

—¡Irina!

Su hermano se abalanzó contra ella. Se abrazaron, ambos en shock.

—¿Lucas? —le preguntó Sagor.

Irina negó aterrorizada con la cabeza.

—¿Murshida?

Volvió a negar.

—¡Allí! —Faisal señalaba con el dedo.

No muy lejos, Lucas, con la cámara entre las manos, miraba absorto hacia la pared en una expresión de horror absoluto. La gente chillaba y corría a su alrededor. En el suelo, etiquetas de Nora Garment y de otras marcas europeas. Salía gente de todos sitios, llegaron las primeras ambulancias, todos se organizaban para poder sacar a los heridos. Un policía pedía a la gente que se alejara, el edificio todavía era inestable.

Ryad apareció entonces junto a Lucas.

Sagor y Faisal corrieron hacia ellos.

Pero Irina, por un momento, no reaccionó; Ryad gritaba el nombre de su padre. Faisal volvió a por ella y la agarró de la mano obligándola a andar.

—Gracias a Dios estáis vivos —le dijo a Lucas cuando lo alcanzaron.

Pero Lucas no la recibió con alegría, sino con una mirada que ella no supo interpretar. Bajó la cámara y quiso agarrarla, entonces ella entendió que su hermano quería impedir que ella mirase en dirección a la pared.

—No mires, Irina, por favor, no mires —le rogó Lucas.

Tarde.

Irina se giró hacia el edificio y vio la fotografía que Lucas no había querido sacar.

Si su corazón pudiese estallar como un pájaro reventado en el aire por el impacto de una bala, eso es lo que habría pasado. En su lugar, un grito de desgarro al ver a Murshida atrapada en la pared. Muerta en los brazos de su enamorado. Sus cuerpos atrapados en el hormigón, en aquel silencioso abrazo de la muerte. La cabeza de su abuela Murshida estaba echada hacia atrás, golpeada por la fuerza del impacto. Solo se veía su larga melena. Su rostro lo había devorado aquella lava de escombros. El vestido de muselina color rosa con adornos dorados, estirado hacia atrás como si estuviera bailando. El rostro de Mohamed, en cambio, sí se veía. Una gota de sangre salía de su ojo y resbalaba por la mejilla, como si aún estuviera vivo. Sus brazos agarraban a Murshida en un intento por salvarla.

Murshida, no, ella no, por favor.

Notó los brazos de Sagor rodeándola.

—Murshida, no —repitió Irina en un susurro.

Murshida, que con su sonrisa lo curaba todo; ella, que nunca se venía abajo. Un ser tan inocente no podía morir.

«Nuestro valor es convertir en luz la oscuridad.»

No había luz, ¿qué luz podía haber?

¿Por qué ella? ¿Por qué ellas? Todas esas mujeres alegres e inocentes que cada día se levantaban y recorrían jornadas larguísimas andando, y que ahora estaban allí muertas, sepultadas bajo los escombros de esa fábrica de los sueños de Occidente. ¿Qué sería de Bangladés sin aquellas mujeres que tejían y destejían en cada puntada las esperanzas de una nación que, si no fuera por ellas, nunca habría salido de la pobreza más extrema?

Solo por eso, no podían estar muertas.

Irina caminó hacia Murshida y Mohamed. Se quedó allí, con la mano estirada hacia ellos, sin atreverse a tocarlos. La muerte era un abrazo caliente que se fue enfriando hasta volverse gris, hasta congelar el instante mismo de la muerte. Capturando la imperfección que era la vida. Irina se quedó observando el suave modelado de sus contornos, ensimismada, hasta que alguien la apartó y se la llevó. Y las figuras de Murshida y Mohamed, grises por el polvo de la escoria, se fueron solidificando hasta convertirse en estatuas, como si ya no fueran personas. Como si sus vidas fueran más insignificantes que ese polvo que lo había devorado todo. Y como si no importaran, adquirieron la consistencia sólida de una siniestra obra de arte. Tristemente, en eso los convirtió la fotografía que horas más tarde, ya de madrugada, una conocida fotógrafa y activista de Daca tomó con gran dolor de su alma. De esa manera, los cuerpos de Murshida y de Mohamed pasaron de estar esculpidos entre los escombros del Rana Plaza a ser la fotografía plana, en blanco y negro que, al cabo de unos días, cuando las cosas empezaron a calmarse, apareció en el periódico que Ernesto había comprado y leía en la mesa de la cocina de su acogedor hogar en La Coruña. Y mientras observaba esa fotografía digna de un Pulitzer, la fotografía que Lucas por pudor y respeto no había retratado, Ernesto deglutía una magdalena mojada en ese café tan rico que preparaba Gala y que él tanto había echado de menos. Por supuesto, se deshizo rápidamente de ese periódico cuando acabó de leerlo, tirándolo a la basura de papel para reciclar, porque no quería que sus hijos vieran aquella fotografía de su abuela que estaba recorriendo el mundo entero y que ya era todo un símbolo que debía concienciar a los occidentales sobre los peligros de la explotación textil; una fotografía que a sus hijos, solo con verla, les rompería de nuevo el alma porque, para ellos, aquella pareja era mucho más que los cuerpos sin vida, insignificantes, de dos desconocidos a los que alguien les había atribuido el significado que le convenía.

27

El reflejo de la luna en el mar

10 de mayo de 2013

I

Cuando Irina y Sagor entraron en el pazo La Sainaba, Lucas bajaba acariciando la balaustrada de las escaleras. Llevaba puestos los tirantes con dibujos de *La vuelta al mundo en ochenta días* que Santiago acababa de regalarle. No parecía que Lucas tuviera ninguna intención de contarle que le había puesto los cuernos en Bangladés. E Irina no pensaba meterse, no era asunto suyo. La joven agradeció que el novio de su hermano no fuera colgado de su brazo, que les hubiera dejado al menos ese momento de intimidad familiar. La que sí estaba, en cambio, era Sabela, quien ahora que todos sabían que estaba embarazada debía considerarse ya un miembro más. Ella y Breixo parecían la pareja perfecta, enmarcados por las cortinas de Toile de Jouy, de pie, al fondo del salón, con las manos entrelazadas y mirando a través de la cristalera abierta a la bahía como si pudiesen ver más allá del cenador, en el horizonte, un esperanzador futuro juntos. Sabela tenía la mano libre apoyada sobre la tripita, que le había crecido bastante.

Lucas se apoyó con una mano sobre el sofá para impulsarse y, pegando un salto, cayó tumbado sobre los mullidos cojines.

—¡Los hijos del capitalismo se rebelan! —exclamó.

Irina resopló con un gesto indefinido.

—¿Y papá? —preguntó.

—Está hablando con Gala y su marido en el jardín, pero entrará enseguida. ¿Estáis seguros de que queréis hablar con él, entonces? —preguntó Breixo.

—A lo mejor papá está *farto* de conducir y quiere descansar —dijo Sagor.

Irina se mostró contundente:

—Lucas tiene razón, mejor ahora.

—Ahora que no somos hermanos, te siento más hermana mía que nunca —respondió Lucas abrazándola fuerte—. ¿Quieres que salgamos de *carallada* luego?

Irina esbozó una mueca de espanto, pero estaba encantada con las continuas muestras de cariño de Lucas. Desde que habían vuelto, intentaba a todas horas hacer sonreír a Irina e incluso a Sagor con sus peculiares locuras. Atribuyó el cambio no solo a un ataque de empatía de Lucas por la muerte de su abuela, sino a que, de alguna manera, al enterarse de que no eran hermanos sino primos segundos, había dejado de verlos como una competencia. Fuera lo que fuese, a ella le gustaba.

—Prefiero enseñarte a dar *pinchacarneiros* —dijo.

—Tu propuesta llega con diez años de retraso, no me veo con veintiséis años aprendiendo a dar volteretas. Pero, ¿sabes qué?, no voy a parar hasta que te presentes al menos a una competición de gimnasia artística, y yo te haré fotografías cuando ganes tu primera medalla.

Justo en ese momento entró por la puerta Ernesto.

—Bueno, pues ya estamos todos —dijo Breixo, y él y Sabela se sentaron en otro de los sofás.

Antes de que Ernesto pudiera decir nada, Lucas se colocó delante de él.

—Papá, lo primero de todo, quiero que sepas que esto no es ningún motín.

Ernesto le miró sin comprender.

—¿Un motín? ¿Y por qué habría de serlo?

—Ven, siéntate con nosotros.

Ernesto cerró la puerta y, dirigiéndoles miradas inquisitivas, caminó hacia los sofás donde estaban sentados todos sus hijos. Se acomodó en su sillón beis de cuero mullido, y empezó a jugar con sus pulgares.

—Está claro que tampoco es ninguna fiesta sorpresa, así que ¿de qué se trata?

Lucas miró a sus hermanos como pidiéndoles permiso para empezar la conversación.

—Nos hemos puesto todos de acuerdo porque, bueno, obviamente estamos preocupados y, tras el derrumbe del Rana Plaza, necesitamos saber hasta qué punto tú estás implicado.

La boca de Ernesto se tensó en una línea firme bajo su nariz con forma de pera e Irina de pronto pensó que todo aquello había sido una idea horrible. Lo mismo debió de pensar Breixo, que intervino con la voz llena de enfado:

—No estamos aquí por eso, Lucas.

—¿Ahora os vais a amilanar? —dijo Lucas, echándose hacia atrás en el sofá con desespero.

Ernesto había dejado de jugar con sus pulgares y miró a todos con evidente enojo.

—Dejad de discutir entre vosotros y contadme a qué viene entonces esta reunión familiar.

—Es evidente que tú no tienes nada que ver, Ernesto —Breixo empleó un tono de voz conciliador—, y que, por supuesto, tú no sabías nada de esas grietas, simplemente queremos pedirte que muevas tus hilos para que a partir de ahora se hagan inspecciones en las fábricas, que Nora Garment se abra a conversaciones con las ONG y otras organizaciones. Y ya está, no es más que eso.

—¿Solo eso? —Ernesto resopló y abrió los brazos mostrando su alivio—. Ya me extrañaba que tú fueras parte de un motín descabellado.

Breixo se encogió de hombros.

—Si el enemigo es más fuerte, únete a él para saber cuáles son sus planes.

—Esto no es ninguna broma, papá, nos importa de verdad saber que tus negocios están limpios. —Lucas intentó continuar, pero solo consiguió que Ernesto levantara una ceja con escepticismo y su mirada se volviera más dura.

—Tú no tienes ni idea de mis negocios y no te permito que me hables así, soy tu padre, no el ogro que se te ha metido en la cabeza. Bastante tengo con el lío que ha armado la prensa como para aguantar majaderías también en casa. ¿Qué os creéis que he estado haciendo durante todo este último mes? Lidiar con todas esas organizaciones que pretenden echarnos la culpa a los empresarios. Yo no me lavo las manos, pero esto es algo que concierne a todos. Esta misma tarde he quedado con Agostiño para empezar a redactar un acuerdo junto con otras marcas, entre ellas la de Margarita, y, por supuesto, ya hemos hablado de la inspección de las fábricas, así que no tenéis que convencerme de nada. Estamos trabajando en la claridad de nuestras prácticas productivas, pero, por una vez, poneos en el lugar de vuestro padre: tengo, por un lado, a los periodistas mordiéndome el cuello y, por el otro, al Ministerio de Comercio de Bangladés rogándome para que no nos vayamos y para que no les impongamos condiciones comerciales difíciles para mejorar la seguridad de los trabajadores. Sin nosotros se hunde su economía. Gracias a nosotros Bangladés es la segunda potencia textil exportadora mundial, esto es peor para ellos que para nosotros. Temen que sea el fin de la industria textil para ellos.

—Lo mismo pensaron en 2004 cuando, después de treinta años, se acabó el acuerdo multifibras y se eliminaron las cuotas —dijo Breixo—. China no se comió el pastel entonces y no se lo va a comer ahora.

—Sí, pero las cosas no son tan sencillas. Además, tras la muerte de Al Mamun han salido a la luz muchas cosas que yo no sabía y que, por supuesto, hay que enmendar. No me son indiferentes las muertes de todas esas trabajadoras, ¿por quién me tomáis?

—Ryad no puede ni salir de casa —dijo Lucas con la voz entrecortada.

—Para ese chico las cosas tampoco están siendo nada fáciles, él no tiene la culpa de quién era su padre. Su muerte no para de salir en los noticieros de Bangladés. Estoy pensando seriamente pagarle los estudios para que pueda seguir formándose fuera de su país. Aquí, tal vez.

A Irina no le pasó desapercibido el brillo en la mirada de Lucas. Se alegró por él y se admiró del cinismo de Ernesto, pero la sola mención de Al Mamun hizo que pensara en el suyo propio. Los remordimientos le abrasaban el pecho igual que si hubieran acercado una barra de hielo a su corazón, pero entonces pensó en Murshida y en todas las mujeres que habían muerto, y su secreto se le hacía un poco más llevadero.

—Bueno, ¿algo más? Necesito una ducha y quiero descansar un rato —dijo Ernesto, levantándose.

—Sí. —Irina se incorporó también.

—¿Ah, sí? —Breixo la miró asustado.

Irina apretó el colgante de aminas aromáticas contra su pecho.

—Soy todo oídos —dijo Ernesto.

—Tengo algo para ti.

Su padre la miró extrañado mientras ella le alargaba un paquete envuelto en papel de yute, que Ernesto desenvolvió con cuidado. Dentro estaba la camisa que le había regalado Elena y que se le rompió el día que persiguió a Faisal en Sylhet. Alguien había cosido el desgarro tan bien que apenas se notaba. Miró a su hija con asombro, visiblemente emocionado.

—Murshida me dijo que se la llevaba para coserla —le explicó su hija—, dijo que tú habías cuidado de nosotros y que merecías ser feliz. No pensé que le hubiera dado tiempo, pero debió de coserla la noche previa al derrumbe. La encontré en su habitación del hotel, cuando estaba recogiendo sus pertenencias.

Ernesto se llevó la mano a la boca para tapar un suspiro, luego acarició la tela con cariño, como si estuviera hecha de un material milagroso. Y finalmente, con la voz atrapada en la garganta, dijo:

—Creo que Murshida era la única persona buena de verdad que he conocido en mi vida.

Irina aprovechó el momento para decir:

—Quiero que me prometas que no habrá más vertidos de sustancias tóxicas en el río, esos químicos destrozan la naturaleza.

—Eso es algo que se hace en todo el mundo, Irina —la interrumpió Sabela—. No te pensarás que aquí en Galicia no se tiran vertidos tóxicos las noches de tormenta cuando nadie mira, y no solo las fábricas textiles aprovechan para tirar su porquería al mar. Este es el mundo real, no el de tus fantasías. Tu ingenuidad nunca deja de sorprenderme.

Irina miró con asombro a Sabela, desde luego se había tomado en serio su papel como nuevo miembro de la familia. Breixo la cogió de la mano y Sabela no dijo nada más, pero miró a Irina de una forma que a ella no le gustó nada. Breixo debió de darse cuenta, porque intentó apaciguar la situación:

—Irina, tú misma sabes que, gracias al negocio textil, esas mujeres tienen trabajo y que Bangladés está saliendo de la pobreza. ¿O acaso crees que les beneficiaría en algo que por culpa de esto se parase la producción?

—No, sé que esa no es la solución. Pero ¿qué harán esas

personas cuando ya no tengan donde vivir porque sus ríos, los campos, todo esté contaminado?

Irina miraba a su padre, y él le sonrió con condescendencia, como si las palabras de su hija estuvieran llenas de una inocencia que le provocaba ternura.

—Es cierto que el medio ambiente paga un alto precio por ello, pero ¿acaso no son más importantes las personas? ¿No lo entiendes, hija?

—No, entiéndelo tú, papá.

Irina no estaba dispuesta a perder esa batalla: cogió la mano de Ernesto, la llevó hasta su pecho y, mirándole a los ojos con arrojo, le dijo:

—Si mi corazón late, es porque tiene donde latir.

II

Breixo alcanzó a Irina en el pasillo cuando ella se dirigía a su habitación para dejar la maleta.

—Irina, ¿cómo estás? No hemos tenido ni un minuto a solas desde que volvimos de Bangladés. Es extraño que no seamos primos, ¿no crees?

Ella se encogió de hombros. No tenía claro a dónde quería ir a parar Breixo.

—Estoy bastante bien, supongo. Se os ve muy felices a ti y a Sabela.

El joven chasqueó la lengua contra los dientes.

—Sabela no para de quejarse. Está muy pesada con esto del embarazo. Irina, no es eso de lo que quiero hablar. Quiero hablar de nosotros.

Irina le detuvo:

—Sagor me ha contado lo que pasó en la playa el día que murió mi madre y, ¿sabes qué?, creo que todo este tiempo te has aprovechado de mi padre por lo que sabes, que por eso te ha pagado todos tus estudios. Y no me creo que estés tan enamorado de mí.

El semblante de Breixo cambió por completo, como si se hubiera dado cuenta de que no tenía nada que hacer.

—Te equivocas conmigo, menos mal que tu padre sí supo valorar lo que hice por vosotros. Solo quería darte este paquete que te ha llegado por correo. —Le alargó una pequeña carta que llevaba en el bolsillo—. Para que veas que no soy tan enrevesado: es del infeliz ese que te echaste de novio en Daca, y podía haberlo tirado, pero no lo he hecho. Aunque me duele ver cómo cometes el mismo error que tu padre al enamorarte de alguien que no te merece. Cuando te quieras dar cuenta, será tarde.

Irina compuso una mueca que expresaba estupor, hastío y desagrado, cogió el paquete y le dio la espalda.

Era imposible que alguien con las ideas tan cerradas como Breixo entendiese por qué se había enamorado de Faisal, pero ella lo sabía muy bien. Faisal era tierra húmeda, era dientes, era aire puro entrando en los pulmones, era instinto, era el salto hacia atrás que da una gacela antes de ser atacada y, al mismo tiempo, el depredador que acecha por detrás a una presa que sabe que es más grande; era la pisada imperceptible del ratón que solo escucha el búho, la roca que asoma en el borde de la cima de un precipicio, la rama a la que te agarras en medio del huracán, el tigre mordiendo en la yugular para paralizar a la hembra, las marcas de su garra en la corteza de un árbol marcando territorio. Era salvaje, pero también era los sueños de un niño, los gustos olvidados de la infancia, las risas repentinas, los gritos injustificados de placer, la tierra en las uñas que quieren ser garras.

Y todo eso hacía que lo amara y lo deseara más que a nadie a pesar de la distancia.

Dejó su maleta en el suelo de su habitación al entrar y abrió la ventana. Allí todo era agradable, demasiado agradable: los jardines de Sainaba que se extendían hasta el bosque, las macetas de su padre perfectamente ordenadas, el olor a flores y a pinos. Y no solo eso; volvió la vista hacia dentro: la suavidad de la colcha de su cama, de los colores pastel de las paredes y los muebles; la simetría de los cuadros colgados en las paredes.

La mirada de Irina se detuvo en el maniquí. No era posible. Llevaba puesto el vestido imitación de Elie Saab.

—Me pareció que podías darle otra oportunidad al vestido —le dijo Sagor, que acababa de entrar.

—¿No lo tiraste?

El negó con la cabeza y, al sonreír, el hoyuelo que había heredado de Mangata se formó en su mejilla.

—Todo sigue igual —murmuró Irina.

—Todo sigue igual menos nosotros —añadió Sagor.

—Es raro tanto silencio, ¿no crees?

—¿Te refieres a que no se escuchan los pitos de las bocinas ni el alboroto de las calles de Daca?

El recuerdo le arrancó una sonrisa a Irina, pero negó con la cabeza.

—No, no es eso. Es...

Escudriñó su habitación como si buscara algo, hasta que se giró hacia el reloj de Nomon: las agujas seguían paradas en el mismo sitio que se habían detenido el día que salieron de viaje.

—Vamos, échame una mano.

Con ayuda de Sagor, lo bajó de la pared, le dio la vuelta y descubrió el imán de neodimio, lo quitó y puso las manecillas en hora. Los latidos secos del reloj hicieron que el tiempo volviese a avanzar en la misma dirección en la que se había quedado.

—Tengo la sensación de que hemos estado un año fuera, y solo ha pasado un mes. ¿Crees que papá tomará medidas de verdad?

—Aunque papá lo haga, el resto de las empresas seguirán

usando esos tóxicos. Querer frenarlo es tan absurdo como esperar que un tigre deje escapar una presa porque se ha dado cuenta de su belleza.

Irina se quedó mirando el paquete en sus manos.

—¿Y ese paquete? —le preguntó Sagor.

—Es de Faisal.

—¿Y a qué esperas para abrirlo?

Irina rompió el sobre y extrajo un pequeño estuche. Dentro había un colgante, un nenúfar de acero que tenía grabada en el tallo una frase: «Fuerte como la piel del nenúfar».

Había una nota también.

—Es muy bonito. ¿Qué dice la nota? —le preguntó Sagor.

—Que cuando le eche de menos mire la luna, así, aunque estemos lejos el uno del otro, los dos estaremos mirando lo mismo. Es un cursi.

—Pues hoy hay luna llena. Tendrás que quitarte el amuleto que hizo nuestro padre para ponerte este. ¿O piensas llevar los dos? —Y antes de que ella contestara, dijo—: Yo voy a darme una ducha, que en un rato he quedado con Txolo para salir por lo viejo.

—¿Qué tal llevas lo de Sabela y Breixo? —le detuvo Irina.

Su hermano se encogió de hombros.

—Me alegro de que ella sea feliz. Y, además, yo ahora solo tengo cabeza para el máster en Ingeniería y gestión del agua que voy a hacer. Todavía no te lo había dicho, pero no eres la única que quiere volver a Bangladés. Mamá se pondrá muy contenta.

Cuando Sagor se marchó e Irina se quedó a solas de nuevo, abrió la maleta y vio las sandalias de pedrería de la marca Osven. Todavía llevaban la etiqueta. Al lado estaban las chancletas que le consiguió Faisal al día siguiente de llegar a Sreemangal. Sonrió al recordar el manguerazo que les había pegado.

—Tira esa porquería de sandalias. —Lucas estaba asomado

en la puerta de la habitación, pero antes de que Irina pudiera contestar, volvió a desaparecer.

Irina cogió las de Margarita Osven, se quedó un rato mirándolas y, finalmente, las tiró a la papelera. Se puso las chancletas viejas y salió de la habitación para bajar a ver la luna llena.

Minutos después, al llegar al inicio de la escalinata por la que se bajaba a la playa privada del pazo, Irina se descalzó. La arena fresca en sus pies era reconfortante, así que paseó tranquilamente hasta el lugar donde estaban volcadas las gamelas cuyos contornos la noche ya había empezado a devorar.

Llegó hasta la orilla y, a pesar del frío, se arremangó el vestido y se metió en el mar, saltando las olas, hasta que el agua le llegó a la cintura.

Buscó el mandala de luz en la oscuridad. Allí estaba Chanda, con sus manchas, blanca y bella. Acarició el amuleto de bolitas fucsias en su cuello y deseo que Faisal estuviera contemplándola desde el otro lado del mundo, como le había escrito.

Irina siempre había pensado que, en el momento en que Tarik le dio aquel colgante, de alguna manera la maquinaria del universo se había puesto en marcha para que encajaran todas las piezas de su destino. Pero ahora sabía que no, que ese no era el momento que lo había desencadenado todo.

Contempló el reflejo de la luna sobre la superficie del mar y su brillo se quedó por un momento prendido en sus pupilas. Mangata. Así era como había empezado todo, con una simple pregunta que sin querer le había hecho un día al universo. *¿Qué sentido tiene la vida? ¿Quién soy, qué hago aquí?* Ahora ya lo sabía.

—Te echo de menos, Murshida —susurró, y la garganta le dolió como debió de dolerle a la loba cuando aullaba porque echaba de menos a su amiga Chanda.

Le gustaría hacer algo por la memoria de su abuela, por

la de todas esas mujeres y niños que habían muerto injustamente.

—Pero ¿qué? —le preguntó a aquella luna distante.

Se sentía pequeña, como si nunca hubiera dejado de ser una niña de trece años confundida y solitaria.

Solo tú puedes saberlo.

Irina se giró asustada.

La voz de Murshida había sido muy real. Había vuelto como un eco traído por la memoria, atravesando de nuevo esos atajos que ni la propia Irina conocía, para acariciarle suavemente el corazón. Había sonado entre sus pensamientos como si su abuela, a través de aquella luna llena y brillante, desde el más allá, quisiera recordarle la historia mágica que las mujeres de su familia se transmitían de generación en generación:

Tú sabes cómo convertir en luz la oscuridad, bella Irina: solo tienes que buscar el Vîrya dentro de ti.

E Irina por fin entendió. Agarró el amuleto de bolitas fucsias, se lo arrancó de un tirón del cuello y lo lanzó todo lo lejos que pudo, condenándolo al olvido.

Nota de la autora

Tras el colapso del Rana Plaza el 24 de abril de 2013, se formó una poderosa alianza entre importantes ONG, la Campaña Ropa Limpia y el Consorcio de Derechos de los Trabajadores, consiguiendo importantes mejoras para los trabajadores en Bangladés. Al menos veinticuatro empresas multinacionales firmaron un acuerdo que, sobre el papel, preveía inspecciones independientes.

Pero no es suficiente. El mundo ha cambiado de una forma brutal debido al capitalismo y a la globalización. Por eso existe la impetuosa necesidad de hacer reglas internacionales que velen por los derechos humanos. Al respecto se ha pronunciado nuestra madre Tierra: su grito en forma de cambio climático es un grito que no debemos ignorar.

Igual que no debemos ignorar que la inercia es un demonio con muy mala leche y que, si nuestro corazón late, es porque tiene donde latir.

Every time I look back to this photo, I feel uncomfortable, it haunts me. It's as if they are saying to me, we are not a number, not only cheap labor and cheap lives. We are human beings like you. Our life is precious like yours, and our dreams are precious too.

[Cada vez que miro de nuevo esta foto, me siento incómoda, me persigue. Es como si me estuvieran diciendo: No somos un número, no somos solo mano de obra barata y vidas baratas. Somos seres humanos como tú. Nuestra vida es preciosa como la tuya, y nuestros sueños son preciosos también.]

TASLIMA AKHTER
Reflexiones sobre su fotografía
A final embrace («El abrazo final»)

Taslima Akhter es miembro de Biplobi Nari Sanghati (una organización para el bienestar de las mujeres) y miembro del grupo político de izquierda Gana Sanghati Andolan. Trabaja como profesora en Pathshala, una escuela de fotografía en Dhaka. Su fotografía *A final embrace* recorrió el mundo y en 2014 ganó el tercer premio en la categoría «Spot News» del World Press Photo. También inspiró esta novela. No se sabe quiénes son el hombre y la mujer que aparecen en ella. Antes de empezar a escribir la novela sabía que quería mostrar que detrás de los símbolos hay personas. Solo por eso traté de darles vida en la ficción, siempre desde el más absoluto respeto y veneración por la que fue su verdadera historia, que desconozco.

Agradecimientos

Mi principal agradecimiento es para Alberto Marcos, maestro de la edición y de la escritura a quien admiro tanto por su trabajo como por su personalidad, tan fascinante y adictiva. Y es para él porque el momento más importante en la vida de un escritor es cuando un editor se fija por primera vez en ti, el corazón se te dispara más que con el primer amor, para qué nos vamos a engañar. A ratos, todavía me pellizco y pienso: sí, es él, Alberto es mi editor. Es un poco Pepito Grillo —él lo dice—, pero lo cierto es que con su arte visionario es quien le ha conferido el brillo que le faltaba a esta historia. Gracias a todo el equipo de Plaza & Janes, por ese cariño y ese saber hacer que le han dedicado a mi novela, y que a mí me han hecho sentir especial y afortunada.

Si mi novela le llegó a Alberto fue gracias a Escuela de Escritores, mi segunda casa. Gracias, Javi, Mariana, Nacho... Con vosotros empecé como alumna y ahora soy una más del resto del equipo. En esta casa conocí a mi segunda familia: Los Chéveres. Tengo que mencionar especialmente a Herminia, mi lectora más crítica y amiga incondicional. También a Alex, a Blanca y a Pedro, por su paciencia para leerse mi novela, pero sobre todo por quererme con todas mis inseguridades. Alfred, Adolfo, Angélica, Patricia, Olga, Esther, Pablo, Bego... va por vosotros.

No son los únicos que me han ayudado con sus comentarios, también les estoy muy agradecida a mis amigos, en especial a Alex Cabo, que tiene un ojo único. Tuve que sacrificar al personaje que llevaba tu nombre, pero volverá. A Amali, Carmen, Paola, Nati, Naiara, Pilar, Blanca, Mamen, Ana, Julia, Betty, Raquel, Juncal… por ese amor tan bonito que me dais.

Y, cómo no, a mi familia. A mi padre, por tu amor, tan bello e insustituible; a mi hermana Natalia, mi otra mitad, porque compartes mis sueños como si fueran los tuyos; y a Blanqui, mi *partner in crime*, porque entenderás mejor que nadie muchas de las líneas de este libro. A mi madre y a Irenita (la protagonista lleva tu nombre, aunque nunca lo supiste), que ya no están, pero desde algún lugar me mandaron su fuerza. A Sara, a Matilde y a mis primas, por sus útiles comentarios. A mi tío Luís y a mi primo Luisito, que me ayudaron en la labor de documentación y porque el germen de esta historia empezó en el salón de su casa.

A toda la gente que conocí en Bangladés. Viajé sola, sin conocer a nadie, y me fuisteis llevando de una ciudad a otra con una generosidad y un cariño impresionantes. Fueron muchos, pero especialmente quiero mencionar a Sagor, a Ryad, a Al Mamun, a Tohin, a Jesmin y a Jakir Hossain, que ya no está con nosotros. Todos sus nombres aparecen en la novela, aunque por supuesto los personajes no tienen absolutamente nada que ver con sus personalidades ni historias.

Gracias Pilar Pellicer y Rocío Rivera Ocaña por ser tan bonitas.

Y no puedo olvidar a mis alumnos, porque si de alguien he aprendido a escribir es de vosotros. Gracias también a los lectores, espero que esta historia os guste y os entretenga.

Índice